L'ÉQUATION DE L'AMOUR ET DU HASARD

Jennifer E. Smith

L'ÉQUATION DE L'AMOUR ET DU HASARD

Traduit de l'anglais (États-Unis)

par Frédérique Le Boucher

hachette

Photographie de couverture : © Christine Schneider/Corbis

Traduit de l'anglais (États-Unis) par Frédérique Le Boucher

L'édition originale de cet ouvrage a paru
en langue anglaise chez Little, Brown and Company,
a division of Hachette Book Group, Inc., sous le titre :
THIS IS WHAT HAPPY LOOKS LIKE

Hachette Livre, 43 quai de Grenelle, 75015 Paris.

À ma mère,

Avec toute mon affection.

Prologue

De : GDL824@yahoo.com

Envoyé : jeudi 7 mars 2013 22 : 18

À : EONeill22@hotmail.com

Objet : (pas d'objet)

Hé ! On a déjà pris pas mal de retard, là. Tu ne pourrais pas sortir Wilbur pour moi, ce soir, par hasard ?

De : EONeill22@hotmail.com

Envoyé : jeudi 7 mars 2013 22 : 24

À : GDL824@yahoo.com

Objet : Re : (pas d'objet)

Je crois qu'il y a erreur. Mais comme j'ai aussi un chien et que je ne veux pas que ce pauvre Wilbur se retrouve abandonné, j'ai pensé qu'il valait mieux vous le dire…

De : GDL824@yahoo.com

Envoyé : jeudi 7 mars 2013 22 : 33

À : EONeill22@hotmail.com

Objet : Re : (pas d'objet)

Ah ! Pardon. Nouveau téléphone, alors j'ai tapé l'adresse. J'ai dû oublier un chiffre. Wilbur se joint à moi pour vous remercier. (Au fait, Wilbur est un cochon.)

De : EONeill22@hotmail.com

Envoyé : jeudi 7 mars 2013 22 : 34

À : GDL824@yahoo.com

Objet : Re : (pas d'objet)

Un cochon ! Quel genre de cochon sort se promener ?

De : GDL824@yahoo.com

Envoyé : jeudi 7 mars 2013 22 : 36

À : EONeill22@hotmail.com

Objet : Re : (pas d'objet)

Le genre raffiné. Il a même sa laisse...

De : EONeill22@hotmail.com

Envoyé : jeudi 7 mars 2013 22 : 42

À : GDL824@yahoo.com

Objet : Re : (pas d'objet)

Quel cochon !

De : GDL824@yahoo.com

Envoyé : jeudi 7 mars 2013 22 : 45

À : EONeill22@hotmail.com

Objet : Re : (pas d'objet)

Oh oui ! Il est *sublime ! Radieux ! Humble !*

De : EONeill22@hotmail.com

Envoyé : jeudi 7 mars 2013 22 : 47

À : GDL824@yahoo.com

Objet : Re : (pas d'objet)

Ouah ! Propriétaire d'un cochon ET fan du *Petit Monde de Charlotte** ! Donc tu es soit bibliothécaire, soit fermier.

---

* Livre pour enfants d'E. B. White (dont sont extraites toutes les citations : « Quel cochon ! », « sublime ! Radieux ! Humble ! », « Salutations ».), qui a pour héros Charlotte, l'araignée, et Wilbur, le cochon. (Toutes les notes sont de la traductrice.)

De : GDL824@yahoo.com

Envoyé : jeudi 7 mars 2013 23 : 01

À : EONeill22@hotmail.com

Objet : Re : (pas d'objet)

Un peu des deux.

De : EONeill22@hotmail.com

Envoyé : jeudi 7 mars 2013 23 : 03

À : GDL824@yahoo.com

Objet : Re : (pas d'objet)

Vraiment ?

De : GDL824@yahoo.com

Envoyé : jeudi 7 mars 2013 23 : 04

À : EONeill22@hotmail.com

Objet : Re : (pas d'objet)

Non, pas vraiment. Et toi ?

De : EONeill22@hotmail.com

Envoyé : jeudi 7 mars 2013 23 : 05

À : GDL824@yahoo.com

Objet : Re : (pas d'objet)

Ni l'un ni l'autre.

De : GDL824@yahoo.com

Envoyé : jeudi 7 mars 2013 23 : 11

À : EONeill22@hotmail.com

Objet : Re : (pas d'objet)

Attends, laisse-moi deviner. Tu es un promeneur de chien professionnel au chômage et tu t'es assis devant ton ordi en espérant que quelqu'un viendrait te demander de promener un truc un peu plus marrant qu'un caniche ?

De : EONeill22@hotmail.com

Envoyé : jeudi 7 mars 2013 23 : 12

À : GDL824@yahoo.com

Objet : Re : (pas d'objet)

Bingo ! Il faut croire que c'est mon jour de chance.

De : GDL824@yahoo.com

Envoyé : jeudi 7 mars 2013 23 : 13

À : EONeill22@hotmail.com

Objet : Re : (pas d'objet)

Non, sans blague. C'est quoi ton truc ?

De : EONeill22@hotmail.com

Envoyé : jeudi 7 mars 2013 23 : 14

À : GDL824@yahoo.com

Objet : Re : (pas d'objet)

... demande l'inconnu tombé par hasard de la Toile.

De : GDL824@yahoo.com

Envoyé : jeudi 7 mars 2013 23 : 15

À : EONeill22@hotmail.com

Objet : Re : (pas d'objet)

... dit la fille que ça n'empêche pas de répondre.

De : EONeill22@hotmail.com

Envoyé : jeudi 7 mars 2013 23 : 17

À : GDL824@yahoo.com

Objet : Re : (pas d'objet)

Comment tu peux savoir si je suis une fille ?

De : GDL824@yahoo.com

Envoyé : jeudi 7 mars 2013 23 : 18

À : EONeill22@hotmail.com

Objet : Re : (pas d'objet)

Facile : tu as cité *Le Petit Monde de Charlotte*.

De : EONeill22@hotmail.com

Envoyé : jeudi 7 mars 2013 23 : 19

À : GDL824@yahoo.com

Objet : Re : (pas d'objet)

Toi aussi !

De : GDL824@yahoo.com

Envoyé : jeudi 7 mars 2013 23 : 24

À : EONeill22@hotmail.com

Objet : Re : (pas d'objet)

Oui mais, moi, mes parents sont profs.

De : EONeill22@hotmail.com

Envoyé : jeudi 7 mars 2013 23 : 26

À : GDL824@yahoo.com

Objet : Re : (pas d'objet)

T'es pas une fille alors ?

De : GDL824@yahoo.com

Envoyé : jeudi 7 mars 2013 23 : 27

À : EONeill22@hotmail.com

Objet : Re : (pas d'objet)

Nan nan.

De : EONeill22@hotmail.com

Envoyé : jeudi 7 mars 2013 23 : 31

À : GDL824@yahoo.com

Objet : Re : (pas d'objet)

Est-ce que ça veut dire que tu es un vieux dégoûtant qui se sert de son cochon domestique pour draguer les filles de 16 ans sur le Net ?

De : GDL824@yahoo.com

Envoyé : jeudi 7 mars 2013 23 : 33

À : EONeill22@hotmail.com

Objet : Re : (pas d'objet)

Je suis grillé !
Non, je n'ai que 17 ans, ce qui m'exclut assez radicalement de la catégorie des vieux dégoûtants.

De : EONeill22@hotmail.com

Envoyé : jeudi 7 mars 2013 23 : 38

À : GDL824@yahoo.com

Objet : Re : (pas d'objet)

D'accord. N'empêche que, pour sortir Wilbur, je ne suis malheureusement toujours pas dispo ce soir. Et, même si je l'étais, il faudrait quand même que tu trouves quelqu'un d'un peu moins loin, parce que je doute que tu habites près de chez moi.

De : GDL824@yahoo.com

Envoyé : jeudi 7 mars 2013 23 : 39

À : EONeill22@hotmail.com

Objet : Re : (pas d'objet)

Qu'est-ce que tu en sais ?

De : EONeill22@hotmail.com

Envoyé : jeudi 7 mars 2013 23 : 40

À : GDL824@yahoo.com

Objet : Re : (pas d'objet)

Je suis au Milieu-de-Nulle-Part (Maine).

De : GDL824@yahoo.com

Envoyé : jeudi 7 mars 2013 23 : 42

À : EONeill22@hotmail.com

Objet : Re : (pas d'objet)

Oh ! Alors je crois que tu as raison. Je suis au Centre-du-Monde (Californie).

De : EONeill22@hotmail.com

Envoyé : jeudi 7 mars 2013 23 : 43

À : GDL824@yahoo.com

Objet : Re : (pas d'objet)

Quelle veine !

De : GDL824@yahoo.com

Envoyé : jeudi 7 mars 2013 23 : 44

À : EONeill22@hotmail.com

Objet : Re : (pas d'objet)

Oui, une veine de pendu. De cochon pendu même.

De : EONeill22@hotmail.com

Envoyé : jeudi 7 mars 2013 23 : 48

À : GDL824@yahoo.com

Objet : Re : (pas d'objet)

Très drôle. Dis donc, tu n'étais pas déjà en retard pour un truc ?

De : GDL824@yahoo.com

Envoyé : jeudi 7 mars 2013 23 : 51

À : EONeill22@hotmail.com

Objet : Re : (pas d'objet)

Si. Et je ferais sans doute mieux d'y retourner...

De : EONeill22@hotmail.com

Envoyé : jeudi 7 mars 2013 23 : 55

À : GDL824@yahoo.com

Objet : Re : (pas d'objet)

OK. C'était sympa de te parler. Et désolée de ne pas avoir pu traverser tout le pays pour Wilbur.

De : GDL824@yahoo.com

Envoyé : jeudi 7 mars 2013 23 : 57

À : EONeill22@hotmail.com

Objet : Re : (pas d'objet)

Il ne t'en voudra pas, je suis sûr. C'est un cochon très magnanime.

De : EONeill22@hotmail.com

Envoyé : jeudi 7 mars 2013 23 : 58

À : GDL824@yahoo.com

Objet : Re : (pas d'objet)

Me voilà rassurée.

De : GDL824@yahoo.com

Envoyé : vendredi 8 mars 2013 00 : 01

À : EONeill22@hotmail.com

Objet : Re : (pas d'objet)

Hé, E ?

De : EONeill22@hotmail.com

Envoyé : vendredi 8 mars 2013 00 : 02

À : GDL824@yahoo.com

Objet : Re : (pas d'objet)

Oui... G ?

De : GDL824@yahoo.com

Envoyé : vendredi 8 mars 2013 00 : 03

À : EONeill22@hotmail.com

Objet : Re : (pas d'objet)

Et si je te récrivais demain ?

De : EONeill22@hotmail.com

Envoyé : vendredi 8 mars 2013 00 : 04

À : GDL824@yahoo.com

Objet : Re : (pas d'objet)

Je ne sais pas... Je ne suis pas vraiment du genre à passer ma vie sur le Net pour choper un correspondant...

De : GDL824@yahoo.com

Envoyé : vendredi 8 mars 2013 00 : 05

À : EONeill22@hotmail.com

Objet : Re : (pas d'objet)

Mais ?

De : EONeill22@hotmail.com

Envoyé : vendredi 8 mars 2013 00 : 07

À : GDL824@yahoo.com

Objet : Re : (pas d'objet)

Mais je ne suis pas très douée pour les adieux non plus.

De : GDL824@yahoo.com

Envoyé : vendredi 8 mars 2013 00 : 08

À : EONeill22@hotmail.com

Objet : Re : (pas d'objet)

Bon alors, au lieu de te dire au revoir, je te renvoie juste un petit « hello ».

De : EONeill22@hotmail.com

Envoyé : vendredi 8 mars 2013 00 : 09

À : GDL824@yahoo.com

Objet : Re : (pas d'objet)

Je préfère ça. Et je te réponds : « Bonjour ! »

De : GDL824@yahoo.com

Envoyé : vendredi 8 mars 2013 00 : 10

À : EONeill22@hotmail.com

Objet : Re : (pas d'objet)

Mais on n'a pas changé de jour.

De : EONeill22@hotmail.com

Envoyé : vendredi 8 mars 2013 00 : 12

À : GDL824@yahoo.com

Objet : Re : (pas d'objet)

Dans le Maine, si.

De : GDL824@yahoo.com

Envoyé : vendredi 8 mars 2013 00 : 13

À : EONeill22@hotmail.com

Objet : Re : (pas d'objet)

Ah oui ! Bon, alors, Hola !

De : EONeill22@hotmail.com

Envoyé : vendredi 8 mars 2013 00 : 14

À : GDL824@yahoo.com

Objet : Re : (pas d'objet)

Très Côte Ouest. *Greetings !*

De : GDL824@yahoo.com

Envoyé : vendredi 8 mars 2013 00 : 15

À : EONeill22@hotmail.com

Objet : Re : (pas d'objet)

T'es quoi ? Un envahisseur étranger ? *Ni hao* !

De : EONeill22@hotmail.com

Envoyé : vendredi 8 mars 2013 00 : 17

À : GDL824@yahoo.com

Objet : Re : (pas d'objet)

Ça, c'est sûr, tu l'as pêché sur le Net.

De : GDL824@yahoo.com

Envoyé : vendredi 8 mars 2013 00 : 19

À : EONeill22@hotmail.com

Objet : Re : (pas d'objet)

Tu ne crois pas que je parle chinois couramment ?

De : EONeill22@hotmail.com

Envoyé : vendredi 8 mars 2013 00 : 20

À : GDL824@yahoo.com

Objet : Re : (pas d'objet)

Certainement pas.

De : GDL824@yahoo.com

Envoyé : vendredi 8 mars 2013 00 : 21

À : EONeill22@hotmail.com

Objet : Re : (pas d'objet)

OK. Alors, *salutations* (ça, c'est signé Wilbur, forcément).

De : EONeill22@hotmail.com

Envoyé : vendredi 8 mars 2013 00 : 24

À : GDL824@yahoo.com

Objet : Re : (pas d'objet)

Forcément. À demain...

De : GDL824@yahoo.com

Envoyé : vendredi 8 mars 2013 00 : 25

À : EONeill22@hotmail.com

Objet : Re : (pas d'objet)

Attends. C'est ta façon de dire adieu sans vraiment dire adieu ?

De : EONeill22@hotmail.com

Envoyé : vendredi 8 mars 2013 00 : 27

À : GDL824@yahoo.com

Objet : Re : (pas d'objet)

Non. En fait, je ne suis pas persuadée d'avoir déjà fini de te dire bonjour.

De : GDL824@yahoo.com

Envoyé : vendredi 8 mars 2013 00 : 30

À : EONeill22@hotmail.com

Objet : Re : (pas d'objet)

Moi non plus. Salut !

De : EONeill22@hotmail.com

Envoyé : vendredi 8 mars 2013 00 : 31

À : GDL824@yahoo.com

Objet : Re : (pas d'objet)

Salut !

De : GDL824@yahoo.com

Envoyé : vendredi 8 mars 2013 00 : 33

À : EONeill22@hotmail.com

Objet : Re : (pas d'objet)

Bonjour !

De : EONeill22@hotmail.com

Envoyé : vendredi 8 mars 2013 00 : 34

À : GDL824@yahoo.com

Objet : Re : (pas d'objet)

Je l'ai déjà faite celle-là.

De : GDL824@yahoo.com

Envoyé : vendredi 8 mars 2013 00 : 36

À : EONeill22@hotmail.com

Objet : Re : (pas d'objet)

Oui, mais c'est vraiment un bon jour...

Première Partie

De : EONeill22@hotmail.com

Envoyé : samedi 8 juin 2013 12 : 42

À : GDL824@yahoo.com

Objet : Re : salut

Ça t'énerve pas, toi, les gens qui collent des smileys dans leurs mails ?

De : GDL824@yahoo.com

Envoyé : samedi 8 juin 2013 12 : 59

À : EONeill22@hotmail.com

Objet : pas vraiment

☺

De : EONeill22@hotmail.com

Envoyé : samedi 8 juin 2013 13 : 04

À : GDL824@yahoo.com

Objet : Re : pas vraiment

Sans commentaire.

J'ai lu un jour qu'en Russie ils terminaient leurs lettres par un point d'exclamation. C'est marrant, non ? Ça doit faire un peu comme s'ils se hurlaient dessus. Ou comme s'ils étaient super étonnés de se parler par lettre interposée.

De : GDL824@yahoo.com

Envoyé : samedi 8 juin 2013 13 : 07

À : EONeill22@hotmail.com

Objet : tu ne vas pas t'en tirer comme ça

Ou peut-être que, pour eux, c'est carrément le bonheur d'écrire à la personne en question.

Comme c'est le cas pour moi : ☺ !

De : EONeill22@hotmail.com

Envoyé : samedi 8 juin 2013 13 : 11

À : GDL824@yahoo.com

Objet : Re : tu ne vas pas t'en tirer comme ça

Eh bien... merci. Mais le bonheur, ça ne ressemble pas vraiment à ça.

De : GDL824@yahoo.com

Envoyé : samedi 8 juin 2013 13 : 12

À : EONeill22@hotmail.com

Objet : Re : tu ne vas pas t'en tirer comme ça

À quoi ça ressemble alors ?

De : EONeill22@hotmail.com

Envoyé : samedi 8 juin 2013 13 : 18

À : GDL824@yahoo.com

Objet : à quoi ça ressemble le bonheur

Aux levers de soleil sur le port… à une glace un jour de canicule… au murmure des vagues au bout de la rue… à la façon dont mon chien se roule en boule contre moi sur le canapé… à se balader le soir… un super film… les orages… un bon cheeseburger… les vendredis… les samedis… les mercredis, même… tremper ses doigts de pied dans l'eau… les pantalons de pyjama… les tongs… nager… la poésie… un mail sans smiley…

Et pour toi, à quoi ça ressemble ?

Chapitre 1

Quel cirque !

Vous voyez un cirque quand il s'installe dans une nouvelle ville ? Eh bien voilà. Pareil. Ou pas loin. Sauf qu'au lieu d'éléphants et de girafes, il y avait des caméras et des micros. Et, au lieu de clowns, de cages et de fil pour jouer les funambules, il y avait des assistants de production, des semi-remorques et des mètres et des mètres de câbles gros comme le bras.

Ça tenait un peu de la magie, cette arrivée : une brusque apparition, comme surgissant de nulle part, si vite que même ceux qui s'y attendaient avaient été pris de court. Et, en voyant tout Henley déferler pour assister au spectacle, même les plus blasés de l'équipe de tournage n'avaient pu s'empêcher de ressentir un petit frisson, une sorte de courant électrique qui semblait courir à travers toute la ville. Ils avaient l'habitude de tourner en extérieur, pourtant, à Los Angeles ou à New York : des mégapoles où les locaux n'étaient que trop contents de les laisser tranquilles et se tenaient à distance respectueuse, tout en maudissant les bouchons et la disparition des places de stationnement, secouant la tête devant ces maudits spots qui faisaient tellement de lumière qu'on ne savait même plus si c'était le jour ou la nuit. Il est des endroits dans le monde où le tournage d'un film n'est qu'un mauvais moment à passer, une simple parenthèse dans la vie réelle.

Mais Henley (Maine) n'en faisait pas partie.

On était en juin. Il y avait donc pas mal de gens qui s'étaient rassemblés pour suivre le déchargement des camions. La population de la ville montait et baissait comme les marées. Pendant l'hiver, les autochtones claquaient des dents dans les boutiques vides, se pressant les uns contre les autres pour lutter contre le froid glacé venu de la mer. Mais, dès que l'été pointait le bout de son nez, le nombre d'habitants était multiplié par quatre ou cinq, et les boutiques de souvenirs, les cottages à louer et les Bed and Breakfast, qui se succédaient le long de la côte, ne désemplissaient pas. Henley était comme une sorte de gros ours qui hibernait : dormant durant les longs hivers pour se réveiller tous les ans à la même période.

Presque tout le monde en ville attendait la fin mai avec impatience. Le rythme semblait s'accélérer, annonçant le début de la haute saison, quand plaisanciers, pêcheurs du dimanche, jeunes mariés en voyage de noces et vacanciers débarquaient : l'invasion estivale. Trois mois de folie. Ellie O'Neill avait toujours redouté cette date fatidique et, aujourd'hui, alors même qu'elle essayait de se frayer un chemin entre les attroupements de tous ces badauds agglutinés sur la place, la raison de cette allergie lui apparaissait plus flagrante que jamais. Durant la morte saison, la ville lui appartenait. Mais, en ce jour torride de début juin, les touristes revenaient la lui voler.

Et, cet été, ce serait encore pire.

Parce que, cet été, en prime, il y aurait un film.

Un vol de mouettes vira de bord au-dessus de sa tête et, au loin, la cloche d'un navire se mit à tinter. Ellie se hâta de dépasser les curieux pour s'éloigner au plus vite des cars aménagés, désormais alignés le long du quai comme des roulottes de forains. Il y avait dans l'air une puissante odeur iodée et ça sentait déjà le poisson frit quand on approchait du plus ancien restaurant de la ville : *Le Casier à Homard*. Son propriétaire, Joe Gabriele, s'encadrait dans la porte, appuyé contre le chambranle, surveillant l'agitation à l'autre bout de la rue.

— C'est un peu l'hystérie, hein ?

Ellie s'arrêta pour suivre son regard. Au même moment, une longue limousine noire glissa en direction du plus grand chapiteau, escortée par un van flanqué de deux motos.

— Et des photographes, maintenant ! pesta-t-il en sourdine. Il ne manquait plus que ça !

Ellie ne put s'empêcher de froncer les sourcils en voyant la portière de la limousine s'ouvrir et les flashes crépiter.

Joe soupira.

— Je n'ai qu'une chose à dire : ils ont intérêt à en manger, de mes homards !

— Et de mes glaces.

— Parfaitement, acquiesça Joe, en désignant du menton le tee-shirt bleu qu'Ellie portait avec son nom brodé sur la poche. Et de tes glaces.

Lorsque Ellie arriva à la petite devanture jaune à auvent vert barré d'un « *Sprinkles* » en lettres délavées, elle avait déjà dix minutes de retard. Mais pas la peine de s'inquiéter : la seule personne à l'attendre dans la boutique n'était autre que Quinn, sa meilleure amie – et la pire employée que la terre ait jamais portée. Affalée sur le comptoir, Quinn feuilletait un magazine.

— Non mais, tu te rends compte qu'on est coincées ici, un jour pareil ! lui lança-t-elle, à peine la clochette tintinnabulait-elle au-dessus de la porte.

À l'intérieur, il faisait merveilleusement frais et il flottait comme un parfum de barbe à papa. Chaque fois, ça lui faisait le même effet : il y avait là quelque chose qui la projetait en arrière, ôtant une à une les années, telles les pelures d'un oignon qu'on épluchait. Ellie n'avait que quatre ans quand sa mère et elle avaient emménagé ici. Après le long trajet depuis Washington, la voiture lourdement chargée de tout ce qu'elles avaient emporté et du pesant silence qui y régnait à cause de tout ce à quoi elles avaient dû renoncer, elles s'étaient arrêtées dans le bourg pour demander la direction du cottage qu'elles avaient loué pour l'été. Sa mère avait tellement hâte d'arriver, de mettre un terme à ce voyage qui avait commencé bien avant ces dix longues heures de route ! Ellie, elle, avait filé tout droit vers la glacière pour écraser son nez constellé de taches de rousseur contre la vitre bombée. Ainsi donc, le premier souvenir qu'elle garderait de sa nouvelle vie serait toujours le carrelage noir et blanc, cette sensation de fraîcheur sur son visage et le bon goût sucré du sorbet à l'orange.

Elle se pencha pour attraper un tablier pendu au crochet sous le comptoir.

— Crois-moi, assura-t-elle à Quinn, tu es beaucoup mieux ici, à l'heure qu'il est. C'est un vrai cirque dehors.

— Tu l'as dit ! lui répondit son amie, en se retournant pour se jucher à côté de la caisse, les pieds dans le vide.

Quinn avait toujours été un modèle réduit et, même quand elles étaient gamines, Ellie avait toujours eu l'impression d'être une géante à côté d'elle, grande et dégingandée comme elle l'était. Et bien trop voyante, en plus, avec ses cheveux roux. Le Petit Pois et le Haricot, les appelait sa mère. Et Ellie s'était toujours demandé par quelle injustice il avait fallu que la seule chose qu'elle ait héritée de son père soit sa taille ridicule. Surtout elle qui n'avait qu'un seul but dans la vie : se faire oublier.

— C'est sans doute le truc le plus important qui se soit jamais passé ici, s'extasiait Quinn, les yeux brillants. Ce serait presque comme dans les films, si ce n'était pas *déjà* un film. (Elle s'empara du magazine pour le lui montrer.) Et ce n'est pas le genre art et essai à petit budget ni rien, en plus. Y a carrément des stars qui jouent là-dedans, je veux dire : Olivia Brooks et Graham Larkin. Graham Larkin ! Ici ! Un mois entier !

Ellie loucha sur la photo que Quinn lui agitait sous le nez. Elle l'avait déjà vu cent fois, ce visage. Celui d'un garçon aux cheveux noirs et aux lunettes encore plus noires, l'air renfrogné, qui forçait le barrage de tout un bataillon de photographes. Elle savait qu'il devait avoir à peu près leur âge, mais il y avait quelque chose chez lui qui le faisait paraître beaucoup plus vieux. Ellie essaya de se le représenter ici, à Henley, esquivant les paparazzi, signant des autographes, bavardant avec sa jolie partenaire entre les prises. Son imagination refusa de coopérer.

— Tout le monde pense qu'il sort avec Olivia ou que ça ne va pas tarder, poursuivait Quinn. Mais on ne sait jamais, peut-être que son genre, c'est plutôt les petites provinciales. Tu crois qu'il viendra ici, au moins ?

— Il n'y a que douze magasins dans tout le bled. Alors la chance est sans doute de ton côté.

Quinn l'observa tandis qu'elle commençait à rincer les cuillères à glace dans l'évier.

— Comment tu fais pour rester aussi zen ? Ça te titille donc pas, tout ça ? lui demanda-t-elle. C'est super excitant !

— C'est casse-pieds, lui rétorqua Ellie sans même lever le nez.

— Ça fait marcher le commerce.

— C'est la foire.

— Tout juste ! s'exclama Quinn, triomphante. Et, à la foire, on s'éclate.

— Pas si on déteste les montagnes russes.

— Oui, eh bien, que tu le veuilles ou non, tu es coincée sur celles-là pour un moment, lui fit remarquer Quinn en riant. Alors tu ferais mieux d'attacher ta ceinture.

Le matin, c'était toujours le calme plat à la boutique. Les affaires ne reprenaient qu'après le déjeuner. Mais, comme aujourd'hui la ville était en ébullition, les clients se succédaient pour acheter des bonbons en vrac – ceux qui étaient présentés dans de grands bocaux multicolores sur les étagères – ou pour se rafraîchir avec un cône matinal. Pendant qu'elle aidait un petit garçon à choisir son parfum, Quinn préparait un milk-shake au chocolat pour la mère scotchée à son portable.

— Et qu'est-ce que tu dirais de « mint chip » ? Ça fait comme des petites paillettes de menthe dedans, suggéra Ellie, en se penchant par-dessus la vitre embuée, tandis que le gamin, qui ne devait pas avoir plus de trois ans, se haussait sur la pointe des pieds pour essayer d'avoir un aperçu des différents parfums. Ou « cookie dough » ? Ça ressemble à de la pâte à gâteau. Ça a un goût de sablé.

Le gamin secoua si bien la tête que ses cheveux lui tombèrent dans les yeux.

— Cochon !

— Euh… un truc rose, tu veux dire ?

— Cochon, répéta le bambin, un peu moins sûr de lui pour le coup.

— Fraise ? hasarda Ellie, le doigt pointé sur le bac en question.

Le petit garçon opina du bonnet.

— Le cochon, il est rose, lui expliqua-t-il, tandis qu'elle lui remplissait son petit pot de glace.

— Tout à fait d'accord avec toi, répondit-elle, en le lui tendant.

Mais elle avait déjà l'esprit ailleurs. Elle pensait à un mail qu'elle avait reçu une quinzaine de jours auparavant. Un mail de… eh bien, elle ne savait pas vraiment de qui, en réalité. Pas précisément, en tout cas. Mais ça parlait d'un cochon. De son cochon à lui : Wilbur, qui s'était apparemment emparé d'un hot-dog pendant un barbecue. Ce qui l'avait proprement horrifié.

« *Mon cochon,* disait-il dans son mail, *est maintenant officiellement cannibale.* »

« *Ne t'en fais pas,* l'avait-elle rassuré. *Ça m'étonnerait qu'il y ait la moindre trace de viande dans ce hot-dog, de toute façon.* »

S'était ensuivi un échange prolongé sur ce qu'il y avait exactement dans les hot-dogs. Ce qui avait bien sûr conduit à tout un tas d'autres sujets, en partant de ce qu'ils aimaient manger jusqu'à leur menu de réveillon idéal et, avant qu'elle ne s'en aperçoive, il était déjà près de deux heures du matin. Une fois de plus, ils avaient réussi à parler de tout sans vraiment parler de rien et, une fois de plus, Ellie était restée debout une partie de la nuit.

Mais ça en valait la peine.

Encore maintenant, elle souriait au souvenir de ces mails, qui lui semblaient aussi réels et aussi sincères que n'importe quelle conversation qu'elle avait jamais eue en tête à tête avec quelqu'un. Elle vivait pratiquement à l'heure californienne, désormais, ne se couchant jamais avant d'avoir vu apparaître sur son écran l'adresse mail de son mystérieux correspondant. Ses pensées dérivaient constamment à travers tout le pays jusqu'à la côte opposée. C'était idiot, elle le savait. Ils ne connaissaient même pas leurs vrais noms. Mais, lorsqu'elle s'était réveillée le lendemain, après ce premier mail qui avait atterri par erreur sur sa messagerie, elle avait trouvé un autre petit mot de lui.

« *Bonjour, E,* avait-il écrit. *Il est tard ici et je viens seulement de rentrer… pour trouver Wilbur endormi dans mon armoire. D'habitude, quand je ne suis pas à la maison, il reste bien sagement dans la buanderie. Mais j'imagine que son "promeneur" a oublié de fermer la barrière. Si tu avais été dans le coin, je suis sûr que tu aurais été beaucoup plus pro…* »

À peine levée, sa chambre inondée par la lumière du matin, Ellie s'était assise à son bureau, clignant des paupières, bâillant et souriant sans trop savoir pourquoi. Elle avait fermé les yeux.

« Bonjour, E. »

Existait-il meilleure façon de commencer la journée ?

Assise là, en train de repenser à leur échange de mails de la soirée, elle avait ressenti comme une bouffée d'euphorie. Même si c'était un peu bizarre qu'elle ne connaisse toujours pas son nom, quelque chose l'empêchait de le lui demander. Ces deux petits mots auraient inévitablement provoqué tout un tas de réactions en chaîne : d'abord Google, puis Facebook, puis Twitter… toutes ces tortueuses galeries souterraines creusant leur bonhomme de chemin à travers le Net, jusqu'à ce que, pressée comme un citron, l'histoire ait à jamais perdu sa dernière goutte de mystère.

Mais peut-être que ce n'était pas si important. Peut-être que ça comptait moins que le reste : cette sensation d'exaltation, cette impatience qui la saisissait quand ses doigts se plaçaient au-dessus du clavier, ou la façon dont cet insistant point d'interrogation, qui avait clignoté dans sa tête toute la nuit, avait été si promptement remplacé par un point d'exclamation, à la vue de ce mail matinal. Peut-être qu'il y avait quelque chose de rassurant dans cette ignorance, quelque chose qui donnait l'impression que toutes ces questions de base, qu'on était normalement censés poser, n'avaient pas franchement d'intérêt, finalement.

Elle avait regardé son écran encore un moment. Et puis elle avait posé ses doigts sur les touches. « *Cher G* », avait-elle écrit. Et c'était parti.

C'est vrai qu'ils faisaient plutôt dans les détails que dans les faits. Les détails, c'est ce qu'il y a de meilleur. Ellie savait, par exemple, que GDL – comme elle en était venue à l'appeler dans sa tête lorsqu'elle pensait à lui – s'était ouvert le front en voulant sauter du toit du monospace familial, quand il était petit. Un autre jour, il avait fait mine de se noyer dans la piscine d'un voisin et avait fichu une trouille bleue à tout le monde quand on était arrivé pour le sauver. Il aimait dessiner des immeubles : des gratte-ciel, des tours, des buildings de tous les styles, avec des rangées et des rangées de fenêtres superposées. Et, quand il était très stressé, il pouvait dessiner des villes entières. Il jouait de la guitare mais pas très bien. Plus tard, il voulait aller vivre dans le Colorado. Sa spécialité, c'était les croque-monsieur : la seule chose qu'il savait cuisiner. Et il avait horreur de correspondre par mail, en général. Sauf avec elle.

« *Est-ce que tu es plutôt doué pour garder les secrets ?* » lui avait-elle demandé un jour. Elle trouvait que c'était un truc important à savoir. Ça pouvait en dire long sur quelqu'un, la façon dont il savait ou non garder un secret : comment il se débrouillait pour le cacher, combien de temps il mettait avant de vendre la mèche, jusqu'où il pouvait aller pour l'empêcher de filtrer.

« *Oui,* avait-il répondu. *Et toi ?* »

« *Aussi* », s'était-elle contentée d'affirmer. Et ils n'en avaient plus reparlé.

Toute sa vie avait été encombrée de lourds et douloureux secrets. Mais ça ? Ah ! ça, c'était autre chose. C'était comme une bulle à l'intérieur, une bulle si légère, si aérienne et si pleine d'énergie qu'elle lui donnait l'impression de traverser chaque journée sans vraiment toucher terre, comme si elle flottait.

Trois mois seulement que ce premier mail s'était égaré. Ça semblait faire beaucoup plus longtemps pourtant. Si sa mère avait remarqué la différence, elle n'en avait rien dit. Si Quinn la trouvait bizarre, elle le gardait pour elle. La seule personne qui pouvait s'en rendre compte était peut-être justement le destinataire de tous ces mails.

Elle se prit à sourire au petit pot de glace rose qu'elle tendait au bout de chou. Derrière elle, il y eut soudain un claquement sec et un crachotement suivi par un gros gargouillis. Quand elle se retourna pour voir ce qui se passait, ce fut pour constater les dégâts d'une explosion. Une explosion de milk-shake au chocolat. Il y en avait partout : sur les murs, sur le comptoir, par terre... Mais, surtout, surtout, sur Quinn : elle en était couverte de la tête aux pieds. La momie en chocolat cligna des yeux, une fois, deux fois, puis s'essuya le visage d'un revers de poignet.

Sur le coup, elle crut que Quinn allait pleurer. Son tee-shirt dégoulinait de chocolat. Même ses cheveux dégouttaient. On aurait dit qu'elle venait de se livrer à un de ces matchs de catch où on se battait dans la boue. Et qu'elle avait perdu.

Et puis son visage se fendit d'un large sourire goguenard.

— Tu crois que Graham Larkin aimerait mon nouveau look ?

Ellie éclata de rire.

— Qui n'aime pas les milk-shakes au chocolat ?

La mère du petit garçon avait enfin délaissé son portable. Elle en restait bouche bée. Le premier moment d'émotion passé, elle plongea la main dans son sac pour sortir son portefeuille et posa quelques billets sur le comptoir.

— Je crois que je vais juste prendre la glace, déclara-t-elle, avant de pousser son fils vers la porte, en jetant par-dessus son épaule un dernier regard navré à une Quinn ruisselante.

— Ça en fera plus pour nous, commenta Ellie.

Et elles s'esclaffèrent de plus belle.

Quand elles eurent enfin terminé de réparer les dégâts, Ellie avait fini son service.

Quinn lança un coup d'œil à la pendule, puis lorgna vers son tee-shirt.

— Veinarde ! s'exclama-t-elle. Quand je pense que je vais devoir ressembler à ça pendant encore deux heures ! On dirait un truc sorti tout droit de la chocolaterie de Willy Wonka.

— Attends, j'ai un débardeur en-dessous, lui répondit Ellie, en enlevant son tee-shirt bleu pour le lui donner. Tu n'as qu'à mettre ça.

Quinn marmonna un remerciement en allant se réfugier dans les minuscules toilettes, à côté des congélateurs, au fond de la boutique.

— Je crois bien que j'en ai même dans les oreilles, lui lança-t-elle.

— C'est pour mieux supporter le boucan du coup de feu, mon enfant, lui rétorqua Ellie. Tu veux que je reste jusqu'à ce que Devon arrive ? Ma mère peut bien attendre.

— Non, non, c'est bon, lui assura Quinn, en émergeant des toilettes.

Le tee-shirt d'Ellie lui faisait une robe.

— Il est un peu long, reconnut-elle, en s'évertuant à fourrer tout ce qui dépassait dans son jean. Mais je vais m'arranger. Je pourrai faire un détour par le magasin pour te le rendre en sortant, si tu veux.

— Génial. À plus alors.

— Hé ! la héla Quinn, juste au moment où elle s'apprêtait à franchir la porte. Crème solaire ?

Quinn pointait du menton ses épaules dénudées que seules barraient les fines bretelles de son débardeur.

— Ça va aller, soupira-t-elle en levant les yeux au ciel.

Ce n'était que la deuxième semaine des vacances, mais Quinn était déjà toute bronzée. Ellie, elle, n'était jamais que de deux couleurs : aspirine ou écrevisse. Quand elle était petite, elle avait fini à l'hôpital à cause d'un coup de soleil carabiné juste parce qu'elle était allée faire un tour à la plage. Depuis, Quinn se faisait un devoir de lui faire respecter l'usage immodéré d'écran total dès l'apparition du moindre rayon. C'était une habitude qu'Ellie jugeait à la fois touchante et franchement énervante. Elle avait déjà une mère, après tout. Mais Quinn ne s'en montrait pas moins intraitable sur ce point.

Une fois dehors, Ellie s'arrêta pour regarder l'équipe technique monter le plateau de tournage à l'autre bout de la rue. La foule était moins dense, à présent. Les gens avaient dû se lasser de reluquer des régiments d'hommes en noir qui couraient dans tous les sens en poussant de lourdes malles de matériel. Elle allait se diriger vers la boutique de souvenirs maternelle lorsqu'elle remarqua le type avec une casquette de base-ball des Dodgers de Los Angeles qui s'avançait vers le glacier.

Il avait la tête basse et les mains enfoncées dans les poches, mais tout, dans sa décontraction affichée, trahissait l'effort : il cherchait tellement à se fondre dans le décor qu'il n'en devenait que plus voyant. Ç'aurait pu être n'importe qui. Après tout, c'était juste un mec quelconque – un ado, en fait –, mais Ellie comprit immédiatement qu'il n'en était rien. Elle savait même très précisément qui c'était. Il y avait quelque chose de trop singulier chez lui, comme s'il traversait une affiche de ciné ou un plateau de télé et non une petite rue du Maine. La scène avait quelque chose d'étrangement irréel et, sur le moment, elle put percevoir la magie qui s'en dégageait. Elle aurait même presque compris qu'on puisse tomber sous son charme.

Lorsqu'il ne fut plus qu'à quelques pas, il leva les yeux et elle fut saisie par son regard, un regard d'un bleu si intense qu'elle l'avait toujours cru retouché dans les magazines. Même à l'ombre de sa visière, il était incroyablement pénétrant. Elle retint son souffle quand il se posa brièvement sur elle avant de glisser vers l'auvent de la boutique.

« Il est triste. » Cette pensée s'imposa à elle avec la force d'une évidence. Curieux. Elle ignorait comment elle pouvait le savoir, mais elle en fut soudain persuadée. Derrière tout le reste – une nervosité pour le moins inattendue, une pointe de méfiance, une touche de circonspection –, il y avait aussi une tristesse si profonde qu'elle en fut bouleversée. C'était là, dans ces yeux, tellement plus vieux que le garçon auquel ils appartenaient, et dans ce regard forcément lointain.

Elle avait lu des trucs sur lui, évidemment, et il lui semblait se rappeler qu'il ne faisait pas partie de ces stars toujours entre deux cures de désintox. Pour autant qu'elle s'en souvienne, il n'était pas couvert de dettes et n'avait pas de parents à problèmes.

Il ne faisait pas non plus partie de ces malheureux enfants prodiges du cinéma : il n'avait vraiment crevé l'écran que deux ans auparavant. Elle avait entendu dire que, pour célébrer son seizième anniversaire, il avait embarqué toute l'équipe de son dernier film à bord d'un avion pour aller faire du ski dans les Alpes suisses. Et il était sorti avec la plupart des jeunes actrices les plus en vue d'Hollywood.

Alors il n'y avait aucune raison pour que Graham Larkin soit triste.

« Il l'est, pourtant », songea-t-elle.

Il s'était arrêté devant la vitrine du glacier et semblait hésiter. Elle fut étonnée de voir son regard revenir sur elle et lui sourit. Un simple réflexe. Mais il se contenta de l'examiner un long moment sans que, sous le couvert de sa visière, son visage ne change un tant soit peu d'expression. Le sourire d'Ellie s'évanouit.

Tandis qu'elle l'observait, il se redressa et franchit le seuil de la boutique. À travers la vitre, elle surprit le regard de Quinn : elle hallucinait, ça se voyait. Son amie lui dit quelque chose, mais elle ne parvint pas à lire sur ses lèvres. Et puis Quinn reporta son attention sur la porte alors que la cloche tintait et que Graham Larkin faisait son entrée.

Ce fut seulement à ce moment-là que, sortant on ne sait d'où, les photographes déboulèrent. Ils étaient six, tous armés d'énormes appareils photo noirs et bardés de gros sacs qu'ils portaient en bandoulière. D'un même mouvement, ils se précipitèrent contre la vitre pour mitrailler leur proie avec une intensité frénétique. À l'intérieur de la boutique, Graham Larkin ne se retourna même pas.

Ellie s'attarda encore une minute, regardant tantôt Quinn qui souriait derrière son comptoir à l'approche de la star, tantôt les photographes qui se disputaient le meilleur angle de prise de vue. Les curieux qui grouillaient dans les rues voisines commencèrent à converger vers la petite échoppe, attirés par la scène comme par un aimant : l'irrésistible attraction qu'exerce ce fascinant mélange de célébrité et de sensationnel. Mais plus la foule grossissait, plus Ellie reculait. Finalement, elle réussit à s'échapper en contournant discrètement l'angle du bâtiment. Avant que quiconque ne puisse seulement se rendre compte de sa présence, elle avait disparu.

De : GDL824@yahoo.com

Envoyé : dimanche 9 juin 2013 13 : 24

À : EONeill22@hotmail.com

Objet : Re : à quoi ça ressemble le bonheur

Découvrir de nouveaux endroits.

Chapitre 2

Ça faisait des semaines maintenant que Graham imaginait ce moment. Alors, se retrouver dans cette petite ville de province, qui ressemblait trait pour trait à l'idée qu'il s'en était faite, avec ces échoppes en enfilade et cette brise marine dans son dos, ça lui donnait un peu l'impression de marcher dans un rêve.

Il avait la tête comme une enclume. Et ce n'était pas à cause du soleil – voilé par un fin banc de nuages blancs. Non, il avait pris le vol de nuit pour Portland et, forcément, il n'avait pas fermé l'œil. Avant, il ne prenait jamais l'avion. Du coup, voler le rendait hyper nerveux. Et voyager en jet privé ou bénéficier d'un confort V. I. P. ne changeait rien à l'affaire : même si, à présent, il passait quasiment sa vie entre deux avions, il ne parvenait toujours pas à s'y faire.

Mais tout ça n'était déjà plus qu'un mauvais souvenir. Maintenant qu'il se dirigeait vers la boutique, il se sentait plus sûr de lui qu'il ne l'avait été depuis des siècles. Il était bien réveillé et remonté à bloc. Ça faisait bien longtemps que ça ne lui était plus arrivé. Ces deux dernières années, au fur et à mesure que sa vie se transformait, il avait peu à peu perdu toute consistance, devenant aussi malléable qu'un bout de pâte à modeler.

Désormais, il était habitué à ce qu'on lui dise ce qu'il devait faire, comment il devait se comporter, qui il devait voir et ce qu'il devait réciter quand il rencontrait les inconnus qu'on lui présentait. Et ces conversations décontractées qu'il avait sur les confortables canapés des talk-shows ? Il en avait appris chaque réplique. Tout était organisé par les gens de son équipe et ses fringues, choisies par un styliste professionnel, lequel cherchait toujours à le faire entrer dans des tee-shirts à col en V et des jeans slim ultra-moulants. Il aurait fallu le tuer, pour qu'il porte ce genre de trucs, avant.

Mais « avant », c'était… oh ! il y avait des millions d'années.

Et c'était comme ça que ça se passait « après ».

Si quelqu'un lui avait dit, deux ans plus tôt, qu'à dix-sept ans il vivrait seul, qu'il aurait une baraque à lui qui faisait trois fois celle dans laquelle il avait grandi, avec piscine, salle de projection privée et l'indispensable système d'alarme à la pointe de la technologie dernier cri, il lui aurait ri au nez. Mais, comme tout ce qui était arrivé après la sortie de son premier film, comme cette hallucinante hystérie collective qu'à la surprise générale il avait suscitée, ça semblait juste la suite logique. Il y avait eu comme ça une sorte d'effet boule de neige, une cascade d'événements qui lui avaient paru inévitables. D'abord, un nouvel agent, une nouvelle attachée de presse. Et puis, une nouvelle maison et une nouvelle voiture. Ensuite, de nouvelles façons de se comporter en public, de nouveaux professeurs particuliers pour l'aider à finir ses études pendant les tournages, de nouvelles règles pour encadrer ses sorties et les « mondanités » auxquelles il devait se plier. Et, donc, autant de nouvelles occasions de s'attirer des ennuis qu'il n'aurait jamais seulement pu imaginer auparavant.

Même ses parents avaient changé. Quand il passait les voir, ils avaient l'air hyper tendus, choisissant soigneusement leurs mots, comme s'ils étaient interviewés face caméra. S'il lui arrivait, par hasard, de faire un truc qui les aurait rendus dingues du temps où il habitait encore chez eux (laisser sa vaisselle sale sur l'évier ou ses chaussures traîner au beau milieu de l'entrée), au lieu de lui crier dessus, comme avant, ils se contentaient d'échanger ce même coup d'œil indéchiffrable et feignaient de n'avoir rien remarqué. C'était tellement déstabilisant que ça l'avait pratiquement dégoûté d'y aller.

Il n'y avait pourtant pas si longtemps, il n'était encore qu'un petit élève de première qui jouait Nathan Detroit, le rôle principal de *Blanches colombes et vilains messieurs*, dans l'amphi du lycée plongé dans le noir. Il avait passé l'audition sur un coup de tête. Pour la même raison qui le poussait à faire la plupart des trucs, en général : impressionner une fille. Quelques jours plus tard, il avait été scié de découvrir son nom dans la distribution. Son lycée était situé dans un quartier tellement chic qu'il avait souvent l'impression d'être un alien débarqué sur une espèce de planète bizarroïde où tout était toujours impeccable, bien net, bien policé. En plus, comme ce quartier se trouvait dans la proche banlieue de L.A., la plupart de ses petits camarades de classe – tous ceux du club de théâtre, en tout cas – rêvaient de se faire un nom à Hollywood. Ils avaient usé leurs baskets de cours de danse en cours de chant, de cours d'interprétation en cours d'improvisation, depuis toujours. Ils épluchaient les numéros de *Variety*, histoire de suivre l'actualité de l'industrie du cinéma, et considéraient le shopping comme un moyen incontournable de cultiver leur image.

Et puis, avec sa dégaine de type dégingandé un peu à côté de la plaque et pas très à l'aise, il était nonchalamment monté sur scène avec, aux lèvres, un sourire niais qu'il adressait à une fille à laquelle il n'avait même jamais parlé, et, allez savoir comment, il avait décroché le rôle. Pourtant, à part lui, personne n'avait semblé trouver ça étonnant. Ç'avait toujours marché comme ça, pour lui. Il n'avait jamais eu de mal à intégrer les meilleures équipes sportives, ni à figurer au tableau d'honneur. C'était bien simple, il collectionnait les récompenses et les titres, de Meilleur Joueur de l'Année à Élève le Plus Populaire. Don du ciel ou cadeau empoisonné, il avait toujours été de ceux à qui tout réussit.

Il était donc planté là, le soir de la première, à s'efforcer de ne pas oublier les paroles des chansons qu'il était censé interpréter. Moulé dans un costume au moins deux fois trop petit pour lui et larmoyant dans la lumière aveuglante des projecteurs, il n'était plus trop sûr de ses chances si, comme prévu, il invitait la fille qui jouait Adelaïde à la fête du lycée après la représentation. Il n'en avait pas eu l'occasion. Le père d'un de ses camarades de classe, qui cherchait un inconnu pour jouer un ado magicien dans un film – pas le jeune premier, mais celui qui pousse l'héroïne à douter de ses sentiments pour le héros –, les avait coincés à la fin du spectacle pour lui proposer de venir faire un bout d'essai. Pas plus conscients que lui de ce que ça impliquait, ses parents avaient accepté, pensant que ce serait une bonne opportunité, une expérience amusante et peut-être même un petit plus pour appuyer sa candidature quand il ferait sa demande d'inscription dans une prestigieuse université – et puis, ça mettrait un peu de beurre dans les épinards, si jamais ça marchait.

Plus tard, tous les magazines décriraient sa « fulgurante ascension » en des termes qui le faisaient passer pour un personnage de dessin animé : comment il avait été « tiré de l'anonymat », « porté aux nues », « propulsé sous le feu des projecteurs » ou « catapulté au faîte de la gloire ». Il faut avouer que c'était un peu l'effet que ça lui avait fait. Il avait aimé « jouer un rôle » plus qu'il ne l'avait d'abord imaginé et, au début, il avait trouvé l'univers des Studios assez fascinant. Ça le changeait un peu des petits mélodrames de cour de lycée.

Mais ce que personne ne lui avait dit, c'était que, quand une chose comme ça vous arrive, vous ne pouvez plus revenir en arrière. Après coup, ça paraît peut-être évident. Il aurait probablement dû s'en douter avant de mettre le doigt dans l'engrenage. Mais il y avait aussi comme une sorte d'inertie initiale qui ralentissait le processus, le faisant moins ressembler à une fusée lancée au firmament qu'à un glissement de terrain. Et, comme tous ces personnages de dessin animé, quand le sol s'était dérobé sous ses pieds, il avait continué à courir, suspendu dans les airs, pédalant dans le vide, en espérant que, s'il continuait, peut-être qu'il n'allait pas tomber.

Jamais il ne s'était senti aussi seul. Oh ! il y avait bien des agents, des metteurs en scène, des partenaires, des répétiteurs, des costumiers, des attachées de presse, des coiffeurs-visagistes et des conseillers en image. Mais aucun d'eux ne lui semblait tout à fait réel et, lorsque les caméras cessaient de tourner, ils s'évanouissaient comme quelques fantômes trop opportunistes pour être vrais. Il avait bien essayé de continuer à voir ses copains de lycée. Mais il s'était produit comme un léger décalage et, dans ce nouvel univers étrange et inconnu où il évoluait désormais, ses anciens « potes » ne savaient plus trop comment se comporter. Il s'était trop éloigné du leur, de ce monde balisé fait d'heures de sortie à respecter, de devoirs à faire et d'entraînements de foot à ne pas rater. Alors, quand il avait cessé de proposer sa maison pour organiser des fêtes d'autant plus « déjantées » qu'elles servaient à rythmer leurs petites vies si bien réglées, ils n'avaient plus vraiment eu de raison de continuer à le fréquenter.

Et c'était pareil avec les nouvelles connaissances qu'il se faisait, au cours des soirées ou des spectacles auxquels il assistait, et avec les filles qu'il rencontrait à peu près partout, dès qu'il mettait un pied dehors. Avant, il était le type que tout le monde voulait avoir pour copain parce qu'il était drôle et qu'il savait s'amuser. Sans compter qu'au fond il était quelqu'un de plutôt réglo. Mais, maintenant, il était le type que tout le monde s'arrachait parce qu'il était beau et célèbre, et qu'il avait une super baraque. Ou parce qu'ils voulaient tous ce qu'il avait et qu'ils pensaient peut-être l'obtenir par son intermédiaire, comme si, à lui tout seul, il détenait la clef du succès.

Alors, lorsqu'il ne travaillait pas, il se terrait chez lui et lisait les scénarios que son agent lui envoyait pour essayer d'occuper ses journées. Il ne se rendait dans des soirées que très occasionnellement, juste pour rencontrer le nouveau metteur en scène ou scénariste branché du moment dont on lui avait dit tant de bien. Et quand, fatalement, les photographes lui tombaient dessus, il grimaçait un sourire et se tirait dès qu'il le pouvait. Il lisait plus qu'il ne l'avait jamais fait au lycée. Il commandait plus de pizzas qu'il ne l'aurait cru imaginable. Il jouait aux jeux vidéo avec un engouement plutôt déprimant. Il avait adopté un cochon et passait la plus grande partie de ses journées avec lui au bord de la piscine.

Et puis, un jour, un de ses mails avait trouvé le chemin de *sa* boîte de réception.

Et d'un coup, comme ça, il avait découvert la puissance d'Internet. Il y avait quelque chose de grisant dans cette histoire d'anonymat. Brusquement, il pouvait tout effacer, tout recommencer. Il était autant un mystère pour elle qu'elle en était un pour lui : non plus Graham Larkin, juste GDL824. Et GDL824 aurait pu être une centaine de différents styles de mecs de dix-sept ans : le genre qui ne vit que pour le foot, ou le champion d'échecs qui enchaîne les tournois, le type qui fume en cachette derrière le bahut, ou un de ces petits génies déjà en deuxième année de médecine. Il pouvait être un garçon qui collectionnait les papillons, ou les fanions, ou les filles. Il pouvait être fan de l'étoile montante du tennis, ou du rock, ou des innombrables étoiles dans le ciel. Et pourquoi pas de Graham Larkin, si ça lui chantait !

Bref, le truc, c'était qu'il pouvait être n'importe qui.

Des semaines durant, tandis qu'il se présentait à tous les rendez-vous de préproduction pour son nouveau film (une histoire d'amour, cette fois, pour « mettre en valeur son côté sensible »), il avait eu un mal de chien à se concentrer sur ce qui se passait au studio de L.A. Pour la bonne raison qu'il avait la tête ailleurs. À l'autre bout du pays, même. Du moment où elle avait laissé filtrer qu'elle était du Maine, il s'était mis à lire tout ce qu'il pouvait trouver sur cet État, comme s'il s'agissait d'une destination exotique.

« *Tu savais que la myrtille sauvage est le fruit national du Maine ?* lui avait-il écrit, une nuit. *Et, plus important encore, que la "spécialité gourmande" du Maine est le* whoopie pie ? »

« *Je ne sais même pas ce que c'est qu'un* whoopie pie, lui avait-elle répondu. *Et je travaille dans une boutique de bonbons. Alors j'ai comme l'impression que c'est une pure invention.* »

« *Certainement pas,* s'était-il défendu. *D'ailleurs, toutes les villes du Maine sont pavées de* whoopie pies, *j'imagine.* »

« *Pas Henley* », lui avait-elle répliqué.

Tel un mineur de fond tâtonnant dans l'obscurité qui se raccroche au plus ténu rai de lumière, il avait exulté.

Quelques jours plus tôt, justement, la régisseuse du film chargée du repérage avait été virée. On avait découvert que la ville de Caroline du Nord où ils étaient censés tourner, pendant le premier mois de l'été, était victime d'une invasion massive de sauterelles. Le metteur en scène était furieux qu'elle ait pu passer à côté d'une invasion d'insectes qui se reproduisait systématiquement tous les sept ans avec une régularité de métronome. Mais, secrètement, Graham, lui, avait sauté au plafond.

Il avait proposé de déménager le tournage à Henley, soulignant que cette charmante bourgade possédait tout ce qu'ils cherchaient : les échoppes désuètes, le port pittoresque, la petite plage sauvage… À l'entendre, on aurait pu croire qu'il connaissait l'endroit comme sa poche. Pour tout dire, il y était allé si souvent en pensée, ces derniers temps, qu'en un sens, c'était un peu vrai.

N'empêche, il lui avait quand même fallu faire preuve de pas mal de persuasion. À tel point qu'à la fin, il s'était senti obligé d'y aller de son petit caprice de star – autrement dit, de se comporter comme tout le monde semblait s'attendre à ce qu'il se comporte, de toute façon –, se montrant irascible, intraitable et prenant tout le monde de haut. Il avait fait du chantage et agité son portable dans tous les sens comme une menace. Et, à sa grande surprise, ça avait marché. On avait envoyé de nouveaux éclaireurs, lesquels avaient confirmé que c'était effectivement un cadre idéal. Les autorisations nécessaires avaient été obtenues et les papiers dûment signés. La deuxième équipe était partie en avance pour commencer à collecter ce qu'on appelait, dans le jargon, des plans d'illustration. Et Graham et ses partenaires étaient inscrits sur les tablettes de la production pour quatre semaines de séjour à l'*Auberge de Henley*… qui ne se trouvait qu'à cinq cents mètres du seul « confiseur-glacier » du bled.

Même si sa vie amoureuse n'avait pas fait la une des journaux et même s'il n'avait pas constamment veillé à éviter rumeurs et ragots, jamais Graham n'aurait dit à qui que ce soit pourquoi il voulait si désespérément aller à Henley. Au mieux, ça l'aurait fait passer pour un dingue. Au pire, pour un obsédé.

Mais il fallait se rendre à l'évidence : il était bel et bien en train de tomber amoureux d'une fille qu'il n'avait jamais vue. Une fille dont il ignorait le nom !

Il savait que c'était ridicule. Si quelqu'un lui avait donné à lire un script avec une histoire pareille, il lui aurait balancé que c'était complètement irréaliste.

Mais ça ne changeait rien à ses sentiments.

Certes, ç'aurait peut-être été plus simple s'il lui avait tout bonnement demandé un rendez-vous. Mais… Et si elle n'éprouvait pas du tout la même chose que lui ? Et si elle cherchait juste quelqu'un avec qui correspondre ? Là, au moins, il avait un prétexte tout trouvé pour débarquer à Henley.

Et puis, il fallait bien qu'ils le tournent quelque part, ce film, non ?

Il ne devait pas commencer à travailler avant le lendemain et, quand il avait dit à Harry Fenton qu'il voulait arriver plus tôt sur place, ce dernier avait tiqué.

— Mais tu n'es *jamais* en avance, lui avait fait remarquer son agent à la calvitie galopante.

Graham s'était contenté de hausser les épaules.

— Je suis censé y avoir passé toute ma vie. Il me semble donc important de me mettre en situation de totale immersion, lui avait-il rétorqué, répétant mot pour mot ce qu'il avait un jour entendu dans la bouche de ce pédant prétentieux qu'il avait pour partenaire dans la trilogie *Top Hat*.

Il s'était alors rendu compte qu'il devenait aussi doué pour jouer Graham Larkin que pour interpréter ses autres personnages. C'était un rôle comme un autre, après tout.

En arrivant à proximité de la boutique du glacier, il ralentit un peu. Il sentait la présence des photographes tapis quelque part derrière lui, aussi furtifs qu'un banc de requins. Le soleil lui tapait sur les épaules et sa chemise lui collait dans le dos. Il croisa une grande fille élancée aux longs cheveux roux. Quand il leva les yeux vers elle, il décela une sorte de reproche silencieux dans le vert de ses prunelles. Il avait été tellement obnubilé par son envie d'aller à Henley qu'il ne lui était jamais venu à l'idée que Henley n'avait peut-être aucune envie de le voir. Quand il la regarda de nouveau, la fille lui sourit. Mais il le prit comme une espèce de jugement, comme si elle l'avait catalogué, déterminant, d'un seul coup d'œil, à qui elle avait affaire. Et il n'était pas très sûr de vouloir le savoir.

Mais il était trop tard pour se préoccuper de ça. Il s'arrêta devant la boutique et plissa les yeux pour regarder à travers la vitrine – qui ne lui renvoya que son reflet. Il brûlait de voir à quoi elle ressemblait. Même si ce n'était pas ça qui comptait, évidemment. Enfin, ça n'aurait pas dû, en tout cas. Ça faisait un bail qu'il n'avait pas éprouvé ça pour quelqu'un. Quand on est célèbre, c'est un peu comme si on avait une baguette magique : on peut dire un truc débile ou complètement inintéressant – ou ne rien dire du tout, d'ailleurs –, les filles s'extasieront quand même. Mais, au lieu de lui donner plus d'assurance, ça ne servait qu'à l'ébranler davantage. Ça signifiait seulement qu'il n'avait aucun moyen de mesurer l'estime réelle que les gens lui portaient.

Jusqu'à maintenant. Parce que, qui qu'elle soit, Graham n'était pas loin de penser que cette fille l'appréciait. Et pas pour son côté star de cinéma : pour lui, pour ce qu'il était vraiment.

Et elle lui plaisait bien, à lui aussi.

Quand il poussa la porte, le tintement de la clochette acheva de le déstabiliser et il baissa la tête pour se cacher derrière la visière de sa casquette. Il était le seul client de la boutique. Il garda les yeux rivés au carrelage noir et blanc jusqu'à ce qu'il soit pratiquement arrivé au comptoir. Ça faisait bien longtemps qu'il n'avait plus peur de regarder une fille, mais il se sentait incroyablement nerveux, tout à coup. Il lui fallut un moment pour trouver le courage de lever le nez vers elle.

Quand il réussit enfin à la regarder, il fut soulagé de constater qu'avec ses yeux en amande et ses longs cheveux noirs, elle était incontestablement jolie. À peine s'il prit le temps d'enregistrer tout ça, cependant. Il était bien trop occupé à déchiffrer les mots écrits sur la poche de son tee-shirt.

« Ellie, se dit-il, enfin en mesure d'associer un nom à ces énigmatiques initiales. Ellie O'Neill. »

Elle le dévisageait avec impatience et une expression à mi-chemin entre stupeur et ravissement. Il la salua d'un petit signe de tête, puis se déplaça latéralement pour se planter devant la liste des parfums et fit mine d'hésiter. En fait, il était en train de penser à une conversation qu'ils avaient eue, quelques semaines plus tôt. Pour plaisanter, il lui avait envoyé un de ces mails qui vous demandent de compléter un questionnaire sur vos trucs préférés.

« *Hors de question que je remplisse ça*, lui avait-elle répondu. *Ne me dis pas que tu en es arrivé à mourir d'envie de connaître mon parfum de glace favori.* »

« *Tu veux rire ?* lui avait-il répliqué. *Tu serais surprise si tu savais à quel point c'est révélateur.* »

« *Attends. Laisse-moi deviner,* lui avait-elle alors écrit. *Si je réponds Rocky Road, ça veut dire que je suis en train de traverser une mauvaise passe. Si je réponds Vanille, ça veut dire que je suis banale à pleurer…* »

« *Un truc comme ça. Je suis un adepte du sorbet, quant à moi. Qu'est-ce que tu en déduis ?* »

« *Que tu as très bon goût. C'est ce que je préfère aussi.* »

Il suivit la fille du regard tandis qu'elle longeait l'autre côté du comptoir pour venir se pencher au-dessus de la vitre bombée, en face de lui.

— Est-ce que je peux vous aider ? lui demanda-t-elle.

Il fut étonné de reconnaître une note familière dans sa voix : ce même ton sucré que prenaient tant d'attachées de presse et de managers à L.A. Il se contenta de lui adresser un demi-sourire. Ce qui la fit glousser. Il en eut des crampes d'estomac.

Il pointa l'index sur la vitre.

— Je vais prendre un sorbet arc-en-ciel, lui annonça-t-il, en lorgnant discrètement vers elle pour voir si elle faisait le rapprochement.

Mais elle hocha simplement la tête et se retourna pour prendre un petit pot. Évidemment. Comment aurait-elle pu deviner ? Ça ne suffisait pas. Il essaya de trouver d'autres façons de glisser des allusions dans la conversation : de mentionner quelque chose dont ils auraient déjà discuté par mail, une vanne qu'ils auraient partagée et qui n'appartenait qu'à eux… Derrière lui, il entendit alors un violent coup sur la vitrine : un des photographes s'était manifestement approché trop près avec son appareil. Ce n'était peut-être pas le bon moment, finalement.

— Vous allez vous plaire ici, lui assurait-elle pendant ce temps. C'est l'endroit idéal où passer l'été.

Elle avait dit ça d'un ton aussi léger qu'un courant d'air : elle flirtait ostensiblement avec lui. Pourquoi aurait-elle été différente des autres filles, après tout ? Il ne pouvait quand même pas lui en vouloir pour ça. Une fois qu'elle aurait compris qui il était – qui il était vraiment –, tout rentrerait dans l'ordre. Mais, en attendant, il n'avait pas à s'étonner de la façon dont elle rejetait ses cheveux en arrière en lui tendant sa glace.

— Ah oui ? lui lança-t-il, en posant un billet de dix sur le comptoir et en repoussant la monnaie de la main. Et vous ne connaîtriez pas un resto sympa pour dîner ?

— *Le Casier à Homard*, lui répondit-elle sans hésiter, avec un petit coup d'œil charmeur. C'est mon préféré.

Il acquiesça.

— Eh bien, dans ce cas, ça vous dirait d'y dîner avec moi ce soir ?

— Moi ? (Elle avait l'air réellement surprise.) Sérieux ?

— Sérieux.

Il lui adressa un échantillon de son « sourire ravageur », celui qui, dans son ancienne vie, n'avait jamais semblé posséder le moindre pouvoir de séduction particulier, mais qui, maintenant, détenait la curieuse faculté de mettre des hordes d'ados haletantes en transe.

— J'en serais ravie, lui répondit-elle, d'une voix qui avait soudain monté d'une octave.

Léger hochement de tête de sa part, suivi d'un silence gêné. Il lui fallut un petit moment avant de réaliser qu'il était censé fixer l'heure du rendez-vous.

— Neuf heures là-bas, ça vous irait ?

Elle eut l'air mal à l'aise, tout à coup.

— C'est-à-dire que… j'ai bien peur que ça ferme à cette heure-là.

— Ah ! Sept heures et demie alors ?

Elle acquiesça en lui tendant une cuillère. Il mit un certain temps avant de réagir : sa nuit blanche dans l'avion devait commencer à faire son effet parce qu'il sentait la fatigue lui tomber dessus, d'un coup, comme une masse. Et une cruelle déception le gagner aussi, sans trop savoir pourquoi. C'est vrai ça, est-ce que ce n'était pas très exactement ce qu'il avait voulu ? Cette ville ? Cette fille ? Non seulement elle était mignonne, mais elle était sympa et ne demandait apparemment qu'à sortir avec lui. Qu'est-ce qu'il demandait de plus ?

Il plongea la cuillère dans sa glace qui commençait déjà à fondre et leva son petit pot pour lui dire au revoir, tandis qu'elle le saluait d'un geste de la main. Et puis il se retourna… et se prit tous les flashes en pleine figure. Il ferma les yeux, aveuglé. Quand il les rouvrit, il ne voyait toujours rien, rien que le crépitement des étoiles.

De : EONeill22@hotmail.com

Envoyé : dimanche 9 juin 2013 11 : 11

À : GDL824@yahoo.com

Objet : Re : à quoi ça ressemble le bonheur

Les changements de saison.

Chapitre 3

Pour Ellie, pénétrer dans la boutique de souvenirs maternelle, c'était un peu comme entrer dans la tête de sa mère. Pas trace ici de la plus infime manifestation du moindre sens de l'organisation, pas le début du plus vague thème auquel aurait pu correspondre la tonne d'articles amassés dans le magasin. Huit ans plus tôt, lorsque sa mère l'avait acheté, on y trouvait essentiellement des meubles et de la déco. Il était alors rempli de bougies, de ronds de serviette et de vases de toutes sortes élégamment présentés. L'ancienne propriétaire coulait maintenant des jours heureux en Floride, ayant, depuis belle lurette, tourné le dos aux rudes hivers du Maine. Mais, si jamais elle était revenue et avait vu ce qu'était devenue sa boutique, elle aurait été, à n'en pas douter, absolument hor-ri-fiée.

C'est vrai que ça partait un peu dans tous les sens, maintenant. Le magasin tout entier n'était pas plus grand qu'une salle de classe, mais il débordait de tant de trucs qu'il donnait l'impression d'être encore plus petit. Elles vendaient toujours des sets de table et des moulins à poivre, des lampes et des coussins, et d'autres objets de déco en tout genre. Cependant, on y trouvait aussi, à présent, des livres, des jouets *vintage* et des paniers remplis de ces petits caramels mous très prisés des touristes parce que considérés comme une spécialité des stations balnéaires de la côte. Et ça ne s'arrêtait pas là. Il y avait également des cartes de vœux, des cartes postales, des tee-shirts et des maillots de bain, des jouets de plage, des jeux de société…

Et des homards, bien sûr. Pas des vrais – quoique Ellie n'aurait pas été plus étonnée que ça de tomber sur un vivier, dans tout ce capharnaüm – mais des tasses et des bouilloires, des porte-clefs, des marque-pages et des mobiles en forme de homard. Il y avait même un énorme homard en peluche qui trônait au fond du magasin depuis des années maintenant. La peluche en question était de la taille d'un gros singe et, avec ses yeux en verre noirs et ses énormes antennes, elle avait plus d'une fois fait sursauter un pauvre gosse qui ne s'y attendait pas, alors qu'il déboulait un peu trop vite à l'angle du rayon.

Chaque fois que Quinn venait, ça la démangeait d'y mettre un peu d'ordre. Mais Ellie aimait bien ce bazar. Elle avait pratiquement grandi dans ce magasin et, pour elle, il était un peu comme une extension de la maison : un placard mal rangé ou une cave remplie de trésors cachés. Ça faisait des années que sa mère espérait s'agrandir, s'attardant chaque matin devant la devanture poussiéreuse d'à côté (une ancienne agence immobilière fermée depuis la nuit des temps). Mais l'argent avait toujours manqué. Au point où elles en étaient arrivées, il y en avait déjà juste assez pour empêcher leur propre maison de leur tomber sur la tête. Alors le bric-à-brac continuait de s'amonceler. Mais ça ne semblait pas déranger beaucoup les clients. Pas plus qu'Ellie, d'ailleurs.

Elle ne comptait plus les après-midi qu'elle avait passés là, perchée sur le vieux coffre d'officier de marine « d'époque », juste devant la fenêtre, bercée par le bruit des vagues qui s'écrasaient sur les rochers au bout de la rue, à faire ses devoirs avec des crayons en forme de homard en attendant que sa mère ferme. Mais la partie du magasin qu'elle préférait, c'était la collection de cadres alignés sur les étagères, dans le coin du fond. Il y en avait de toutes les formes, de toutes les couleurs et de toutes les tailles. Certains en argent, d'autres en bois, d'autres encore faits de simple verroterie polie par la mer, ou bordés de fines et fragiles découpes comme de la dentelle. Et, dans chacun d'eux, au lieu d'une photographie sur papier glacé, se cachait un poème.

Des années auparavant, par une froide journée d'hiver, alors que les bourrasques poussaient bien haut la neige contre la vitrine et que le magasin était vide et tout calme, sa mère l'avait laissée pour se risquer dehors et remonter la rue à la recherche d'un bon chocolat chaud. Pendant qu'elle était partie, Ellie s'était mise à examiner les photos encadrées, ces belles images en noir et blanc de familles heureuses souriant de toutes leurs dents. Il y avait là des couples qui se regardaient dans le blanc des yeux, des parents qui tenaient leurs enfants par la main, des familles qui faisaient un pique-nique, une balade en bateau, ou une promenade dans les bois. Et, tandis que son regard passait de l'une à l'autre, Ellie s'était rendu compte qu'il y avait exactement quatre photos de papas portant leur fille sur leurs épaules et exactement zéro photo de duo mère-fille.

Elle avait alors huit ans : elle était assez grande pour comprendre qu'elles ne retourneraient jamais à Washington, mais trop jeune pour garder un souvenir précis du visage de son père, qui remontait à la surface et replongeait dans les profondeurs de sa mémoire comme un petit poisson d'argent. Alors, lorsqu'elle avait vu tous ces visages hilares qui tapissaient le mur du magasin, quelque chose en elle s'était ouvert comme une blessure mal refermée.

Quand sa mère était revenue, une tasse de chocolat fumant dans chaque main, tous les cadres étaient vides. Ellie avait systématiquement enlevé chacune des photos pour les déchirer une à une avec un soin méticuleux avant de les jeter à la poubelle. Sa mère était restée plantée sur le seuil, les joues rougies par le froid, une expression incertaine dans les prunelles. Et puis elle avait posé les tasses et dénoué son écharpe. Sans un mot, elle avait traversé le magasin pour aller prendre une boîte de crayons de couleur tout neufs, pendue à un des crochets du rayon jouets, et la lui avait donnée.

— Quelque chose me dit que tu peux faire bien mieux, de toute façon, lui avait-elle assuré, en lui tendant la boîte.

À partir de ce moment-là, les cadres vendus dans le magasin n'avaient plus abrité que les dessins d'Ellie : de chatoyants croquis d'arbres, de bateaux et de homards sur fond de papier Canson coloré. Et, plus tard, quand elle avait grandi, elle avait troqué le dessin contre la poésie, remplissant les cadres de ses vers favoris, tous calligraphiés de sa petite écriture serrée. Les clients avaient commencé à s'attarder dans ce coin du magasin, passant les cadres en revue sur leurs étagères, perdus dans le méandre des mots, et en avaient fait un rayon aussi prisé que les autres, sinon plus. Ceux qui contenaient des poèmes sur le Maine étaient embarqués par les touristes pratiquement dès qu'elles les exposaient. Un jour, à une fête donnée chez l'un de ses camarades de classe, Ellie avait vu un cadre que la mère de ce dernier avait acheté, il y avait des mois de ça. Pourtant, il ne contenait toujours pas de photo de famille. Il n'en trônait pas moins dans l'entrée, présentant aux visiteurs un poème de W.H. Auden, son préféré.

Au moment même où elle entrait dans le magasin, sa mère était en train d'ouvrir un carton de cadres tout neufs. Quand elle fut assez près pour les examiner, Ellie se mit à rire.

— Mais c'est pas…

— Je sais, maugréa sa mère. Ils se sont trompés.

— Ça devrait faire le bonheur d'une boutique de souvenirs du Maryland. Après tout, c'est leur spécialité.

— Qui voudrait d'un cadre avec un crabe dessus ?

Ellie leva les yeux au ciel.

— Qui voudrait d'un cadre avec un homard dessus ?

— Hé ! lui rétorqua sa mère en se marrant, ne critique pas les homards, hein. C'est notre gagne pain. (Et elle se mit à remballer les cadres en les enveloppant dans leur papier de soie.) Comment se fait-il que tu sois en retard ? Est-ce que tu te serais attardée sur le quai à reluquer les stars de cinéma, comme tout le monde dans cette ville ?

Ellie hésita, puis secoua la tête.

— Quinn a eu un petit accident de milk-shake juste au moment où je partais. Je l'ai aidée à nettoyer.

— Ah ! tu vois, s'exclama sa mère, en repoussant le carton. C'est bien pour ça que tu ne devrais travailler qu'ici : la propreté, ça nous connaît.

Ellie haussa les sourcils, en désignant du menton le désordre qui régnait avec l'inventaire en cours : tous ces articles posés n'importe où, tant et si bien qu'on avait l'impression d'être dans une véritable caverne d'Ali Baba. Elles partirent d'un même rire complice. Mais il était clair que sa mère ne plaisantait qu'à moitié. Quand Ellie avait commencé à faire des heures chez *Sprinkles*, quelques mois plus tôt, sa mère n'avait pas sauté au plafond, c'est le moins qu'on puisse dire.

D'aussi loin qu'Ellie s'en souvienne, l'argent avait toujours été un problème. Quand elle était plus jeune, ce n'était pas très important : elles ne manquaient de rien, toutes les deux. Mais, à la rentrée prochaine, elle passerait en terminale. Ce qui signifiait que l'université – avec le prix exorbitant des frais d'inscription et de scolarité – se rapprochait dangereusement. Ellie ne voulait pas faire un BTS ou une fac quelconque. Elle visait l'*Ivy League*. En clair : les plus prestigieuses universités du pays. Elles avaient donc commencé à parler d'emprunter de l'argent. La paperasse s'accumulait donc sur le bureau de sa mère, avec des colonnes de chiffres et de pourcentages et des lignes et des lignes de clauses écrites si petit qu'il fallait les décrypter à la loupe. Rien que de voir ça, elle s'était déjà sentie coupable. Assez pour que l'angoisse lui colle des palpitations, chaque fois que le sujet revenait sur le tapis.

Et puis, il y avait quelques mois de ça, elle avait appris qu'elle était acceptée à l'université d'été de Harvard. Cet atelier de poésie était carrément inaccessible et Ellie avait posé sa candidature sur un coup de tête, après avoir vu un prospectus collé sur le tableau d'affichage de son cours de littérature, sans penser une seconde qu'elle aurait la moindre chance. Seuls quinze lycéens sélectionnés à travers tout le pays pourraient passer les trois premières semaines d'août à étudier la poésie, tout en étant hébergés à Harvard. Mais le stage coûtait plus de deux mille dollars et il n'existait pas de bourse ni d'aide financière d'aucune sorte.

Le soir où elle l'avait annoncé à sa mère, elle avait bien vu cette hésitation dans son regard.

— Ça m'a l'air d'une chance extraordinaire, avait commencé par dire cette dernière, choisissant manifestement ses mots avec soin. Et je suis très fière qu'on te l'offre. Mais…

Ellie ne l'avait pas laissée finir. Elle n'aurait pas pu le supporter.

— Et ils m'ont accordé une bourse, en plus, s'était-elle empressée d'ajouter, soulagée de voir le visage de sa mère s'illuminer, l'inquiétude s'effaçant aussitôt devant une rayonnante et indéniable fierté – sans partage, cette fois.

— Je veux bien le croire, s'était enthousiasmée sa mère, en la serrant dans ses bras. Je suis si heureuse pour toi.

Ellie devait confirmer sa participation avant la fin mai. À cette époque, elle n'avait, en tout et pour tout, que 178,27 dollars sur son livret, et aucune idée de la façon dont elle pourrait bien s'y prendre pour trouver ce qui manquait avant que le cours ne commence et qu'elle ne soit obligée de payer les frais. Elle avait pourtant renvoyé la fiche d'inscription, en ayant coché la case « Oui, j'y assisterai ».

D'accord, son job chez *Sprinkles* aidait. Cependant, d'après ses calculs, même avec ça et sa paie dans la boutique de sa mère, il lui en manquerait toujours la moitié à la fin juillet. Quinn lui avait certes proposé un prêt, mais, bien qu'elle apprécie le geste, elle savait qu'elle ne pouvait pas y compter. Quinn était un vrai panier percé : l'argent lui filait entre les doigts et elle engloutissait sa paie dès qu'elle la touchait. Quelques heures de shopping sur le Net et *pouf !* envolée la monnaie.

Elle ne supportait pourtant pas l'idée de devoir laisser sa place à quelque gosse de riche qui aurait passé l'été allongé au bord de la piscine de son country club. Hors de question de ne pas y aller. Et hors de question de demander à sa mère de l'aider, alors qu'elles arrivaient déjà à peine à joindre les deux bouts. Et le pire, c'était de savoir que sa mère aurait dit oui. Peu importait ce qu'elle aurait été forcée de faire – vendre le magasin, donner un rein, braquer une banque –, sa mère aurait fait ce qu'il fallait. Voilà pourquoi Ellie ne pourrait jamais, absolument jamais, lui demander.

Depuis que l'année scolaire était terminée, elle devenait de plus en plus désespérée, consacrant toutes ses journées à bosser dans une boutique ou dans l'autre, et toutes ses soirées à faire du baby-sitting. Elle se rendait bien compte que sa mère s'alarmait de ce soudain besoin d'activité effrénée et s'attristait de la voir passer ses vacances à travailler.

— Tu as seize ans, lui répétait-elle. Tu devrais être dehors à t'amuser et à collectionner les bêtises avec tes copines.

— Je vais bien, s'efforçait-elle de la rassurer, encore et encore.

Telles qu'elles étaient là, chacune d'un côté du comptoir, avec les mobiles qui tintinnabulaient dans la brise entrant par la fenêtre entrebâillée, Ellie sentait qu'elles allaient, une fois de plus, retomber dans cette sempiternelle discussion, celle-là même qui tournait en boucle comme un disque rayé. Mais il y avait dans les yeux de sa mère une réticence qui reflétait la sienne : elles n'avaient pas plus envie l'une que l'autre de parler de ça, et encore moins de se disputer.

Alors, quand la porte s'ouvrit à la volée, Ellie se retourna avec un soupir de soulagement. Il fallut un bon moment avant que la tête de Quinn ne réussisse à émerger entre les tee-shirts pendus près de la caisse. Quand son visage apparut enfin, Ellie remarqua que son amie était toute rouge.

— OK, déclara Quinn, en tendant les mains en avant comme si elle était sur le point de jeter un sort. OK, OK, OK.

Mme O'Neill se pencha vers sa fille.

— Qu'est-ce qu'elle a ? Elle fait une dépression nerveuse ?

— C'est sérieux, madame O, annonça alors Quinn, en se laissant tomber dans un fauteuil poire bleu. C'est, comme qui dirait, une situation d'extrême urgence.

— Tout va bien ? demanda alors Mme O'Neill, d'un air toujours aussi dégagé.

Ellie et Quinn étaient amies depuis qu'elles avaient cinq ans et, si les O'Neill avaient appris une chose depuis, c'était que Quinn avait une certaine propension au tragique. Sa définition d'une « urgence » était un petit peu plus élastique que celle de la plupart des gens.

— Si tout va *bien* ? s'étrangla Quinn, en écarquillant des yeux de chouette éberluée. J'ai un rendez-vous avec Graham Larkin. *Graham Larkin* !

Un ange passa tandis que cette annonce faisait son chemin dans tous les cerveaux concernés. À l'instant même où Quinn avait prononcé son nom, Ellie avait été surprise de la violence avec laquelle ce regard pénétrant lui était revenu en pleine face et elle avait dû cligner plusieurs fois des paupières pour en chasser le perturbant souvenir. Cependant, juste derrière elle, sa mère haussait les épaules, manifestement larguée.

— Et c'est qui, Graham Larking ? demanda-t-elle.

Quinn la toisa, la mine sévère.

— Graham *Larkin*, la reprit-elle, est juste une des plus grandes stars du monde.

Ellie fut prise d'un fou rire en voyant le visage de sa mère toujours aussi impassible.

— Il joue dans un de ces films de magicien, lui expliqua-t-elle. Et, là, il est apparemment la star de je ne sais ce qu'ils vont bien pouvoir tourner ici.

— Et tu vas sortir avec lui ? s'enquit sa mère, s'adressant à Quinn, laquelle hocha la tête avec emphase. Je n'ai pas mis le nez dehors de la journée. Aurait-on lâché dans les rues de cette ville des stars de cinéma en quête de rendez-vous galants ?

— Il est venu chez *Sprinkles*, lui expliqua encore Ellie. Et il a dû trouver que Quinn était au moins aussi appétissante que sa glace. Au fait, qui tient la boutique ?

Quinn chassa cette question d'une chiquenaude, comme si c'était le cadet de ses soucis.

— J'ai laissé Devon là-bas, leur répondit-elle. Il m'a juré qu'il saurait se débrouiller. J'ai besoin de toi pour me préparer pour ce soir.

Ellie eut une pensée pour ce pauvre Devon Alexander, qui était amoureux de Quinn depuis des années maintenant, et ne soupçonnait vraisemblablement pas qu'il assurait le service à leur place, tout seul, à l'heure de pointe, pour que sa bien-aimée se fasse belle en vue d'un rendez-vous avec une star hollywoodienne.

— Eh bien, dit Mme O'Neill, en attrapant une balle en plastique rouge dans l'aquarium près de la caisse pour la lancer distraitement d'une main dans l'autre, tu es venue au bon endroit : je ne manque pas de raisons d'être fière de ma fille, mais je dois avouer que, par-dessus tout, son sens inné de la mode force mon admiration…

— Très drôle, bougonna Ellie, en s'examinant discrètement.

Elle portait une jupe en jean, un débardeur blanc tout simple et une paire de tongs noires (ce qui constituait sa tenue de base pour l'été).

— J'ai surtout besoin de son soutien moral, lui rétorqua Quinn, en se levant d'un bond. C'est un problème, si elle finit plus tôt ?

— Je viens d'arriver ! protesta Ellie.

Mais déjà sa mère secouait la tête.

— Pas de problème, répondit Mme O'Neill, sans cesser de jongler avec sa balle rouge. Non, non, vraiment. On ne peut tout de même pas envoyer Quinn à un rendez-vous avec une célébrité d'envergure internationale sans un petit coup de main, n'est-ce pas ?

La note ironique de cette répartie était évidente, mais Quinn avait trop la tête ailleurs pour s'en apercevoir.

— Absolument, approuva-t-elle, en se balançant sur les talons. (C'était une vraie pile électrique : elle ne pouvait pas s'empêcher de gigoter.) Ça rigole pas, je veux dire. Vous auriez vu tous ces photographes devant la boutique, cet aprèm ! J'ose même pas imaginer ce que ça va être ce soir…

La mère d'Ellie rata la balle qui tomba par terre, rebondissant sur une caisse pleine de matériel de plongée pour rouler dans un coin, au fond du magasin.

— Des photographes, hein ?

— Oui, oui. Une armée, renchérit Quinn, tandis qu'Ellie, tétanisée, gardait les yeux obstinément rivés au plancher pour éviter le regard de sa mère. Ils campent tous devant le plateau de tournage, là, mais je suis certaine qu'ils vont le suivre comme un petit chien, tout à l'heure. (Elle marqua une pause, sans se rendre compte des expressions tendues de ses auditrices.) Des paparazzi à Henley ! C'est dingue, non ?

— Han han… marmonna Ellie, en lorgnant vers sa mère. Tu l'as dit !

— Dommage que je veuille pas être actrice. Ou vedette de téléréalité, poursuivait Quinn. Ce serait le moment ou jamais de me caser.

— Oui, lui répondit Mme O'Neill, qui s'était ressaisie. C'est vraiment dommage que tu ne veuilles être que biologiste marine. Il aurait été beaucoup plus utile, pour ta future carrière, que tu aies été invitée à dîner par une baleine.

Quinn s'esclaffa.

— En même temps, elles ne sont pas très douées pour faire la conversation.

— Bah ! Dans ce cas, j'imagine que tu vas devoir faire avec ta star de cinéma, lui rétorqua Mme O'Neill avec un sourire. Fais juste attention avec tous ces photographes, d'accord ?

— Oh oui ! J'ai lu assez de potins dans les magazines pour ne pas sortir avec une jupe trop courte.

— Ce n'était pas vraiment ce que je voulais dire. Mais tu as raison. Va donc essayer de trouver quelque chose de convenable à te mettre. Ta styliste attitrée est officiellement libre pour l'après-midi.

— Merci, madame O, répondit Quinn, en agrippant Ellie par le poignet pour l'entraîner vers la porte, tout en l'abrutissant avec la tonne de trucs qu'elle devait faire afin d'être prête pour cette fameuse soirée, et dont elle lui débitait déjà la liste.

Avant qu'elles ne franchissent le seuil, Ellie s'arracha à l'emprise de son amie pour retourner vers la caisse en courant.

— Merci, maman, murmura-t-elle à sa mère, en l'étreignant furtivement.

— Une chose est sûre, marmonna cette dernière, en s'écartant, je suis bien contente que ce ne soit pas toi.

Ellie repensa aux yeux de Graham Larkin, à son expression tellement sur la défensive, à cette immense tristesse dans son regard et à cette attitude qu'il avait eue en s'arrêtant devant la vitrine, le dos rond, la visière de sa casquette bien abaissée, tandis que les photographes s'avançaient à pas de loup derrière lui, aussi patients et sûrs de leur fait que des tireurs embusqués. Elle jeta un coup d'œil à Quinn, qui dansait pratiquement d'un pied sur l'autre, et réalisa soudain combien c'était compliqué, tout ça. Pas seulement les photographes et le cirque du film, mais la façon dont quelqu'un peut vous regarder, comment ça peut ressembler à une question sans réponse. Et, tout à coup, elle n'eut plus qu'une hâte : filer chez elle pour écrire un mail, envoyer ses pensées à travers l'espace, d'un bout à l'autre du pays, comme on lance une bouteille à la mer, comme on glisse ses poèmes préférés dans des cadres.

Elle se retourna vers sa mère.

— Je sais, soupira-t-elle. Moi aussi.

De : GDL824@yahoo.com

Envoyé : dimanche 9 juin 2013 15 : 02

À : EONeill22@hotmail.com

Objet : Re : à quoi ça ressemble le bonheur

Rencontrer des gens nouveaux.

Chapitre 4

Les derniers rayons se reflétaient dans la mer, immense vasque d'or. Graham prit son temps pour se rendre au restaurant et passa par la plage, s'arrêtant de temps à autre pour ramasser un galet et le faire sauter dans sa main avant de le laisser retomber. Toute la journée, il avait senti l'air marin : l'appel du large.

Un couple de touristes rôtis par le soleil le croisa, leurs transats sous le bras. Aucun ne leva seulement la tête pour le regarder. Graham en aurait presque sauté de joie. Avant, c'était tout le contraire : quand son premier film était sorti, chaque fois qu'on le reconnaissait en public, c'était comme un don du ciel, comme si, d'une certaine façon, on l'adoubait, on l'anoblissait. Graham Larkin : Quelqu'un. Mais maintenant… maintenant, c'était de ne pas être reconnu qui lui faisait battre le cœur. Le bonheur de l'anonymat : une denrée devenue si rare pour lui, ces derniers temps.

Il consulta sa montre. Il allait bientôt être en retard. Au lieu de retourner vers la route, il se planta cependant face à l'océan pour regarder ricocher la lumière. Il y avait encore quelques bateaux à l'horizon, petites silhouettes qui se découpaient en ombre chinoise sur le couchant. Il fut brusquement saisi d'une dévorante envie : être sur l'eau, là-bas, là-bas, lui aussi.

Il se souvint d'une partie de pêche qu'il avait faite avec son père. Il n'avait que huit ans à l'époque. Ils oscillaient tous les deux mollement dans la petite barque qui dansait sur le lac, engoncés dans leur gilets de sauvetage jusqu'au menton. Trois jours qu'ils appâtaient leurs hameçons, lançaient leurs lignes et revenaient bredouilles. Son père se confondait en excuses, comme si c'était sa faute si le lac refusait de leur offrir ses richesses. Le dernier après-midi tirait à sa fin et son père était de plus en plus désespéré. C'était lui qui avait eu cette idée, l'idée de faire cette espèce d'escapade entre hommes, comme il l'avait fait avec son propre père. Et ça faisait des mois qu'il parlait à Graham de tous ces beaux poissons qu'ils ne manqueraient pas d'attraper.

— Du saumon ? avait demandé Graham.

Son père avait secoué la tête.

— Probablement pas. Ils sont plus difficiles à trouver. Mais des truites. Plein plein de truites, tu verras.

Ils n'avaient rien emporté d'autre à manger – il était tellement sûr de lui. Alors, la veille au soir, ils avaient dîné de viande séchée et de fromage à effilocher sur la terrasse de leur cabanon, chassant les moustiques à grandes claques retentissantes, avec le crincrin des criquets en fond sonore. Ils étaient à deux doigts d'abandonner, ce dernier après-midi-là, quand, pris d'une subite inspiration, Graham avait attaché un bout de viande séchée au bout de son hameçon. Provoquant le roulis du bateau, son père s'était penché en avant, les yeux brillants.

— Ce n'est pas une mauvaise idée, avait-il commenté en imitant aussitôt son rejeton.

Graham avait été le premier à avoir une touche : une truite arc-en-ciel qui sautait et se tortillait au bout de sa ligne, tandis que son père l'aidait à la remonter. Après, ç'avait été tout seul. Son père avait attrapé trois autres truites. Et puis Graham avait pris une carpe. La lumière baissait et l'eau devenait noire autour d'eux, mais ni l'un ni l'autre ne voulaient arrêter. C'était magique, comme s'ils avaient sorti la valeur de trois jours de pêche de leurs chapeaux, une tonne de souvenirs pour tout le week-end, rien que dans cette dernière heure de jour.

Lorsqu'il avait senti cette ultime secousse, Graham avait fait vite pour remonter sa ligne. Et qu'est-ce qu'il avait trouvé au bout ? Un petit saumon tout frétillant qui scintillait dans la pénombre.

— Je crois que tu viens de me faire mentir, mon garçon, avait constaté son père avec un sourire ravi. (Il s'était rassis au fond de la barque, rayonnant, et avait agité l'emballage de viande séchée.) Comme quoi, avec le mauvais appât, on peut attraper le bon poisson.

Graham repensait à tout ça, tandis que, laissant les bateaux de pêche derrière lui, il faisait demi-tour pour couper à travers la plage en direction du bourg. Peut-être que c'était ce qui se passait avec Ellie ? Il avait lancé son mail à travers le vaste monde pour attraper une truite et, en fait, il avait pêché un saumon. Il ne put réprimer un sourire, quoiqu'il ait soupçonné qu'une fille comme Ellie n'aurait peut-être pas apprécié d'être comparée à un poisson.

Il lissa le devant de sa chemise en passant devant les camions-loges de l'équipe, sombres et silencieux à cette heure. Ils avaient déjà tourné quelques scènes en studio à L.A., mais il y avait quelque chose d'exaltant à l'idée de tourner en décor naturel – surtout dans un endroit pareil – et, malgré lui, il s'était laissé gagner par l'excitation. Il faut dire aussi qu'il avait passé ces deux dernières années à incarner le même personnage et à travailler avec les mêmes acteurs. Alors, évidemment, ça faisait du bien de changer un peu. Un nouveau metteur en scène, un nouveau scénario, une nouvelle partenaire… ça aidait. Ça lui permettait de se rappeler pourquoi il prenait un tel plaisir à jouer. C'était le défi que ça représentait qui le grisait : se trouver parachuté dans la vie de quelqu'un d'autre comme un touriste et être obligé de se débrouiller pour trouver son chemin au feeling.

Le Casier à Homard n'était pas très loin de la plage. Graham l'apercevait déjà au bout de la rue. Il était sept heures et demie passées, Ellie devait donc être arrivée. À l'extérieur, une poignée de photographes l'attendaient. Ils avaient beau essayer de se fondre dans la masse, leurs fringues noires les trahissaient. Quelques motos étaient garées à proximité. Graham avait plus d'une fois eu l'occasion de se faire prendre en chasse par plusieurs de ces bêtes de course, alors qu'il tentait de se faufiler discrètement hors d'un restaurant ou d'une boîte de nuit. Il y avait quelque chose d'absurde dans ces poursuites haletantes et, même s'il comprenait qu'ils étaient bien obligés de travailler, comme tout le monde, il ne pouvait pas respecter la manière qu'ils avaient d'exercer leur métier et, encore moins, ceux qui se jetaient sur les images qu'ils volaient.

Le fait est qu'il ne valait pas cette peine. Ni celle que tous ces mecs se donnaient pour faire leur reportage, ni celle de le lire.

Il était juste un ado de dix-sept ans, un peu plus mignon que la moyenne, auquel il arrivait d'inviter une jolie fille à dîner et qui s'en tirait plutôt bien devant une caméra, mais qui passait surtout la majeure partie de son temps enfermé chez lui avec son cochon domestique.

À son approche, les photographes commencèrent à pointer leurs objectifs et à crier son nom. Comme ils s'agglutinaient autour de lui, il rentra la tête dans les épaules. Ils étaient moins nombreux que tout à l'heure : quatre ou cinq, pas plus. Les autres avaient sans doute été assez malins pour préférer aller dîner, se caler devant la télé de leur chambre d'hôtel, ou passer un coup de fil à leur petite amie. Mais ceux qui s'étaient entêtés à rester dehors le mitraillaient comme des dingues, l'éblouissant de flashes sous un feu roulant de questions, toujours plus indiscrètes, toujours plus insistantes.

— C'est qui, cette fille, Graham ? lui demanda l'un d'eux (une armoire à glace avec un diamant à l'oreille et un crâne si blanc et si bien rasé que la lumière du crépuscule parvenait encore à se refléter dedans). C'est la première fois que tu la vois ? Et Olivia, qu'est-ce qu'elle en pense ? C'est du sérieux, vous deux ?

Il les ignora toutes, se frayant un chemin parmi eux à coups d'épaule. Quand il parvint à la porte du restaurant, il fut accueilli par un homme corpulent, avec une barbe bien taillée et des bras comme des jambons.

— Joe Gabriele, se présenta le type, en lui tendant une grosse main charnue. Je suis le proprio. Écoutez, vous aimez le homard ?

Graham acquiesça, surpris par la question.

— Bon. Vous mangez autant de homards qu'il faut, pendant votre séjour dans cette ville, et je tiens ces bouffons à distance, ça vous va ?

— Ça me va, répondit-il, en jetant un œil par-dessus l'épaule de son hôte pour voir si Ellie était déjà là.

Les murs du restaurant étaient couverts de bouées et de pendules marines – du genre qui avaient vécu –, de filets de pêche suspendus en guirlandes et de tableaux représentant des goélettes, des homards et des baleines. Sur une chaise, dans un coin, sous une énorme ancre d'acier qui semblait tout droit récupérée d'un chalutier, Graham la reconnut. Ou, plutôt, ses cheveux noirs retenus par une queue-de-cheval dans la nuque. Tout autour d'elle, les autres tables étaient libres. Il fut secrètement reconnaissant à Joe d'avoir dégagé le périmètre. Il n'y avait rien de pire que d'essayer d'avoir une conversation intime dans le crépitement des portables qu'on brandissait dans tous les sens pour le photographier.

Joe agita la main vers la table, au cas où il ne l'aurait pas vue, et se dirigea vers les cuisines. Soudain pris de doute, Graham demeura dans l'entrée, cloué sur place. Ce n'était pas tant qu'il était déçu. Comment aurait-il pu l'être ? Elle était carrément jolie, personne n'aurait pu dire le contraire. Seulement, depuis qu'il était sorti de la boutique du glacier, cet après-midi, il n'avait cessé de s'interroger : après tout ce temps, tous ces mails, est-ce qu'il ne devrait pas être plus enthousiaste ? Est-ce qu'il ne devrait pas être excité comme une puce ? Est-ce qu'il ne devrait pas être… n'importe quoi, mais quelque chose !

Peut-être qu'on lui avait fait lire trop de scripts où tout est bien qui finit bien ? Peut-être que ça faisait déjà trop longtemps qu'il traînait à Hollywood ? Il n'avait jamais été amoureux avant, alors il ne savait pas vraiment à quoi s'attendre. Peut-être que c'était comme ça que ça se passait : on entamait une conversation longue distance avec une fille, on prenait plaisir à discuter avec elle plus qu'avec n'importe qui, et puis on se pointait, elle était canon et on pouvait s'estimer heureux. Point barre.

Mais quand même. Ça ne pouvait pas se limiter à ça, si ? Il aurait cru que, quand il la verrait, ça lui ferait plus d'effet. Tous ces clichés hollywoodiens n'étaient pas des clichés pour rien, si ? Il était censé ressentir un truc exceptionnel, non ? Comme un coup de poing à l'estomac.

Pourtant, il était là, dans ce restaurant, s'avançant vers sa table avec une curieuse sensation : une sensation de vide. Quand elle se retourna et que leurs regards se croisèrent, il n'y eut ni étoile, ni feu d'artifice, ni rien du tout.

Ils étaient juste en train de se dévisager, avec la même gêne parce qu'un peu nerveux tous les deux.

— Merci d'être venue, parvint-il cependant à articuler, en prenant place en face d'elle.

À peine s'était-il assis qu'il s'en rendit compte : il aurait dû au moins lui faire la bise. Mais il était déjà trop tard. Il déplia sa serviette et la regarda, essayant de faire correspondre la fille qui se trouvait devant lui avec celle qui lui avait dépeint dans ses mails son amour pour la poésie.

— Pas trop de problèmes avec les photographes ? lui demanda-t-elle, d'une voix légèrement tremblante.

Il voyait bien qu'elle était anxieuse, mais il ne savait pas quoi faire pour détendre l'atmosphère. Au début, quand son visage avait commencé à faire la couverture des magazines, lorsqu'il était sorti avec des filles à L.A., il avait bien tenté de les mettre à l'aise en leur disant de ne pas être aussi tendues. Mais ça avait toujours eu l'effet inverse : elles n'en avaient balbutié que davantage, leur voix déraillant plus que jamais, tandis qu'elles devenaient juste de plus en plus rouges et de plus en plus gênées. Il la vit jouer avec son bracelet, manifestement incapable de tenir en place.

— Ils n'ont pas été trop pénibles, lui répondit-il. Rien à voir avec ceux de L.A.

— J'imagine…

Il prit le menu pour se donner une contenance, pendant qu'il cherchait de quelle façon il pourrait bien changer de sujet. Il ne savait pas trop comment lui dire qu'il était celui avec qui elle correspondait depuis tous ces mois. Et s'il lui donnait un indice ? S'il lui parlait de sa mère ou de son chien ? S'il mentionnait une conversation qu'ils avaient eue à propos de… n'importe quoi… un truc plus évident qu'un parfum de glace, en tout cas, comme ses virées au Québec quand elle était petite, ou son exposé de fin d'année sur la poésie irlandaise ?

Il commençait à avoir les mains moites à force de se triturer les méninges pour passer en revue toutes les allusions possibles. Il s'était imaginé qu'une fois assis en face d'elle, les mots viendraient tout seuls et que la vérité se ferait jour naturellement. Mais, maintenant qu'il y était, c'était comme si quelque chose le retenait. Il laissa son regard errer dans le restaurant et s'essuya le front.

— Alors, qu'est-ce qu'ils ont de bon, ici ? Du homard ? plaisanta-t-il.

— Eh bien, oui, lui répondit-elle, en s'éclaircissant la gorge. C'est la spécialité de la maison.

Il leva les yeux vers elle et lui adressa un petit sourire contraint.

— C'était une blague, lui expliqua-t-il. (Il s'en voulut aussitôt en la voyant piquer un fard magistral.) Je crois que je vais prendre le plateau de fruits de mer.

— Alors, est-ce que tu es déjà venu dans le Maine ? le relança-t-elle. Ou est-ce que c'est une première ?

— C'est une première. Avant que je commence à faire du cinéma, je n'avais jamais quitté la Côte Ouest.

— Ouah ! Moi, je ne suis jamais allée en Californie.

— Tu as toujours vécu ici ?

C'était une perche qu'il lui tendait : il connaissait déjà la réponse. Elle était née à Washington et avait emménagé ici quand elle était petite.

— Oui.

Il releva brusquement la tête.

— Mes parents aussi, renchérit-elle. Et mes grands-parents. C'est un genre de tradition familiale, cette ville.

Il s'accouda sur la table.

— Vraiment ? Toute ta vie ?

— Han han.

Elle coula vers lui un coup d'œil incertain.

Avant qu'il n'ait le temps d'en dire plus, le serveur arriva avec un cocktail de crevettes.

— Avec les compliments du chef, déclara-t-il, en posant les coupelles sur la table.

— Merci, lui répondit Graham.

La réaction du serveur – un grand échalas aux cheveux blonds frisés et au nez busqué – le surprit : au lieu de s'en aller aussitôt, il s'attarda comme s'il attendait quelque chose et lui lança un regard menaçant.

— C'est ça, oui, marmonna-t-il, en faisant un effort manifeste pour jouer les gros durs, alors que sa voix chevrotait un peu. (Il se retourna vers le bar pour s'en aller, mais pas assez vite pour que les paroles qui tombèrent de sa bouche à ce moment-là ne soient parfaitement audibles.) En fait, c'est pour Quinn.

Même après son départ, Graham se prit à regarder toujours fixement son invitée. Interloqué, les sourcils froncés, il essayait de savoir quelle question il allait poser en premier.

— Ne fais pas attention, lui dit-elle cependant. C'est souvent comme ça, dans les petites villes. Tout le monde se connaît et, quand on grandit avec ces types, ils peuvent se montrer un peu trop protecteurs, par mom… ments… (Elle laissa sa phrase en suspens en remarquant son expression.) Qu'est-ce qu'il y a ? Qu'est-ce qui ne va pas ?

— Tu es… (Il s'interrompit, secoua la tête.) Je veux dire…

— Quoi ? lui demanda-t-elle, de plus en plus déroutée.

— Quinn ? parvint-il enfin à articuler.

— Oui ?

— Tu t'appelles Quinn ?

— Euh… oui. (Et puis elle sembla avoir comme un déclic et se frappa le front.) Oh non ! Ne me dis pas que je ne me suis jamais présentée ? Je n'arrive pas à le croire. Je suis trop trop désolée.

Le visage de Graham reflétait la même confusion. Il essayait toujours de comprendre ce qui se passait.

— Mais sur ton tee-shirt… le tee-shirt que tu portais cet après-midi…

Une fois de plus, il put voir la lumière se faire dans son esprit.

— Ah ! ça y est, j'y suis.

Il attendit la suite en silence.

— J'ai eu un petit accident avec un milk-shake au chocolat juste avant que tu arrives, lui expliqua-t-elle, en mimant une explosion. Alors, j'ai emprunté celui de ma copine Ellie.

Ce prénom, à lui seul, quand elle le prononça, lui fit l'effet d'une décharge électrique. Quelque chose de physique. Comme s'il le frappait en pleine poitrine.

— Tu n'es pas Ellie, alors ?

Elle rit.

— Non, je suis Quinn.

— Donc, on ne s'est pas envoyé des mails ?

À elle d'être perdue, maintenant.

— Euh… non…

Graham secouait la tête en un incessant va-et-vient, bien conscient du mouvement, mais incapable de s'arrêter.

— Tu n'es *pas* Ellie O'Neill, répéta-t-il.

Elle acquiesça une fois de plus.

— Et on n'a *jamais* eu de relation.

— Hein ? Non. Pourquoi on… ? Attends un peu. Est-ce que ça voudrait dire que tu as eu une relation avec… (Elle laissa échappé un petit rire sec.) Tu as eu une relation avec *Ellie* ? s'étrangla-t-elle.

— Oui, lui répondit Graham, un sourire jusqu'aux oreilles, à présent. Écoute, je suis désolé pour ce quiproquo. Non, vraiment. Je comprends que ça te semble très bizarre.

Quinn le dévisageait, bouche bée.

— Toi et *Ellie* !

Il opina du bonnet, avant de se ressaisir brusquement et de secouer la tête avec virulence.

— Non, non, pas exactement, se corrigea-t-il. On ne s'est jamais rencontrés, je veux dire. Forcément.

— Mais je croyais que tu venais de dire que…

— On s'est juste envoyé des mails. Alors, je ne la connais pas vraiment, lui expliqua-t-il, avant d'ajouter précipitamment : mais j'en meurs d'envie.

— C'est n'importe quoi, commenta Quinn, en se laissant retomber sur le dossier de sa chaise. Je ne comprends strictement rien à ce qui se passe, là.

Quand le serveur réapparut pour débarrasser leurs coupelles, aucun d'eux n'avait touché à la moindre crevette. Il balança à Graham un regard aussi menaçant que le premier et fit volte-face. Quand il se fut éloigné, Quinn se pencha en avant.

— Alors, comme ça, Ellie et toi, vous avez correspondu par mails ? reprit-elle d'un ton dégagé.

Graham hocha la tête.

— Je suis tombé sur elle par hasard, il y a quelques mois, et on a commencé à s'écrire. C'est un de ces trucs qui arrivent… comme ça.

Elle scrutait son visage, maintenant.

— Et, aujourd'hui, te voilà.

— C'est ça. Et me voilà.

— À Henley.

— Yep. (Il hasarda un sourire incertain.) En cette belle ville de Henley, dans le Maine.

Il ne lui fallut pas plus de quelques secondes pour faire le rapprochement. Elle écarquilla les yeux.

— Non ! C'est pour ça ?

— Pour ça quoi ?

— C'est pour ça qu'on tourne un film ici cet été ?

Il s'efforça de ne pas avoir l'air trop bête et haussa les épaules en répondant :

— Si on veut.

— Tu es venu ici pour la rencontrer ? s'exclama Quinn, de plus en plus incrédule. (Elle avait l'air d'halluciner. Quand il opina encore une fois, elle secoua la tête. Elle semblait avoir du mal à intégrer tout ça.) Ouah ! souffla-t-elle, comme pour elle-même. Ouah ! (Elle prit son verre d'eau, mais ne le porta pas à ses lèvres.) J'arrive pas à croire qu'elle me l'ait pas dit. Tout ce temps, elle copinait par mail avec Graham Larkin - rien que ça - et elle m'en parle même pas. (Elle ferma les yeux, comme accablée, pour les rouvrir tout aussitôt.) Et la voilà qui fait celle qu'en a rien à cirer que tu sois en ville, en plus !

Le sourire de Graham s'évanouit. Il se racla la gorge.

— Eh bien, pour être honnête, elle ne sait pas que c'est à moi qu'elle écrit, avoua-t-il, percevant parfaitement la petite intonation défensive dans sa voix.

Il prit son propre verre d'eau et en vida la moitié d'un trait.

Quinn laissa échapper un petit soupir, puis leva les yeux pour croiser son regard par-dessus le rebord de son verre.

— Tu l'as sans doute déjà vue. Elle sortait de chez *Sprinkles* au moment où tu y entrais. C'est une grande fille élancée. Une rousse ?

Il en eut un coup au cœur. Il abaissa lentement son verre, en repensant à la fille aux yeux verts, celle qui l'avait toisé, d'abord avec un air réprobateur, et puis avec une sorte de demi-sourire franchement hésitant.

— Oui, je crois que je l'ai vue, c'est vrai. (Il sentit, malgré lui, son regard se diriger vers la porte et se força à reporter son attention sur son invitée.) C'est cool, lâcha-t-il négligemment, en étirant le cou pour chercher le serveur et en reprenant le menu. Je vais voir si je peux la trouver demain.

De l'autre côté de la table, Quinn l'observait. Il sentait son regard perçant braqué sur lui. Au bout d'un moment, il abaissa son menu et releva les yeux vers elle.

— Vas-y, lui dit-elle.

Il haussa les sourcils.

— « Vas-y » où ?

Il avait beau veiller à garder son calme et à prendre un ton neutre.

Mais, quand les caméras ne tournaient pas, il faisait un piètre menteur, et il savait qu'elle n'était pas dupe.

— Va la retrouver, insista Quinn, avec un petit sourire en coin. Tu as déjà fait tout ce chemin et je ne vais quand même pas t'obliger à endurer un dîner entier, assis bien gentiment en face de moi.

— Non, non, protesta – faiblement – Graham. Je passe un excellent moment en ta compagnie.

Elle roula des yeux comme des billes.

— Non, franchement, c'est bon, lui assura-t-elle, en jetant un coup d'œil par-dessus son épaule au serveur qui s'attardait toujours à l'entrée des cuisines. Je vais dire à Devon de dîner avec moi. Et je vais te laisser payer quand même, ajouta-t-elle, en lui faisant un clin d'œil.

Il éclata de rire.

— Tu es sûre ?

— Certaine.

Alors, avant qu'aucun d'eux n'ait le temps de changer d'avis, Graham tira une poignée de billets de son portefeuille, les posa sur la table et se leva.

— Elle est sans doute chez elle, à cette heure-là, lui précisa Quinn, en pointant du doigt la fenêtre qui se trouvait derrière lui et par laquelle on apercevait la rue principale du bourg – qui semblait s'être endormi avec la tombée de la nuit. C'est le petit cottage jaune pratiquement à l'angle de Prospect et de Sunset Drive.

— Merci.

Et, cette fois, il pensa à lui faire la bise.

Elle lui sourit.

— Dis-lui de bien s'amuser avec mon rencard !

Juste au moment où Graham s'apprêtait à filer par la porte d'entrée, Joe apparut devant lui.

— Je les ai virés, lui annonça-t-il, en désignant la rue de la pointe du menton. Mais je suis bien sûr qu'ils rôdent encore dans le coin. Alors, si vous voulez leur fausser compagnie, je serais vous, je passerais par les cuisines.

Graham le remercia et passa vivement devant les faitouts remplis de homards et les cuisiniers en blouse blanche. Juste avant de sortir, il s'arrêta devant Devon qui l'avait regardé foncer vers les cuisines avec une expression effarée.

— Comment je peux aller à l'angle de Prospect et de Sunset Drive ?

— Descendez la rue principale et tournez à gauche dans Prospect, lui indiqua-t-il, un peu déboussolé. Vous tomberez dessus.

— Merci, vieux, lui répondit Graham, en lui donnant une petite tape fraternelle sur l'épaule, avant de pousser la porte. (Il tourna une dernière fois la tête vers la salle de restaurant.) Elle est tout à toi.

Le ciel s'obscurcissait au-dessus de la mer, plongeant tout ce qui l'entourait dans un dégradé de bleu. Un petit vent d'est souleva les cheveux qui lui tombaient sur le front. À peine dehors, il inspira à pleins poumons une grande goulée d'air marin. Il se sentait le pied léger en se mettant en route, porté comme il l'était par la chose la plus rare qui soit : la perspective d'une seconde chance. Sur son passage, les lumières s'allumaient une à une derrière les fenêtres des vieilles maisons et des Bed and Breakfast. Pendant ce temps, il pensait à la fille aux cheveux roux qu'il avait juste croisée, quelques heures plus tôt, à cette façon qu'avaient eue ses yeux de s'attarder sur lui, avec cette étrange intensité dans le regard, et son cœur se mit à cogner au rythme de ses pas, le propulsant jusqu'en haut de la rue avec un regain d'énergie.

Quand il aperçut la plaque qui indiquait « Sunset Drive », il ralentit et se mit à examiner les maisons. Pas évident de discerner les blanches des jaunes dans la pénombre. Mais, quand il approcha d'un petit cottage typique de style colonial, il aperçut de la lumière sur la terrasse et, avant même de pouvoir identifier la couleur des murs de bardeaux, il remarqua la fille assise sur la balancelle et comprit qu'il était arrivé.

Comme il remontait l'allée, elle leva les yeux de son livre. Assaillie d'insectes vrombissants, la lampe au-dessus d'elle faisait ce qu'elle pouvait pour repousser l'obscurité, mais elle n'éclairait pas beaucoup. Quand il s'arrêta, la fille pointa le menton, étirant le cou, et, à l'expression incertaine de son regard, il comprit que, pour elle, il était juste une ombre, à peine une silhouette.

En revanche, de l'endroit où il se trouvait, il la voyait parfaitement : ses cheveux roux ondulés, son maxi tee-shirt avec un homard hilare sur le devant, la façon qu'elle avait de ramasser ses jambes sous elle pour se pelotonner dans la balancelle, et même les taches de rousseur sur son nez. Il la voyait parfaitement, oui. Et c'était exactement comme il l'avait imaginé : comme un coup de poing à l'estomac.

De : EONeill22@hotmail.com

Envoyé : dimanche 9 juin 2013 18 : 08

À : GDL824@yahoo.com

Objet : Re : à quoi ça ressemble le bonheur

Les bonnes surprises.

Chapitre 5

Au début, en dehors de la terrasse, il n'y avait rien. Que la nuit. Si elle n'avait pas entendu ce crissement sur le gravier, elle n'aurait pas pu savoir qu'il y avait quelqu'un. Elle tendit l'oreille, mais n'entendit que les grillons, les vagues en bas de la rue et, dans son dos, les griffes du chien qui courait comme un dératé sur le parquet de la maison. Elle plissa les yeux mais, au-delà du cercle de lumière au centre duquel elle était assise, tout était noir. Pourtant, même si elle ne pouvait pas la voir, elle sentait une présence. Comme dans une pièce bondée, quand on se sent observé : une sorte de frisson d'avertissement, un imperceptible frémissement qui vous remonte le long de l'échine.

— Y a quelqu'un ? lança-t-elle dans les ténèbres, en retournant son livre ouvert sur ses genoux.

Sa voix lui parut bizarre : fluette, trop aiguë. Elle entendit un autre pas sur le gravier, plus près. Elle eut beau cligner des yeux, elle ne s'était pas encore assez habituée à l'obscurité pour pouvoir en percer le secret.

— Quinn ? hasarda-t-elle.

Cette fois, elle perçut nettement un raclement de gorge.

Mais… ce n'était pas du tout Quinn, ça !

Elle se leva. Une boule d'angoisse commençait à se former au creux de son estomac. Comme la plupart des petites villes, Henley était un endroit tranquille – sans doute plus sûre que les autres, même. Mais, l'été, on sentait quelque chose changer… comme si, au cœur de ses molécules, s'opérait une soudaine mutation, comme si le bourg côtier s'étirait pour faire de la place à tous ces étrangers qui débarquaient en masse. Et puis, si ç'avait été un voisin ou un copain, il se serait déjà manifesté. Il ne serait pas resté tapi dans l'ombre…

— Pardon, je ne voulais pas te faire peur, dit alors une profonde voix de basse qui vibra à travers la pelouse, tandis qu'une silhouette approchait. C'est juste… moi.

L'inconnu fit quelques pas de plus et, tel un spectre émergeant des eaux, petit à petit, apparut : d'abord les yeux, puis la bouche et, enfin, le reste de ses traits lorsqu'il pénétra dans la lumière, révélant d'un coup son visage. Un visage ô combien célèbre : le visage de Graham Larkin !

Il n'avait joué que dans deux films – le très attendu dernier épisode de la trilogie *Top Hat* ne devant pas sortir avant la fin de l'été – mais, bien qu'Ellie n'ait vu ni l'un ni l'autre, à force de tomber sur des interviews de lui, dans tous ces talk-shows ou sur le tapis rouge, elle avait quand même fini par repérer l'éventail de ses expressions de base. Il y avait toujours quelque chose d'un peu ténébreux chez lui, une moue boudeuse, limite agacée. Mais tel qu'il était là, au bas des marches du perron, il avait plutôt l'air d'un gamin qui vient de faire une grosse bêtise. C'était tellement inattendu, ça cadrait tellement mal avec le personnage, qu'elle eut presque envie de rire.

Il ne disait rien, mais, progressivement, les coins de sa bouche s'affaissaient. Il leva la main pour se frotter la nuque. Il semblait si hésitant, si mal assuré, dans sa chemise à carreaux bleus et blancs, avec sa paire de lunettes de soleil accrochée à la poche, qu'Ellie se crut victime d'une mise en scène, comme si elle avait été parachutée au beau milieu d'un film.

— Pardon, je suis…

— Je sais qui tu es, l'interrompit-elle. Où est Quinn ?

Il la regarda sans comprendre, puis, brusquement, sembla faire le rapprochement.

— Oh ! C'est elle qui m'a dit que tu habitais ici.

Elle pencha la tête de côté.

— Pourquoi ? Si ça s'est mal passé, comment ça se fait que ce soit toi qui viennes et pas elle ?

— Eh bien, il y a eu comme une sorte de quiproquo, expliqua-t-il, en commençant à monter les marches.

Il sentait la menthe et autre chose… un truc qui faisait penser à du savon. C'était grisant, en un sens, de se retrouver si près de lui. Il paraissait attendre qu'elle lui demande ce qu'il entendait par là, mais elle ne lui fit pas ce plaisir. Elle s'adossa en silence à la double-porte. Au bout d'un moment, il s'éclaircit la gorge.

— Elle portait ton tee-shirt.

Ellie fronça les sourcils.

— Mon tee-shirt ?

— Cet après-midi, chez le glacier.

— OK…

Elle ne voyait pas du tout où il voulait en venir.

— Alors, j'ai cru que c'était toi.

— Comment ça ? Tu ne me connais pas.

— Justement. C'est bien pour ça que j'ai cru qu'elle était toi.

Ellie lui balança un regard méfiant et se mit à scruter l'obscurité derrière lui.

— C'est quoi, le truc ? On est en train de me faire une blague ? Vous tournez une émission de téléréalité ? Un genre de caméra cachée ?

Graham secoua la tête.

— Non, non. Pourquoi ?

— Parce que je ne te suis pas vraiment, là.

Derrière elle, un petit chien (un beagle aux oreilles pendantes) venait de coller sa truffe contre le grillage de la double-porte en agitant la queue. Ellie l'ignora, les yeux braqués sur Graham, qui semblait tout aussi largué qu'elle. Soit c'était vraiment un super bon acteur, soit il pataugeait réellement autant qu'elle.

— C'est Quinn qui t'a convaincu de me faire marcher ?

— Non, non, je te jure.

Le chien se mit à gémir.

— Alors quoi ? Qu'est-ce que tu veux ?

Il sembla complètement désarçonné par cette apostrophe : il ne devait pas avoir l'habitude qu'on lui parle sur ce ton. Mais, pour Ellie, la journée avait été longue. Alors, voir une star de cinéma débarquer sur son perron, ce n'était pas tant avoir décroché le gros lot qu'avoir un problème de plus sur les bras. Un problème non identifié par-dessus le marché. Déjà qu'elle était crevée !

— Tu es Ellie O'Neill, déclara-t-il.

Et ce n'était pas une question. Elle le dévisagea d'un œil soupçonneux.

— Dis donc, ce ne sont pas les stars de ciné qui sont censées être harcelées par des détraqués ?

Pour la première fois depuis son arrivée, le visage de Graham se fendit d'un large sourire.

— Oui, j'imagine que ça doit te paraître un peu louche, tout ça, concéda-t-il. Peut-être que je me laisse un peu emporter. Mais je suis tellement content de pouvoir enfin te rencontrer !

Elle laissa échapper un petit rire sec.

— Là encore, ça ne devrait pas être à moi de dire ça ?

Le chien se mit à donner des coups dans la porte. Ses gémissements viraient carrément aux hurlements et, si ça continuait, sa mère n'allait par tarder à descendre pour le faire sortir.

— Chut ! souffla-t-elle, lui tournant à moitié le dos pour faire taire le petit chien – qui s'assit et se calma aussitôt.

Graham se pencha pour regarder derrière elle.

— Salut, Bagel !

Elle pivota d'un bloc.

— Comment tu connais son nom ?

— C'est toi qui me l'as appris, lui répondit-il, avant d'enchaîner d'un air détaché, comme s'il s'agissait là d'un banal détail qu'il évoquait en passant. C'est un super nom, pour un beagle. Rudement futé. Je me suis montré nettement moins imaginatif avec Wilbur.

Elle en avait des palpitations. Et le cerveau en ébullition. Pourtant, elle choisit bien ses mots et parla d'un ton mesuré :

— Ton chien s'appelle Wilbur ?

Il la regarda droit dans les yeux et secoua la tête. Faiblement éclairé par l'unique ampoule de la terrasse, son visage demeurait impassible. Mais on sentait le sourire poindre sous son flegme apparent. Quelque chose au fond de ses prunelles le trahissait.

— Nan, finit-il par lui répondre.

Elle eut soudain la tête vide. Elle ouvrit la bouche, mais aucun son n'en sortit.

Graham souriait franchement, maintenant.

— Wilbur, articula-t-il lentement, n'est pas un chien. C'est le nom de mon cochon.

— Wilbur est ton cochon, marmonna-t-elle, en essayant de réveiller son cerveau ramolli pour le forcer à intégrer cette donnée.

Elle prit une inspiration quelque peu saccadée et l'observa avec méfiance. C'était comme si elle était confrontée à un problème de maths des plus élémentaire : la réponse était là, sous son nez. Pourtant, elle n'arrivait toujours pas à faire le rapport.

Pendant tout ce temps, son mystérieux correspondant, c'était lui. Tous ces mails, toutes ces conversations au beau milieu de la nuit… tous ces trucs débiles sur le lycée, sur sa mère et sur tout le reste… tout ce petit jeu de séduction à peine voilée… Pendant tout ce temps, elle avait écrit à Graham Larkin.

Elle lui avait parlé des poèmes dans les cadres, de comment elle aimait parfois jouer les touristes, emboîter le pas de toute une famille qui déambulait dans les rues de Henley, appareils photo en bandoulière. Elle lui avait dit qu'elle s'entraînait à jongler dans le magasin, l'hiver, quand il n'y avait pas de clients. Elle avait déblatéré sur l'endroit où se trouvait son casier, sur sa prof de chimie, comment elle était trop injuste, sur les raisons pour lesquelles elle préférait l'hiver à l'été et sur l'échec déplorable de ses plantations, le printemps dernier. Elle lui avait avoué qu'elle détestait ses taches de rousseur et qu'elle ne pouvait pas voir ses doigts de pied en peinture. Elle lui avait même confié qu'elle n'aimait pas vraiment le homard.

Et voilà qu'il était devant elle, planté sur son perron, avec son sourire ravageur, ses beaux cheveux bien coiffés et ses yeux qui semblaient la transpercer jusqu'à l'âme. Oh ! elle savait comment elle était censée réagir. Elle l'avait vu faire dans les films. Mais, aussi surprenant que ça puisse paraître – et elle en était la première étonnée –, elle n'était pas transie d'extase, ne se pâmait pas d'amour et n'était même pas en proie à une incrédulité somme toute justifiée.

Non, tout ce qu'elle ressentait, c'était une gêne épouvantable : elle ne savait plus où se mettre.

— Tu aurais dû me dire que c'était toi, bougonna-t-elle, les joues en feu. Qu'est-ce que tu voulais ? Me faire passer pour une idiote ?

Graham la dévisagea, médusé. Il n'en croyait pas ses oreilles. Ellie ne put s'empêcher d'en tirer une certaine fierté. Elle s'était peut-être fait avoir, elle avait peut-être été prise pour une attardée, mais, au moins, elle n'était pas du genre groupie décérébrée.

— Non, non. Non, pas du tout, insista-t-il.

— Alors quoi ? lui balança-t-elle, en le regardant sans ciller.

— C'était juste un hasard. Et puis, après, je n'ai rien dit parce que…

— Oui, eh bien, tu aurais dû. Si tu l'avais dit, jamais je ne t'aurais…

Graham haussa les sourcils.

— Jamais tu ne m'aurais raconté tout ça ? la coupa-t-il, avec un petit hochement de tête entendu. Justement.

Sa voix avait un tel accent de sincérité qu'elle ne trouva rien à lui rétorquer. Sans compter qu'elle avait toujours le cœur à cent à l'heure et devait se cramponner à la clenche pour ne pas flancher.

— Écoute, je suis désolé. Peut-être que j'aurais dû t'avertir, se reprit-il. Mais je n'ai jamais voulu te faire passer pour une idiote, il faut que tu me croies. (Il se tut et lui adressa un petit sourire complice.) Je ne vois pas comment je pourrais, de toute façon.

Ellie ne put s'empêcher de répondre à son sourire. Elle l'examina dans la pénombre. Elle se demandait s'il était vraiment honnête ou s'il jouait super bien la comédie. Elle remarqua une petite cicatrice en arc de cercle au-dessus de son sourcil gauche et, avec un tressaillement, se souvint de ce qu'il lui avait raconté à ce sujet : c'était ce qu'il avait récolté pour avoir sauté du toit du monospace familial quand il était petit. À l'époque, elle s'était figuré un blondinet dans une banlieue verdoyante, et puis une version plus âgée de ce même casse-cou en culottes courtes, plus timide maintenant, peut-être même un peu dans le genre *nerd*, mais toujours avec son petit sourire espiègle aux lèvres dès qu'il se calait devant son PC pour ouvrir ses mails.

Elle ferma les yeux et tenta de modifier cette image en remplaçant le *nerd* en question par un Graham Larkin décrivant les cookies aux flocons d'avoine de sa mère, ses parties de tennis enfiévrées sur la Wii – une véritable obsession – et cette fichue manie qu'il avait de laisser traîner ses chaussettes, au lieu de les balancer dans le panier à linge sale en fin de journée.

Pendant tout ce temps, c'était lui.

Pendant tout ce temps, lui aussi, il lui avait écrit, réalisa-t-elle subitement.

Elle ouvrit les yeux et lâcha la clenche. La double-porte vibra et, de l'autre côté, Bagel se redressa en aboyant. Ellie se retourna précipitamment pour le calmer. Trop tard. À travers la moustiquaire, elle aperçut les pieds nus de sa mère qui descendait l'escalier. Quelques secondes après, cette dernière se tenait derrière la porte, en caleçon avec des élans dessus et, en haut, un tee-shirt géant sur lequel on pouvait lire « I ♥ Maine ». Bagel dansait autour d'elle en agitant la queue. Ellie se planta face à elle, bloquant l'entrée.

— Il faut le faire sortir, El, affirma sa mère.

— Laisse-moi deux minutes, d'accord ? plaida Ellie, en lui adressant un regard entendu à travers la moustiquaire.

Peine perdue.

— Qu'est-ce qui se passe ? demanda Mme O'Neill, en poussant la porte.

À peine l'avait-elle entrebâillée que Bagel se faufilait dehors pour foncer sur Graham. Ellie capitula en soupirant, tandis que sa mère sortait à son tour, ouvrant aussitôt une bouche comme un four.

Graham s'était penché pour dire bonjour au petit chien (qui avait roulé sur le dos de pur bonheur à la perspective de rencontrer une nouvelle tête), mais se redressa illico pour lui tendre la main.

— Je suis Graham Larkin, madame O'Neill, déclara-t-il. Excusez-moi d'être venu si tard.

Ellie s'attendait à ce que sa mère réponde par une plaisanterie, comme quoi neuf heures à Henley, c'était quasiment minuit, ou que Bagel était toujours content de recevoir des visites à cette heure. Mais, loin de s'éclairer, le visage maternel se referma, au contraire, et elle balaya le jardin des yeux derrière eux, scrutant les ténèbres à la recherche de la moindre présence étrangère. Ellie commença à se balancer d'un pied sur l'autre, mal à l'aise.

— Il est juste passé… commença-t-elle, sans trop savoir comment achever sa phrase.

— J'étais juste passé me présenter, prétexta alors Graham, rajeunissant à vue d'œil, tout à coup. (Moins une star de cinéma qu'un interne de base qui vient de se faire choper à l'extérieur du lycée.) Mais je crois que je ferais mieux de rentrer.

Mme O'Neill afficha un sourire poli.

— Eh bien, j'ai été ravie de vous rencontrer, lui assura-t-elle, son instinct de commerçante reprenant le dessus, malgré la fatigue. Et bienvenue à Henley.

— Merci, lui répondit-il. (Il pointa son tee-shirt du menton.) Jusqu'à maintenant, moi aussi, « J'aime le Maine ». (Il tourna les yeux vers Ellie.) Et je suis vraiment heureux que quelqu'un m'ait parlé de cet endroit.

Et puis, avec un petit signe de la main, il se retourna pour descendre les marches du perron et replonger dans l'obscurité du jardin. Bagel rejeta la tête en arrière pour pousser un jappement sec qui sembla résonner dans tout le quartier – interminablement. Ellie sentait les yeux de sa mère braqués sur elle : Mme O'Neill attendait une explication. Mais Ellie voyait mal ce qu'elle aurait pu lui dire. Elle n'avait qu'une seule idée en tête : c'était elle qui l'avait amené ici. Il était venu pour elle.

Elle en fut super contente, tout à coup.

De : GDL824@yahoo.com

Envoyé : dimanche 9 juin 2013 21 : 28

À : EONeill22@hotmail.com

Objet : Re : à quoi ça ressemble le bonheur.

Rencontrer des gens nouveaux.

De : EONeill22@hotmail.com

Envoyé : dimanche 9 juin 2013 21 : 43

À : GDL824@yahoo.com

Objet : Re : à quoi ça ressemble le bonheur.

Tu l'as déjà faite, celle-là.

Chapitre 6

Graham n'écoutait que d'une oreille. Son agent tournait en rond dans sa loge, bombant le torse et secouant le journal, comme une espèce de coq complètement déjanté.

— C'est pour *ça* que tu as voulu venir en avance ? s'étrangla Harry, en balançant le journal sur la table près de laquelle Graham était assis, avachi sur une chaise pliante.

Le van n'était pas très grand. Il se limitait à un coin salle à manger et à un minuscule dressing avec un portant où l'habilleuse avait rangé ses costumes. Durant ces deux dernières années, Graham n'avait revêtu que des hauts-de-forme et des grandes capes ou de longues robes noires ourlées de velours frappé. Mais ce film était une comédie romantique et les tenues pendues à côté n'étaient pas très différentes de ce qu'il portait normalement : bermudas de surfer, tee-shirts unis et tongs. Il se demandait s'il ne pourrait pas en garder quelques-unes après le tournage. S'il y avait bien un truc qu'il détestait, c'était s'acheter des fringues.

Il jeta un vague coup d'œil à la photo qui figurait en page six du *New York Post*. Elle était prise de loin, mais elle le montrait nettement, assis avec Quinn au *Casier à Homard*. Quinn était de profil et on ne voyait d'elle qu'un rideau de cheveux brillants. Mais c'était bel et bien lui qui lui faisait face et il était penché vers elle avec une expression captivée. À tous les coups, c'était au moment où Quinn lui apprenait qu'elle n'était pas Ellie. Il n'y avait que quelques mots de légende à côté : « Le nouvel amour de Larkin ? » Suivait un article d'un seul paragraphe qu'il ne se donna même pas la peine de lire.

— Non, répondit-il, avec la plus totale sincérité.

Harry se laissa tomber dans la seule autre chaise disponible avec un soupir.

Quand Graham avait signé avec lui, l'agence Fenton ne tournait vraiment que depuis quelques années seulement. Avant ça, Harry avait été avocat dans le show-biz mais, vite lassé des contrats à rallonge et des clauses tordues, il s'était dit qu'il pourrait bien avoir un certain talent pour gérer la carrière des acteurs et ferait mieux de se reconvertir dans le management. Il avait dégoté son premier client en la personne d'un petit jeunot binoclard qui jouait dans une sitcom à succès. Après ça, il avait tant bien que mal réussi à réunir une petite écurie de stars montantes juniors plus ou moins douées.

Avant que Graham ne soit choisi pour la trilogie, du temps où la distribution était encore top secrète, quand personne n'aurait pu soupçonner son « ascension fulgurante », Harry avait été le seul à accepter de le rencontrer. Graham lui serait éternellement reconnaissant d'avoir cru en lui, alors qu'il n'était encore qu'un obscur lycéen n'ayant pour toute référence qu'une interprétation rien moins que remarquable dans *Blanches colombes et vilains messieurs*. Aujourd'hui, il était de loin le meilleur client de Harry et, en plus du temps et de l'attention dont cette position le faisait bénéficier, elle lui avait aussi valu la présence d'un vieux ronchon qui le suivait comme son ombre dès qu'il tournait en extérieur.

— C'est pas bien, ça, maugréait cependant le vieux ronchon en question, en se passant la main dans ce qu'il lui restait de cheveux d'un geste nerveux. Tu ne peux pas débarquer comme ça dans une ville, les mains dans les poches, inviter la première fille qui passe, et puis la planter là.

Graham se tourna vers lui.

— C'est ce qu'ils ont écrit ?

— Non, reconnut Harry, avec un haussement d'épaules. Mais c'est ce qu'on raconte.

— Je ne l'ai pas plantée là. C'est juste qu'il y a eu comme un malentendu…

— Là n'est pas la question, l'interrompit Harry, en faisant bruyamment pivoter sa chaise pour lui faire face. La question, c'est que tu es censé être avec Olivia.

— Tiens donc ! lui balança Graham, en le fusillant du regard.

— Dans un petit bled comme celui-là, sans une seule fille un tant soit peu connue à des kilomètres à la ronde pendant les semaines à venir, tout le monde s'est dit que, forcément, tous les deux, vous…

Il arqua un sourcil.

— Vous quoi ?

— Tu dois bien avouer que ce serait une super pub pour le film – et pour toi –, embraya Harry, ignorant complètement le coup d'œil mauvais de son poulain. Tu es à un tournant, là, dans ta carrière. Ton prochain film, ta prochaine petite amie… ça compte, tu sais. Et pas la peine de me regarder avec ces yeux-là. C'est pour ça que tu me paies un max : pour que je te dise ce genre de choses. Pour te faire passer au stade supérieur, il faut qu'on fasse attention où on met les pieds, tu comprends ? (Il marqua un temps et leva brusquement les mains en l'air.) Et puis c'est quand même Olivia Brooks, bon Dieu ! C'est pas comme si je te demandais de coucher avec un troll.

— Ce n'est pas à toi de me dire avec qui je dois coucher ou non, lui rétorqua Graham, quittant sa chaise d'un bond.

— C'est pas ce que j'ai voulu dire. Ce que je voulais dire… Enfin quoi, tu peux bien tenter le coup quand même, non ?

Graham se rua vers l'arrière du van pour jeter un œil par le petit hublot qui donnait sur le plateau. Les caméras étaient déjà en place et le metteur en scène – un jeune type prénommé Mick qui, alors même qu'il commençait à peine à se faire un nom comme chouchou du cinéma indé, avait surpris tout le monde en récoltant une nomination aux Oscars – faisait les cent pas avec un troupeau vibrionnant d'assistants à ses basques. Sous peu, on allait l'appeler pour dévaler la rue derrière Olivia, la soulever de terre pour la prendre dans ses bras et l'embrasser avec passion. Et pas qu'une fois en plus, sans doute plutôt genre quinze à vingt fois de suite.

— Il y a d'autres filles ici, tu sais, lui rétorqua-t-il sans se retourner. Ce n'est pas parce qu'on n'est ni à New York ni à L.A. qu'il n'y a pas des gens intéressants.

— Ben voyons, maugréa Harry. Elle était charmante, je n'en doute pas.

Graham sourit en repensant à la tête qu'avait faite Ellie en le voyant apparaître dans la lumière de son perron. Et puis il se rendit compte que Harry parlait de Quinn. Mais il n'eut pas le temps d'ouvrir la bouche que déjà on frappait à sa porte. Ils se retournèrent tous les deux d'un même mouvement.

— Cinq minutes, monsieur Larkin, lui annonça-t-on.

Il prit une profonde inspiration. Quel que soit le nombre de fois où il avait fait ça, qu'il se sente prêt ou pas, c'était toujours le moment où un grand appel d'air lui aspirait l'estomac. C'était tout un art d'être Graham Larkin, maintenant, et ça ne venait pas tout seul. En un sens, c'était plus une performance d'acteur de jouer son propre rôle sur le plateau que de se fondre dans le personnage qu'il devait incarner : un ado qui venait de perdre son père dans un tragique accident de bateau et qui éprouvait des sentiments conflictuels pour la fille qui avait assisté à la scène.

Sans ajouter un mot, il passa devant Harry et sortit, aspirant à pleins poumons l'air marin avant de dévaler l'escalier au pied duquel l'attendait son « référent » personnel, armé d'un casque et d'un bloc-notes, pour l'escorter jusqu'à ses marques, à quarante mètres de là (comme s'il risquait de se perdre en route). Bon, il était habitué, désormais. Tantôt on vous traitait comme un dieu, tantôt comme un gamin de quatre ans.

Ils avaient déjà répété ce passage et le metteur en scène ne l'accueillit qu'avec quelques ultimes recommandations d'usage. Ils tournaient les scènes dans le désordre et celle d'aujourd'hui était en fait une des dernières du film, quand son personnage émergeait du brouillard dans lequel il planait et voyait enfin ce qui lui avait toujours crevé les yeux – plutôt celle, en l'occurrence. Graham releva la tête alors qu'arrivait justement la personne en question, simplement vêtue d'une jupe en jean ridiculement courte et d'un haut de bikini rouge.

— Salut ! lui lança Olivia avec un petit sourire en coin.

Ses longs cheveux blonds avaient été tirés en arrière pour lui faire une queue-de-cheval un peu de travers (qui avait probablement demandé des heures de travail aux stylistes-coiffeurs de l'équipe de tournage pour parvenir à un résultat aussi naturel) et on l'avait maquillée avec art, de telle sorte qu'elle ait l'air de ne pas être maquillée du tout.

— J'ai entendu dire que tu avais déjà goûté aux plaisirs locaux, persifla-t-elle.

— Juste une petite dégustation des spécialités culinaires, lui répliqua-t-il, en s'efforçant de ne rien laisser paraître de son agacement.

Olivia était sublime, indéniablement. Rien à redire là-dessus. Mais quelque chose, chez elle, l'énervait. Ça faisait des années maintenant qu'elle fréquentait les studios hollywoodiens (elle avait commencé sa carrière comme enfant prodige dans une série télé à succès qui se passait dans un hôpital) et, sans vouloir être méchant, ça se voyait. Il l'avait rencontrée deux ans plus tôt, à une soirée pour l'avant-première d'un de ses films et, quand on les avait présentés, elle l'avait à peine regardé, lui lançant juste un coup d'œil hautain en allumant sa cigarette, avant de se diriger vers quelqu'un de beaucoup plus célèbre. Le premier épisode de la trilogie *Top Hat* n'était pas encore sorti, à l'époque, et, à en croire la façon dont elle se comportait avec lui maintenant, elle avait probablement tout oublié de cette nuit-là. Cela dit, d'après ce qu'on racontait, Olivia ne se souvenait pas souvent de ses nuits…

La rue principale du bourg avait été interdite à la circulation pour le tournage. À son extrémité, Graham apercevait la boutique du glacier et se demandait si Ellie y était. De chaque côté de la chaussée, tassés derrière des barrières métalliques, les spectateurs se penchaient, l'œil rivé à l'objectif, qui de son appareil photo, qui de son caméscope, tandis que les agents de sécurité allaient et venaient devant eux.

Graham se décontracta les doigts et s'éclaircit la gorge. Il aimait tourner en extérieur (l'éclairage des studios ne vaudrait jamais la lumière du soleil), mais il se sentait nerveux aujourd'hui, face à un tel public. Quand il avait débuté dans le métier, ça l'avait un peu déstabilisé de voir qu'on tournait souvent les scènes dans le désordre, à plus forte raison en pareilles circonstances : comment se préparer pour la grande scène du baiser, alors que toutes les étapes intermédiaires avaient été allégrement sautées ? Ce n'était tout bonnement pas comme ça que les choses se passaient dans la vraie vie. Il estimait qu'il aurait bien mérité un gros roulement de tambour : plutôt casse-gueule, cette scène, non ?

En même temps, la plupart des mecs de son âge auraient donné n'importe quoi pour embrasser Olivia Brooks. Or, lui, on le payait pour ça. Et un sacré paquet. Pour l'instant, elle discutait avec l'assistant metteur en scène, à l'autre bout du plateau. Pendant ce temps, Graham sautillait sur place pour essayer de se mettre en condition. La chef costumière courut vers lui et tendit la main. Il lui fallut une bonne seconde avant de comprendre qu'elle attendait qu'il enlève son tee-shirt. Quand il le retira, la foule poussa une acclamation suraiguë. Comment aurait-il pu ne pas se marrer, franchement ? Alors même qu'on se précipitait vers lui avec un peigne pour remettre ses cheveux en place, il parcourut une nouvelle fois la foule du regard, en croisant les doigts pour qu'Ellie ne soit pas là. Quoique, à la réflexion, ce serait sans doute bien le dernier endroit où il risquait de la trouver.

Quand arriva enfin le moment fatidique, Graham respira un bon coup pour se donner du courage. Il était censé dévaler toute la rue en courant, attraper Olivia par la taille, et la soulever de terre tout en l'embrassant. Pour être honnête, c'était un peu trop acrobatique pour « faire vrai », à son avis. D'ailleurs, quand ils avaient répété, ça ne s'était pas très bien passé. Il ne s'était pas trop mal débrouillé pour la soulever, mais, dans l'élan, et vu la façon dont ils tournoyaient, il ratait souvent sa cible quand il se penchait pour le baiser. Par deux fois, bien que visant sa bouche, c'était son cou qu'il avait embrassé.

— On n'est pas dans *Twilight*, lui avait-elle fait remarquer, cassante.

Mais, pour le moment, il se tenait juste prêt à partir et, dès que le réalisateur cria « Action ! », il se mit à courir à toutes jambes dans la rue. Avant d'arrêter ses études, il avait été avant-centre dans l'équipe de foot de son lycée et il trouvait ça plutôt sympa de piquer un sprint comme ça, avec l'air marin qui lui emplissait les poumons, cette espèce de jouissance qu'il éprouvait en sentant ses muscles forcer et le claquement de ses tongs sur la chaussée. Une voiture bleue, avec un cascadeur professionnel derrière le volant, déboita du trottoir et il fit un petit écart pour l'éviter. Mais, avec le mouvement brusque, la bride d'une de ses tongs se cassa et il trébucha.

Le metteur en scène cria « Coupez ! » et les cameramen pointèrent la tête sur le côté de leurs grosses boîtes noires. Tandis que le cascadeur reculait pour replacer la voiture en position de départ et qu'Olivia soupirait à l'autre bout de la rue, un assistant du département costumes se précipita vers lui avec une tong de rechange qu'il enfila aussitôt. Il se demanda combien de paires de tongs ils avaient en stock, là derrière. Il aurait été curieux de savoir quel était le budget tongs pour un film comme ça.

À la deuxième prise, il arriva jusqu'à Olivia et réussit même à exécuter la scène du baiser à la perfection. Pourtant, quand il releva la tête, le réalisateur fronçait les sourcils.

— En voyant ça, qu'est-ce qu'on ressentait à ton avis ? Rien, lâcha-t-il. Au mieux, ça nous vaudra un bâillement des spectateurs. Essayons de viser un peu plus haut que ça, n'est-ce pas ?

Graham jeta un coup d'œil auxdits spectateurs, en se demandant s'il ne devait pas être vexé de cet affront public fait à ses talents en matière de baiser. L'essai suivant lui parut beaucoup plus concluant. Il suscita toutefois la même critique.

— D'un ennui mortel, commenta le réalisateur. Pourrions-nous avoir un peu plus de magnétisme ?

Graham serra les dents. Ce type était peut-être un génie, mais il avait cette agaçante manie d'employer le « nous » à la place du « vous ». Et puis Graham était bien sûr que « le magnétisme » n'était pas un truc qu'on provoquait d'un simple claquement de doigts. Entre deux personnes, le courant passait ou ne passait pas. Et, avec Olivia, le fait est qu'il ne passait pas. Cependant, et bien qu'il y ait quand même deux personnes concernées dans l'histoire, bizarrement, il était le seul à se faire engueuler. Malgré tout, beau joueur, il hocha la tête et se prépara à recommencer.

Cette nouvelle tentative ne se révéla apparemment pas plus convaincante.

Pendant qu'il était là, en train d'écouter Mick lui parler passion, beauté et amour dans tout ce que ce sentiment avait de plus vrai, « n'est-ce pas ? », son regard s'échappa, laissant les caméras, la foule et les agents de sécurité pour s'accrocher aux pas d'une fille aux cheveux roux qui traversait la place.

— Il faut qu'ils y croient, prêchait Mick. (Il leva la main et lui frappa la poitrine de l'index.) Il faut qu'ils le sentent *là*.

— Euh… vous pouvez attendre une minute ? lui demanda-t-il, reculant déjà. J'ai juste besoin d'un petit break…

— Oui. Bonne idée, approuva Mick. Très bien. Prenons le temps de réfléchir un peu à tout ça. Et, quand tu reviendras, je veux te voir débordant de passion, pigé ?

Sans quitter Ellie des yeux, Graham acquiesça.

— « Pigé ».

Il commença par marcher nonchalamment d'un air aussi dégagé que possible. Mais, dès qu'il eut dépassé les barrières de sécurité, il se mit à courir. Il avait beau parfaitement sentir tous ces regards dans son dos, tandis qu'il traversait la place à petites foulées, il n'arrivait pas à s'en préoccuper. Non, là, franchement, il s'en fichait.

Elle avançait d'un bon pas, maintenant, regardant droit devant elle. Elle portait une jupe en jean, un peu comme celle d'Olivia – en plus long –, et un débardeur noir tout simple. Elle avait attaché ses cheveux en catogan. En s'approchant d'elle, il remarqua les taches de rousseur dont ses bras et ses jambes étaient constellés et qui se détachaient nettement sur sa peau encore plus pâle dans la lumière crue de ce début de matinée.

— Ellie ! la héla-t-il dans un souffle, quand il ne fut plus qu'à quelques pas.

Il s'arrêta pour reprendre haleine tandis qu'elle se retournait. Pas la moindre trace de surprise sur son visage. Elle ne semblait pas le moins du monde étonnée de le trouver là. Son regard chercha aussitôt le plateau de tournage, à une centaine de mètres derrière eux, et elle fit deux pas vers la gauche pour se planquer derrière un kiosque. Graham ne réagit pas sur le coup, mais ne tarda pas à l'imiter.

— Salut, lui dit-il, sentant son cœur cogner dans sa poitrine, aussi vite que s'il était toujours en plein sprint. Ça va ?

Elle sourit.

— T'es allé te baigner ?

Il secoua la tête, un peu dérouté, avant de s'apercevoir qu'il était en caleçon de bain.

— Non, non, s'empressa-t-il de répondre, soudain mal à l'aise. Je suis en costume de scène. On est en train de tourner là-bas.

— Qu'est-ce que tu fais ici alors ?

— Je voulais juste te dire bonjour.

Elle sourit de plus belle.

— Bonjour.

— *Hola* ! lui répliqua-t-il avec un petit rictus goguenard.

Elle avait vraiment les yeux super verts… Il se sentit étrangement nerveux quand ils se posèrent sur lui.

— Tu allais bosser ? s'enquit-il.

Elle hocha la tête.

— Et qu'est-ce que tu fais après ?

— Pourquoi ? Tu as l'intention de m'inviter à dîner au *Casier à Homard* ?

Il s'apprêtait déjà à s'en défendre, quand il se rendit compte qu'elle le mettait en boîte.

— J'espérais juste que je pourrais retomber sur toi… par hasard…

Nouveau sourire.

— Eh oui ! C'est ce qu'il y a de bien dans les petites villes.

Il allait lui répondre, quand elle tourna les talons et commença à s'éloigner, traversant la place avec une surprenante rapidité. Il resta cloué sur place, stupéfait qu'elle l'ait planté là sans prévenir. Il ne pouvait cependant rien faire, que la regarder partir en espérant qu'elle allait au moins se retourner. Elle n'en fit rien pourtant, et ce fut seulement quand elle eut atteint la porte du glacier qu'il comprit ce qui l'avait chassée : derrière lui, un bataillon de photographes déboulaient, trébuchant sur les touffes d'herbe qui dépassaient, dans leur hâte d'arriver le premier.

Quand le gagnant le rejoignit, il laissa tomber l'étui de son appareil photo et haleta, pantelant :

— C'était qui, ça ?

Mais Graham se contenta d'un haussement d'épaules désabusé, tandis que le type prenait sans enthousiasme quelques clichés de lui, tout seul, au milieu de la pelouse.

Après ça, quand il regagna le plateau, Mick leva les yeux de ses notes, écrasa sa cigarette et haussa les sourcils.

— Alors ? lui lança-t-il. Sommes-nous un peu plus inspiré à présent ?

— Oui, lui répondit-il avec un sourire amusé. Nous le sommes.

De : GDL824@yahoo.com

Envoyé : lundi 10 juin 2013 10 : 22

À : EONeill22@hotmail.com

Objet : cet aprèm

Ellie !

(Je voulais juste t'adresser des salutations à la russe en bonne et due forme, maintenant que je connais ton prénom.)

Je finis de tourner à 16 h aujourd'hui. Tu veux partir à la chasse au *whoopie pie* d'origine contrôlée ?

Amicalement,

Graham !

Chapitre 7

Le Net, ça marchait quand ça voulait, au magasin : la connexion était, au mieux, sporadique. Ellie passa donc toute la matinée de la caisse au vieil ordinateur derrière le comptoir, remerciant le ciel que sa mère ne soit pas encore là pour la soûler avec ses questions. Déjà, la vieille au soir, elle s'en était tirée en prétendant que, si Graham était venu à la maison, c'était parce qu'il pensait trouver Quinn. Et, ce matin, elle s'était débrouillée pour se défiler, prétextant qu'elle allait faire l'ouverture du magasin.

En fait, elle ne savait pas trop ce qu'elle aurait pu dire, vu qu'elle ne savait pas vraiment comment elle sentait tout ça, déjà. Tout ce qu'elle savait, c'était qu'en se connectant sur le vieil ordi pour la sixième fois depuis ce matin, elle n'espérait qu'une seule chose : voir cette adresse mail, qu'elle connaissait si bien maintenant, apparaître sur son écran.

Qu'elle vienne juste de le croiser sur la place ne changeait rien à l'affaire. Qu'elle sache désormais qui il était n'y changeait rien non plus. Qu'il ait fallu qu'elle tombe sur Graham Larkin, pas davantage. Depuis près de quatre mois, c'était devenu *le* truc qui comptait, le moment qu'elle attendait toute la journée : quand la liste de sa boîte de réception se déroulait sur l'écran, apportant la promesse d'un nouveau mail de lui. Ce bref enchaînement de majuscules et de chiffres : GDL824@yahoo.com. Il n'en fallait pas plus pour que son cœur se mette à jouer les marteaux-piqueurs.

Mais, maintenant, c'était un peu comme si elle avait le cerveau coupé en deux. Une moitié comprenait parfaitement que la personne qui lui écrivait était juste au bout de la rue. Tandis que l'autre ne réussissait pas à se défaire de l'idée plus générale qu'elle s'était faite de lui : la rassurante image de ce mystérieux inconnu avec lequel elle pouvait parler de tout et de rien. Sa soudaine apparition l'avait complètement déstabilisée. Et, alors même qu'elle s'apercevait, avec une petite montée d'adrénaline, qu'un nouveau mail de lui venait effectivement d'arriver, elle ne pouvait s'empêcher, malgré tout, de trouver ça un peu déconcertant. C'était comme parler au téléphone à quelqu'un qui se trouve dans la même pièce : quoiqu'on puisse voir ses lèvres bouger et entendre simultanément les paroles qui correspondent, on a quand même du mal à intégrer qu'en réalité ces deux choses-là n'en font qu'une.

Ce mail lui ressemblait : intelligent, adorable, avec juste la petite pointe d'humour qu'il fallait. Et il affirmait qu'il voulait la revoir. Elle ferma les yeux, les doigts en suspens au-dessus du clavier. Quand elle les rouvrit, elle cliqua sur « répondre » tout en passant en revue les excellentes raisons qu'elle avait de dire non.

Le seul petit souci, c'était qu'elle avait envie de dire oui.

« *Désolée* », commença-t-elle à taper, une touche à la fois. Et puis elle effaça chacune des sept lettres et se laissa retomber contre le dossier de sa chaise avec un soupir. Franchement, quelle fille ne serait pas ravie de découvrir qu'elle correspond depuis des mois avec une star sans le savoir ? Pourtant, à ses yeux, ça semblait trop injuste. Elle n'aurait pas demandé mieux, elle, que de passer l'après-midi avec GDL824. C'était Graham Larkin qui lui posait problème.

Elle regardait toujours fixement l'écran quand la porte du magasin s'ouvrit à la volée. Elle n'eut que le temps de fermer sa boîte mail avant que Quinn ne s'affale, hors d'haleine, sur le comptoir. La vieille au soir, après le départ de Graham, Ellie avait découvert un mail de Quinn qui se limitait simplement à « !!! ». Elle se demandait encore si ces points d'exclamation exprimaient de l'enthousiasme, de la colère ou quelque chose d'intermédiaire.

Alors, elle n'avait pas répondu. Ce n'était pourtant pas l'envie de retrouver sa meilleure amie qui lui manquait pour s'extasier, avec elle, de l'incroyable, de l'insensé, de l'improbable hasard qui avait voulu que le garçon de Californie tombé du ciel, avec lequel elle avait échangé des mails pendant des mois, s'était, allez savoir comment, trouvé être Graham Larkin.

Mais, pour le moment, Quinn se tenait devant elle, tentant de reprendre son souffle.

— Je suis… en retard au boulot, lâcha-t-elle entre deux petites quintes de toux. On dirait pourtant bien… qu'on a des tas de trucs à se dire…

— Je sais, reconnut Ellie, en lui servant un verre de citronnade (celle qu'elles offraient aux clients).

Elle déglutit avec peine, prenant soudain conscience du mal qu'elle avait à lever la tête pour regarder Quinn dans les yeux.

Hier encore, elle l'aidait à se préparer pour son fameux rendez-vous. Elle avait bien vu le visage de son amie s'illuminer à la perspective de cette soirée en tête à tête avec le célèbre jeune premier. Et voilà que, par quelque étrange caprice du destin, Graham s'était retrouvé sur son perron à la fin de la soirée. Même si ce n'était absolument pas sa faute, elle en était malade d'avoir, sans le vouloir, tout gâché et brisé le rêve de sa meilleure amie.

— Écoute, Quinn, si j'avais su que c'était lui…

— J'en ai rien à faire de ça, la coupa l'intéressée, en secouant la tête. Enfin, ce n'est pas que ça n'aurait pas été sympa d'avoir une petite aventure avec une star cet été, je veux dire. Et que ce soit facile pour moi de réussir à me mettre dans la tête qu'il y a ce truc entre Graham Larkin et toi. Mais…

Ellie tendait déjà le dos.

— Mais ?

— J'arrive pas à croire que tu me l'aies jamais dit, lâcha Quinn. (Et ça avait l'air de l'avoir vraiment blessée.) Tu m'as caché ça tout ce temps ? Je croyais qu'on s'était promis de tout se raconter.

— C'est vrai, reconnut Ellie en baissant les yeux. Et c'est ce qu'on fait. C'est juste que…

Elle fut encore interrompue par une série de coups sourds qui annonçaient l'heure au clocher du village. Quinn jura entre ses dents.

— Faut que j'y aille, déclara-t-elle. On finira de discuter de ça plus tard.

— D'accord, lui assura Ellie, en sentait la culpabilité lui embraser les joues. Je te jure que je peux tout t'expliquer.

— T'as intérêt, lui rétorqua Quinn, en lui adressant, à son grand soulagement, un petit sourire. Sinon, tu ne sauras jamais ce qui m'est arrivé, à moi, hier soir.

— Quoi ?

— Oh ! rien, rien… Juste que Devon Alexander m'a embrassée.

Ellie en resta bouche bée.

— Comment c'est possible, ça ?

— Quand Graham est parti, Devon s'est retrouvé à dîner avec moi. Et je crois bien qu'il avait mal pour moi en voyant mon super rendez-vous se barrer. Alors il s'est montré très très gentil. Et, après, il m'a raccompagnée à la maison, et… *paf !* ça s'est fait comme ça.

Quinn secouait la tête. Pas vraiment évident de savoir si c'était d'incrédulité ou d'émerveillement. Tout le monde savait que Devon était amoureux de Quinn depuis le CP, mais elle n'avait jamais manifesté le moindre intérêt pour lui et avait même mis autant d'énergie à l'ignorer qu'il en avait dépensé à l'adorer.

— Et le truc, c'est que ce n'était pas si mal, conclut-elle.

— Pas si mal ? répéta Ellie, en penchant la tête de côté.

Quinn sourit, pour de bon cette fois.

— OK, d'accord. C'était plutôt pas mal. Tu crois ça ?

Ellie éclata de rire.

— En fait, non.

— Alors, et toi ?

— Quoi, moi ?

— Tu l'as embrassé, Graham Larkin ?

Ellie rigola franchement.

— Dis donc, tu n'étais pas déjà en retard ?

— Si, s'affola Quinn, en consultant sa montre. Il faut que je file. Mais tu ne vas pas t'en tirer comme ça, tu sais. Je t'appelle plus tard. (Elle avala d'un trait le reste de sa citronnade avant de se ruer vers la porte. Au moment de sortir, elle se retourna.) Hé, El ? Ne fais pas l'idiote avec ça, OK ?

— Comment ça ? lui demanda Ellie, en fronçant les sourcils.

— C'est juste qu'il est vraiment sympa. Et qu'il t'aime vraiment beaucoup, c'est clair. Alors, essaie de pas te mettre toute seule des bâtons dans les roues.

— Je vois pas…

La porte claqua avant qu'Ellie n'ait pu finir sa phrase. Elle resta un instant plantée là, dans le magasin désert, à penser à Graham, à Devon et à Quinn, et à ce que tout ça avait d'improbable. Son regard retourna se poser sur l'écran de l'ordinateur et elle se mordit la lèvre.

Cette fois, ses doigts semblèrent choisir les touches tout seuls.

« *Oui* », tapa-t-elle, juste pour voir l'effet que ça faisait.

Et puis la porte s'ouvrit de nouveau et, une fois de plus, elle ferma sa boîte mail pour regarder la famille de touristes qui venait d'entrer. Elle leur adressa son plus radieux sourire. Peine perdue : leur attention fut immédiatement attirée par les jouets de plage près de la porte. Les deux garçons s'emparèrent chacun d'une frite de mousse et commencèrent à se bagarrer, tandis que leur mère essayait vainement de les leur arracher des mains. Mais c'était surtout la plus jeune qu'Ellie regardait : une petite fille aux cheveux d'un blond très pâle qui ne devait pas avoir plus de quatre ans.

Pendant que la mère s'occupait des garçons, le père prit la fillette par la main pour la guider vers le présentoir des cartes postales. Il s'agenouilla à côté d'elle, pointant du doigt les différents paysages. La fillette les choisissait, une à une, la mine grave, les tenant fermement par les bords pour les examiner avec de grands yeux émerveillés.

Tandis qu'elle les observait, tout mesquin que ce soit – et la jalousie l'est toujours –, Ellie ne put s'empêcher de penser ce qu'elle pensait à chaque fois, en pareilles circonstances : aussi émouvante que soit cette scène, cette petite fille ne s'en souviendrait pas. Les souvenirs d'enfance sont comme les bagages d'avion : si loin qu'on veuille aller avec, si longtemps qu'on veuille les garder, on n'aura jamais droit qu'à deux sacs. Et, quoique ces deux sacs puissent contenir quelques vagues réminiscences (une brasserie avec un juke-box sur la table, des mains qui nous poussaient sur une balançoire, l'effet que ça faisait quand on nous soulevait de terre pour nous faire virevolter), ça ne sera jamais assez pour durer toute une vie.

N'empêche, que celui-là compte pour elle ou pas, cette petite fille garderait toujours plus de souvenirs de son père qu'elle – qui n'en avait guère qu'une poignée à ressasser, encore et encore. Et puis, après toutes ces années, ils étaient flous et tout usés, comme ces feuilles de papier tant de fois pliées et repliées qu'on dirait des chiffons élimés.

Son père était député. C'était son premier mandat au Congrès et il était considéré comme une étoile montante du Parti républicain quand il avait rencontré sa mère, qui était alors serveuse dans son snack-bar favori et se tenait prête à lui servir ses pancakes et son café bien chaud, tous les matins, avant même qu'il ne franchisse la porte. Avec le temps, ils étaient passés de la simple commande aux bavardages, des bavardages au badinage et du badinage à quelque chose de plus sérieux. Et il n'avait pas fallu longtemps avant que la jeune serveuse ne se retrouve enceinte.

Le seul petit problème, c'était que monsieur le député était déjà marié.

Les secrets ne le restent jamais longtemps. Ils étaient pourtant parvenus à garder celui-là pendant quatre ans. Sa mère ne le laissait que rarement venir chez elles et refusait son argent. Durant ces visites, lui raconterait-elle plus tard, Paul Whitman allait pendre sa coûteuse veste de costume sur mesure et s'asseoir sur le tapis tout mité, dans l'appartement encore plus miteux, pour jouer avec sa fille pendant une heure ou deux (tout juste si sa mère et lui échangeaient trois mots). Et puis, le moment venu, il se levait, l'embrassait sur le front, tentait, une fois de plus vainement, de laisser un chèque à sa mère, et s'en allait.

Les choses auraient pu continuer ainsi encore un bon moment… s'il n'avait pas été un homme politique et si son nom n'avait pas commencé à circuler comme futur candidat aux élections présidentielles. La presse s'intéressait déjà de près à lui et cet intérêt avait crû d'autant plus lorsqu'il avait décidé de se présenter au Sénat. Ellie n'avait que quatre ans quand le scandale avait éclaté. Et que tout avait éclaté avec lui.

Pendant trois mois, sa mère avait tenté de tenir le coup. Pendant trois mois, elle avait été pourchassée par les journalistes, suivie partout par des photographes, harcelée par les reporters et mitraillée de questions. Sur les seules photos qu'Ellie avait trouvées sur le Net apparaissait une version plus jeune de sa mère, cachée derrière des lunettes noires. Sur chacun de ces clichés, elle la portait sur la hanche, lui tournant le visage contre son pull pour la protéger de l'impitoyable éclat des flashes.

Les raisons de fuir ne manquaient pas. Pourtant, sa mère n'avait jamais eu l'intention de faire de toute cette histoire un secret d'État. Au départ, elle avait juste voulu prendre des vacances, s'en aller pour l'été. Elle avait donc loué un cottage à Henley, où elle se rappelait être venue, un jour, étant enfant. Mais, quand elle était arrivée, lui avait-elle raconté, elle avait éprouvé une telle impression de délivrance en découvrant cet incroyable calme, cette tranquillité inespérée. Les nuages courant dans le ciel projetaient leur jeu d'ombres sur la mer et un homme jouait de la guitare sur la place du village. Tout ça semblait si loin de Washington – Washington et ses scabreux scandales, Washington et ses politiciens beaux parleurs –, et si loin du père de son enfant qui, à toutes les questions – sans exception – que tous les journalistes – sans exception – lui avaient posées depuis le début de l'affaire, n'avait donné pour seule réponse que cette formule laconique : « Sans commentaire. »

Alors, quand la première personne qu'elle avait vue s'était présentée à elle, ce jour-là, chez le glacier, et avait attendu qu'elle en fasse autant, ignorant manifestement tout de cette ignominie qui la poursuivait partout, là-bas, chez elle, les mots « Margaret Lawson » lui étaient restés dans la gorge.

Margaret Lawson était une petite serveuse de vingt-quatre ans qui avait débarqué à Washington, des rêves plein la tête. Elle voulait changer le monde, défendre l'environnement, faire bouger les choses. Au lieu de ça, elle s'était retrouvée à servir des cafés à des hommes d'affaires cravatés pour gagner de quoi payer son loyer. Elle n'avait ni relations, ni famille, ni racines. Une simple jeune femme dont le nom avait été étalé sur la couverture de papier glacé d'une douzaine de magazines, une inconnue qui n'était vraiment pas faite pour se retrouver sous le feu des projecteurs et encore moins de l'actualité. Elle était juste une femme qui avait commis la pire des fautes, même s'il en avait résulté, pour elle, le plus grand des bonheurs.

Margaret Lawson n'avait pas sa place dans cette nouvelle ville, cette nouvelle vie. Alors…

— Maggie O'Neill, avait-elle improvisé, en serrant la main qu'on lui tendait.

Un diminutif enfantin, qui avait pris la poussière depuis toutes ces années, couplé avec le nom de jeune fille de sa propre mère. Voilà ce qui était sorti, sans trop savoir ni comment ni pourquoi.

Et *hop !* d'un seul coup, Margaret Lawson avait disparu, emportant Eleanor Lawson avec elle.

Elles n'en parlaient plus beaucoup, maintenant, sa mère et elle. N'empêche que c'était toujours là, quand elles zappaient un peu trop vite la chaîne parlementaire, le soir, devant la télé… quand le journal arrivait sur les marches du perron avec ce même bruit mat, tous les matins, apportant avec lui l'actualité du monde politique… et, surtout, quand elles parlaient argent et études universitaires, toutes ces choses qui auraient été si simples, si elle s'était encore appelée Eleanor Lawson ou, mieux, Eleanor Whitman, plutôt que juste Ellie O'Neill.

Son père était maintenant sénateur et un sérieux concurrent pour la nomination au poste de candidat républicain lors de la prochaine course présidentielle. Le scandale avait fini par être étouffé, comme il semblait devoir en être de tous les scandales. Dans chaque article, chaque commentaire de blog, chaque reportage sur le sujet, même après tout ce temps, il y avait encore des démentis sur la liaison supposée avec une serveuse. Quelquefois, on mentionnait la potentielle fille illégitime, mais, le plus souvent, ça se retrouvait noyé dans la masse. Tout le monde s'intéressait bien plus à sa vraie famille : sa très indulgente femme et ses deux fils (un qui avait un an de plus qu'Ellie et un qui avait un an de moins), tous les deux aussi blonds que leur mère, et qui semblaient toujours devoir être photographiés avec leur père, lors de quelque activité « entre hommes » propre à resserrer les liens filiaux, comme la chasse, le camping ou la pêche.

Oh ! Sans doute qu'ils mangeaient plus souvent dans des restaurants chic que dans des baraques à frites, qu'ils fréquentaient des écoles privées avec port obligatoire de l'uniforme plutôt que des établissements publics avec des problèmes de fin de mois. Et ils ne réfléchiraient sans doute pas à deux fois avant de demander à leur père de leur payer un stage d'été de poésie. Et même si, la plupart du temps, elle ne pouvait pas imaginer échanger sa vie contre la leur (si tant est que ce soit possible), ça lui paraissait parfois bien injuste de n'avoir jamais seulement eu la chance de savoir ce que c'était que d'être la fille de Paul Whitman.

Si ce dernier avait fait des recherches pour les retrouver, elle n'était pas au courant. Elle s'efforçait de ne pas penser que, pour un homme comme lui, ç'aurait probablement été un jeu d'enfant, pour peu qu'il s'en soit donné la peine. Qu'il aurait pu garder le contact, l'appeler de temps en temps, lui envoyer une carte pour son anniversaire ou marquer, d'une façon ou d'autre, le passage des ans. Peut-être que c'était la faute de sa mère. Ou peut-être que c'était la sienne à lui. Peut-être qu'il s'était demandé ce qu'elles étaient devenues et peut-être pas. Peut-être qu'elles lui manquaient parfois, ou peut-être que tous ces articles avaient raison : peut-être qu'elles n'étaient rien qu'une note de bas de page.

Ellie regardait la petite fille tendre à son père une carte postale avec un lever de soleil sur la mer. Mais la mère avait réussi à reprendre ses deux galopins en main pour les faire sortir et les appelait, maintenant, à grands cris pour qu'ils la rejoignent. Alors, le père haussa les épaules et commença à se redresser. Mais le menton de la petite se mit à trembler tandis qu'elle serrait la carte postale contre son cœur.

— Elle n'a qu'à la garder, se prit à dire Ellie.

L'homme se retourna avec une expression de surprise. Mais la petite le regarda avec un sourire rayonnant et se sauva en sautillant, la carte postale à la main : un souvenir qui tiendrait peut-être jusqu'au coin de la rue, ou peut-être jusqu'à la fin de leur séjour balnéaire, mais qu'avec un peu de chance, elle porterait en elle un peu plus longtemps.

Lorsqu'ils furent sortis, Ellie revint vers son PC.

« *Je ne crois pas que je pourrai*, écrivit-elle à Graham. *Désolée.* »

Après quoi, elle demeura assise devant l'écran et attendit.

Neuf minutes plus tard, il lui répondait :

« *Bon. Alors, j'irai tout seul et je t'en apporterai un chez toi ce soir.* »

Ellie ne put réprimer un sourire à l'idée de le revoir débarquer sur son perron. Et puis, elle se mordit la lèvre et riva son regard au clavier.

« *Ce soir, ce n'est pas possible non plus*, écrivit-elle. (Elle réfléchit deux secondes et ajouta :) *Et je n'ai toujours pas la moindre idée de ce que c'est, de toute façon...* »

Moins d'une minute plus tard, un petit *ding !* résonnait et son nom réapparaissait.

« *On n'a qu'à aller voir ça de plus près.* »

Elle hésita.

« *Pas de photographes ?* »

Une minute passa, puis deux. Mais ça lui parut beaucoup plus long. Enfin, un mail apparut :

« *Pas de photographes.* »

Cette fois, elle n'attendit pas.

« *OK* », tapa-t-elle, avant qu'elle n'ait le temps de changer d'avis.

Et c'est comme ça que cinq heures plus tard, elle se retrouva à prendre le chemin des écoliers pour rejoindre la crique, tout en se demandant si elle ne faisait pas une bêtise. Elle savait qu'il y avait certains tournants à négocier dans ce genre de choses, des occasions de se raviser, des chances de faire demi-tour. Mais, tandis qu'elle passait devant le marchand d'articles de pêche et la cabane de location de jet-skis, tandis qu'elle longeait à pas lents la grande plage et traversait le bouquet d'arbres qui la délimitait, Ellie avait la nette impression qu'elle fonçait tête baissée devant tous ces signaux d'alarme et que, bientôt, il serait trop tard pour faire marche arrière.

Elle avait des dizaines de raisons de ne pas y aller : il allait se lasser d'elle et passer à autre chose ; dans quelques semaines, il rentrerait en Californie ; il était célèbre ; il allait trahir leur secret rien que parce qu'il était ce qu'il était ; il allait lui faire mal sans même le vouloir…

Mais c'était comme une lame de fond qui l'entraînait, la portait, repoussait les branches, à l'approche du but, et le sable qui, déjà, le cédait aux galets sous ses pieds. Elle ne remarqua pas tout ça, pourtant. Elle repensait à cette expression sur son visage, quand il était resté planté sur son perron, la veille au soir, et à ces mots qu'ils avaient envoyés voguer d'un bord à l'autre du continent, chaque mail comme un poème recélant le meilleur d'eux-mêmes.

Peut-être que le voir, c'était juste comme une sorte d'illustration ajoutée à cette conversation, qui durait depuis des mois maintenant. Si tout le temps qui avait précédé ce premier mail avait été une sorte de prélude, alors peut-être que tout ça n'était qu'un post-scriptum.

P.-S. Salut !

P.-S. Merci d'être venu.

P.-S. Me voilà.

Plus loin devant, les arbres s'espaçaient pour laisser place à une petite crique où la mer venait polir des cailloux couleur d'ardoise. Ellie se figea brusquement en s'apercevant qu'il l'avait devancée et recula sous le couvert du feuillage. Accroupi, occupé à examiner les galets, il ne la voyait pas. Tandis qu'elle l'observait, il en souleva un, penchant la tête de côté. D'où elle était, Ellie put voir que la pierre avait la forme d'un cœur un peu bancal.

Elle se souvint d'un mail qu'il lui avait envoyé, quelques semaines plus tôt. Ils parlaient de leurs souvenirs de primaire et il lui avait avoué qu'il avait toujours eu du mal à faire des cartes de fête des Mères quand il était petit, surtout celles où il fallait plier la feuille en deux et dessiner un demi-cœur.

« *Les miens ressemblaient toujours à des grosses boules roses* », lui avait-il écrit.

« *Est-ce que ce n'est pas ce qu'est un cœur, de toute façon ?* » lui avait-elle répondu.

Elle prit une profonde inspiration pour se calmer. Au même moment, il se retourna à moitié et elle put le voir de profil. Il était différent, là, sur cette plage. D'une beauté moins éclatante, plus familière. Ce n'était certes pas comme ça qu'elle avait imaginé GDL824, mais ce n'était pas vraiment la version star de cinéma non plus.

Pour l'heure, il était juste Graham.

Elle se rappela, alors, la façon dont les Russes l'auraient dit – « Graham ! » – et sentit la grosse boule rose dans sa poitrine se mettre à palpiter. C'était tout à la fois un cri, une exclamation de surprise et un sursaut sous l'effet d'un bonheur inattendu : la chose la plus sincère et la plus spontanée qui soit. Alors, sans plus hésiter, elle s'avança pour aller transmettre ses salutations de vive voix.

De : GDL824@yahoo.com

Envoyé : lundi 10 juin 2013 16 : 24

À : EONeill22@hotmail.com

Objet : au risque de me faire voler dans les plumes (que je n'ai pas)

Je n'ai pas réussi à trouver le rocher dont tu me parlais, mais je crois que je suis quand même arrivé à bon port. Il n'y a pratiquement que moi et les mouettes, alors je devrais être facile à repérer.
(Je suis celui qui n'a pas de plumes.)

Chapitre 8

Qu'il était parti loin ! À des milliers de kilomètres. Il s'efforçait de répéter son texte pour la scène du lendemain, une tirade chargée d'émotion que débitait son personnage quand, après avoir quitté l'enterrement de son père, il se dirigeait sur les lieux mêmes où ce dernier avait trouvé la mort : à bord d'un vieux homardier baptisé le *Go Fish*. Mais les mots le fuyaient, aujourd'hui. Ils s'envolaient, balayés par le vent marin.

Il triait machinalement les petits galets polis qui recouvraient la plage, si différente des vastes étendues de sable blanc de Californie, lorsqu'il entendit le bruit de ses pas derrière lui. Il prit une brusque inspiration et se retourna.

— Hé ! lui lança-t-il, en levant la tête vers elle, avant de détourner précipitamment les yeux.

Allez savoir pourquoi, il avait du mal à la regarder. Il ne demandait que ça pourtant. Autour d'eux, tout était gris : les arbres, les rochers, le ciel… même la mer. Et, au milieu de toute cette grisaille, il y avait Ellie. Ellie, avec ses cheveux flamboyants et son tee-shirt blanc. Ç'aurait dû être un truc banal, cette fille avec sa jupe en jean et ses tongs sur la plage. Mais, pour lui, c'était comme s'il regardait le soleil en face.

— Alors, tu trouves des trésors ? lui demanda-t-elle, en désignant d'un hochement de menton le caillou qu'il tenait à la main.

Quand il le fit rouler dans sa paume pour l'examiner de plus près, il se rendit compte, étonné, que c'était très exactement ce qu'il avait fait : le petit galet était en forme de cœur. Il sentit le sang lui monter au visage et s'empressa de glisser sa trouvaille dans sa poche en secouant la tête. S'il le lui avait montré, elle l'aurait pris pour un abonné aux Émotifs Anonymes. Elle aurait même pu le confondre avec l'un de ces personnages qu'il incarnait à l'écran.

— On marche ? lui proposa-t-il, d'un ton plus bourru qu'il ne l'aurait voulu.

Elle acquiesça sans mot dire et ils commencèrent à remonter la plage. Ils ne se parlaient pas, mais ce silence partagé n'avait franchement rien de désagréable et les vagues se chargeaient de leur procurer toute la B.O. qu'il fallait. Ellie avait peut-être pris une demi-enjambée d'avance sur lui et il se demandait où elle l'emmenait. Les pierres roulaient sous ses pieds et il manqua à plusieurs reprises de s'étaler. Comme, une fois de plus, il trébuchait, il surprit, sur le visage de sa voisine, l'esquisse d'un sourire.

— C'est dingue, commenta-t-il. Comment vous pouvez appeler ça une plage ?

— J'imagine qu'on est juste plus coriaces, par ici, lui répondit-elle d'un ton détaché.

Mais il voyait bien qu'intérieurement elle se marrait.

— Serais-tu en train de dire que les Californiens sont des mauviettes ?

— Non, non, pas les Californiens. Je dis seulement que *tu* es une mauviette.

Il éclata de rire.

— Bon d'accord. Et on va la retrouver quand, la terre ferme, alors ?

Elle pointa l'index et, devant eux, il aperçut un étroit sentier qui rejoignait une sorte de remblais à l'autre bout de la plage, avant de se faufiler entre les arbres. Ils durent courber la tête pour passer sous les branches basses. Quelques minutes plus tard, ils débouchaient sur une petite route.

— Tu n'as pas l'intention de m'assassiner par hasard ? lui demanda-t-il, en jetant un regard circulaire à la rue déserte, au bitume défoncé et aux arbres agités par le vent.

— Seulement si tu continues à me harceler de questions, lui rétorqua-t-elle, en l'entraînant sur le bas-côté parsemé de galets.

— Non, sans blague, on va où ?

Elle lui jeta un regard en coin.

— On mène bien une quête, non ? l'apostropha-t-elle, comme si ça tombait sous le sens.

— Une quête ? Ça me plaît bien, ça.

— Comme la Dorothée du *Magicien d'Oz* qui cherche le chemin pour rentrer chez elle.

— Ou Achab qui veut trouver la baleine blanche.

— Exactement. Sauf que nous, on part à la chasse au *Whoopie pie*.

— Haha ! s'exclama Graham, content de lui. Parce que tu y crois maintenant ?

Elle secoua la tête.

— Je suis toujours aussi sceptique. Mais, s'il existe un seul endroit où on peut le dénicher, c'est bien là.

Il allait lui demander de quel endroit elle voulait parler, quand la rue se divisa en deux, devenant soudain nettement plus animée. Il aperçut alors, un peu plus loin, une enfilade de bâtiments : une jardinerie, une agence immobilière, un vendeur de voitures d'occasion et, au beau milieu de tout ça, la bâtisse la plus rose qu'il ait jamais vue. Le jardin qui l'entourait était agrémenté de tables de pique-nique, toutes surmontées d'un parasol vert pomme, et, perché sur le toit, trônait un énorme cône de glace à la vanille affublé de lunettes de soleil.

— Le Palais de la Glace et du Bonbon, lui annonça-t-elle pompeusement, avec un ample mouvement de bras.

— On n'irait pas voir la concurrence, là ?

— C'est la haute saison dans le Maine, lui expliqua-t-elle. Il y a assez de clients pour tout le monde, fais-moi confiance.

— Je commence à être un peu nerveux, plaisanta Graham, tandis qu'ils traversaient le parking. Et s'ils n'en avaient pas ?

— Ça m'étonnerait qu'ils en aient, ne manqua pas d'en rajouter Ellie. Je me tue à te le répéter : ce truc n'existe pas.

— Il existe. Il porte même très officiellement le titre de « spécialité gourmande du Maine ».

— C'est ce que tu prétends.

Graham s'arrêta juste devant la porte.

— Combien tu paries ?

Sur le visage de Ellie, le sourire s'évanouit : il se rendit compte qu'il avait fait une gaffe.

— Pas forcément de l'argent, se reprit-il aussitôt. Mais tu veux parier ?

À son grand soulagement, il la vit se détendre. Il se souvint alors d'un mail qu'elle lui avait envoyé, il y avait quelques mois de ça, peu après le début de leur correspondance. Elle évoquait un stage de poésie dans une université d'été ou un truc comme ça. Elle avait été sélectionnée et elle voulait désespérément y aller.

« *Pourquoi tu n'y vas pas, alors ?* » lui avait-il écrit. Mais il n'avait pas plus tôt cliqué sur « envoyer » qu'il connaissait déjà la réponse. Et, assis là, devant son bureau high tech, dans son immense baraque, il avait senti la honte lui empourprer le visage. Il aurait donné n'importe quoi pour pouvoir l'effacer, ce message.

Il n'avait pas fallu longtemps pour qu'il voie ses craintes confirmées.

« *Je ne peux pas me le payer,* lui avait-elle avoué. *Est-ce que ce n'est pas la plus stupide raison qu'on ait jamais entendue ? Il faut que je trouve un moyen pour que ça marche, sinon je vais m'en vouloir à mort d'avoir raté une chance pareille pour une raison aussi nulle qu'une histoire d'argent.* »

Dans sa tête à elle, il était évident qu'il comprendrait, avait-il réalisé. Parce qu'il avait dix-sept ans. Et quel ado de dix-sept ans n'a pas de problèmes d'argent ? Il ne se souvenait plus trop ce qu'il avait répondu et se demandait ce qui s'était passé après. Est-ce qu'elle avait trouvé un moyen de se le payer, ce stage ? Il l'espérait.

Ça faisait bizarre de relier ces discussions virtuelles à la fille qui se trouvait en face de lui, de coller tous ces détails, collectés au fil de tous ces échanges à travers l'espace, à cette personne physique, bien réelle, comme on colle des stickers sur un tee-shirt.

Cependant, Ellie le dévisageait, les sourcils froncés.

— Quel genre de pari ?

Il réfléchit deux secondes.

— S'ils ont des *whoopie pies* là-dedans, tu seras obligée de dîner avec moi ce soir.

— Ce n'est pas un bien grand risque. J'avais déjà dans l'idée de me faire inviter, de toute façon.

Graham ne put s'empêcher de rire. Il fit mentalement le compte de toutes les filles avec lesquelles il était sorti au cours de ces dernières années, celles qui restaient scotchées à leur téléphone en espérant qu'il appelle, celles qui faisaient la tête quand il n'appelait pas. Même les filles qui paraissaient les plus normales, lors de leur première rencontre, au club de gym ou au supermarché, finissaient par se tartiner de maquillage ou par se percher sur des talons insensés lorsqu'ils en venaient à sortir ensemble. Elles opinaient à tout ce qu'il racontait et s'esclaffaient même quand il n'était pas drôle. Et pas une, mais alors pas une seule, n'aurait osé affirmer, avec un tel aplomb, ce qu'Ellie venait de dire le plus naturellement du monde.

Pour la première fois depuis un bon bout de temps, il se sentait enfin redevenir normal.

— D'accord. Dans ce cas, on ferait mieux de choisir le restaurant tout de suite, vu qu'il n'y a absolument aucune chance pour qu'ils n'aient pas de *whoopie pies* là-dedans. À moins, bien sûr, qu'on ne soit plus dans le Maine, lui répliqua-t-il, en la reluquant d'un œil soupçonneux. Ça ne m'étonnerait pas que tu m'aies fait passer la frontière du Canada…

— On est juste dans le bled d'à côté, protesta-t-elle, en levant les yeux au ciel. Et tu n'as pas encore gagné.

Plantés devant la porte, ils savouraient cette délicieuse odeur de chocolat qui s'échappait de la boutique.

— S'ils n'ont pas de *whoopie pies*… reprit-elle.

— Qu'ils ont forcément, la coupa-t-il.

Elle secoua la tête et prit le temps de réfléchir. Elle plissait la bouche, tout en le considérant avec un air hyper concentré.

— S'ils n'en ont pas, finit-elle par répéter, alors tu seras obligé de me faire un de tes dessins.

Il ne put cacher sa surprise. Sur le moment, il eut l'impression qu'elle l'avait démasqué. Il faisait toujours très attention à ne pas raconter ce genre de chose en public, et, quoique ses dessins n'aient pas la moindre valeur (c'étaient juste des gribouillages, en fait, de simples croquis géométriques), ce n'en était pas moins une facette de sa personnalité qu'il gardait secrète.

Il avait oublié qu'il lui en avait parlé : un mail tardif qu'il lui avait envoyé après une grande soirée d'avant-première, quand il s'était retrouvé tout seul, assis dans sa chambre, au cœur de cette immense baraque, et qu'il avait écrit à cette fille, à l'autre bout du pays, comment son crayon semblait parfois bouger tout seul. Il lui avait confié que c'était une échappatoire, une espèce de dérivatif, la meilleure façon qu'il avait trouvée de voyager. Il lui avait même avoué que ça lui faisait du bien.

Comment avait-il pu oublier que la personne avec laquelle il avait correspondu, pendant tous ces mois, était la même que celle qui se trouvait en face de lui ?

Il lui fallut un petit moment pour recouvrer la parole.

— Marché conclu, lui répondit-il finalement.

Son visage s'était illuminé et elle avait dit, en poussant la porte :

— Génial ! J'espère que tu as apporté un crayon.

À l'intérieur, l'endroit faisait au moins deux fois la boutique de Henley et était bordé de bacs colorés débordants de bonbons et de sucettes géantes. On y trouvait aussi, par seaux entiers, la spécialité régionale dûment empapillotée, des paniers remplis de Dragibus et une vitrine avec plus d'une douzaine de sortes de caramels. Graham jetait un coup d'œil aux confiseries rétro lorsqu'il se rendit compte qu'Ellie l'observait. Quand il croisa son regard, d'un mouvement de tête autoritaire, elle lui désigna la caissière. Il se dirigea docilement vers l'intéressée.

Comme il avait oublié sa casquette de base-ball (un peu léger, certes, comme camouflage, mais un genre de bouclier quand même pour éviter de se faire immédiatement repérer), quand il se présenta devant elle, la femme derrière le comptoir eut une réaction digne d'un film de cinéma muet : elle lui adressa d'abord un vague coup d'œil blasé, détourna les yeux, puis, la lumière se faisant soudain dans son esprit, se figea. Tout y était : le second coup d'œil à retardement, les yeux qui s'écarquillent, la mâchoire qui tombe. À ce stade, on avait le choix entre deux scénarios : il y avait celles qui s'exclamaient bruyamment, sautaient partout et poussaient des cris hystériques en le pointant du doigt, ou alors celles qui réprimaient fermement toute manifestation instinctive pour éviter de faire un esclandre et continuaient à vaquer à leurs occupations comme si de rien n'était (bien que d'une voix chevrotante et d'une main tremblante), attendant qu'il soit parti pour dégainer leur téléphone et appeler chaque numéro de leur répertoire, du premier jusqu'au dernier.

À son grand soulagement, sa présente interlocutrice appartenait à la seconde catégorie. Elle ne resta bouche bée qu'un court instant avant de baisser les yeux, comme si elle avait peur de le regarder.

— Je me demandais seulement… se lança-t-il, tandis qu'elle s'efforçait de se ressaisir pour se composer un visage impassible, si, par hasard, vous n'auriez pas ici des *whoopie pies* ?

— Des *whoopie pies* ? répéta-t-elle, prenant déjà un air désolé. Je crains que nous ne fassions pas ça.

Elle se mit alors à jeter des coups d'œil désespérés à la ronde, comme si ces fameux *whoopie pies* pouvaient, tout à coup, se matérialiser sur les étagères. Il sentait presque physiquement cette impérieuse envie qu'elle avait de le satisfaire. Il s'apprêtait déjà à acheter autre chose, balayant sa requête d'une pichenette, quand Ellie vint se planter à côté de lui.

— Est-ce que je peux vous poser une autre question ? demanda-t-elle. Pure curiosité scientifique de ma part.

La caissière se mordit la lèvre.

— Est-ce que vous avez déjà ne serait-ce qu'entendu parler du *whoopie pie* ?

— Il ne me sem… commença-t-elle, puis voyant Graham hocher imperceptiblement la tête, elle reporta son attention sur Ellie et se reprit : Eh bien, en fait, je crois bien que oui. Oui, oui, absolument.

Graham lui adressa un sourire rayonnant, juste au moment où Ellie lui flanquait un grand coup de coude dans les côtes. Il sursauta et s'écarta d'un bond en riant.

— D'accord, d'accord, tu as gagné, concéda-t-il.

La femme derrière le comptoir cligna des yeux.

— Merci, lui dit Ellie, d'un ton propre à la rassurer. Je pense qu'on prendra juste des glaces.

Après quoi, ils emportèrent leurs cônes à l'extérieur pour s'installer à une des tables de pique-nique. Ils se dépêchèrent de manger leurs glaces pour ne pas s'en mettre partout. Ils étaient les seuls dehors. Enfin seuls, si l'on oubliait le défilé de voitures qui passaient devant eux à toute allure et la mouette de rigueur qui venait faire de la figuration de temps à autre.

— C'est vrai que j'ai quand même l'impression de faire une infidélité, lâcha soudain Ellie.

Pris d'une violente crampe d'estomac, il leva aussitôt les yeux vers elle. Elle n'avait jamais parlé d'un petit ami avant. Mais bon, ils n'étaient jamais entrés dans les détails non plus et il se rendit compte qu'il n'avait même pas pensé à l'interroger sur le sujet. Il en était encore à se demander comment présenter la chose quand elle leva sa glace en guise d'explication.

— Ah ! lâcha-t-il, comprenant soudain ce qu'elle avait voulu dire. (Il sentit la tension dans ses épaules se relâcher.) Je suis sûr que ces braves gens de *Sprinkles* te pardonneront cet écart.

— D'autant que c'était pour la bonne cause puisque cette quête s'est révélée des plus instructive.

— Mais vaine, lui fit-il remarquer.

— N'empêche.

— À mon avis, il faut y croire plus que ça, si on veut que ça marche, ce genre de truc, commenta-t-il, en s'essuyant. (Il s'était collé de la glace sur la joue.) Comment veux-tu trouver ce que tu cherches, si tu n'es même pas convaincue que ça existe ?

— Oui, eh bien, si mes souvenirs sont bons, Achab aperçoit plusieurs fois Moby Dick et Dorothée sait très bien que sa maison se trouve au Kansas, lui fit-elle observer à son tour, avec un petit sourire en coin. Or, pour le moment, le *whoopie pie* n'est rien d'autre qu'un mythe.

Graham ne put que répondre à son sourire et, quand leurs regards se croisèrent, ils restèrent comme ça, les yeux dans les yeux, pendant plusieurs secondes, soudés dans une espèce de duel à qui lâcherait le premier… jusqu'à ce qu'Ellie détourne la tête.

— Bon, déclara-t-elle, en balançant la fin de son cône aux mouettes qui traînaient pas loin. Il est temps de passer à la caisse.

Elle fouilla dans son sac pour en sortir un crayon et attrapa un des menus empilés au milieu de la table sous un galet. Elle retourna la feuille et la fit glisser sur le bois poli vers Graham. Il s'essuya les mains sur son bermuda et fronça les sourcils.

— Je n'ai jamais prétendu que j'étais bon, la prévint-il, en prenant le crayon. J'ai juste dit que j'aimais ça.

— C'est la meilleure façon de faire quelque chose de bien.

— Des requêtes particulières à formuler ?

— Une de tes villes, lui répondit-elle, comme il se penchait sur le papier.

Il sentait qu'elle le regardait pendant qu'il dessinait une série de cases, traçant une première ébauche. Il ne lui avait pas menti : il n'était vraiment pas doué. Ça tenait plus de la géométrie que de l'art, son truc. Mais, déjà, il se prenait au jeu, s'absorbant dans le mouvement, la précision des lignes, la rectitude des angles. Il y avait quelque chose de méthodique là-dedans, quelque chose de cathartique : lorsqu'il dessinait, le reste du monde disparaissait.

Il avait pratiquement noirci la moitié de la page quand elle se remit à parler, le faisant tellement sursauter que son crayon fit un petit trou dans le papier. Il essaya de lisser la surface avec le doigt et leva les yeux.

— Pardon. Tu disais ?

— Cette femme. Elle t'a reconnu.

Parfaitement immobile, il serra son crayon, tandis que tous ses muscles se contractaient.

— Oui.

— Ça doit être…

Il s'attendait à ce qu'elle dise ce que tout le monde disait : « Ça doit être cool » ou « Ça doit faire drôle », « Ça doit être déstabilisant », « Ça doit être comme un rêve devenu réalité », « Ça doit être bizarre » ou « affreux », ou « dingue », ou « space »…

Mais elle secoua la tête et recommença sa phrase :

— Ça doit être dur.

Il la regarda mais ne répondit pas.

— Ça le serait pour moi, en tout cas, poursuivit-elle. Tous ces gens qui te reconnaissent. Tous ces appareils photo. Tous ces yeux… (Elle courba le dos.) Ça doit vraiment être dur, super dur.

— C'est dur, lui confirma-t-il.

Parce que c'était le cas. Parce que c'était comme se balader avec la chair à vif : on était soudain si fragile, si vulnérable, affreusement exposé.

Mais, pour le moment, Ellie était la seule personne qui le regardait et c'était différent. Il ne voulait pas penser au reste.

— On s'habitue, conclut-il, bien que ce ne soit pas tout à fait vrai.

C'était juste ce qu'on prétendait lorsque la vérité était trop pénible à expliquer.

Elle baissa les yeux et il retourna à son dessin, parachevant les derniers bâtiments, traçant portes et fenêtres, veillant à ne pas oublier escaliers et trottoirs, ajoutant, ici ou là, unc jardinière ou une sortie de secours. Il y avait tout un monde à bâtir, là, sur cette page, et il ne releva plus la tête jusqu'à ce qu'il ait fini.

— Et voilà ! s'exclama-t-il triomphalement, en faisait glisser la feuille en sens inverse sur la table.

Ellie posa un coude de chaque côté et il ne vit plus que la masse de ses cheveux roux tandis qu'elle examinait son dessin… Pendant une éternité, lui sembla-t-il.

Enfin, elle releva les yeux vers lui.

— Ça a l'air d'un endroit où il fait bon vivre.

— Sans doute pas autant que dans le Maine.

— N'empêche qu'ils ont des *whoopie pies*, là-bas, lui fit-elle remarquer, en pointant du doigt un gros bâtiment carré qu'il avait baptisé « Fabrique de *Whoopie Pies* ».

— Ils en ont ici aussi. Ne t'inquiète pas, on va les trouver, lui assura-t-il.

— Tu ne signes pas ton œuvre ? s'étonna-t-elle, en repoussant le dessin vers lui.

Sur le coup, il hésita. Toutes les alarmes habituelles s'étaient déclenchées dans sa tête. Mais ce n'était pas pareil, cette fois. Il savait qu'elle ne le vendrait pas sur le Net, qu'elle ne le laisserait pas tomber entre les mains de bloggeurs, de photographes ou de journalistes : tous ces innombrables loups qui lui tournaient constamment autour. Il griffonna son nom en bas de la page et s'apprêtait à la plier, assemblant deux à deux les quatre coins de la feuille, quand elle lui agrippa brusquement le poignet.

— Non !

Il s'arrêta net. Mais elle ne le lâcha pas pour autant. Sa main lui parut brûlante et ce contact soudain lui fit l'effet d'une décharge qui le parcourut de la tête aux pieds. Au bout d'un moment, le rouge aux joues, elle retira sa main, se penchant pour sortir un petit livre de son sac.

— Tu ne peux pas le plier, le sermonna-t-elle, avant de glisser le dessin sous la couverture du bouquin. Tu vas l'abîmer.

— Est-ce qu'il ne faudrait pas qu'une chose ait déjà de la valeur pour qu'on puisse l'abîmer ? railla-t-il.

— On peut tout abîmer, le reprit-elle, avec un petit haussement d'épaules, en se levant.

Il l'imita aussitôt et, dans le mouvement, le petit caillou qu'il avait trouvé sur la plage tomba de sa poche et roula dans l'herbe, au pied du banc. Déjà, Ellie regagnait la route. Il se pencha pourtant pour ramasser son galet et l'examina un instant avant de le reglisser dans sa poche en espérant que, cette fois, il y serait en sécurité.

De : EONeill22@hotmail.com

Envoyé : lundi 10 juin 2013 18 : 32

À : GDL824@yahoo.com

Objet : si jamais tu te perds...

Je sais, tu as dit que tu n'avais pas besoin qu'on t'indique l'adresse, mais, au cas où tu l'aurais oubliée, c'est 510 E. Sunset. La maison jaune à l'angle (qui, étrange coïncidence, ressemble un peu à la fabrique de *whoopie pies* sur ton dessin...).

Chapitre 9

Ils se séparèrent en haut de Sunset Drive et Ellie poursuivit son chemin toute seule. L'atmosphère était lourde et la brume du soir se levait, gommant les contours et donnant à tout ce qu'elle ensevelissait un petit côté irréel. À peine si Ellie s'en aperçut. Elle était trop occupée à revivre ces quelques heures passées avec Graham : comment il avait levé les yeux de son dessin, cette façon qu'il avait eue de lui sourire dans le magasin de bonbons, les frisottis qui étaient apparus au creux de sa nuque quand elle l'avait suivi le long de la plage, au retour.

Mais, surtout, surtout, elle se demandait ce qui lui avait pris d'inviter Graham à dîner à la maison, le soir-même. Comment avait-elle pu trouver que c'était une si bonne idée, sur le moment ? Et le pire, c'était qu'il avait dit oui. Alors évidemment, maintenant, la liste de tout ce qu'elle avait à faire avant qu'il n'arrive lui tournait non-stop dans la tête, comme le bandeau qui défile au bas de l'écran sur CNN, et elle devait s'accrocher pour ne pas paniquer.

Ça allait être un désastre. S'il y avait toutefois la moindre chance que ça se passe bien – aussi impossible que ça puisse paraître –, elle devait d'abord s'assurer que sa mère parte à l'heure à son club de lecture (pour une fois), que la cuisine soit propre (pour une fois) et que Bagel ait eu son content d'exercice, avant, et se comporte donc, pendant, comme un gentil beagle au lieu de jouer les banshees en furie (pour une fois). Et ce n'était qu'un début. Il y avait des millions de trucs qui pouvaient faire que ça allait horriblement mal tourner. Il fallait encore espérer qu'il y ait de quoi manger dans le frigo. Assez, du moins, pour bidouiller quelque chose qui puisse vaguement ressembler à un repas. Il fallait encore espérer que sa mère n'ait pas transformé la maison en réserve pour le magasin et qu'il n'y en aurait pas partout dans le salon. Il fallait encore espérer que la clim se soit miraculeusement réparée toute seule pendant qu'elle était partie.

Il fallait espérer.

La rue était en pente et elle se laissa entraîner par son élan, le claquement de ses tongs rythmant ses pas sur le trottoir. Mais qu'est-ce qui lui avait pris ? se désolait-elle une fois de plus. Elle ne s'était juste pas vue aller au restaurant avec lui. Pas avec tous ces photographes à l'affût ; pas après ce qui était arrivé avec Quinn, hier ; pas avec la moitié de la ville (les gens qu'elle connaissait) qui les aurait tenus à l'œil toute la soirée. Alors, quand il lui avait proposé de retourner au *Casier à Homard* (à moitié en riant, c'est vrai, mais n'empêche), elle avait encore préféré l'inviter à dîner. Chez elle.

— Pour ce qui est du repas gastronomique, je ne peux rien te promettre, l'avait-elle prévenu. Mais je peux te garantir qu'il n'y aura pas un seul homard en vue.

— Ouah ! s'était-il exclamé. Toi, au moins, tu sais faire l'article !

Mais il avait accepté.

Il allait venir.

Chez elle.

Dans une heure.

Elle avait déjà remonté les trois quarts de l'allée lorsqu'elle sursauta en apercevant quelqu'un sur la terrasse. Perchée sur la balancelle qu'elle faisait osciller de la pointe du pied, Quinn examinait ses ongles.

— Hé ! lui lança sa visiteuse, en entendant le bruit de ses pas. T'étais passée où ?

— Partie faire un tour.

Quand elle s'assit à côté d'elle, la balancelle grinça sous leur poids et elle se revit avec Quinn, lorsque, petites, elles sortaient avec des couvertures pour se blottir l'une contre l'autre, exactement au même endroit. Elles prétendaient que la balancelle était un bateau et fermaient les yeux pour que le bruit des vagues, en bas de la rue, vienne ajouter plus de crédibilité à leur maritime épopée.

— Où ça ?

Mais ce n'était pas vraiment ce que Quinn voulait savoir, elle ne se leurrait pas.

— Avec Graham, souffla-t-elle, en lui jetant un regard en coin.

Quinn secoua la tête.

— Ça paraît quand même incroyable, tout ça, non ?

Ellie ne voyait pas comment elle aurait pu la démentir. Incroyable, cette histoire ? C'était peu dire !

— Bon, alors j'ai genre trois millions de questions, lui annonça Quinn, en ramenant ses genoux sous son menton.

Comment il a commencé à t'envoyer des mails, d'abord ? Et, franchement, comment t'as pu ne pas me dire que tu écrivais des lettres d'amour à un mec ? Même si on oublie que c'est Graham Larkin, c'est un truc que je devrais savoir, non ? Je suis quand même ta meilleure amie, je te rappelle. (Elle prit le temps de reconsidérer cette affirmation.) Sérieux, El, depuis quand t'es devenue du style à te la jouer agent secret ?

Ne sachant pas trop quoi répondre, Ellie détourna les yeux. Quinn ne se doutait pas qu'elle venait justement de la démasquer. Elle ne s'était pas rendu compte que, pendant ces douze années qu'avait duré leur amitié, Ellie n'avait fait que ça : se cacher. Au début, parce qu'elle avait promis à sa mère de garder son secret. Et puis, plus tard, quand elles avaient été plus grandes, par habitude, ou par instinct de conservation. Les deux peut-être. Elle avait juste évité le sujet, un sujet trop sensible pour qu'on puisse seulement l'effleurer.

— Je suis pas… J'allais t'en parler.

— Ah oui ? Quand ça ?

Le regard de Quinn s'était fait dur, tout à coup. Comme si, déjà énervée par toute cette histoire, elle n'avait jusqu'alors pas trop su pourquoi et venait brusquement de mettre le doigt dessus.

— Bientôt, lui assura Ellie, en se tournant vers son amie pour la regarder en face. Je te jure. C'est juste que je ne voyais pas trop à quoi ça rimait, ni même si ça allait donner quelque chose. Je croyais que c'était seulement un ado tombé du ciel, à l'autre bout du pays, que je n'allais sans doute jamais le rencontrer. (Elle soupira.) Je crois que je ne savais pas vraiment si c'était… réel.

— Et maintenant ?

Elle se mit à examiner ses mains. Il y avait une trace grise sur son pouce, là où elle avait attrapé le crayon dont Graham s'était servi pour faire son dessin. Elle dut réprimer une soudaine envie de sortir la feuille de son sac pour le revoir.

— Je ne sais pas, reconnut-elle. Peut-être.

Devant le haussement de sourcils de son amie, elle secoua la tête.

— Ou peut-être pas… C'est quand même Graham Larkin.

Mais, tout en disant ça, elle pensait le contraire. Parce qu'il n'avait pas vraiment ressemblé à Graham Larkin, aujourd'hui. Il avait ressemblé à cet ado tombé du ciel, à l'autre bout du pays.

Derrière elles, la porte s'ouvrit et sa mère pointa la tête dehors, tout en retenant Bagel du pied (ce chien ne ratait jamais une occasion de se faire la malle).

— Je savais bien que j'entendais quelqu'un, lâcha Mme O'Neill. Qu'est-ce que vous complotez, toutes les deux, là dehors ?

— Ellie me racontait juste…

Quinn se tut brutalement en voyant les yeux énormes que lui faisait Ellie.

— J'étais justement en train de lui demander si elle voulait rester dîner, répondit Ellie, un peu trop précipitamment peut-être.

Sa mère haussa les épaules.

— Je vais à mon club de lecture, ce soir, alors, n'hésitez pas à vous servir dans le frigo.

— Merci. Tu pars à quelle heure pour ton club ? Tu devrais y aller bientôt, non ?

Mme O'Neill consulta sa montre.

— Sous peu, répondit-elle, avant de disparaître avec le chien derrière la porte.

À peine était-elle rentrée que Quinn pivotait d'un bloc vers Ellie.

— C'est quoi, cette embrouille ?

— Pardon. C'est juste que Graham ne va pas tarder à débarquer et comme je n'ai pas encore eu le temps de lui annoncer… Elle ne serait pas contente si…

— Parce que tu mens à ta mère aussi, maintenant ? Non, sérieux, Ellie, c'est quoi tous ces mystères ?

— Non mais, là, c'est différent… C'est compliqué.

— Comment ça ?

Ellie baissa les yeux.

— Je peux pas te le dire.

— Attends, laisse-moi deviner. C'est un secret ?

— Je suis désolée, je te jure. C'est plus que ça… (Elle s'interrompit, secoua la tête.) Si seulement je pouvais t'expliquer !

— T'emmerde pas, lui rétorqua Quinn, en se levant. Faut que j'y aille. Moi aussi, j'ai un truc prévu ce soir.

— Ah bon ?

Le regard de Quinn se fit glacial.

— Pourquoi ? C'est si difficile à croire ?

— Non, non, bien sûr que non. Et c'est quoi ce truc ?

— Je sors avec Devon.

— Sans blague ?

C'était parti tout seul. Elle n'avait pas réfléchi. Et, maintenant, il était trop tard. Quinn avait fait volte-face et la considérait, les yeux plissés : deux meurtrières.

Elle n'avait pas pu s'en empêcher. Ces quatre dernières années, tout ce qu'elle avait entendu Quinn dire de Devon, c'était qu'il était carrément nul. Il était trop grand et trop maigre. Il avait les cheveux trop frisés et les lunettes toujours de travers. Avec Quinn, elles avaient passé des heures à railler cette façon qu'il avait de la suivre partout comme un petit chien. Et tout le monde au lycée se souvenait de ce jour de la Saint-Valentin, en seconde, où le casier de Quinn avait été bloqué. Quand l'agent d'entretien avait réussi à l'ouvrir, une avalanche d'enveloppes roses étaient tombées à ses pieds et, pendant des mois, le malheureux Devon s'était fait charrier parce qu'il craquait pour l'agent d'entretien, un septuagénaire à moitié bossu.

Mais quelque chose avait manifestement changé, hier soir, et Devon n'était plus la risée du lycée. Ellie eut l'impression qu'une invisible frontière s'était déplacée et qu'elle venait de tomber du mauvais côté, avec Quinn qui la fusillait du regard dans le camp opposé.

— Oui, sans blague, lui répliqua-t-elle sèchement.

— Pardon, répéta Ellie. Je suis vraiment désolée. Je crois que je ne me suis pas encore faite à l'idée… toi et Devon…

Quinn resta campée sur les marches encore un moment, la mine renfrognée.

— Oui, eh bien, tout le monde ne peut pas être taillé pour sortir avec une star, lui balança-t-elle.

Et, sans un mot de plus, Quinn tourna les talons pour se diriger vers la rue.

— Quinn !

Mais son amie ne se retourna pas et comme, de toute manière, elle ne pouvait rien faire, il ne lui restait plus qu'à la regarder partir sans bouger. Quand elle se retrouva assise toute seule sur la terrasse, son cœur se serra. Pourtant, même si elle lui avait couru après pour la rattraper, qu'est-ce qu'elle aurait pu lui dire ? Pas grand-chose, elle le savait. Parce que le problème, ce n'était ni Devon, ni Graham. Le problème, c'était que Quinn avait parfaitement raison : il y avait vraiment des choses qu'elle lui cachait – plus encore qu'elle ne l'imaginait. Et la seule façon de le régler, c'était de lui dire la vérité. Or, ça, il ne fallait pas y compter.

Ce n'était ni sa première ni sa dernière dispute avec Quinn. Et elle avait appris, au fil des années, qu'avec elle peu importait la manière ou le moment qu'on choisissait pour lui demander pardon : si elle n'était pas prête à écouter, ça ne servirait à rien de s'égosiller. Quinn reviendrait quand elle reviendrait (elle revenait toujours). Mais Ellie n'avait jamais très bien supporté cette attente et, rien que d'y penser, son estomac commençait déjà à se nouer.

Elle l'appellerait demain. Demain, elle entamerait sa campagne de reconquête. Mais, pour l'heure, elle n'avait pas le temps de se prendre la tête avec ça. Graham allait arriver dans moins d'une heure et elle n'avait toujours pas mis le pied dans la maison pour mesurer l'ampleur des dégâts.

Quand elle poussa la porte, Bagel déboula dans le couloir, ricochant sur les murs et envoyant valser bottes en caoutchouc et parapluies dans l'élan. Ellie demeura plantée sur le paillasson « Welcome » et regarda le chien shooter dans un mouton de poussière qu'il avait déniché sous la table de l'entrée. Elle laissa tomber son sac à côté de la porte avec un soupir et se risqua dans la cuisine.

Sa mère mangeait un yaourt devant l'évier, tout en regardant distraitement le JT sur la vieille télé reléguée à côté du grille-pain. Le plan de travail disparaissait complètement sous les journaux, dont les dates allaient d'aujourd'hui aux deux semaines précédentes, et la vaisselle sale débordait dans le bac.

— C'est à quelle heure ton club de lecture déjà ? demanda-t-elle à sa mère, en détaillant sa tenue : pantalon de jogging, chemise grand-père et paire de pantoufles.

Sa mère jeta un vague coup d'œil à la pendule du micro-ondes.

— Oh ! s'exclama-t-elle, l'air sincèrement étonnée. C'est tout de suite.

— Tu ferais peut-être mieux d'y aller alors, la bouscula-t-elle un peu, en la poussant dans le couloir et en restant au pied de l'escalier pour s'assurer qu'elle le montait bien jusqu'en haut.

Et puis, elle se dirigea vers l'évier, attrapa une éponge et attaqua la vaisselle.

— Je croyais que Quinn restait dîner, lui fit remarquer sa mère, quand elle réapparut, quelques minutes plus tard, portant toujours la même chemise à carreaux – avec un jean et des mocassins, cette fois.

— Elle avait des courses à faire en ville avant, lui répondit-elle, en plongeant la tête vers le bac pour ne pas que sa mère voie à quel point elle était rouge (elle n'avait jamais vraiment su mentir). Mais ça va aller. Prends ton temps.

— OK, acquiesça sa mère, en attrapant ses clefs posées sur une pile de bons de réduction. Tu penseras à nourrir le chien aussi ?

Elle opina du bonnet en agitant une main savonneuse et reprit sa respiration en entendant la porte d'entrée claquer. Elle s'appuya sur les bords de l'évier et poussa un soupir, découragée par l'état de la maison. Quand elle tourna la tête, Bagel était assis à ses pieds et agitait frénétiquement la queue.

— Ça va être la cata, lui annonça-t-elle.

Mais le chien se contenta de lui adresser un bon gros sourire canin et continua à agiter sa petite queue à fouet blanc.

Quand elle eut terminé la vaisselle, débarrassé le plan de travail d'une partie de ce qui l'encombrait, lancé sa balle à Bagel et rempli sa gamelle de quelque chose d'à peine moins appétissant que tout ce qui se trouvait dans le frigo, il ne lui restait plus que quelques minutes pour se doucher, se changer et faire une dernière tournée d'inspection avant l'arrivée de Graham.

Elle allait enfiler son jean de base, lorsqu'elle décida finalement d'opter pour la robe dos-nu verte dont sa mère lui avait fait cadeau, quelques semaines plus tôt, s'empressant d'arracher l'étiquette avec les dents. Elle détestait le vert habituellement. Avec ses cheveux roux, elle avait toujours peur de ressembler à un sapin de Noël. Pourtant, quand elle se planta devant la glace, elle fut agréablement surprise par le résultat. Pas vraiment à la hauteur des critères hollywoodiens, mais elle allait devoir faire avec.

Plus que deux minutes au compteur. Elle se dirigea vers l'escalier, tout en repassant mentalement sa liste. Elle ne s'attendait pas vraiment à le voir débarquer à l'heure : les garçons étaient toujours en retard, et celui-là avait de bonnes raisons de se la jouer à la star. Elle aurait encore un peu de temps pour ranger, cacher toutes les photos d'elle petite – franchement ridicules – et virer quelques-unes des bricoles dont la maison était littéralement envahie – en forme de homard pour la plupart.

Mais, comme elle franchissait le seuil de la cuisine, sa gorge se serra.

Il n'y avait plus de journaux sur le plan de travail, plus de magnets débiles sur le frigo, elle avait planqué les jouets couineurs de Bagel dans un placard et la vaisselle était lavée et rangée. La maison était nickel, peut-être même plus jolie qu'elle ne le serait jamais. Pourtant, telle qu'elle était là, regardant autour d'elle avec les yeux de Graham, Ellie se rendit compte que, chez elle, ce ne serait jamais assez joli.

C'était petit et miteux. Ça débordait de partout. Les douze années qu'elles avaient passées ici avaient laissé des éraflures sur les murs, des griffures sur le parquet et un léger film poussiéreux qui recouvrait toutes les photos encadrées. La poignée du robinet de la cuisine était cassée depuis si longtemps qu'elles s'y étaient habituées et elle ne se souvenait pas quand le frigo avait été blanc.

Elle jetait des coups d'œil désespérés en tous sens et s'efforçait d'étouffer la bouffée d'angoisse qui menaçait de la submerger. Comment avait-elle bien pu penser que ce serait une bonne idée ? Ce n'était pas juste un garçon quelconque qu'elle avait invité, là : c'était une star de cinéma. Ses toilettes devaient être plus grandes que leur cuisine ; sa chambre, plus grande que la maison tout entière. Elle n'était jamais allée en Californie, mais elle imaginait que, là-bas, tout était chic et rutilant, à des années-lumière de cette vieille bicoque délabrée, avec sa peinture décapée par le sel marin et sa terrasse qui s'affaissait de plus en plus chaque année.

Elle tendit la main vers son Smartphone, en se disant qu'elle allait lui envoyer un message pour changer le programme de la soirée. Certes, la perspective d'aller en ville et d'avoir à affronter les photographes était flippante. Mais est-ce que ça pouvait être pire que ça ? Pire que Graham Larkin marchant sur le lino craquelé de la cuisine et mangeant des restes dans des assiettes ébréchées ?

D'accord, d'accord, si sa photo se retrouvait dans les journaux, ça aurait des répercutions. Sa mère serait furieuse. Mais c'était bien plus grave que ça. C'était prendre le risque que quelqu'un fasse le rapprochement. Leur existence entière, ici, était basée sur un secret, et il suffirait d'une seule erreur pour que tout s'écroule.

Oui mais, derrière elle, le chien lapait l'eau de la cuvette des W.-C. et, sur le rebord de la fenêtre, la clim émit un grognement sonore avant de s'arrêter avec un halètement poussif.

Ellie se mordit la lèvre et fit apparaître le clavier de son portable.

Trop tard.

Avec un jappement sec, Bagel fonça dans le couloir comme un boulet de canon. Un quart de seconde plus tard, la sonnette de la porte retentissait à travers toute la maison.

De : GDL824@yahoo.com

Envoyé : lundi 10 juin 2013 19 : 24

À : EONeill22@hotmail.com

Objet : Re : si jamais tu te perds…

J'arrive. (Et crois-moi, je ne risque pas de me perdre.)

Chapitre 10

Ça faisait une bonne heure que Graham se baladait dans les rues de Henley. Quand il avait annoncé à Ellie qu'il devait filer à l'hôtel parce qu'il avait deux ou trois trucs à régler avant le dîner, il lui avait menti. Il voulait juste lui laisser le temps de se préparer. À peine l'avait-elle invité qu'elle s'en mordait les doigts, il s'en était bien rendu compte. Enfin, pas à ce point-là, mais un peu quand même.

Il aurait dû tout de suite lui dire de ne pas se prendre la tête, là, à chaud, quand ils étaient encore en haut de Sunset Drive, avec cette belle lumière de fin d'après-midi qui filtrait à travers les feuillages et faisait ressortir les taches de rousseur sur son nez. Il aurait dû lui dire qu'il avait grandi dans une maison pas beaucoup plus grande que la sienne, où le carrelage des toilettes s'effritait, où la cave avait une drôle d'odeur et où l'escalier offrait un véritable concert de grincements et de craquements, chaque fois que quelqu'un avait le cran de s'y aventurer.

Il aurait dû lui dire que ses parents y habitaient toujours. Sauf que, maintenant, lorsqu'il venait les voir, sa mère mettait les petits plats dans les grands pour le recevoir, comme s'il était un étranger, quelque dignitaire en visite ou un vague parent, perdu de vue depuis longtemps, qu'on pourrait peut-être impressionner en disposant un bouquet de fleurs sur le rebord de la fenêtre, en sortant des serviettes de toilette neuves et bien pliées… tout pour peu qu'on puisse cacher ce à quoi ressemblait l'endroit en réalité, le rendre méconnaissable. Alors que tout ce que Graham demandait, tout ce pour quoi il était venu, c'était exactement le contraire : retrouver enfin le chemin de la maison, se sentir de nouveau chez lui.

Mais les mots lui avaient manqué. Il s'était tellement habitué à garder ce genre de réflexions pour lui qu'il n'était même plus capable de les partager.

Pendant sa balade en ville, il avait marché la tête basse, dépassant des groupes de touristes qui examinaient le menu affiché à l'extérieur des restaurants. Au bout de la rue, le plateau était plongé dans le silence et les énormes camions étaient sombres et vides : ils avaient bouclé le programme de la journée depuis longtemps. Il était pourtant sûr que Mick devait s'activer quelque part, relisant le script ou vérifiant l'équipement pour la scène de demain. Il faut dire aussi qu'ils allaient tourner en mer pour la première fois.

En passant devant une quincaillerie, avec un de ces anciens chevaux mécaniques devant la vitrine, il aperçut une petite affiche qui annonçait la fête annuelle pour les célébrations du 4 Juillet. Il s'arrêta pour regarder ça de plus près. Apparemment, chaque année, le bourg était en fête toute la journée. Il y avait un concert et un barbecue sur la place, suivis d'un bal et d'un feu d'artifice. Il s'y voyait déjà, presque : les rues pleines de monde, les mômes qui couraient partout avec leurs cierges magiques, les déflagrations étouffées des pétards sur le quai et les flonflons portés par la brise. Ça lui rappelait les festivités dans sa ville natale et il fut frappé par le nombre de défilés auxquels il se souvenait avoir assisté avec ses parents, quand il était enfant, tous trois agitant leurs drapeaux, tandis que les fanfares se succédaient dans des éclats de cymbales et de grosse caisse.

Il avait déjà longé la moitié du pâté de maisons et se dirigeait vers le cottage d'Ellie, quand une idée lui passa par la tête : il serait encore à Henley à ce moment-là. L'équipe ne retournerait pas à L.A. avant le 5 ou le 6 juillet et, bien qu'il ne puisse pas se souvenir exactement du calendrier de tournage (il y avait à peine jeté un œil, en fait), ils devaient avoir un peu de temps libre pendant le week-end férié, il en était persuadé.

Avant qu'il n'ait le temps d'y réfléchir à deux fois, il sortit son portable de sa poche pour appeler ses parents. Pendant que ça sonnait, le champ de possibilités qu'offrait ce 4 Juillet s'élargissait à vue d'œil dans son esprit et il se prit à sourire à cette perspective. Ses parents n'étaient venus le voir qu'une seule fois sur un tournage. Et c'était au tout début, une de ses premières scènes. Plantés là, tous les deux, dans un coin, avec leurs pulls irlandais et leurs lunettes cerclées, sa mère frissonnant à cause des basses températures qu'on maintenait sur les plateaux et son père clignant des yeux comme une chouette dans la lumière aveuglante des projecteurs, ils n'étaient tellement pas à leur place, dans ce studio de L.A., qu'ils faisaient presque pitié. Sa mère avait profité d'une pause pour venir l'embrasser sur la joue en lui expliquant qu'elle ne se sentait pas bien, et il les avait regardés franchir la porte, le cœur lourd, avec la sensation que, déjà, quelque chose s'était brisé entre eux.

Mais, cette fois, ce serait différent. Il pourrait leur servir de guide, les impressionner avec tout ce qu'il avait appris sur le travail de production, leur montrer ce qu'il savait faire, les placer aux premières loges pour qu'ils le voient en pleine action. Il leur ferait visiter la ville, les inviterait au *Casier à Homard*, les emmènerait à la fête pour qu'ils assistent ensemble au feu d'artifice, comme ils le faisaient toujours quand il était petit. Peut-être qu'il irait pêcher avec son père. Peut-être qu'il pourrait même leur présenter Ellie.

En entendant le répondeur se déclencher (le même message depuis des années), il s'éclaircit la gorge.

— Salut tout le monde ! lança-t-il d'un ton un peu sec. C'est moi. Je voulais juste savoir si vous aviez prévu quelque chose pour le 4. Sinon, je me disais que vous pourriez venir me voir. Ça vous plairait ici. Ça me rappelle un peu chez nous. Et ça pourrait être sympa pour vous de passer un week-end à Henley. Ah oui ! je suis dans le Maine, au fait. Je ne sais plus si je vous en avais parlé. Enfin bref, dites-moi ce que vous en pensez…

Il hésita une seconde avant de raccrocher brutalement, plus si sûr déjà que ce soit une bonne idée. Ses parents ne voyageaient jamais. Du temps où il était encore scolarisé, ils n'allaient qu'une seule fois par an en vacances : deux heures de voiture jusqu'à un motel de bord de mer, où ils restaient trois jours en tout et pour tout, avant de reprendre la route en sens inverse, les joues rouges et abrutis de soleil, après cette brève cure de plage intensive. Non qu'ils ne soient pas curieux de voir le monde. Seulement, c'était tout ce qu'ils pouvaient se permettre avec leurs deux salaires de prof.

« Nous vivons en Californie, disaient-ils toujours plaisamment. Nous sommes tous les jours en vacances. »

Mais la Californie dans laquelle Graham avait grandi n'avait rien à voir avec celle dans laquelle il vivait maintenant. Elle n'avait même rien à voir avec celle dans laquelle il avait fait sa scolarité : ces vingt minutes de trajet auraient tout aussi bien pu être vingt heures de vol. Juste avant qu'il n'entre en sixième, il avait réussi à décrocher une bourse d'études partielle dans une école privée, à quelques villes de chez eux, et ses parents avaient utilisé l'argent que ses grands-parents lui avaient laissé pour compléter. C'était une somme qui lui avait paru énorme, à l'époque, et il s'était senti coupable de l'accaparer, alors qu'elle aurait pu servir à tellement d'autres trucs : à retaper la maison, à remplacer leur vieille guimbarde pétaradante, à payer les factures qui semblaient s'amonceler de plus en plus souvent sur le bureau de son père.

Bon évidemment, maintenant, il avait largement les moyens de faire tout ça : de payer à ses parents une maison neuve ou une flotte entière de voitures dernier modèle, de leur offrir un tour du monde ou de régler toutes leurs dettes sans ciller. Mais la seule chose qu'ils voulaient vraiment, la seule chose qu'ils aient jamais vraiment voulu, c'était qu'il fasse des études universitaires.

Non qu'ils ne le soutiennent pas. Mais ils semblaient considérer ce « caprice » de « faire l'acteur » comme une phase qu'il leur fallait endurer, un mauvais moment à passer, une pause dans son parcours de brillant élève, plutôt que quelque chose qui pourrait bien changer sa vie. Les seuls films que son père regardait étaient les grands classiques en noir et blanc et, pour lui, rien de ce qui s'était fait au cinéma, au cours des dernières décennies, ne pouvait être considéré comme digne du septième art. Quand Graham les avait emmenés à l'avant-première de son premier film, ils avaient souri et applaudi exactement là où il fallait. Mais il avait bien perçu, pendant toute la projection, la vision qu'ils avaient dû en avoir : les scènes de combat bourrées d'effets spéciaux tape-à-l'œil, les dialogues tirés par les cheveux, et la scène finale où il embrassait l'héroïne, qui ne lui avait jusqu'alors jamais paru aussi débile.

Étrangers en terrain inconnu, dans cette nouvelle vie qu'il s'était choisie, ils avaient beau marcher sur des œufs quand ils étaient avec lui, il savait qu'ils n'espéraient qu'une seule chose : qu'il reviendrait à la raison et parviendrait à se sortir toute cette histoire de cinéma de la tête. Ils avaient une façon de parler de sa carrière comme si c'était une sorte d'année sabbatique, comme s'il avait simplement retardé son entrée en fac pour aller voir ailleurs si l'herbe était plus verte ou passer quelques mois à étudier les rites d'accouplement des singes à Bali. Mais, en réalité, il n'avait absolument aucune intention d'entrer à l'université l'an prochain. Son équivalence du bac en poche (il comptait bien l'obtenir avec l'aide de son prof particulier qui le suivait sur tous les tournages), il arrêterait les frais.

C'était en partie parce qu'il adorait vraiment jouer et qu'il ne s'imaginait pas tourner le dos à toutes ces opportunités, de plus en plus nombreuses, qui se présentaient, et à l'avenir radieux qui s'offrait à lui : tous ces acteurs avec lesquels il rêvait de tourner, tous ces rôles qu'il avait encore envie d'interpréter. Et, en partie aussi, parce qu'il ne voyait pas à quoi ça lui servirait. Entrer en fac, c'était travailler dur pour décrocher un super job et se faire un maximum de fric. Or, il avait déjà amassé une véritable fortune, assez pour vivre de ses rentes jusqu'à la fin de ses jours. Et puis on pouvait apprendre n'importe où, non ?

Cependant, s'il était vraiment honnête avec lui-même, il devait bien reconnaître qu'il n'y avait pas que ça. Telle qu'il se la représentait (se dépêcher d'aller en cours dans d'illustres bâtiments couverts d'un lierre tricentenaire et se traîner le long des chemins enneigés de vénérables campus en hiver, se percher sur les gradins pendant les matchs de foot et parler philo dans des salles de classe remplies d'étudiants avides de « sucer la substantifique moelle »), la fac lui paraissait à des années-lumière de la vie qu'il menait maintenant, une vie dans laquelle il avait complètement perdu la capacité de se fondre dans la masse. Et la dernière chose qu'il voulait, c'était bien de passer pour un de ces *people* qui se prenaient pour des intellos, s'efforçant sans grand enthousiasme de jouer les étudiants lambda (tout en étant poursuivis par les photographes et dévorés des yeux par leurs petits camarades), mais ratant leurs exams pour sauter dans un avion et aller tourner dans un film indé à Vancouver. Il n'avait pas besoin de se donner plus en spectacle qu'il ne le faisait déjà, merci.

Il savait bien qu'au fond ses parents espéraient le voir revenir dans le droit chemin et ça le désolait de les décevoir. Mais il était sûr de lui. Encore une raison qui expliquait cette incompréhension qui semblait s'être installée entre eux, cet éloignement qui faisait d'eux moins une famille que trois personnes qui avaient habité ensemble – pour un temps.

Ce qui leur manquait, songeait Graham en arrivant chez Ellie, c'étaient de bonnes vieilles vacances en famille. Ce qui leur manquait, c'étaient un barbecue, des drapeaux, un feu d'artifice dans un bled paumé, aussi éloigné de la Californie que possible. Après quelques jours ici, il se sentait déjà complètement différent. Alors, peut-être que la magie de Henley opérerait également sur eux ?

Mais, lorsque la porte s'ouvrit et qu'Ellie apparut, ses longs cheveux encore mouillés après la douche, resplendissante dans sa robe d'été verte, il comprit que ce n'était pas du tout Henley qui lui avait fait cet effet.

C'était elle.

Il se pencha pour l'embrasser, un mouvement si naturel que c'était un peu comme lacer ses chaussures ou monter l'escalier : un truc qu'on fait sans y penser. Plus d'une dizaine de centimètres les séparaient encore quand, s'arrachant brusquement à sa transe, il se redressa d'un bloc. Tout lui apparaissait soudain avec une netteté effrayante.

Ils n'avaient même pas encore franchi l'étape du premier baiser ! Et le voilà qui se penchait vers elle comme s'ils s'embrassaient tous les jours, comme si c'était devenu un rituel, comme s'ils l'avaient déjà fait des milliers de fois. Il lui fallut un petit moment pour se reprendre et il dut rejeter les épaules en arrière pour recouvrer son équilibre. Hors de question d'être à moitié endormi quand il embrasserait Ellie pour la première fois. Pour ça, il voulait être bien éveillé.

Elle le regardait avec un air incertain et il n'arrivait pas à savoir ce qu'elle pouvait bien penser. Avec un peu de chance, elle n'avait pas vu ce qu'il s'apprêtait à faire.

Avec un peu de chance, elle se disait juste qu'il ne tenait pas debout.

— Salut, lui lança-t-il avec un petit sourire coincé.

— Entre, lui répondit-elle.

Elle paraissait un peu nerveuse, elle aussi.

Elle le fit pénétrer dans un couloir qui sentait le citron chimique des produits d'entretien. Il s'accroupit pour caresser Bagel qui lui reniflait les chaussures avec un air très affairé. Ils suivirent tous les deux Ellie dans la cuisine où la table était mise pour deux. La pièce était faiblement éclairée et il y flottait encore une légère odeur de liquide vaisselle. Mais c'est tout ce qu'il remarqua. Il n'avait d'yeux que pour la robe verte d'Ellie, qui s'agitait fébrilement entre les placards, la table et le réfrigérateur, une expression navrée sur le visage.

— Ce n'est pas qu'on ait toujours plein de trucs super bons ici, déplorait-elle, mais je croyais qu'on aurait au moins une pizza surgelée ou quelque chose comme ça.

— Attends, si je comprends bien, tu voudrais me faire croire qu'il n'y a pas de *homard* ?

Ellc plissa les yeux.

— Très drôle.

— Ça va, s'efforça-t-il de la rassurer, en venant examiner avec elle le contenu du garde-manger. (Il sortit un paquet de crackers pratiquement vide et une boîte de thon.) On va la jouer à l'auberge espagnole : un peu de ci, un peu de ça.

— Je suis désolée, soupira-t-elle, en s'appuyant contre l'évier. On aurait mieux fait de descendre en ville. Je n'arrive pas à croire que je t'ai invité à manger des crackers rassis.

— Tu plaisantes ? se récria-t-il, en embrassant la pièce d'un ample mouvement du bras. Ce n'est pas tout le monde qui a la chance de dîner *Chez O'Neill*. J'ai entendu dire que c'était l'établissement le plus select du Maine.

— C'est exact, renchérit-elle. Nous n'accueillons que le gratin de la jet-set, ici.

Ils vidèrent le réfrigérateur sur le plan de travail, puis tentèrent, côte à côte, de composer quelque chose qui puisse vaguement ressembler à un repas : assortiment disparate allant du pop-corn micro-ondable et des quartiers de pomme sous vide aux petits pois surgelés, en passant par deux parts de pizza rescapées d'un précédent dîner. Tout ce qui semblait le moins ragoûtant allait directement dans la gamelle de Bagel et le reste se retrouva sur la table, les différents plats agencés tant bien que mal pour constituer une sorte de buffet.

— Alors, lança Graham, en tirant une chaise, tu as décidé, finalement, si tu y allais, à ce stage de poésie ?

La question sembla la surprendre et il sourit. Ça devait lui faire le même effet qu'à lui, quand elle avait parlé de ses dessins, cet après-midi : il avait eu l'impression qu'elle lui sortait cette idée directement de la tête, comme on tire un lapin d'un chapeau. Elle se hissa sur la pointe des pieds pour attraper un saladier et se retourna.

— Oui, oui, j'y vais en août, lui répondit-elle, mais elle avait un léger trémolo dans la voix. Je suis drôlement impatiente. Ils ont même ce prof, là-bas, qui…

— Tu as trouvé le moyen de te le payer, du coup ?

Ellie se raidit. Elle lui tourna une nouvelle fois le dos pour verser un paquet quasiment vide de tortilla chips dans le saladier. Il regrettait déjà d'avoir posé la question. Lorsqu'ils avaient parlé de ça par mail, elle n'avait eu aucun mal à aborder le sujet. Cependant, quelque chose avait changé entretemps et ça ne paraissait plus si évident d'en discuter « en vrai ».

— Pas exactement, concéda-t-elle d'un ton léger. Mais j'ai encore un peu plus d'un mois pour y arriver.

— Combien il te faut ?

— Ce qu'il faut, lui rétorqua-t-elle en rougissant.

Silence gêné. Graham comprit qu'il avait encore fait une gaffe. Au fond, ce qu'il aurait voulu, c'était jouer les sauveurs, arriver à la rescousse avec la somme dont elle avait besoin, tel Superman tombant du ciel. Mais ça ne ferait qu'aggraver les choses, il s'en rendait compte à présent. En plus, en remettant cette histoire d'argent sur le tapis, il avait fallu qu'il lui rappelle qui il était maintenant : pas le garçon inconnu à l'autre bout de tous ces mails, mais une star de cinéma assise dans sa cuisine. Par sa bêtise, il avait mis leur entente, si simple, si naturelle, en péril. Il se racla la gorge en la regardant poser le saladier sur la table, se creusant désespérément la tête pour changer de sujet.

— Ça, c'est du buffet ! s'exclama-t-il. (Il vit avec soulagement ses épaules se relâcher.) Je n'avais encore jamais mangé de biscuits chinois avec des chips et de la sauce mexicaine.

— C'est que… dit-elle, en réprimant manifestement un fou rire, nous sommes à la pointe de la cuisine branchée, *Chez O'Neill* : nous faisons dans la fusion sino-mexicaine.

— Très impressionnant, applaudit-il. Trois étoiles.

— Comment ? s'écria-t-elle, en prenant place en face de lui. Seulement trois ?

— C'est le maximum, il me semble.

— Ça ne fait pas beaucoup. J'aurais préféré dix.

— Et deux pouces levés, c'est mieux ?

— Ah non ! Là, tu confonds avec les films, marmonna-t-elle, en léchant son doigt plein de beurre de cacahuète. À propos, comment ça se passe ?

— Le tournage ?

— Ça va.

— Tu n'as pas l'air très enthousiaste.

— Si, si, lui assura-t-il, en attrapant un quartier de pomme pour se le jeter direct dans le gosier. C'est cool de faire autre chose, ça change. Et le metteur en scène est vraiment… intéressant.

— Tu crois que tu retravailleras avec lui ? Tu dois pouvoir choisir avec qui tu bosses, je veux dire, non ?

— Je suppose. Mais je n'ai pas encore réfléchi à ce que j'allais faire après.

— Qu'est-ce que tu *veux* faire ?

— Un truc qui compte.

Elle pencha la tête de côté comme si elle méditait cette réponse.

— Un truc qui compte pour toi, tu veux dire ?

— On peut l'espérer.

— Tu verras bien quand ça se présentera. Mais ça doit être sympa de jouer un nouveau personnage. J'ai vu la bande-annonce de ton premier film. Il y avait ce passage où…

— Attends, l'interrompit-il, en se redressant sur sa chaise à moitié mort de rire. Tu as juste vu la *bande-annonce* ?

Ellie s'empressa de boire une gorgée d'eau, se cachant derrière le plastique bleu de sa chope décorée d'une baleine hilare.

— Tu n'as jamais vu mes films ? insista-t-il.

— Eh bien… le troisième n'est même pas encore sorti, lui fit-elle remarquer, en reposant sa chope pour prendre un biscuit chinois.

— Han han. Mais les deux autres ?

Elle haussa les épaules.

— Quinn a bien essayé de me traîner au premier… Mais ce n'est pas vraiment mon style de film.

— Et moi qui croyais que toutes les ados d'Amérique en étaient dingues ! s'ébahit Graham.

Ça faisait un sacré bout de temps qu'il n'avait pas rencontré quelqu'un qui n'avait pas vu ses films - ou qui ne prétendait pas les avoir vus, du moins. Ça finissait par en devenir gênant.

— Tu veux parler de toi, là, le reprit-elle. Toutes les ados d'Amérique sont dingues de *toi*.

Il s'esclaffa.

— J'en déduis que tu n'es pas très fan de Graham Larkin ?

— Maintenant si, lui balança-t-elle, en ouvrant son biscuit chinois. (Elle déroula la petite bande de papier en fronçant les sourcils, et puis elle éclata de rire.) C'est écrit : « Vous allez manger un délicieux biscuit chinois. »

— Naan !

Elle le lui passa pour qu'il puisse constater par lui-même.

— Alors là ! C'est la meilleure prédiction que j'aie jamais vue, s'exclama-t-il en se marrant.

Ellie mordit dans son biscuit.

— C'est la plus évidente, en tout cas.

— La plupart des prédictions ne se réalisent jamais, reprit-il, en secouant la tête, les yeux toujours rivés au mini-parchemin. Mais celle-là s'est déjà réalisée. Enfin, quoi ? Est-ce que tu préférerais qu'on te promette un délicieux petit gâteau et que tu l'aies aussitôt, ou qu'on te promette un million de dollars dont tu ne verras jamais la couleur ?

— Eh bien, là, tu vois, si on me proposait un million de dollars, je ne dirais pas non, reconnut-elle, en balayant la table pour que le chien, qui avait rappliqué en un éclair, puisse finir les miettes. Le biscuit n'était pas aussi délicieux qu'annoncé.

— Bagel n'a pas l'air d'accord.

— Bagel a le palais d'un aspirateur, lui répliqua-t-elle, en couvant le chien du regard. Alors, tu es prêt pour ta scène de demain ?

Il se contenta de hausser les épaules.

— J'imagine que tu étais censé apprendre ton texte, au lieu de traîner avec moi tout l'après-midi, le sermonna-t-elle gentiment, en s'accoudant pour se pencher vers lui. Tu connais tes répliques ?

— Plus ou moins… (Il plia une part de pizza en deux. Bagel, qui était venu se poster au pied de sa chaise, frappa le sol de la queue plusieurs fois et il lui balança la croûte.) Je l'ai baladé dans ma poche toute la journée. Alors, je compte sur l'effet d'osmose.

— Je suis persuadée que tous les grands acteurs pratiquent assidûment l'osmose, railla-t-elle, en tendant la main à travers la table. Je peux voir ? On pourrait répéter.

Graham se recula sur sa chaise.

— C'est bon, prétexta-t-il, soudain mal à l'aise.

Jouer sur un plateau était une chose. Jouer devant la fille qui lui plaisait en était une autre. Il n'allait certainement pas se mettre dans la peau du personnage devant elle.

— Ça ira, renchérit-il.

— Allez ! insista-t-elle, en lui faisant un signe du style « aboule la monnaie ». Ça va être marrant.

— OK. (Il se leva à moitié pour sortir les feuilles pliées de la poche arrière de son bermuda.) Mais je ne joue pas pour de vrai, hein ? On fait juste une lecture.

— Je ne vais pas avoir droit au grand show Graham Larkin ? le taquina-t-elle, en prenant l'extrait de script qu'il lui présentait. Il ne me reste plus qu'à aller faire un tour sur le plateau demain, j'imagine.

— T'as intérêt à être une sacrée bonne nageuse, alors : on tourne en mer, demain, sur un bateau.

— D'accord, Achab, le rembarra-t-elle, tout en examinant la page qu'elle avait à la main.

Quand elle releva la tête, il y avait quelque chose de différent chez elle : elle faisait une sorte de moue et le regardait par en dessous à travers ses cils. Elle rejeta ses cheveux en arrière d'un geste théâtral et il fallut trois secondes à Graham pour retrouver où il avait vu faire ça avant : elle imitait Olivia.

— Pas mal, la félicita-t-il.

Mais il fut soulagé lorsqu'elle abandonna son rôle de composition pour étudier le script avec une expression plus familière.

— Bon, alors c'est parti, déclara-t-elle, avant de s'éclaircir la voix. « Où vas-tu, Jasper ? » (Elle leva les yeux en haussant les sourcils.) Jasper ? Tu t'appelles Jasper ?

Il haussa les épaules et elle continua :

— « Reviens ! » s'écria-t-elle avec une emphase très mélodramatique, si fort que Bagel se redressa brusquement, faisant tinter son collier, pour incliner la tête de côté.

Graham se pencha pour le rassurer d'une petite tape.

— C'était super, commenta-t-il. Pas du tout forcé.

— Je n'ai jamais prétendu que j'allais jouer pour de vrai, moi non plus. À toi.

— « J'ai besoin d'être seul, là », récita-t-il d'une voix monocorde, pour bien lui montrer qu'il ne rentrait pas dans le jeu. « J'ai juste besoin d'un peu de temps pour réfléchir. »

Ellie rentra le menton et arqua un sourcil.

— Je sais que je n'ai rien d'une spécialiste, mais je jurerais que tu peux y mettre un peu plus d'émotion.

— La critique est facile, hein, Bagel ? se plaignit-il au petit chien, qui exprima sa compassion d'un gémissement très convaincant.

Ellie se replongea dans le script.

— « Comment tu peux savoir ce dont tu as besoin en un moment pareil ? Comment tu peux savoir… »

Elle se tut, les yeux toujours rivés à la feuille froissée.

Graham ne se souvenait pas de la suite. Non, non, vraiment. Il avait prévu d'étudier son texte dans sa chambre d'hôtel en rentrant. Il n'avait rien avant midi, demain, en plus, alors il aurait toute la matinée pour s'y coller. Il avait déjà appris des scènes entières plus vite que ça.

— Tu es censé m'embrasser, lui annonça alors Ellie, en levant les yeux vers lui avec une indéchiffrable expression sur le visage.

Il ressentit comme un brusque appel d'air à l'intérieur. Il la regarda fixement, incapable d'articuler le moindre mot. La pièce était silencieuse, en dehors du tic-tac de la pendule au-dessus du four et de la paisible respiration du chien. Au bout d'un long moment, Ellie secoua la tête. Quand elle parla, sa voix résonna super fort, tout à coup.

— C'est écrit dans le script, lui fit-elle remarquer, en désignant la page du doigt, sans le quitter des yeux.

Il hocha vivement la tête.

— C'est ça, acquiesça-t-il, en clignant des paupières.

— Tu es censé m'embrasser, répéta-t-elle, en rougissant et en agitant les feuilles de papier toutes chiffonnées. Olivia, je veux dire. Ou plutôt… (Elle jeta un bref coup d'œil au texte.) Zoé. Non, vraiment ? Jasper et Zoé ? Mais qui a écrit ce truc ?

Elle s'était replongée dans le texte, maintenant. De toute façon, Graham ne l'écoutait plus. Ses paroles lui trottaient dans la tête : « Tu es censé m'embrasser. »

Elle avait raison, bien sûr. Il était censé l'embrasser. Il était censé l'embrasser juste avant, quand il était arrivé chez elle. Il était censé l'embrasser cet aprèm sur la plage. Et ce jour-là, en ville. Et cette première nuit, juste là devant, sur sa terrasse.

Il lui sembla soudain qu'il y avait à peu près un million de fois où il aurait dû l'embrasser. Sans avoir besoin d'un script. Sans même la moindre indication scénique.

Presque sans s'en rendre compte, il posa les mains sur la table et repoussa sa chaise. Ce fut seulement en la voyant sourire qu'il s'en aperçut : il souriait aussi.

— Je crois qu'il est très important de rester fidèles au script, déclara-t-il en se levant.

— Ah oui ? lui rétorqua-t-elle, son sourire s'élargissant de plus en plus.

C'est alors qu'une lumière balaya le rectangle noir des fenêtres au-dessus de l'évier, disparaissant brièvement pour revenir taper droit dans les yeux de Graham. Il s'écarta, ébloui. Quand il se tourna vers Ellie, elle avait bondi de sa chaise.

— Zut ! marmonna-t-elle. Elle rentre tôt.

— Qui ça ? demanda Graham, complètement dérouté.

Il n'y avait pas encore cinq minutes, tout se passait au ralenti. Et, là, c'était comme si quelqu'un avait crié « Coupez ! ». Le charme était rompu. « J'étais censé l'embrasser », songea-t-il. Et toute la soirée lui apparut soudain comme une chanson qu'on aurait arrêtée avant les dernières mesures, laissant seulement à ceux qui l'écoutaient une cruelle sensation d'inachevé.

— Ma mère, lui répondit Ellie, en débarrassant la table. Le bouquin n'a pas dû lui plaire.

Dehors, la lumière s'était éteinte et Graham entendit une portière claquer. Bagel trottina vers la porte de derrière et, dans la minute qui suivait, la mère d'Ellie apparaissait, les traits soudain crispés en l'apercevant, planté, les mains dans les poches, au beau milieu de sa cuisine.

Ça faisait bien longtemps qu'il n'avait pas vu quelqu'un le regarder avec une telle hostilité. Dans sa vie d'avant, il avait toujours assuré avec les parents : il était un gentil garçon, si charmant qu'il pouvait pratiquement embobiner tout le monde. Et, dans sa nouvelle vie, il était habitué à ce que les gens se plient en quatre pour lui faire plaisir. Mais cette façon qu'avait la mère d'Ellie de le jauger, avec cet air si ouvertement soupçonneux ? Il n'avait encore jamais connu ça.

Se balançant d'un pied sur l'autre, il hasarda un sourire engageant. Qui sembla la laisser de marbre.

— Je croyais que Quinn devait venir, lança-t-elle à Ellie, les sourcils froncés, en laissant tomber son sac sur le plan de travail.

— Il y a eu un petit changement de programme, bredouilla Ellie. Tu te souviens de Graham ?

Mme O'Neill acquiesça sans un sourire.

— Ravie de vous revoir, dit-elle, sur un ton propre à exprimer tout le contraire. Vous vous plaisez à Henley ?

— Oui, répondit Graham, en retenant *in extremis* le « madame ». C'est ravissant ici.

Il s'éclaircit la gorge et baissa les yeux. Il n'avait jamais employé le mot « ravissant » de sa vie.

— Et combien de temps comptez-vous séjourner parmi nous ?

— Quelques semaines encore. Mais j'aimerais bien que ce soit plus. C'est vraiment une ville ravissante. (Il toussa, les joues en feu. Non ! Il n'avait quand même pas réussi à caser le mot « ravissant » *deux fois* dans la conversation en moins d'une minute !) Pour ne rien vous cacher, je viens d'inviter mes parents pour le 4 Juillet, ajouta-t-il précipitamment, bien conscient qu'il commençait à délirer, mais incapable de s'arrêter. J'ai pensé que ça leur plairait ici, à eux aussi.

Ellie l'encouragea d'un sourire à travers la pièce.

— Ce sera sympa, affirma-t-elle. Combien de temps ils vont rester ? On pourrait te donner quelques idées de choses à faire pendant leur séjour ici.

— Quatre ou cinq jours sans doute, répondit Graham. (Il réalisa, en le disant, à quel point ça paraissait improbable. Mais là, subitement, il aurait tout donné pour que ce soit vrai.) On adore pêcher, mon père et moi. Alors, on va sans doute passer pas mal de temps sur l'eau.

— Ça promet d'être sympa, répéta Ellie, en coulant un regard vers sa mère. Eh bien, il est tard…

— Oui, dit Graham, en faisant un pas vers la porte. Oui, il est tard. (Il adressa à Mme O'Neill un petit signe de la main – plutôt nul, OK.) Merci mille fois de m'avoir reçu. (Et puis il se tourna vers Ellie et lui sourit. Mais il eut l'impression de faire ça de très très loin, alors qu'il n'avait qu'une seule envie : traverser la pièce et terminer ce qu'ils avaient à peine commencé.) Au revoir, à… (Il allait dire « à demain », mais se ravisa à temps.) À bientôt.

Sur ces bonnes paroles, il contourna le chien et, marchant un peu en crabe, regagna le couloir. Il n'avait pas atteint la porte qu'il fut surpris de les entendre se disputer, leurs murmures le poursuivant jusque sur la terrasse à travers la double-porte, âpres, revêches et bien trop sonores.

Dehors, l'air s'était rafraîchi avec la nuit et il resta là un moment, essayant de donner un sens à ce qui venait de se produire. Peut-être que Mme O'Neill faisait partie de ces mères qui ne voulaient pas voir leur fille avec des garçons. Ou peut-être que c'était parce qu'ils étaient tout seuls dans la maison après la tombée de la nuit. Ou peut-être qu'elle avait passé une sale journée. Quoi qu'il en soit, Graham savait qu'il ferait mieux de ne pas s'attarder. Il prit une profonde inspiration avant de descendre les marches sans bruit.

Il était presque arrivé au bout de l'allée quand il entendit la double-porte claquer derrière lui, puis les pieds nus d'Ellie qui courait vers lui. Elle secoua la tête en le rejoignant.

— Je suis désolée…

Elle n'alla pas plus loin. N'y tenant plus, Graham se pencha vers elle et pressa ses lèvres contre les siennes. Elles avaient un léger goût de beurre de cacahuète. Et puis il ferma les yeux, la prit par les épaules et l'embrassa.

C'était exactement comme il l'avait imaginé, comme si c'était, tout à la fois, le premier et le millionième baiser, comme être super bien éveillé, comme perdre l'équilibre. Sauf que, là, il n'était pas le seul. Là, c'était ensemble qu'ils chaviraient.

De : EONeill22@hotmail.com

Envoyé : lundi 10 juin 2013 22 : 43

À : GDL824@yahoo.com

Objet : Re : si jamais tu te perds…

Je suis contente que tu ne te sois pas perdu.

Chapitre 11

Ellie se réveilla avec l'odeur des pancakes : un gage de réconciliation. D'aussi loin qu'elle s'en souvienne, il n'en fallait pas plus pour annoncer la fin des hostilités. Elles ne s'étaient jamais beaucoup disputées, sa mère et elle, mais, quand ça arrivait, ça restait une affaire strictement nocturne. La règle tacite voulait que le lendemain matin, on ait fait table rase et que tout (les regards noirs, les mots blessants) ait été effacé pour ne plus laisser place qu'à des pancakes en forme de cœur : le plus beau traité de paix qu'on puisse imaginer.

Ce matin, pourtant, c'était différent. Sa mère se tenait devant la cuisinière, dans son habituel pantalon de pyjama en pilou, une tasse de café dans une main et une spatule dans l'autre. Mais, lorsque Ellie se glissa sur sa chaise, sa mère ne lui jeta qu'un maigre sourire avant de se retourner.

C'était sa faute aussi : elle avait écourté leur discussion hier soir. Quand Graham était parti, elle tremblait tellement de colère qu'elle en vibrait comme un diapason, ulcérée qu'elle était de la façon dont sa mère s'était comportée avec lui.

— Ça ne te suffit pas d'être impolie, avait-elle explosé dans un murmure étouffé, dès qu'il avait été assez loin pour ne plus les entendre. Tu ne vas tout de même pas l'accuser ! Comme s'il l'avait fait exprès ! C'est moi qui l'ai invité.

— Sans me le dire, lui avait rétorqué sa mère, en la fusillant du regard. Je ne vois vraiment pas ce que tu fais à traîner avec un tombeur de minettes, déjà, pour commencer…

— *Maman* ! s'était-elle étranglée, piquant un fard magistral.

— Tu sais ce qui est en jeu, là. Et pourtant, tu profites que j'aie le dos tourné pour…

— On ne faisait que *dîner* ! l'avait-elle coupée, exaspérée, en levant les bras au ciel. Et, si je l'ai fait venir ici, c'était justement pour ne pas qu'on se fasse surprendre par un photographe en ville. Alors, ne va pas me dire que je…

— Parce que tu t'imagines qu'ils ne vont pas le découvrir quand même ? Si tu crois vraiment que la terre entière ne va pas être au courant dans les deux secondes, tu es encore plus à côté de la plaque que je ne le pensais. (Sa mère avait posé deux doigts sur sa tempe, comme si elle souffrait d'une horrible migraine, avant de pousser un profond soupir.) Mais enfin, Ellie ! Est-ce que tu le connais seulement, ce garçon ?

— *Ouiii*, avait-elle répondu d'une voix sourde pleine de fiel. Je le connais, puisque je te le dis !

Sa mère avait secoué la tête, continuant sur sa lancée comme si de rien n'était.

— C'est une star de cinéma, bon sang ! Il vit en Californie. Dans quelques semaines, il sera parti. Comment peux tu estimer que ça en vaille la peine ?

Ellie était restée plantée là, se laissant submerger par ces mots terribles. Terriblement vrais. La pièce était devenue irrespirable et même Bagel n'osait plus bouger une patte. Pourtant ce n'était pas une question difficile. Ce que sa mère ne comprenait pas, c'était que Graham n'était pas une banale amourette de vacances, une passade. Les raisons pour lesquelles il valait la peine n'avaient rien à voir avec celles pour lesquelles tant de filles bavaient devant ses photos dans les magazines.

C'était bien plus simple que ça. C'était parce que, chez elle, ce soir, il avait mangé de vieilles tortillas chips toutes ramollos, et qu'il avait aimé ça. Et parce qu'il lui avait dessiné une ville entière, juste parce qu'elle le lui avait demandé. C'était pour cette façon qu'il avait de toujours tout tourner en dérision et pour ce petit quelque chose dans ses yeux quand leurs regards se croisaient. C'était pour ces centaines de mails qu'il lui avait adressés, tous ces mots qu'ils avaient envoyés, reçus, comme quelque précieuse monnaie d'échange, durant tous ces mois.

C'était parce qu'il semblait la connaître mieux que personne, alors que ça ne faisait que quelques jours qu'ils s'étaient rencontrés pour de vrai. Si c'était déjà comme ça, imaginez un peu ce que ce serait avec quelques jours de *plus* !

Sa mère la regardait toujours, attendant qu'elle lui réponde. Mais Ellie ne s'était pas donné cette peine. Au contraire, elle avait tourné les talons et s'était dirigée droit vers la porte.

— Ellie !

Sa mère n'avait pas semblé en colère lorsqu'elle l'avait appelée. Juste lasse et déconcertée. Ça n'aurait rien changé, de toute façon : Ellie avait déjà accéléré le pas, franchissant la porte en coup de vent pour se ruer dans l'allée au bout de laquelle elle discernait encore la chemise blanche de Graham dans l'obscurité.

Quand il l'avait embrassée, c'était comme s'il avait répondu à sa place.

C'était la seule chose qu'elle avait besoin de savoir.

— Je suis désolée, avait-elle murmuré, lorsqu'ils s'étaient doucement détachés l'un de l'autre.

Il avait gardé les mains sur ses épaules, les agrippant comme s'il avait peur de la lâcher.

— Ça ne fait rien, lui avait-il assuré. (Il avait jeté un coup d'œil aux lumières de la cuisine derrière elle.) Mais je ferais sans doute mieux…

Elle avait baissé les yeux et il l'avait encore embrassée. Il devait y avoir des milliers de filles qui rêvaient d'embrasser Graham Larkin, avait-elle pensé. Des milliers de filles qui avaient imaginé ce moment-là, celui qu'elle venait de vivre. Mais, là, au beau milieu de l'allée plongée dans le noir, ça n'avait rien d'un baiser de cinéma, non.

C'était mieux.

— Viens me chercher, demain, d'accord ? lui avait-il proposé, en commençant à s'éloigner.

— Bonne chance pour ta scène, lui avait-elle lancé.

Quand il avait souri, son cœur avait raté une marche.

Lorsqu'elle était rentrée après ça, pénétrant dans la cuisine à pas de loup avec un petit air contrit, elle avait bien dû se rendre à l'évidence : sa mère était déjà montée se coucher. Du coup, l'abcès n'avait pas été vidé et la dispute était restée en suspens jusqu'à ce matin. Voilà pourquoi elles étaient bien obligées de relancer les hostilités au lieu de profiter de leur paisible petit déjeuner.

— Écoute, se dévoua Mme O'Neill, en faisant glisser une assiette sur la table en face de sa fille. (Elle vint s'asseoir à côté d'elle. Une mèche auburn s'échappa de sa queue-de-cheval quand elle se pencha en avant.) J'ai peut-être tort de juger sans rien savoir des tenants et des aboutissants.

Ellie attrapa le sirop d'érable.

— On s'envoie des mails, lâcha-t-elle, sans quitter la bouteille des yeux. Depuis des mois maintenant.

— Comment ça ? Je veux dire : comment tu l'as…

— Une erreur. Une faute de frappe dans l'adresse. Il voulait écrire à quelqu'un d'autre, mais c'est sur moi que c'est tombé. Et on a commencé à se parler. Je ne savais pas que c'était lui. Enfin, que c'était Graham Larkin. Je croyais que c'était juste un garçon normal.

— Ah ! Eh bien, ça me rassure. Je suppose qu'on va garder la leçon sur les dangers d'Internet pour une autre fois…

— Oh ! mamaaan !

Sa mère ouvrit les mains, paumes en avant.

— Non, je voulais juste te faire remarquer qu'il y a plein de détraqués là, dehors…

— Mamaaan ! C'est pas ça l'important.

— Bon, bon. C'est quoi l'important, alors ?

Ellie releva les yeux.

— L'important, c'est… (Elle respira un grand coup.) L'important, c'est que je ne savais pas qui c'était. Et je suis bien contente de ne pas l'avoir su. Parce que, sinon, je n'aurais jamais pu le connaître. Enfin pas vraiment. Pas comme je le connais maintenant.

Sa mère hocha la tête.

— Et il te plaît.

— Oui, répondit Ellie, d'une voix soudain chargée d'émotion. Beaucoup.

Sur la plaque, la deuxième fournée de pancakes commençait à brûler et sa mère se leva pour aller les retourner. Mais elle resta longtemps devant la cuisinière, la tête légèrement inclinée vers la fenêtre au-dessus de l'évier.

— Je ne sais pas quoi te dire, soupira-t-elle finalement en se retournant. Je ne veux pas que tu sois malheureuse.

— Jamais il ne…

— Allons, Ellie !

Quelque chose sur le visage de sa mère la musela. Cette expression… Soudain, elle comprit : ce n'était pas seulement de Graham qu'elles parlaient, là. Elles parlaient de son père.

— Il y a trois millions de raisons pour lesquelles cette histoire peut mal tourner. Et tu le sais aussi bien que moi, poursuivait cependant sa mère d'une voix tendue. Et pas seulement à cause de ce qu'il est, pas seulement parce qu'il part bientôt. (Elle pinça les lèvres, pesant ses mots.) Tu as bien vu la façon dont on le suit partout.

— Tu ne peux pas m'interdire de sortir avec un garçon juste parce qu'on le prend souvent en photo, lui fit remarquer Ellie. C'est complètement délirant. Tu t'en rends compte, j'espère ?

— Tout, là-dedans, est déjà complètement « délirant », lui rétorqua sa mère, en faisant glisser les deux derniers pancakes dans une assiette avant de revenir s'attabler. Ces histoires-là, insista-t-elle en secouant la tête, ça finit toujours mal.

— Ça s'est mal fini *pour toi*, la reprit Ellie, avec un froncement de sourcils. Mais, là, ça n'a rien à voir. Graham n'est pas un sénateur graveleux. Et je ne suis pas...

— Tu n'es pas quoi ? la coupa sa mère, en la regardant droit dans les yeux. Une vulgaire serveuse ?

— Je n'ai jamais dit ça, se défendit Ellie en secouant la tête. Tu sais que ce n'est pas ce que je voulais dire.

— Ton père... (Sa mère se tut. Ses yeux se perdirent dans le vague.) C'était compliqué.

— OK. Mais là, c'est différent. Graham est différent.

— Ce n'est pas la question, la rabroua sa mère, en regardant son assiette.

Aucune des deux n'avait touché à son petit déjeuner et, sur la table, les pancakes refroidissaient.

— C'est une personne publique : il est constamment sous le feu des projecteurs, reprit sa mère. Et il vaut mieux que tu ne te retrouves pas entraînée là-dedans.

— Mais qu'est-ce que ça peut faire ? Ce qui s'est passé entre toi et lui – avec mon père – n'a plus rien de secret : tout le monde est déjà au courant. Alors, je ne vois pas pourquoi ce serait si terrible que ça se sache. Je ne comprends pas pourquoi il faut encore qu'on se cache.

— On ne se cache pas, objecta sa mère, en plantant sa fourchette dans un pancake. On vit simplement notre vie comme des gens normaux, nuance.

— Mais tu ne veux pas de ma photo dans les journaux.

— S'il n'y avait que ça ! Je ne veux pas que tu deviennes le point de mire. Ta photo dans le journal ? Malheureuse ! Mais ce ne serait que le début. Tu peux comprendre ça, non ? Une photo de toi avec Graham Larkin, une seule, et tu aurais tous les photographes à tes trousses. Il n'en faudrait pas plus pour qu'ils ne te lâchent plus d'une semelle. Après ça, ils commencent à fouiller dans ta vie. Et ils se croient tout permis : de publier ce qu'ils trouvent et de le crier sur les toits. Tu étais trop petite, la dernière fois. (Elle secoua la tête, une crispation douloureuse sur le visage.) C'est terrible, ce qu'ils font. Rien ne les arrête.

Ellie mordit dans son pancake et mâcha lentement. Ces considérations méritaient réflexion.

— Mais, si c'est la seule raison, est-ce que c'est pas à moi de décider ? De savoir si je suis prête ou pas à prendre le risque ?

— Ce n'est pas si simple. Moi aussi, ça m'affectera. Moi, et ton père.

— Ha ! Parce qu'on essaie de le protéger, maintenant ? persifla-t-elle, en se calant contre le dossier de sa chaise, les bras croisés. Il n'a jamais rien fait pour nous. Il n'a même pas essayé de nous retrouver. Et pourtant…

— Parce que je le lui ai demandé, tu le sais bien.

— … tu te fais encore du souci pour lui ? S'il finit par se présenter aux élections présidentielles, il y a de grandes chances pour qu'on nous retrouve, de toute façon. Alors qu'est-ce que ça change ?

— C'est possible, concéda sa mère. Mais ce n'est pas sûr. Il y a eu trois campagnes entretemps. Et des scandales, il en éclate de nouveaux tous les jours. Ils remettront ça sur le tapis, comme à chaque fois, mais ça ne veut pas dire qu'ils nous rechercheront pour autant.

— Je croyais que rien ne les arrêtait. C'est bien ce que tu disais ?

— Dans le monde politique, c'est du réchauffé, lui expliqua sa mère. Mais, pour celui du show business et des potins de stars ? C'est un vrai scoop. Tout ce qui concerne ce garçon semble faire les gros titres, de toute façon. (Mme O'Neill faisait tourner le dernier pancake dans son assiette.) Tu ne comprends donc pas ? On mène une petite vie tranquille, ici. Je me suis donné beaucoup de mal pour en arriver là. Or, une fois que quelque chose comme ça est étalé partout, c'est fini. Tu ne peux plus revenir en arrière.

Quand elle répondit, Ellie avait une toute petite voix :

— Oui, mais je l'aime vraiment beaucoup.

— Je sais, s'apitoya sa mère, en lui tapotant la main. Mais, même s'il n'y avait pas le problème de ton père, je te jure que tu regretterais. Crois-moi. Personne ne tient à se réveiller avec une armée de photographes campant devant sa maison. Je suis sûre que Graham Larkin dirait la même chose.

Tout en allant travailler, un peu plus tard, Ellie s'interrogeait. Lorsqu'elle avait questionné Graham sur ce que ça lui faisait d'être reconnu dans la rue, il n'avait pas voulu en parler. Pourtant, pour ce qui était des photographes en ville, il semblait résigné, bizarrement. Il les traitait un peu comme ces chiens errants qui vous collent aux basques et dont on n'arrive pas à se débarrasser. Elle avait vu tant de photos de lui dans les magazines de Quinn : Graham Larkin sortant de son club de gym,

Graham Larkin essayant de dîner tranquillement dans un restaurant… Comment pouvait-on jamais s'habituer à ce genre de chose ? Comment pouvait-on supporter d'être constamment épié, pourchassé, harcelé ?

Quand elle passa devant les longs camions noirs, elle remarqua qu'il y avait moins de monde que les autres jours. Ça lui revenait maintenant : Graham lui avait dit qu'ils tournaient en mer. Elle n'en aperçut pas moins un des photographes qui tirait sur sa cigarette, un peu en retrait. Encore perturbée par la conversation de ce matin, elle accéléra le pas. Par chance, elle commençait par *Sprinkles*, aujourd'hui. Même si Quinn lui faisait encore la tête, ce serait toujours mieux que de se retrouver coincée dans dix mètres carrés avec sa mère toute la journée, alors qu'elle essayait toujours de tirer au clair comment elle allait bien pouvoir faire avec Graham.

Cependant, quand elle poussa la porte de la boutique, ce fut la tête bouclée de Devon qu'elle vit émerger de derrière la glacière.

— Salut ! lui lança-t-elle, en se dirigeant vers lui pour laisser tomber son sac sur le comptoir. Où est passée Quinn ?

Il détourna les yeux.

— Elle m'a demandé de la remplacer.

— Comment ça se fait ? Elle va bien, au moins ?

Devon opina du bonnet, toujours sans la regarder.

— Est-ce qu'elle m'éviterait par hasard ?

Au bout d'un moment, il finit par relever les yeux vers elle.

— J'crois pas. Elle avait juste d'autres trucs à faire, j'imagine.

Ellie acquiesça en silence. Elle connaissait Devon depuis qu'il avait quatre ans. C'était une crème – pour ne pas dire une poire – et il était d'une parfaite honnêteté. S'il mentait, c'était seulement pour la ménager. Elle attrapa en soupirant le bac en métal dans lequel on mettait les cuillères à glace sales pour aller les laver dans l'évier de l'arrière-boutique, là où elle pourrait s'isoler.

Ils passèrent la majeure partie de la matinée sans échanger un mot. Entre deux clients, Devon se perchait sur un des tabourets de bar pour lire *Gatsby le Magnifique* dans un vieux poche défraîchi, tandis qu'Ellie se retenait de le mitrailler de questions. Ce n'était pourtant pas l'envie qui lui en manquait !

À la fin de son service, alors qu'elle commençait à rassembler ses affaires, Devon abaissa enfin son bouquin.

— C'est trop cool pour le mec du film.

Ellie ne put réprimer un sourire.

— J'imagine.

— Tu veux qu'je dise bonjour à Quinn pour toi ?

— Ce serait super sympa, merci.

Il se replongea dans la lecture. Ellie était presque arrivée à la porte quand elle se retourna.

— Hé, Devon !

Il leva les yeux. Ses lunettes glissèrent sur son nez.

— C'est trop cool pour toi et Quinn aussi.

Il sourit jusqu'aux oreilles.

— Merci.

Dehors, le vent s'était levé et Ellie s'arrêta un moment sur le trottoir, clignant des paupières pour chasser la poussière et le sable qui lui arrivaient dans les yeux. Au bout de la rue, elle aperçut un bateau qui rentrait au port. Ce n'était pas un bateau du coin et il y avait deux hommes en coupe-vent noir penchés à la proue. Avant même d'avoir reconnu Graham et Olivia, elle avait deviné que c'était celui qu'ils avaient loué pour le film. Ils coupèrent les moteurs en approchant des balises qui marquaient l'entrée du port et le bateau ralentit. Quelques mouettes tournoyaient lentement au-dessus d'eux.

Ellie était trop loin pour discerner précisément les visages, mais il était clair qu'Olivia se tenait très, très près de Graham, même si lui se contentait de regarder le sillage du bateau. Peut-être aurait-elle dû être jalouse ? La plupart des filles l'auraient sans doute été, à sa place. Mais, du peu qu'elle savait d'Olivia, il aurait fallu qu'un mec soit complètement schizophrène pour s'intéresser, à la fois, à elle et à Olivia. Et, vu la façon dont Graham l'avait embrassée hier soir, elle savait que ce n'était pas le cas. Elle savait qu'il ne s'intéressait qu'à elle.

Et c'est ce qui la poussa à descendre au port : le souvenir de ce baiser. Elle aurait déjà dû être au magasin de sa mère : elle avait plein de trucs à faire là-bas. Mais, alors que le homardier se rapprochait, elle se prit à marcher droit vers le quai, comme attirée par quelque irrésistible force magnétique.

Elle n'avait toujours pas décidé ce qu'elle allait faire. Au fond, elle voyait bien que sa mère avait raison. Non seulement à propos des photographes, mais pour tout le reste aussi. Les mêmes arguments tournaient en boucle dans sa tête comme des fringues qu'on laisse trop longtemps dans le sèche-linge : il était trop connu ; il menait une vie trop différente de la sienne ; il allait bientôt repartir ; il allait lui faire du mal…

Mais là, tout de suite, rien de tout ça n'avait plus d'importance.

Elle avait juste envie d'être auprès de lui.

Le temps qu'elle arrive au magasin d'articles de pêche, tout au bout de la marina, le bateau avait déjà accosté et elle pouvait lire son nom peint sur la poupe : *Go Fish*. Graham grimpa sur la jetée de bois gris. Il portait un costume et une cravate : drôle d'accoutrement pour une virée en mer. Et puis, elle se souvint que la scène se passait juste après l'enterrement du père du héros, quand Jasper quitte brusquement l'église pour fuir sur le bateau de son père et se retrouve poursuivi par Zoé.

Une risée courut au ras de l'eau et Olivia plaqua une main sur sa robe tandis qu'elle tendait l'autre pour qu'on l'aide à débarquer. Quand elle eut retrouvé la terre ferme, Graham et elle remontèrent côte à côte la longue jetée, flanqués du metteur en scène et de quelques assistants, casque vissé sur la tête et bloc-notes en main. Ils tiraient tous une sale tête. Deux membres de l'équipe s'attardèrent sur place pour ranger l'équipement en lieu sûr. Graham avait dit, hier, qu'ils ne devaient pas rentrer avant la fin de l'après-midi. Le mauvais temps avait dû les obliger à écourter le tournage.

Une foule s'était agglutinée le long du quai et, à l'approche des deux stars, l'hystérie collective atteignit son paroxysme : de véritables cris de délire. Plusieurs agents de sécurité hyper baraqués surveillaient les abords, mais ça n'empêchait pas les touristes de tout enregistrer avec leur téléphone portable, ni les ados énamourées de se pencher par-dessus les barrières, ouvrant des yeux comme des soucoupes, extatiques de voir leur icône approcher en costard-cravate. Olivia ralentit pour murmurer quelque chose à l'oreille de Graham, avant de s'arrêter pour signer quelques autographes. C'est alors que le reste des paparazzi surgit de nulle part, se ruant à l'assaut pour immortaliser ce moment unique à grand renfort de flashes.

Ellie s'était, elle aussi, arrêtée à la hauteur de la capitainerie, toujours à distance respectueuse de la foule. Mais, comme il se dirigeait vers sa loge, Graham jeta un regard circulaire. Ses yeux trouvèrent immédiatement les siens, si vite que c'était comme s'il s'était attendu à la voir là. Elle lui sourit (un réflexe), et, avant qu'elle n'ait eu le temps de faire quoi que ce soit (secouer la tête, le mettre en garde par un geste quelconque), il bifurqua, se dirigeant droit sur elle, sans sembler se rendre compte que, sur les quais, toute l'attention de la foule s'était reportée sur lui.

Ses genoux se mirent soudain à trembler. Elle avait les jambes en coton et, pendant un bref moment de panique, demeura tétanisée, incapable de réagir. Totalement inconscient de ce qui se passait, Graham lui faisait un signe de la main. Son sourire s'élargissait à mesure qu'il approchait. Derrière lui, les photographes avaient délaissé la séance d'autographes d'Olivia pour le traquer avec leurs téléobjectifs. Dans la tête d'Ellie, les paroles de sa mère résonnaient : « Une fois que quelque chose comme ça est étalé partout, c'est fini. Tu ne peux plus revenir en arrière » et elle se prit à reculer.

« Je ne peux pas », réalisa-t-elle, en espérant qu'il comprendrait.

Mais, bien sûr, il ne comprenait pas. Elle ne croisa son regard qu'un court instant, juste le temps de voir le trouble se peindre sur son visage et de se sentir coupable. Mais il était trop tard. Déjà, elle contournait la boutique d'articles de pêche pour prendre le raccourci vers la plage et, comme le plus grand des magiciens, disparaître de la face du monde, laissant toute cette folie derrière elle.

De : GDL824@yahoo.com

Envoyé : mardi 11 juin 2013 12 : 18

À : EONeill22@hotmail.com

Objet : bulletin météo

E,

On est rentrés plus tôt à cause du vent. Je vais continuer comme si de rien n'était, en me disant que c'est lui qui t'a emportée. On va travailler tard ce soir, mais j'essaierai de passer après...

G

Chapitre 12

Impossible de se concentrer. Cette sourde angoisse, sorte de panique larvée, ne l'avait pas quitté de tout l'après-midi. Ils attendaient une accalmie pour reprendre le tournage et il était censé en profiter pour étudier le script. Mais il avait la tête ailleurs. Dehors, les rafales battaient les flancs du van. Il se frotta les yeux et s'efforça, une fois de plus, de fixer son attention sur le texte.

Il fallut deux bonnes heures avant que la météo ne s'améliore et que le calme ne revienne enfin. Un regain d'impatience animait l'équipe, lorsqu'ils reprirent la mer pour tenter de rattraper le temps perdu tant que la lumière était encore bonne. Il sentait bien l'agacement général quand il hésitait, massacrait ses répliques, butait sur les mots, ratait ses marques ou s'emmêlait les pinceaux dans le passage des vitesses (alors même qu'un expert lui dictait ses instructions hors champ). La mer agitée giflait la coque et, bien que le vent ait faibli, l'équipe coiffure bataillait toujours en vain pour tenter de conserver, à la queue-de-cheval d'Olivia, son artistique négligé-travaillé.

Jambes bien écartées et pieds fermement ancrés à la proue, Graham patientait pendant que Mick s'entretenait avec deux des cameramen pour savoir s'il valait mieux laisser tomber ou continuer de tourner contre vents et marées et voir après ce qu'on pourrait en tirer. Le *Go Fish* roulait sur les vagues bleu-gris et le pont penchait d'un bord à l'autre. S'ils s'en tenaient à son interprétation, Graham était bien sûr qu'ils allaient mettre le cap droit sur la côte. La scène exigeait de l'émotion brute, des déclarations d'amour qui vous arrachent les tripes, des regards éperdus et des voix étranglées. Mais il était tout simplement incapable d'exprimer une telle passion en ce moment. Pas aujourd'hui. Pas pour Olivia. Pas après avoir vu Ellie lui tourner le dos.

Il aurait dû être encore en train de planer, après hier soir. Quand il l'avait embrassée, c'était comme si on avait craqué une allumette : quelque chose de dur et d'étincelant s'était enflammé dans sa poitrine, un truc en lui qui ne demandait qu'à s'embraser, un truc qu'il ne savait même pas posséder.

Mais, ce matin, il avait bien vu cette expression sur son visage, juste avant qu'elle ne se détourne. Il en avait eu le souffle coupé. Pourtant, comment lui en vouloir ? Déjà, il n'aurait pas dû lui faire signe. Il n'avait pas plus tôt agité la main qu'il l'avait sentie, cette déferlante derrière lui, cette brusque focalisation. Confronté à une telle foule, n'importe qui, à sa place, en aurait fait autant. Même à cette distance, il avait pu le lire sur ses traits, aussi clair que si ç'avait été écrit noir sur blanc, comme si elle l'avait dit tout haut : « Je suis désolée. »

Et puis elle avait disparu.

Une réaction de panique, sans doute. Il se faisait une montagne d'un rien. Pourtant, il ne pouvait se défaire de cette horrible impression : ce n'était pas seulement la foule et les caméras qu'elle fuyait.

Le soleil s'était déjà caché derrière le clocher de l'église quand ils accostèrent pour la seconde fois. La journée était pourtant loin d'être terminée. Ils devaient encore tourner une scène devant un des bars locaux, ce soir, et, tandis qu'il traversait la route en direction de sa loge, il pouvait voir les énormes projecteurs qu'on installait pour le tournage, petite oasis de lumière dans l'obscurité qui, déjà, envahissait la rue.

De l'autre côté du camp de base formé par les camions de la production, une assistante l'appelait. Mais comme on n'avait pas besoin de lui sur le plateau avant une petite vingtaine de minutes, il garda la tête baissée. Il en profita même pour sortir son Smartphone de sa poche, tout en marchant. Il fit défiler ses mails, sautant allégrement ceux de son agent, de son attachée de presse et celui d'une fille qu'il avait rencontrée au club de gym avant de quitter L.A. Toujours pas de nouvelles d'Ellie. Comme il montait les marches, il appuya sur la touche d'appel et écouta la sonnerie résonner. Il préparait déjà le message qu'il allait lui laisser, si elle ne décrochait pas (quelque chose de cool et de fun pour ne pas lui montrer l'inquiétude grandissante qui le saisissait en constatant qu'elle n'avait pas répondu à son mail), quand, ouvrant la porte, il découvrit Harry attablé à l'intérieur du van. Il abaissa son portable, tout en coupant l'appel à tâtons.

— C'était qui ? lui demanda son agent, en repoussant une pile de documents.

Graham ne répondit pas. Il alla chercher une petite bouteille d'eau dans le minibar, avant de s'asseoir en face de lui.

Harry sourit. Mais il y avait un avertissement dans ses prunelles.

— La rouquine, insista-t-il.

Graham pencha la tête en arrière et descendit la bouteille d'un trait, les yeux rivés au plafond. Quand il eut fini, il s'essuya la bouche d'un revers de main et dit, d'une voix qui ne ressemblait pas vraiment à la sienne :

— Quelle rouquine ?

— Allez ! Tout le monde t'a vu lui courir après, tout à l'heure.

— Ce n'était pas…

— Va falloir que tu te calmes avec les autochtones. (Harry bascula sa chaise en arrière et se gratta le crâne.) Tu crois que je n'ai pas déjà vu ça cent fois ? Tu n'as pas mis un pied hors de L.A. que t'as des milliers de nanas qui crient ton nom comme…

— Ça n'a rien à voir.

— Je n'en doute pas. (Il n'avait pas l'air vraiment convaincu, pourtant.) Mais ce que je veux dire, c'est que ce n'est vraiment pas le moment de te transformer subitement en coureur de jupons.

Graham émit un petit reniflement dédaigneux.

— Ha ! Parce qu'il y a un bon moment pour ce genre de chose ?

— Je ne plaisante pas. On aborde un tournant capital de ta carrière, là, et ton image est importante. Je n'ai vraiment pas besoin que tu te mettes à sortir avec une fille différente tous les soirs. (Il tira un magazine people, de sous la pile de papiers posée sur la table devant lui, et le poussa dans sa direction.) Une seule me suffira.

Graham y jeta un coup d'œil méfiant et fut surpris de voir un beau cliché sur papier glacé : une photo de plateau d'hier.

Elle avait été prise la première fois qu'il soulevait Olivia pour la grande scène du baiser. Ils étaient saisis sur le vif, les yeux fermés, les bras emmêlés : instant éphémère qui, sorti de son contexte, pouvait facilement être interprété différemment et laisser imaginer plus qu'un simple jeu d'acteurs. « La magie du cinéma ou le début d'une vraie histoire d'amour ? » insinuait la légende en dessous.

— Beau boulot ! commenta Graham, en laissant retomber le magazine.

— C'est pour ça que tu me paies à prix d'or, t'avais oublié ? exulta Harry, radieux. Cela dit, tu me rendrais la vie beaucoup plus facile si, au lieu de courir après cette rouquine, tu invitais juste Olivia à dîner.

— Il me semble bien que c'est plutôt à toi de me faciliter la vie. C'est ton job, non ? lui rétorqua Graham en se levant. (Il balança sa bouteille vide dans la poubelle, qui débordait, et envoya le magazine suivre le même chemin, pendant qu'il y était.) Et elle a un nom, figure-toi.

— Comment elle s'appelle ?

Graham avait déjà passé la porte.

Sur le plateau, la vie avait repris. Après une journée décevante en mer, on sentait une énergie palpable au Q.G. de production. Tous s'activaient avec la même détermination, animés par cette commune envie de passer l'éponge et de tout reprendre de zéro avec une nouvelle scène.

Il faisait presque nuit maintenant – sauf cette pâle traînée rose au ras de l'eau sur l'horizon – et, à une rue de là, les énormes projecteurs inondaient le trottoir de lumière, juste devant le bar où Jasper devait avoir sa grande révélation. Graham savait qu'il aurait dû déjà se concentrer sur sa prochaine réplique, mais il s'arrêta pour ressortir son téléphone de sa poche, impatient de voir si Ellie lui avait laissé un message. Il fut étonné de découvrir un mail de sa mère.

Là-bas, devant, une habilleuse lui faisait signe. Mais, au lieu de répondre à son invitation, il prit le temps de refermer la main sur l'écran pour mieux voir ce qui s'affichait. Il lut en diagonale : une série d'excuses, une liste d'activités déjà prévues pour ce week-end férié, des inquiétudes concernant le vol et le prix du voyage, des allusions comme quoi ils ne seraient pas à leur place parmi ses « amis du cinéma, de toute façon », et l'assurance qu'ils se rattraperaient à son retour en Californie.

Il lui fallut pourtant un moment pour bien comprendre la portée de ces quelques lignes.

Ils ne viendraient pas.

Il aurait dû s'y préparer. Rien n'avait pu le porter à croire qu'il avait la moindre chance d'obtenir autre chose qu'un refus. Et, pourtant, ce ne fut pas avant d'avoir abaissé son portable qu'il s'en rendit compte : contre toute attente, il avait vraiment compté sur leur venue.

L'habilleuse se tenait maintenant en face de lui. Elle s'éclaircit bruyamment la gorge. Il leva les yeux, un peu sonné quand même. Elle était petite, avec des épaules rondes, et elle avait au moins dix ans de plus que lui. Elle le regardait cependant avec une sorte d'admiration craintive, comme s'il lui faisait une fleur en daignant enfin s'apercevoir de sa présence.

— Quand vous voulez, lui annonça-t-elle.

Il hocha la tête et rangea son téléphone dans sa poche en veillant à garder un visage parfaitement impassible.

Même avec son costume sur le dos, même avec ses cheveux bien sculptés au gel, même après avoir été certifié « prêt à tourner », il ne s'était toujours pas défait de cette inexpressivité, de cette totale neutralité soigneusement entretenue, vacuité ménagée pour laisser la place à quelqu'un d'autre : Jasper et ses problèmes, Jasper et ses pensées, Jasper et ses sentiments compliqués pour Zoé.

Ce qui n'empêchait pas le reste d'être toujours là, juste sous la surface : Graham et ses problèmes, Graham et ses pensées, Graham et ses sentiments compliqués pour Ellie. Et plus encore : Olivia, qu'il avait autant envie de voir que de se pendre ; Harry, qui commençait à sérieusement l'énerver ; ses parents, qui l'avaient tellement déçu de ne pas venir, et cette maudite scène avec laquelle il avait hâte d'en avoir terminé pour pouvoir enfin aller retrouver Ellie, le seul véritable antidote à tout ce qui lui prenait encore la tête.

Ils finirent tôt. Mais, cette fois, ce n'était ni à cause du temps, ni à cause de la lumière. Et ce n'était assurément pas parce qu'il n'était pas parvenu à faire passer les bonnes émotions. Pour tout dire, ils n'avaient pas plus tôt remballé – une armée de manutentionnaires, sortis on ne sait d'où, commençaient déjà à démonter le décor – que Mick venait lui asséner une grande claque dans le dos.

— Plutôt intense ce que nous avons livré là, le félicita-t-il. En aurions-nous encore en réserve pour demain, crois-tu ?

Il eut un petit rire sec.

— Je vais voir ce que je peux faire.

Mais, ce qu'il pensait, au même moment, c'était qu'il voulait exactement le contraire. Il voulait du calme. Il voulait Ellie.

Tandis qu'il se rendait chez elle, il bascula la tête en arrière pour regarder le ciel, maintenant éclaboussé d'étoiles que les puissants projecteurs de plateau avaient noyées sous des flots de lumière artificielle un peu plus tôt. Là, il y en avait autant que de parasites sur un écran de télé resté allumé. Graham se souvint alors de cette boîte, chez lui. Elle contenait un télescope d'un autre âge que son père conservait précieusement à la cave. L'instrument était en bois sculpté de petits soleils et de petites lunes et, enfant, il n'avait eu qu'une seule envie : l'emporter à l'étage et le pointer sur la fenêtre pour capturer les étoiles dans ses lentilles incurvées. Mais il ne le voyait qu'une fois par an : quand son père étalait un linge au milieu de la table de la salle à manger et soulevait le télescope avec autant de précautions que s'il s'était agi d'un grand blessé à l'agonie.

— On ne peut vraiment pas l'essayer ? demandait-il chaque fois, penché sur le moribond, pendant que son père polissait le bois et nettoyait les lentilles avec un même chiffon velouté.

— Il est trop fragile, lui répondait invariablement son père. Il ne faudrait pas qu'il lui arrive quelque chose.

Il ne risquait pas de lui arriver grand-chose, vu qu'il ne lui arrivait jamais rien. Pour autant qu'il le sache, la pièce de musée dormait toujours dans son étui, en bas, à la cave, sous les toiles d'araignées, et ce qu'il s'était toujours efforcé d'accepter comme rationnel et sensé lui apparut soudain comme un gâchis monumental d'une rare stupidité.

Il n'avait pas encore atteint le sommet de la côte au bas de laquelle se trouvait l'allée des O'Neill qu'il courait déjà à moitié. Il y avait de la lumière dans la cuisine et, quand il parvint au pied des marches, il s'obligea à ralentir pour se laisser le temps de reprendre son souffle. Une fois devant la porte, il leva la main, respira un bon coup et… Non, il ne pouvait pas. Impossible de frapper.

Il fit les cent pas sur la terrasse, pas très sûr de bien comprendre ce qui lui arrivait. Brusquement, il était tétanisé. Il se planta devant la sonnette… et puis tourna les talons pour aller s'écrouler sur la balancelle. Il resta assis là, les coudes sur les genoux et le visage dans les mains. Mais qu'est-ce qui lui prenait ? Il n'avait jamais autant manqué d'assurance. Encore moins face à une fille ! Pas même dans sa vie d'avant.

Il était toujours dans la même position, recroquevillé sur lui-même, malheureux et prostré, lorsqu'il entendit un bruit de pas à l'intérieur. Il en eut des crampes d'estomac. Mais, quand la porte s'entrouvrit, ce fut la mère d'Ellie qui sortit. Elle haussa les sourcils sans mot dire. Graham se leva.

— Désolé de vous déranger. J'allais frapper…

Un début de sourire étira un coin de sa bouche : une expression qu'il avait déjà vue sur le visage de sa fille.

— C'est ce que j'ai cru… il y a environ dix minutes, lui rétorqua-t-elle. Je me suis dit que je ferais peut-être mieux d'accélérer le processus.

Il s'éclaircit la gorge.

— Est-ce qu'Ellie est là ?

— Oui. Mais il est tard.

Il savait qu'elle venait de lui signifier son congé, et sentit la moutarde lui monter au nez. Il redressa les épaules, bien décidé à camper sur ses positions : il refusait de s'en aller. Pas encore.

— Serait-il possible de la voir ? Juste une minute, insista-t-il.

— Je ne crois pas, non.

Il crut alors surprendre une lueur dans ses yeux : une pointe de pitié. Il lui fallut un petit moment pour comprendre ce que ça voulait dire, ce regard, pour en percevoir l'impact, se le prendre en pleine poitrine.

Ce n'était pas Mme O'Neill qui lui interdisait sa porte. Et ce n'était pas elle qui lui opposait ce refus.

C'était Ellie.

Cette brusque prise de conscience le laissa sans voix. Et il se trouva absolument incapable de poser la question qui s'imposait : « Pourquoi ? Qu'est-ce qui s'est passé ? » ou, pire que tout, « Qu'est-ce que j'ai fait de mal ? ». Faute de quoi, il baissa les yeux, rivant son regard aux planches inégales de la terrasse.

— C'est juste que ce n'est pas le bon soir, compatit Mme O'Neill, en lui posant la main sur l'épaule.

La question logique vint aisément, cette fois, quoiqu'il se soit un peu attendu à ce que la réponse ne soit pas plus agréable à entendre que la précédente.

— Demain alors ?

Elle hésita, ouvrant puis refermant la bouche. Au bout d'un moment, elle fit un petit « non » de la tête.

— Bonne nuit, Graham, lui dit-elle, avant de rentrer dans la maison, le laissant seul en haut des marches.

À l'intérieur, Bagel aboya au claquement de la porte. En s'écartant de l'escalier à reculons, Graham leva les yeux. Il n'y avait qu'une seule fenêtre éclairée au premier. Et, dans le rectangle clair, il aperçut une étagère pleine de livres. Pendant quelques secondes, il se laissa aller à imaginer la scène : Ellie pelotonnée sur son lit, le chien blotti contre elle… Rien que de penser à ça, il sentit quelque chose se briser au fond de lui.

Il avait lu les scripts : il savait comment l'histoire était censée se dérouler. Le garçon rencontre la fille. Le garçon plaît à la fille. Le garçon embrasse la fille.

Et après ? Après, les possibilités sont infinies. Mais une chose est sûre, cette situation-là n'en faisait pas partie : être planté là, du mauvais côté de la porte, sans avoir la moindre idée de ce qui avait bien pu se passer.

Il avait cru que c'était le début de quelque chose. Mais, de toute évidence, elle avait changé d'avis. Et il était scié de la rapidité avec laquelle tout s'était terminé, la fin arrivant avant que le début n'ait seulement eu le temps de commencer. Son pauvre télescope de cœur – cette chose précieuse et si fragile – aurait sans doute mieux fait de rester où il était, bien sagement rangé dans son coffret.

Seconde Partie

Brouillons sauvegardés

De : EONeill22@hotmail.com

Enregistré : jeudi 13 juin 2013 23 : 27

À : GDL824@yahoo.com

Objet : (pas d'objet)

Cher Graham,

Je suis vraiment désolée.

De : EONeill22@hotmail.com

Enregistré : dimanche 16 juin 2013 15 : 02

À : GDL824@yahoo.com

Objet : (pas d'objet)

Cher Graham,

De : EONeill22@hotmail.com

Enregistré : dimanche 16 juin 2013 15 : 05

À : thisisquinn@gmail.com

Objet : (pas d'objet)

Quinn,

Je suis trop désolée. Je voudrais pouvoir t'expliquer

De : EONeill22@hotmail.com

Enregistré : mardi 18 juin 2013 17 : 15

À : GDL824@yahoo.com

Objet : (pas d'objet)

G –

De : EONeill22@hotmail.com

Enregistré : mercredi 19 juin 2013 08 : 07

À : thisisquinn@gmail.com

Objet : (pas d'objet)

Q – est-ce qu'on pourrait se parler STP ?

De : EONeill22@hotmail.com

Enregistré : jeudi 20 juin 2013 21 : 29

À : cbodine@harvard.edu

Objet : (pas d'objet)

Chère Madame Bodine,
Je voulais vous informer que je ne suis plus en mesure de participer au stage de poésie en août. Malheureusement, je ne dispose pas des fonds nécessaires pour

De : EONeill22@hotmail.com

Enregistré : jeudi 20 juin 2013 21 : 38

À : paul_whitman@whitman.senate.gov

Objet : (pas d'objet)

De : EONeill22@hotmail.com

Enregistré : vendredi 21 juin 2013 19 : 18

À : GDL824@yahoo.com

Objet : (pas d'objet)

Salut Graham,

De : EONeill22@hotmail.com

Enregistré : dimanche 23 juin 2013 10 : 10

À : cbodine@harvard.edu

Objet : (pas d'objet)

Chère Madame Bodine,
Je suis tellement navrée de ne pas pouvoir venir à Harvard pour le stage de poésie, en fin de compte. Malheureusement, j'ai eu un petit changement de programme : mes parents et moi prenons des vacances en famille à ces dates-là.

De : EONeill22@hotmail.com

Enregistré : lundi 24 juin 2013 16 : 51

À : thisisquinn@gmail.com

Objet : (pas d'objet)

Quinn,

C'est débile. Il faut vraiment qu'on se parle. On ne peut pas se voir 1 2 C 4 ?

Bises,

Ellie

De : EONeill22@hotmail.com

Enregistré : mercredi 26 juin 2013 22 : 34

À : GDL824@yahoo.com

Objet : (pas d'objet)

Cher Graham,

J'espère que tout se passe bien sur le tournage...

De : EONeill22@hotmail.com

Enregistré : jeudi 27 juin 2013 15 : 40

À : GDL824@yahoo.com

Objet : (pas d'objet)

Hello

De : EONeill22@hotmail.com

Enregistré : vendredi 28 juin 2013 23 : 11

À : GDL824@yahoo.com

Objet : (pas d'objet)

Salut

De : EONeill22@hotmail.com

Enregistré : dimanche 30 juin 2013 07 : 31

À : GDL824@yahoo.com

Objet : (pas d'objet)

Bonjour

De : EONeill22@hotmail.com

Enregistré : lundi 1er juillet 2013 08 : 24

À : GDL824@yahoo.com

Objet : (pas d'objet)

Tu me manques

Chapitre 13

C'était quasiment impossible d'éviter quelqu'un dans une petite ville comme Henley. Il n'y avait pas des tonnes de feux rouges et de carrefours. Il n'y avait pas trois mille restaurants ni endroits où aller. Il n'y avait pas cinquante arbres au tronc assez large pour pouvoir se planquer au dernier moment.

Aussi, après presque trois semaines à esquiver victorieusement Graham, Ellie n'était-elle pas peu fière. Elle ne l'avait aperçu que deux fois. Et encore, de loin ! Et il était toujours suffisamment entouré (de paparazzi, de gens de l'équipe du film et de fans) pour se faire immédiatement repérer.

Quinn semblait inévitable, en revanche : à croire qu'elle était partout. Ce qui ne voulait pas dire qu'elles s'étaient reparlé pour autant (toujours pas). En fait, elles avaient à peine échangé un mot depuis des semaines.

Quand Ellie rentrait de chez *Sprinkles*, sa mère, qui ne s'était rendu compte de rien, ne manquait jamais de lui demander :

— Comment va Quinn ?

Que faire sinon afficher un grand sourire pour lui resservir invariablement « Très bien » au lieu de lui répondre ce qui lui venait spontanément à l'esprit : « Je n'en ai pas la moindre idée » (franchement trop déprimant pour qu'elle puisse le reconnaître à haute voix).

Ce n'était pas vraiment sa faute, cette dispute avec Quinn, et, si Quinn n'était pas une vraie tête de mule, ç'aurait déjà été réglé depuis longtemps. Il n'en demeurait pas moins que c'était quand même elle, Ellie, qui était à l'origine de toute l'histoire. Et elle aurait donné n'importe quoi pour se faire pardonner. Elle lui avait écrit des tonnes de mails, pourtant. Mais elle avait été incapable de les envoyer. Et elle avait préparé des tonnes de plaidoyers. Mais elle n'avait jamais été capable de les prononcer.

Quinn avait pris l'habitude d'amener Devon à la boutique, maintenant. Il lui servait un peu de bouclier, interdisant, par sa simple présence, toute véritable discussion. Ils s'asseyaient tous les deux à un bout du comptoir, bavardant et blaguant, pendant qu'Ellie se tenait bêtement à l'autre bout (aussi loin d'eux que possible, vu l'immensité de l'endroit). De temps en temps, Quinn lui demandait bien un petit pot ou une cuillère, prenant alors le genre de ton poli – et glacial – qu'on pourrait adopter avec un inconnu sur lequel on n'a entendu que des horreurs. Mais ça s'arrêtait là. Et les jours de canicule, quand un soleil écrasant s'abattait sur le petit bourg avec une intensité vengeresse, Quinn ne se donnait même plus la peine de vérifier si elle avait mis de la crème solaire.

Il y avait à peu près une semaine, juste quand Ellie commençait à se demander si elle n'avait pas fini par devenir invisible, elle les avait entendus parler d'une fête sur la plage.

— Une grosse soirée en perspective ? leur avait-elle lancé, aussi naturellement que possible.

Elle s'était alors heurtée à un long silence pesant. Quand il était devenu évident que Quinn n'allait pas lui répondre, Devon s'était dévoué.

— Juste un barbecue, lui avait-il assuré, après s'être bruyamment raclé la gorge. Le truc basique, quoi.

— Ce qui veut dire : « Pas de *people* », avait craché Quinn, sans daigner lui accorder un seul regard.

Ellie avait eu du mal à avaler sa salive. Quinn ne pouvait pas savoir ce qui s'était passé entre Graham et elle, et il aurait été si facile, sur le moment, de tout déballer, de jouir du plaisir de voir la tête de sa tortionnaire quand elle réaliserait : d'abord la culpabilité de l'avoir laissée tomber en un moment pareil, puis le regret de n'avoir pas été là, et puis la compassion pour ce qu'elle était en train d'endurer.

Mais elle ne voulait pas de sa pitié. Ce qu'elle voulait, c'était regagner son amitié.

Sans compter que tout lui raconter, c'était fatalement se retrouver confrontée à la plus difficile des questions : pourquoi avait-elle quitté Graham, déjà, pour commencer ? Ce qui les ramènerait à leur point de départ : un secret qui devait le rester.

— C'est sur quelle plage ? avait-elle hasardé.

Pour la première fois, Quinn avait tourné les yeux vers elle. Il y avait des éclairs dans ses prunelles.

— C'est un *secret*, lui avait-elle rétorqué, d'un ton lourd de sous-entendus.

Après ça, Ellie avait laissé tomber. Ce n'était même pas la peine d'essayer. Au contraire, elle s'était mise à ignorer Quinn avec la même obstination que Quinn mettait à la snober. Ce qui n'avait servi qu'à élever, entre elles, un mur encore plus épais que s'il n'avait été dressé que d'un seul côté.

N'empêche, avec Graham, c'était encore pire. Ça allait peut-être prendre du temps avec Quinn, mais elle savait, par expérience, qu'à un moment ou à un autre son amie finirait par revenir.

Alors qu'avec Graham elle avait bien peur d'avoir cassé quelque chose. Quelque chose qui ne pourrait jamais être réparé. Cette nuit-là, quand il était venu chez elle, elle était restée assise en haut de l'escalier, recroquevillée sur les marches, à écouter les voix qui lui parvenaient à travers la porte d'entrée, priant pour avoir le courage de descendre demander à sa mère de le laisser entrer, le courage de lui dire que rien d'autre ne comptait : ni le passé, ni les secrets, ni – encore moins – son père.

Mais elle avait tranché. Elle lui avait tourné le dos, ce jour-là, sur le port, et, maintenant, elle en était réduite à ce pitoyable jeu de cache-cache, se faufilant perpétuellement comme une voleuse pour ne pas retomber sur lui en ville.

Parce que, pour être tout à fait honnête, elle n'était pas très sûre de réussir à lui tourner le dos une seconde fois.

Donc, aujourd'hui, comme tous les autres jours, Ellie se tenait sur le seuil de la boutique maternelle, regardant bien à droite et à gauche avant de se risquer dehors. Ça faisait à peine trois semaines qu'elles étaient parvenues à réunir l'argent pour faire réparer la clim à la maison. Et voilà que celle du magasin venait de lâcher, toussant lamentablement avant de s'éteindre avec un dernier râle déchirant. Et dire que c'était la journée la plus chaude de l'été ! Après avoir alterné, toute la matinée, frénétiques coups d'éventail et coups de poing énervés sur ce fichu tas de ferraille qui refusait de faire son boulot comme tout le monde, sa mère l'avait donc finalement envoyée leur chercher du thé glacé.

Sur la place du village, on avait installé un arrosage automatique et quelques gamins en maillots de bain s'amusaient à traverser les jets d'eau en courant. Toute la ville ou presque était restée cloîtrée, en attendant que cette infernale chaleur de four veuille bien enfin tomber. Ce qui n'empêchait pas Ellie de surveiller la place avec des airs stressés de criminelle en cavale, jetant des regards furtifs aux magasins de l'autre côté.

Un an auparavant, le seul snack de la ville avait remplacé le petit bazar du coin baptisé « Chez Marv ». D'aussi loin que quiconque, ici, s'en souvienne, *Chez Marv* avait toujours été là : une véritable institution à Henley. Du coup, petit clin d'œil à la tradition, la boutique s'appelait maintenant « La Sandwicherie où se trouvait *Chez Marv* avant », interminable nom qui était forcément écourté en… *Chez Marv.* Dès qu'elle franchit le seuil, Ellie poussa un soupir de soulagement. Cette fraîcheur ! C'était comme si on lui ôtait le poids de la chaleur, comme si on la débarrasserait d'un manteau trop épais et trop lourd. Elle avait toujours les joues en feu et son débardeur lui collait toujours à la peau, mais elle se sentit tout de suite mieux. Elle avait la divine sensation d'entrer dans un réfrigérateur.

Il y avait la queue au comptoir. Elle resta donc près de la porte, trop contente de pouvoir s'attarder juste sous la ventilation. Contre la vitrine était disposée une petite table avec les journaux du jour. Elle prit le quotidien local et se mit à le feuilleter distraitement.

— Qu'est-ce que je te sers, mon p'tit ? lui demanda Meg, la propriétaire des lieux, qui était remontée tout au bout du comptoir, un petit carnet dans une main, un crayon dans l'autre.

— Ça va, lui dit Ellie, en agitant un coin du journal. Je peux attendre.

Il était de règle, ici, que les locaux soient servis en premier. Mais elle n'était pas vraiment pressée de retourner au magasin de sa mère, qui avait tout d'une fournaise aujourd'hui.

Meg haussa les épaules.

— Tu as l'air d'avoir chaud, s'apitoya-t-elle. Je ne peux pas t'apporter ne serait-ce qu'une petite limonade bien fraîche, un thé glacé ou je ne sais pas, moi ?

— C'est ce que je venais chercher, en fait, reconnut Ellie. Je voudrais deux thés glacés, s'il vous plaît.

Meg acquiesça de la tête, puis se fraya un chemin vers le fond du magasin. Ellie retourna à son journal. Elle était tombée par hasard sur la page des annonces immobilières et parcourait vaguement un article sur la façon dont la disparition progressive du littoral, sur une des îles de la barrière de corail, affectait les prix des énormes propriétés qui s'y trouvaient, quand un nom familier attira son regard dans une étroite petite colonne en bas de page :

> Alors qu'il se prépare à profiter du prochain week-end férié pour prendre un repos bien mérité, le sénateur Paul T. Whitman a confié aux journalistes qu'il avait l'intention d'oublier jusqu'au sens du mot « travail » pendant quelques jours.

« Nous allons célébrer la naissance de l'Amérique, disait-il. Je ne vois pas de meilleure raison pour arrêter de travailler et me détendre en famille. »

L'aspirant candidat à la présidence va passer quatre jours dans le pittoresque village de Kennebunkport, dans le Maine, connu pour avoir été la résidence d'été de l'ancien président George H.W. Bush.

Whitman, sénateur du Delaware, suivrait-il donc les traces de George Bush père ?

« L'avenir nous le dira, a-t-il répondu en riant. Mais pas de politique ce week-end. Je n'ai d'autre projet que d'emmener mes fils faire une partie de pêche et de me relaxer. »

Ellie abaissa le journal en clignant des yeux.

Kennebunkport se trouvait à moins d'une heure de route. C'était à cause de ça, de cette proximité, que ses mains tremblaient. Certes, elle savait bien qu'il était quelque part, son père. Elle ne lui avait, cependant, jamais prêté plus d'attention qu'à une lointaine planète, toujours en mouvement, toujours en orbite autour d'elle, mais jamais assez proche pour qu'elle s'en préoccupe vraiment. Toute sa vie, elle avait entendu parler de lui aux infos, écouté ses discours, suivi ses campagnes, ses vacances en famille, ses dîners en ville et ses galas de charité. Mais elle n'en savait pas plus sur son compte que n'importe quel Américain moyen.

En un sens, il était l'exact opposé de Graham, pour elle : quelqu'un que, en toute logique, elle aurait dû connaître mieux que personne, quelqu'un qui aurait dû représenter beaucoup plus qu'un simple nom dans un journal. Alors qu'il n'y avait strictement aucune raison au monde pour qu'elle ait été amenée à connaître Graham Larkin. Pas mieux, en tout cas, que ces dizaines de gens qui se pressaient autour du plateau chaque jour dans l'espoir d'obtenir son autographe.

Elle en était là de ses réflexions lorsque la petite cloche au-dessus de la porte tinta. Elle tourna les yeux et… retint son souffle. À croire qu'il était sorti tout droit de sa tête pour se matérialiser de l'autre côté de la vitre, là, dans son tee-shirt bleu délavé assorti à la couleur de ses yeux cachés derrière des lunettes de soleil.

Elle fut si saisie de le voir qu'elle en eut un mouvement de recul. Il ne lui fallut pas plus de deux pas pour heurter le présentoir qui se trouvait derrière elle, celui des chewing-gums et des bonbons. Pendant une interminable et torturante seconde, l'ensemble vacilla… avant de basculer sur le sol, entraînant paquets et bacs en vrac dans sa chute, dont un qui se fendit littéralement en deux, envoyant valser des dizaines de pastilles mentholées dans tous les sens, comme autant d'insaisissables petites billes vertes.

Toute la boutique se retourna, tandis que Graham franchissait le seuil, abaissant ses lunettes pour mesurer l'ampleur du désastre par-dessus ses verres teintés. Ellie resta clouée sur place, même quand Meg déboula de derrière le comptoir avec un balai.

— C'est rien, c'est rien, répétait cette dernière, ses mots résonnant étonnamment fort dans un soudain silence de mort. Je voulais justement le décaler, ce présentoir.

Meg passa en coup de vent devant Graham, sans s'émouvoir le moins du monde de sa présence dans sa boutique, comme si elle ne l'avait pas reconnu, et se mit en devoir de réparer les dégâts, pendant qu'Ellie demeurait figée comme une statue au beau milieu de la marée colorée qu'elle avait provoquée. Elle ne pensait qu'à son débardeur sale, à sa queue-de-cheval de travers, trop consciente d'avoir passé toute la matinée à transpirer dans le coin d'un magasin où trônait un homard en peluche géant. Elle se rendit alors compte qu'elle agrippait toujours le journal et le roula en tube. Elle ne savait toujours pas quoi dire, quoi faire et ne pouvait que regarder fixement par terre, impuissante et parfaitement inutile.

Graham avait laissé la porte claquer derrière lui et, sans un mot, s'était accroupi à côté de Meg pour ratisser à deux mains les pastilles mentholées qu'il rassemblait en tas sur le sol carrelé. Tous les autres clients observaient la scène avec de grands yeux, apparemment aussi médusés qu'Ellie, laquelle ne pouvait s'arracher à la contemplation de son dos, ce large dos qu'elle avait suivi, ce jour-là, sur la plage… Son cœur se mit à cogner comme un sourd. Bien que toujours plantée sous la ventilation, brusquement, elle eut des suées, les yeux qui la piquaient et le visage qui la démangeait. Elle se demanda si ce n'étaient pas les symptômes avant-coureurs d'un coup de chaleur.

— Catastrophe évitée, annonça triomphalement Graham, en se redressant, tandis que Meg filait dans l'arrière-boutique avec sa pelle et son balai.

Les autres clients avaient commencé à se rappeler pourquoi ils étaient venus, à la base, se retournant vers le comptoir pour commander leurs sandwichs. Au grand soulagement d'Ellie, le calme inhabituel qui avait envahi la boutique fut rapidement chassé par le cliquetis des couverts et les éclats de rire.

— Merci, souffla-t-elle, incapable de lever les yeux vers lui, quoique sentant son regard posé sur elle (presque une brûlure).

Il s'éclaircit la voix et percha ses lunettes au sommet de son crâne. Quand il arqua un sourcil, la petite cicatrice en croissant de lune qu'il avait au-dessus de l'œil gauche bondit en même temps sur son front. Ellie sentit alors son cœur sauter dans sa poitrine comme s'il y était, lui aussi, relié par quelque fil invisible. Elle aurait voulu lui parler, mais elle avait la langue collée au palais et, avant qu'elle n'ait la chance de s'y essayer, la porte s'ouvrit de nouveau et tout le monde se tut en voyant entrer Olivia.

— Désolée, fredonna la belle blonde, en se dirigeant droit sur Graham, fraîche comme une rose et insupportable de coolitude. (Elle agita son Smartphone dont l'étui incrusté de pierreries étincela.) Mon agent. (Elle fronça le nez en découvrant la pastille de menthe qu'il avait sur le genou.) C'était toi, par terre ?

— On a eu un petit incident, lui répondit-il, en balayant la question de la main. « Le service nettoyage est demandé allée quatre ! » imita-t-il d'une voix nasillarde.

Olivia jeta un regard circulaire.

— Ils n'ont donc pas quelqu'un pour faire ce genre de chose, ici ?

— Si, ils ont, lui rétorqua Meg, qui venait soudain de réapparaître à leurs côtés, un gobelet de thé glacé suintant de condensation dans chaque main. Vous venez pour un sandwich, pour une table, ou pour les deux ?

— Les deux, j'imagine, avança Olivia, d'un ton qui manquait singulièrement de conviction, en découvrant la minuscule salle où s'entassaient des familles de touristes, attablées devant leur déjeuner servi dans des paniers en osier.

Évitant soigneusement le regard interrogateur de Graham, Ellie fourra le journal roulé sous son bras et prit les gobelets que lui tendait Meg.

— Il faut que j'y retourne, lui annonça-t-elle, après l'avoir chaleureusement remerciée.

— Sympa de t'avoir revue, lui lança alors Graham.

Ellie lui adressa un signe de tête protocolaire. Comme elle poussait la porte, elle entendit Olivia demander :

— Tu la connais ?

Elle n'attendit pas la réponse.

Une fois dehors, elle se força à traverser la place sur des jambes flageolantes. Elle se sentait suivie. Impossible de se défaire de cette impression. La porte du magasin maternel était ouverte, calée par un vieux casier à homard, et, bien qu'elle se soit pris l'insupportable touffeur qui régnait à l'intérieur comme un mur en pleine face, elle n'en éprouva pas moins un énorme soulagement d'être revenue.

Accoudée au comptoir, sa mère s'épongeait le front avec un bandana. En l'apercevant, elle se redressa.

— On dirait que tu viens de courir un marathon.

— C'est un peu l'effet que ça fait, soupira Ellie, en posant les gobelets de thé glacé tout ruisselants sur le comptoir.

Ouah ! Elle avait les mains qui tremblaient ! Elle s'efforça de les en empêcher pour glisser le journal qu'elle tenait sous le bras derrière un des bacs à jouets alignés à ses pieds, pour pouvoir le récupérer plus tard.

— Ça va ? s'alarma sa mère.

Elle hocha la tête.

— Je vais très bien, lui assura-t-elle.

Mais ce n'était pas tout à fait vrai. Elle était encore à moitié sonnée par ce qui venait de se passer ; elle avait été secouée par l'article sur son père ; elle était fatiguée de devoir toujours fuir Graham ; elle était malheureuse ; elle avait le cœur en miettes : elle était tout sauf bien.

— Tant mieux, lui répondit sa mère. Parce que je pensais justement qu'on pourrait finir les vitrines.

Ellie poussa un profond soupir. Sa mère avait l'épuisante manie de changer la déco des vitrines toutes les deux ou trois semaines.

— Aujourd'hui ? se récria-t-elle.

En fait, elle entendait plutôt : « Par cette chaleur ? »

— Ce n'est pas un plus mauvais jour qu'un autre, lui rétorqua sa mère avec flegme. Je me disais que, dans l'une, on devrait mettre l'échiquier aux crustacés, avec quelques coquillages autour peut-être, et, dans l'autre, quelques-uns de tes cadres.

— Bon, capitula Ellie, en se dirigeant vers les vitrines pour commencer à enlever les ballons de plage qui n'avaient pas quitté l'étalage depuis le début des vacances.

— Laisse, je vais m'en occuper, l'interrompit sa mère. Tu ne pourrais pas ajouter quelques poèmes dans les nouveaux cadres, plutôt ? Il nous en manque deux ou trois, maintenant.

Ellie se pencha pour récupérer le petit recueil qu'elle gardait toujours dans son sac. Elles avaient vendu deux cadres la semaine dernière, chacun avec un des poèmes domestiques d'Elizabeth Bishop à l'intérieur, et sa mère était persuadée que ceci expliquait cela. La cliente avait apparemment mis près d'un quart d'heure à les lire avant de se décider.

Elle s'installa sur le tabouret derrière le comptoir, hésitant déjà entre Auden et Yeats. Mais, lorsqu'elle ouvrit son livre, une feuille volante s'en échappa et, quand elle la rattrapa, elle se retrouva avec, entre les mains, un dessin.

Elle suivit des yeux les traits sur la page : un véritable exercice de géométrie appliquée, avec toutes ces arêtes droites comme des « i » et ces angles tracés au cordeau. C'était un peu comme quand on tombe dans un rêve : elle se perdait dans le dédale de ces lignes, filet de sécurité contre le souvenir refoulé du jour où elles avaient été tracées.

Elle effleura du pouce le petit trou que son crayon avait fait en traversant le papier quand elle l'avait interrompu. En arrière-plan, elle pouvait vaguement distinguer les mots imprimés. Lorsqu'elle retourna la feuille et découvrit le menu, elle se revit soudain dans la boutique avec Graham, une délicieuse odeur de chocolat dans les narines.

Elle resta longtemps assise comme ça, perdue dans ses pensées, tenant le dessin comme un miroir dans lequel elle se serait abîmée. Et puis, tout à coup, elle se leva et l'emporta dans le fond du magasin. Elle choisit un cadre (un robuste cadre noir) dont elle ôta le dos. En glissant le dessin dedans, elle prit soin de bien cacher, sous la bordure du bas, la signature : cette ligne grise irrégulière qui aurait pu dénoncer l'artiste.

Lorsqu'elle le rapporta pour le mettre en vitrine, sa mère fronça les sourcils.

— Mais, ce n'est pas un poème, ça, lui fit-elle remarquer.

Ellie l'ignora. Elle écrivit sur une petite fiche rose « Le dessin n'est pas à vendre » puis posa le cadre dessus, dans la vitrine, à côté des autres, incliné de telle sorte qu'il soit orienté vers le sud, là où il regarderait la mer et le port. Là où il regarderait Graham.

— Si, c'en est un.

De : GDL824@yahoo.com

Envoyé : mercredi 3 juillet 2013 11 : 44

À : EONeill222@hotmail.com

Objet : (pas d'objet)

Salut Evan,

On dirait que je vais être à la maison ce week-end, en fin de compte. Incroyable mais vrai, on a respecté le planning de tournage et je suis prêt à me barrer d'ici. Alors, si tu pouvais juste donner à manger à Wilbur samedi midi, il devrait tenir le choc jusqu'à ce que je rentre dans la soirée.

Encore merci, mec. Fais une bise au porc pour moi.

GL

Chapitre 14

À la seconde où il l'aperçut dans le snack, Graham comprit son erreur.

Il ne l'avait pas oubliée. Mais il l'avait bel et bien laissée tomber.

Et là, alors même qu'il était assis en face d'Olivia, il fut saisi d'une torturante et désespérante certitude : il était complètement passé à côté. Il aurait dû se battre. Il aurait dû retourner chez elle tous les soirs, l'appeler tous les jours, lui envoyer un mail tous les quarts d'heure. Il n'aurait pas dû s'avouer vaincu.

Il n'aurait pas dû baisser les bras.

Et, maintenant, il était trop tard.

Elle ne lui avait même pas accordé un regard. Pas un seul.

De l'autre côté de la table, Olivia plissait les yeux pour tenter de décrypter le menu écrit sur une ardoise au-dessus du comptoir.

— Comment ça, il n'y a pas de salade ? s'insurgea-t-elle d'un ton geignard, dont elle ne parvenait à se défaire que lorsqu'elle entrait dans la peau de son personnage.

— Je suis bien sûr qu'ils peuvent te mettre trois feuilles de laitue dans un bol, lâcha-t-il distraitement.

Elle le regarda comme s'il venait de lui suggérer de lécher le carrelage.

Ça faisait pratiquement trois semaines qu'il n'avait cessé d'imaginer ce qui se passerait s'il retombait sur Ellie quelque part. Mais aucun de ces scénarios ne prévoyait la présence d'Olivia.

— Excusez-moi, lançait cependant l'intéressée, en faisant signe à la dame qu'il avait aidée à ramasser les bonbons tout à l'heure. Serait-il possible d'avoir quelques feuilles de roquette ? Auriez-vous… une poire peut-être ? Ou, éventuellement, du fromage de chèvre ? (Elle se tourna vers lui avec un sourire étincelant.) Je rêverais d'un petit chèvre chaud !

Il était clair que leur interlocutrice avait le fou rire.

— On n'a que ce qu'il y a sur la carte, lui répondit-elle, en indiquant un panneau qui récapitulait toutes les options possibles (genre rosbif, dinde ou jambon). Et on commande au comptoir.

Graham se leva.

— J'y vais.

— Bon, je crois que je vais prendre un sandwich à la dinde, dans ce cas, déclara Olivia, en tirant son Smartphone de sa poche avec un soupir à fendre l'âme. Sans pain.

— Vous parlez d'un sandwich ! marmonna la dame, en contournant leur table pour retourner à son poste derrière le comptoir.

Plusieurs personnes proposèrent à Graham de le laisser passer. Il refusa poliment. Il jeta un coup d'œil par la vitre, là où il pouvait voir le magasin des O'Neill, de l'autre côté de la place, puis reporta son attention sur leur table où Olivia s'éventait d'une main soigneusement manucurée.

Harry n'avait pas arrêté de lui casser les pieds en essayant de le persuader que sortir avec Olivia serait ce qu'il pouvait faire de mieux pour sa carrière. Après avoir choisi son prochain film parmi le large éventail de scénarios étalés sur la table basse de sa chambre d'hôtel, s'entend. Chacun semblait pire que le précédent. Tous des histoires d'aliens, de robots et de vampires. Il y avait même une adaptation en comédie musicale d'une vieille série télé dans laquelle il devait jouer son propre jumeau et une bouffonnerie de potaches sur deux lycéens de seconde qui se faisaient passer, toute une soirée, pour des étudiants de fac.

— Je sais, je sais, compatissait Harry, chaque fois qu'il lui balançait un nouveau script. Il faut pourtant bien qu'on planifie la suite.

Il en était parfaitement conscient. Il ne voulait pas prendre le premier navet qui passait pour autant.

Au cours de ces dernières semaines, il s'était jeté à corps perdu dans le tournage, abordant chaque nouvelle scène avec un regain d'énergie, ne ratant jamais aucune de ses marques, servant ses répliques à la virgule près. Le soir, il s'endormait sur son inconfortable lit d'hôtel avec une copie annotée du script dans les bras et, le matin, il répétait son texte sous la douche et en se brossant les dents.

Il faut dire qu'il n'y avait pas grand-chose à faire d'autre, à Henley. Sans Ellie, il s'était senti de plus en plus à l'étroit dans ce petit port du Maine, et il commençait à en avoir marre de déjeuner tous les midis dans sa loge et de dîner tous les soirs dans sa chambre d'hôtel. Harry lui tapait sur les nerfs et Mick n'avait que le boulot à la bouche. Il lui arrivait bien de jouer aux cartes avec les autres membres de l'équipe, mais la plupart étaient plus vieux que lui et il finissait toujours par se retrouver en solo à ne pas trop savoir quoi faire de ses dix doigts. Il n'y avait pas beaucoup de trucs plus déprimants que se réveiller tout seul devant un écran de télé neigeux, avec une assiette à moitié pleine sur un plateau de room-service, en travers d'un lit d'hôtel défait.

Hier soir, en allumant la télé, il avait été surpris de tomber sur une rediff de *Du silence et des ombres.* Il ne l'avait pas revu depuis qu'il était gamin, pelotonné sur le canapé, bien calé entre ses parents, partageant avec eux le traditionnel saladier de pop-corn. Il s'était retrouvé tout aussi captivé par le film, fasciné par la puissance intemporelle de l'émotion qu'il suscitait : un vrai et grand classique. Tous ses petits camarades pouvaient bien se garder leurs « *dance movies* », leurs comédies salaces et leurs films d'action. Ce qu'il voulait faire, lui, c'était un truc comme ça, avait-il alors réalisé. Un truc qui comptait.

Sur le chemin du plateau, ce matin, Olivia avait aligné son pas sur le sien. Il savait qu'elle avait déjà signé ses deux prochains films : un Disney sur une princesse d'aujourd'hui et une comédie sur deux colocs de fac. Même s'il ne pouvait s'empêcher d'émettre quelques doutes sur ses choix, en un sens, il l'enviait. Elle savait exactement ce qu'elle voulait, et elle savait exactement où elle allait. Il était loin de pouvoir en dire autant.

— Qu'est-ce que tu fais pour le 4 Juillet ? lui avait-elle demandé, en ajustant ses lunettes de soleil, tandis qu'ils se dirigeaient vers toutes ces caméras qui les attendaient, perchées sur des dollies, prêtes à les pister lorsqu'ils descendraient la rue, un peu plus tard dans la matinée.

Quand Mick avait suggéré qu'ils pourraient bosser tout le week-end, il y avait eu une véritable mutinerie, tant parmi les acteurs qu'au sein de l'équipe technique. Il ne restait que trois jours de tournage – moins même, pour lui, puisqu'il était censé finir avant midi le deuxième jour – et le réalisateur avait voulu embrayer directement pour pouvoir rentrer à L.A. Mais, après un mois de boulot non-stop, sans un seul jour de repos, tout le monde avait désespérément besoin d'un break. Alors Mick avait fini par céder. Ils auraient leur week-end férié, avant de revenir boucler le tournage. Du coup, tout le monde semblait tirer des plans sur la comète. Graham avait entendu certains des techniciens parler de louer un bateau pour aller se faire une petite virée arrosée en mer, tandis que d'autres comptaient prendre part aux festivités locales.

— Je pense aller passer la journée à Manhattan, avait poursuivi Olivia, sans lui laisser le temps de répondre. Je commence à oublier à quoi ressemble le monde civilisé.

— Sympa, avait-il commenté.

Elle lui avait jeté un regard en coin.

— Tenté ?

Il avait haussé les sourcils.

— De faire un saut à New York ?

— À Manhattan, avait-elle rectifié, comme si ça n'avait strictement rien à voir. Ça te ferait du bien de quitter ce trou, avoue.

Bizarrement, l'idée l'avait plutôt séduit. Surtout après toutes ces journées de solitude. Il s'était quand même demandé si elle était sérieuse. Il l'avait dévisagée pour essayer de savoir si c'était vraiment une invitation, si elle avait vraiment envie qu'il vienne. Serait-il possible qu'elle ait des sentiments pour lui, que ce ne soit pas uniquement pour se faire de la pub ?

Avant qu'il n'ait pu se décider, elle avait ajouté avec un sourire entendu :

— Évidemment, ce n'est pas L.A. Mais je suis sûre qu'on ne passera pas totalement inaperçus. (Elle avait ralenti en approchant de sa loge.) Tu n'as encore rien de prévu, si ?

Il avait repensé à l'idée qu'il s'était faite de son 4 Juillet : un défilé, un feu d'artifice, des cierges magiques, des fanfares… les festivités d'une petite ville, et l'occasion de passer un peu de temps avec ses parents. Il n'avait jamais répondu au mail de sa mère et il n'avait plus entendu parler d'eux, jusqu'à la semaine dernière, quand elle l'avait appelé « juste pour lui dire un petit coucou ». Ils avaient passé dix minutes à parler du temps qu'il faisait en Californie et de ce qu'elle lisait pour son club de lecture. Lorsqu'elle l'avait interrogé sur le film, il avait détourné la conversation, comme il le faisait toujours dès que ses parents abordaient le sujet. Cet intérêt poli le glaçait. Mais, quand elle avait évoqué le barbecue des voisins pour le 4 Juillet, il n'avait même pas pu articuler un mot.

— Chéri ? s'était étonnée sa mère, en ne l'entendant plus, sa voix toute fluette au bout du fil.

— Super, avait-il sèchement commenté.

Elle avait soupiré.

— Je suis désolée qu'on ne puisse pas venir, avait-elle dit au bout d'un moment. Tu sais comment est ton père : dès qu'il s'agit de voyager…

— C'est bon, maman.

— Et toi, qu'est-ce que tu vas faire ?

— En fin de compte, je vais être obligé de travailler, de toute façon, avait-il menti, sachant pertinemment qu'il allait sans doute occuper ces journées de fête comme il avait occupé toutes celles qui les avaient précédées depuis qu'il était ici : en faisant des grandes balades alentour, en regardant les bateaux rentrer au port, en matant des films, en gribouillant un ou deux dessins et en prenant des nouvelles de Wilbur auprès du mec qui s'en occupait. Il l'avait fait si souvent, ces derniers temps, qu'il avait fini par ne plus obtenir que les plus sarcastiques commentaires en réponse, du style « cochon en vadrouille » ou « le porc n'est plus dans nos murs ».

Lui qui avait été si content de quitter L.A., de se retrouver ici ! Il s'était même dit que quatre petites semaines ne suffiraient jamais. Il se rendait compte, à présent, que tout ce que cet endroit avait de si attirant ne tenait, en fait, entièrement et exclusivement qu'à Ellie : maintenant qu'elle ne figurait plus au générique, il ne lui restait plus qu'à rentrer chez lui.

Mais ils avaient encore quelques jours à tirer et là, franchement, il ne pouvait plus supporter l'idée d'un énième déjeuner en tête à tête avec Harry.

— Je ne peux pas, avait-il répondu à Olivia, qui attendait toujours sa réponse pour New York. Mais qu'est-ce que tu fais à midi ?

Pendant qu'ils déjeunaient (ou plutôt, qu'*il* déjeunait, vu qu'Olivia se contentait de taquiner son tas informe de dinde et de laitue du bout de sa fourchette), il faisait de son mieux pour meubler la conversation. Ce n'était pas gagné. Olivia ne cessait de regarder autour d'elle, comme s'ils étaient dans un club huppé de L.A. et que, d'une seconde à l'autre, un des « riches et célèbres » de Hollywood allait faire son entrée. Il essayait de lui poser ce qu'il jugeait être de vraies questions (où elle était née, comment étaient ses parents…) au lieu de lui resservir le baratin habituel du milieu sur ses prochains films et comment elle avait débuté dans le métier. Il sentait cependant trop la présence de tous ces gens assis autour d'eux et les tables étaient trop rapprochées pour qu'on puisse parler ouvertement de quoi que ce soit de personnel. De toute façon, Olivia ne l'écoutait que d'une oreille, partageant son temps entre son assiette et son Smartphone.

Il n'était pas tout à fait là non plus, pour être honnête. Sa rencontre avec Ellie l'avait bien trop secoué pour qu'il puisse réussir à se concentrer.

En se dirigeant vers la sortie, ils signèrent quelques autographes et il déposa son obole dans le bocal à pourboires. Dehors, les photographes avaient fini par les retrouver. Comme d'habitude, Graham rechaussa ses lunettes noires, baissa la tête et se mit à marcher à grandes enjambées vers le plateau. Mais Olivia glissa son bras sous le sien, l'obligeant à ralentir. Il comprit alors que, si tout ce cirque médiatique le faisait fuir, Olivia, elle, y prenait plaisir. Il se demanda si elle profitait de sa présence pour faire monter sa cote de popularité ou si elle aimait vraiment attirer l'attention. Il adopta sa démarche nonchalante et se pavana avec elle aussi longtemps qu'il put, avant de finir par lui murmurer, les dents serrées :

— Il faut qu'on y retourne.

— Ce n'est pas comme s'ils risquaient de commencer sans nous, de toute façon, ironisa-t-elle entre haut et bas. C'est ça l'avantage d'être une star.

— Vous êtes ensemble, maintenant ? lança alors un des paparazzi, en leur faisant un clin d'œil.

Olivia haussa les sourcils et se contenta de lui adresser un sourire énigmatique.

Le court trajet lui parut interminable. Quand ils atteignirent le bout de la rue, il éprouva un incroyable soulagement en apercevant Harry et ne mit pas longtemps à se dépêtrer de l'étreinte d'Olivia en le voyant approcher, visiblement ravi de les trouver bras dessus bras dessous.

— Venez, venez, les héla-t-il, en leur faisant franchir les barrières métalliques qui séparaient le plateau du reste de la rue, laissant le crépitement des appareils photo derrière eux.

Tandis qu'ils se dirigeaient vers les loges, Harry se retourna vers eux avec un petit sourire satisfait.

— Alors ce déjeuner, c'était bien ?

— Un vrai repas gastronomique, persifla Olivia, en levant les yeux au ciel.

— J'ai trouvé ça bon, moi, répondit Graham, sans trop savoir pourquoi il se sentait obligé de prendre la défense du snack local.

— Je n'en doute pas, railla-t-elle de plus belle, en se tournant vers Harry. Je l'ai trouvé pratiquement en train de manger par terre.

— Quelqu'un avait renversé un présentoir de bonbons, se justifia aussitôt Graham. Je les aidais juste à ramasser.

— Que ce quelqu'un se trouve être plutôt sexy ne gâchait rien non plus, chantonna Olivia, en riant. J'ignorais que tu avais un faible pour les rousses.

Graham sentit sa mâchoire se crisper et, quand il coula un coup d'œil vers Harry, il ne fut qu'à moitié étonné du regard noir que ce dernier lui décochait.

— Je ferais mieux d'y aller, déclara-t-il subitement.

Olivia leva les yeux de son Smartphone.

— Merci pour le déjeuner, lui lança-t-elle distraitement.

Harry le suivit sans un mot jusqu'à sa loge. Une veine saillante lui battait la tempe. Une fois à l'intérieur, il claqua la porte derrière lui et croisa les bras.

— La rouquine ? La même rouquine ?

— Et alors ? lui rétorqua Graham, en tirant une chaise. Moi qui croyais que tu serais content de mon rendez-vous galant avec Olivia. Ne t'inquiète pas, elle a fait ce qu'il fallait pour qu'il y ait toutes les photos qu'on veut, et même plus.

— Écoute, reprit Harry, en attrapant son attaché-case sur le canapé et en se mettant à fouiller dedans. Tu sais que je ne pense qu'à ton bonheur…

Graham ricana.

— … mais tu ne peux pas te compromettre avec cette fille, poursuivit son agent.

— Avec Olivia ? lui répondit-il, préférant jouer les innocents.

Harry le fusilla du regard.

— Avec Ellie O'Neill.

En entendant son nom, Graham sursauta.

— Comment tu sais ?

— J'ai fait ma petite enquête, lui avoua Harry, en s'empressant de lever les mains pour se disculper. C'est mon job, OK ? (Il sortit une grosse enveloppe brune de sa mallette.) Je n'avais pas l'intention de t'ennuyer avec ça, vu le peu de temps qu'il nous reste à passer ici. Mais je constate que tu es toujours accro à cette…

— Pas du tout, se défendit Graham (un peu trop vite peut-être).

— … fille et que tu ne t'es toujours pas remis de ce qui s'est passé entre vous…

— Ce n'était pas du tout ce que tu…

— … mais je voulais être bien sûr qu'au moins c'était en connaissance de cause, acheva Harry, en lui tendant l'enveloppe.

Graham ne fit aucun geste pour la prendre.

— C'est juste que ce n'est pas le moment de te retrouver impliqué dans une histoire qui pourrait bien se révéler… pas très nette. Pas maintenant, en tout cas.

— Ça ne te regarde pas, lui répliqua Graham, en lui rendant son regard noir.

— Ça ferait mauvais effet, insista Harry, comme s'il ne l'avait pas entendu. La presse se jetterait dessus. Ça pourrait porter un coup à ton image dont on ne se remettrait pas. On ne peut vraiment pas se permettre ça.

L'enveloppe se balançait toujours dans sa main tendue. Quand il comprit que Graham ne la prendrait pas, Harry la laissa tomber sur la table, où elle s'écrasa avec un bruit mat, et se leva.

— Fais-moi confiance, c'est pour ton bien, ajouta-t-il, avant de traverser le van en sens inverse.

Un rayon de soleil éclaboussa la moquette quand il ouvrit la porte, puis disparut.

Enfin seul !

Graham examina sans bouger la grosse enveloppe brune, tiraillé entre l'envie de l'ouvrir et celle de la flanquer à la poubelle. Il ne parvenait pas à imaginer ce que Harry avait bien pu découvrir. Il nc voyait absolumcnt pas pourquoi il avait entrepris de telles recherches, d'ailleurs. Et il n'était pas persuadé de vouloir le savoir.

Il se prit à repenser à ses premiers mails avec Ellie, ce simple échange de mots qui s'était fait si naturellement, tous ces messages entre eux, à propos de pas grand-chose, quand on y réfléchissait bien, mais qui avaient pourtant réussi à leur donner la sensation de partager quelque chose d'important. De *tout* partager.

Mis à part aujourd'hui, ça faisait des semaines qu'ils ne s'étaient pas revus. Et, même si elle lui manquait, même s'il n'aurait pas demandé mieux que d'aller frapper à sa porte pour la prendre encore une fois dans ses bras, c'était encore bien plus que ça. Déjà, ne pas pouvoir lui *écrire* ! Il en avait été le premier étonné, mais jamais il n'aurait imaginé que ce serait devenu un besoin à ce point. Pendant tous ces mois, elle avait été la personne à l'autre bout de toutes ses divagations et, maintenant qu'elle n'était plus là, ses pensées tournaient en rond dans sa tête comme des lucioles dans un bocal. Il ne s'était pas rendu compte de ce que ça pouvait représenter d'avoir quelqu'un à qui parler comme ça. Il n'avait pas compris que ça pouvait être une sorte de bouée de sauvetage et que, sans ça, il n'y aurait plus personne pour le sauver s'il commençait à couler.

Il donna une petite pichenette au coin du paquet, le faisant glisser un peu plus près. Il réalisa alors combien il mourait d'envie de découvrir ce qui se trouvait à l'intérieur, de découvrir tout ce qui pouvait, de près ou de loin, concerner Ellie O'Neill, aussi infime, aussi insignifiant que ce soit. Et peu importait ce que c'était ou ce que ça pouvait vouloir dire.

L'enveloppe le narguait, énigmatique dans sa robe brune de document officiel.

Elle avait tout d'un secret scellé.

Il commettait sans doute une énorme erreur.

Mais, au bout d'un moment, n'y tenant plus, il tendit la main…

De : EONeill22@hotmail.com

Envoyé : mercredi 3 juillet 2013 13 : 21

À : thisisquinn@gmail.com

Objet : drapeau blanc

Est-ce qu'il y aurait la moindre chance d'un cessez-le-feu ? Je sais que tu m'en veux encore, mais j'aurais bien besoin d'une amie en ce moment. (Et pas n'importe quelle amie...)

Chapitre 15

Il faisait une chaleur à ne pas bouger un cil et, une fois la déco des vitrines terminée, Ellie tira un tabouret pour aller s'asseoir devant le ventilo – qui, hélas, ne servait qu'à brasser l'air moite du magasin comme une soupe dans son chaudron. Les rares clients qui avaient eu le courage de s'aventurer jusque-là étaient repartis avant d'avoir fait deux pas à l'intérieur, la touffeur de l'endroit se révélant encore plus insupportable que la fournaise des rues brûlées par le soleil.

Finalement, vers quatorze heures, sa mère capitula.

— J'ai l'impression d'être en train de cuire, soupira-t-elle, en se levant. Allez, on ferme et on débarrasse le plancher.

— Mais où veux-tu qu'on aille ? protesta mollement Ellie, s'adressant au ventilateur qui fit résonner sa voix.

Elle connaissait déjà la réponse, pourtant. Elles iraient là où elles allaient toujours.

Une demi-heure plus tard, elles étaient en route pour la plage. Pas celle du bourg, où tous les touristes allaient se dorer la pilule sur les rochers comme une colonie de phoques échoués. Ni celle du mini-club, avec ses maîtres nageurs et ses zones de baignade bien délimitées. Ni même la plage de sable abritée derrière la jetée des pêcheurs.

Non, elles se rendirent à la crique.

Après avoir accroché une pancarte à la porte du magasin (« Cuites à point. Revenez demain »), elles étaient passées à la maison enfiler leurs maillots de bain, prendre des serviettes, récupérer le chien, et se dirigeaient maintenant vers la petite anse qui se trouvait en bas de la côte, pas très loin, une crique si tranquille, si isolée, qu'elles avaient fini par la considérer comme leur plage privée. Depuis qu'Ellie était toute gamine, c'était toujours là qu'elles s'étaient réfugiées, armées de crème solaire et de serviettes, l'été, de cidre et de couvertures, l'hiver. Elles ne comptaient plus les après-midi passés à marcher dans les vagues, à ramasser des galets, à observer les oiseaux. C'était *leur* plage et, avant qu'elle n'y ait donné rendez-vous à Graham quelques semaines plus tôt, Ellie n'y avait jamais amené personne. Pas même Quinn.

Tandis qu'elles descendaient vers le rivage, elle se prit à scruter cailloux et coquillages. Mais pouvait-on vraiment dénicher plus d'un cœur sur une si petite plage ? Sa mère était en train d'étaler les serviettes à leur place habituelle et, jouant les bravaches, Bagel s'était déjà jeté à l'eau, pour en ressortir tout aussitôt, chassé par la plus pathétique des vaguelettes.

Ellie envoya valser ses tongs et alla patauger dans l'eau froide jusqu'aux genoux. Les pieds gelés et les épaules chauffées par le soleil, elle rejeta la tête en arrière et ferma les yeux avec un frisson de plaisir. Déjà, les événements de la matinée étaient emportés par le ressac.

— Trois longues semaines ! soupira sa mère, en venant la rejoindre. Ça va me manquer.

Ellie n'eut pas besoin de lui demander de quoi elle voulait parler. De toute sa vie, elle n'était jamais partie plus de quelques jours, et sa mère croyait toujours qu'elle allait bientôt la quitter pour suivre ce stage de poésie grâce à une bourse qui n'existait pas. Mais il n'y avait pas que ça. C'était sa façon à elle de se préparer à quelque chose de bien plus long encore. Lorsque sa mère la conduirait à Boston et la laisserait dans ce grand dortoir vide, ce ne serait que la répétition de ce qui l'attendait l'année prochaine, quand elle entrerait à l'université pour de vrai. Alors, ce petit séjour, en plein mois d'août, c'était comme le début de la fin : le point de départ de leur dernière année ensemble.

Elle comprenait donc parfaitement ce que sa mère entendait par ce « Trois longues semaines ! » et elle voyait bien qu'elle aurait dû lui étreindre la main en lui répondant : « Je sais » ou « Tu me manqueras aussi ». Pourtant, quelque chose, au fond de son cœur, quelque chose de dur et de racorni, la poussa à garder les yeux rivés sur cette invisible ligne, là où le ciel et la mer s'épousaient.

— C'est quand même pas le bout du monde, lui balança-t-elle finalement, d'un ton cassant, implacable.

Mme O'Neill hocha la tête, le regard absent. Comment sa mère aurait-elle pu savoir ce qu'elle pensait vraiment ? Que ces trois semaines représentaient tout pour elle et qu'elle n'aurait peut-être pas de seconde chance. Elle avait économisé 624,08 $ jusqu'à présent et, si elle continuait à ce rythme, elle arriverait à peine à réunir mille dollars avant début août. Elle serait encore loin du compte et, à la seule perspective de devoir dire non, de laisser passer cette occasion unique ou même, pis encore, de devoir lui demander de l'argent, quelque chose en elle se rebellait, révulsé, quelque chose qui la désespérait, qui la rendait malheureuse et mesquine.

Sur le rivage, Bagel courait en d'incessants va-et-vient, ne comprenant pas pourquoi on l'abandonnait. Quand Ellie le siffla, il se jeta à la mer avec un petit gémissement, s'efforçant de garder le museau hors de l'eau tout en barbotant vers elles.

— Écoute, lui dit sa mère, je sais…

Mais Ellie ne voulait pas entendre la suite : elle aspira à pleins poumons et plongea. La gifle glacée fit vibrer tout son corps. Elle en claquait des dents. Entre ses paupières mi-closes, elle pouvait voir les petites pattes de Bagel qui moulinaient désespérément, tandis qu'il tournait autour d'elle, affolé. Elle poussa sur ses bras, se propulsant en avant de quelques brasses avant de refaire surface.

À sa grande surprise, sa mère se trouvait à côté d'elle, secouant la tête pour se déboucher les oreilles.

— Tu ne crois quand même pas que tu peux te débarrasser de moi comme ça ! lui lança-t-elle.

Ellie s'essuya les yeux. Le fond en pente raide s'était brusquement dérobé sous leurs pieds et elles devaient pédaler ferme pour garder la tête hors de l'eau.

— Ce n'était pas mon intention, se défendit-elle, en s'allongeant sur le dos pour faire la planche, le bruit des vagues soudain plus fort, un goût de sel sur les lèvres.

— Je sais que tu m'en veux encore pour Graham…

Ellie se tourna vers sa mère pour l'examiner en silence. De petites gouttes étaient restées accrochées à ses cils et son visage se détachait, très pâle, sur le fond bleu.

— … Tu n'étais pas très loquace, toutes ces dernières semaines, et je sais que tu ne dois pas aller très bien. Alors, je voulais te dire que j'étais désolée.

Une vague les souleva doucement et des mouettes tournoyèrent au-dessus d'elles. Gênée par la réverbération du soleil, Ellie plissa les yeux. Elle ne savait pas trop quoi répondre. C'est vrai qu'elle ne le vivait pas très bien, pour Graham. Elle estimait, pourtant, s'en être pas trop mal sortie jusqu'ici. Tant qu'elle était à distance. Mais, en le voyant aujourd'hui, en le sentant si près… C'était comme un aimant : une puissante force d'attraction, irrésistible, inéluctable. Encore maintenant, alors même qu'elle flottait entre mer et ciel sous l'œil rond du soleil, elle avait l'impression d'avoir perdu son équilibre. Ça faisait des heures qu'elle avait quitté le snack, mais quelque chose en elle, une part essentielle – trop importante pour risquer de la perdre –, était resté là-bas.

— Ça ne fait rien, finit-elle par lui répondre d'une toute petite voix. Ce n'est pas ta faute.

Sa mère soupira. Ses bras s'agitaient sous l'eau, pâles, fantomatiques.

— Il part bientôt, de toute façon, lui asséna-t-elle. Ça facilitera les choses.

Ellie ouvrit la bouche, mais se rendit compte qu'elle ne pouvait pas émettre un seul son. Sa mère avait voulu la réconforter, bien sûr, mais tout ce qu'elle y avait gagné, c'était juste une affreuse envie de pleurer.

Les paroles maternelles résonnèrent dans sa tête : « Trois longues semaines ! » C'était justement le temps qu'ils avaient perdu, le temps qui s'était écoulé depuis qu'elle avait embrassé Graham.

« Trois longues semaines ! »

Un énorme yacht croisait au large, glissant lentement, éclatant de blancheur sur le bleu miroitant de l'horizon, et Ellie se souvint de ce que disait l'article sur son père : qu'il viendrait passer le week-end à Kennebunkport avec sa famille – sans doute sur un yacht pas très différent de celui-là. Il allait probablement s'installer dans une de ces belles propriétés du front de mer, papillonnant le soir de cocktails en soirées chic, passant ses journées à pêcher avec ses deux fils, de parfaits petits blonds aux yeux bleus, certes capables de jouer les mannequins pour catalogues de mode, mais pas vraiment de décrocher un stage de poésie à Harvard, d'après ce qu'elle avait lu, même s'ils l'avaient voulu.

Elle eut du mal à avaler sa salive. C'était trop injuste ! Non tant qu'elle doive se taper toutes ces heures de boulot pour essayer de payer un stage auquel elle ne pourrait pas aller, de toute façon. Mais surtout que ce ne soit qu'un début. Après ça, il y aurait la fac : toutes ces demandes de prêt, sa mère jonglant avec les chiffres, penchée sur sa calculatrice jusqu'au milieu de la nuit. Sans compter les incessants problèmes que leur posaient l'entretien de la maison et le magasin, les sempiternelles discussions d'argent et les tiroirs débordant de bons de réduction. Autant de trucs qui n'existeraient pas, si Paul Whitman faisait encore partie de leur vie.

Quand Graham lui avait demandé combien il lui manquait, ce soir-là, elle avait pris sa question comme une balle en pleine tête. Bah ! Qu'est-ce que c'était, mille dollars, pour lui ? Probablement le pourboire qu'on laissait au « petit personnel » après une semaine de séjour dans un hôtel de luxe. Le montant des intérêts que ses placements lui rapportaient en une seule journée. De la même monnaie. Une bouchée de pain. Trois fois rien.

Mais, pour elle, c'était une somme astronomique. Ç'aurait tout aussi bien pu être dix mille dollars. Ç'aurait pu être un million.

Quand elle détacha les yeux du beau yacht blanc, elle avait la gorge nouée. Bagel avait commencé à regagner la rive et elles le regardaient toutes les deux s'éloigner, le petit losange blanc qu'il avait derrière la tête montant et descendant en cadence.

— Je crois qu'il a raison, commenta alors sa mère, en prenant la même direction. Je commence à être fatiguée. Tu rentres ?

Ellie s'immergea jusqu'aux lèvres et secoua la tête, puis s'allongea dans l'eau pour refaire la planche, ses cheveux s'étalant en halo autour d'elle.

— Pas tout de suite. Je te rejoindrai plus tard.

— D'accord, acquiesça sa mère, en se remettant à nager. Ne te laisse pas dériver.

Ellie s'abandonnait, mollement ballottée par les flots. L'eau lui chatouillait les oreilles. Au-dessus d'elle, les mouettes s'interpellaient à travers l'azur et le soleil descendait vers la plage. Elle ne savait pas trop combien de temps elle était restée là, le corps léger, porté par les vagues, en dépit de tout ce qui lui pesait en secret.

Au bout d'un moment, elle finit par se retourner sur le ventre et commença à nager vers le bord. Enveloppée dans une serviette, elle alla s'asseoir sur son rocher préféré : une avancée toute plate qui surplombait la crique comme une corniche. Elle laissa le sel sécher sur son visage, sentant la chaleur du soleil à travers ses paupières closes. Elle recroquevilla ses orteils sur le bord du rocher et referma ses bras sur ses genoux repliés. En scrutant les cailloux, en dessous d'elle, elle s'étonna de voir un petit disque plat coincé entre deux galets. Quand elle se pencha pour l'attraper, elle fut prise d'un fou rire.

C'était un clypéastre : ce qu'on appelait, dans le coin, un « dollar des sables ». Pas vraiment le genre de dollar dont elle avait besoin !

Elle l'examina dans sa paume ouverte : ses bords arrondis, l'étoile esquissée en son centre. Là-bas, un autre bateau de luxe se profilait à l'horizon et elle plissa les yeux pour le regarder glisser majestueusement sur les flots. Peu à peu, une idée commençait à se dessiner dans son esprit. Elle se redressa, son cerveau encore tout ramolli se réveillant soudain pour se mettre à analyser les différentes possibilités.

« À partir de demain, mon père ne sera plus qu'à une heure de route », se disait-elle, tout en faisant distraitement pirouetter son faux dollar dans ses mains

Mais bien sûr ! C'était lumineux. Et si évident. La plus simple idée du monde ! Là, sur ce rocher, une certitude, une conviction inébranlable – inéluctable – prenait en elle comme du ciment. Elle était tellement occupée à dénouer le fil du stratagème qui commençait à se tramer dans sa tête qu'elle ne l'entendit pas franchir le rideau d'arbres. Un bruit de pas sur les galets la fit sursauter. Elle se retourna d'un bloc. Son cœur bondit à la vue de Graham.

Il lui sourit à travers la plage. Il portait un bermuda kaki et un polo bleu qui faisait ressortir ses yeux, si clairs au milieu de tout ce gris. Il avait quelque chose dans la main. Elle était sûre que c'était un caillou en forme de cœur.

— Tu as l'air perdue dans tes pensées, lui lança-t-il.

Elle ne put s'empêcher de lui rendre son sourire.

— Salut.

Il pencha la tête en la considérant d'un air amusé.

— Tu rêvasses ou tu complotes ?

— Je complote.

Il sembla méditer cette réponse un instant avant de faire quelques pas vers elle.

— Quel que soit le plan, j'en suis.

De : GDL824@yahoo.com

Envoyé : mercredi 3 juillet 2013 16 : 48

À : harry@agencefenton.com

Objet : (pas d'objet)

Harry,

Merci pour l'info. J'ai trouvé ça extrêmement instructif.

Graham.

Chapitre 16

Bon d'accord, c'était lui qui était revenu vers elle. C'était lui qui était sorti du bois pour aller sur la plage et parcourir la distance qui les séparait. Mais ce n'était pas à sens unique. Il l'avait lu dans ses yeux : elle aussi, elle revenait vers lui.

À la seconde où il avait ouvert l'enveloppe, tous ses doutes s'étaient envolés. Harry avait voulu le mettre en garde, c'était clair. Mais ça avait eu exactement l'effet inverse. Assis dans sa loge, il avait étalé les papiers sur la table : un fatras de recherches Internet et d'archives. Et il avait découvert le passé d'Ellie. Mais ça ne l'avait pas éloigné d'elle. Il se fichait bien qu'elle soit ou non la fille illégitime de ce sénateur qui avait toujours l'air d'avoir avalé un manche à balai. Il se fichait royalement de la mauvaise pub que ça pourrait lui faire et, plus encore, qu'une relation avec quelqu'un comme elle puisse nuire à sa carrière.

Il ne voyait qu'une seule chose : ça expliquait tout. Tout ce qui s'était passé entre eux : cette expression sur son visage quand elle lui avait tourné le dos, ce jour-là, sur le port ; ce mail auquel elle n'avait jamais répondu ; cette distance qu'elle avait gardée ces dernières semaines.

Ce n'était pas parce qu'elle ne voulait pas de lui. C'était pour se protéger elle.

Mais ça n'avait plus aucune importance, maintenant. Ils étaient assis, face à face, sur cet énorme rocher qui surplombait la mer. Le soleil baissait et, bien qu'elle ait entretemps enfilé un short et un tee-shirt, Ellie s'enveloppait toujours étroitement dans sa serviette, comme si c'était une couverture, frissonnant en dépit de la chaleur de cette fin de journée estivale. Elle avait encore les cheveux mouillés et avait pris un petit coup de soleil sur le nez.

Elle avait essayé de parler la première, lui aussi, et leurs mots s'étaient télescopés comme des autotamponneuses. Jusqu'à ce qu'elle le fasse asseoir en face d'elle. Ils avaient alors respiré un bon coup, riant sans raison, hormis ce bonheur incroyable, inespéré, de se retrouver ici, ensemble, enfin réunis. Même sans qu'aucune explication n'ait été donnée, sans qu'aucune excuse n'ait été présentée, c'était comme une seconde chance, un nouveau départ, comme si on avait rembobiné le film. C'était un don du ciel et Graham ne voulait pas tout gâcher. Pourtant, certaines choses devaient être dites. Alors, il s'éclaircit la gorge et se pencha en avant.

— Moi d'abord, annonça-t-il.

Ellie redevint immédiatement sérieuse. Ce n'était pas facile de savoir par où commencer et Graham hésita.

— Je sais ce qui s'est passé, finit-il par déclarer. Je sais que ça n'avait rien à voir avec toi et moi, que c'était à cause de ton père.

Ellie tressaillit.

— Comment tu… ?

— C'est Harry qui a tout découvert. Harry, mon agent. Ne t'inquiète pas, il ne parlera pas. C'est juste qu'il savait que tu comptais pour moi. Il a seulement essayé de me protéger…

— De *te* protéger ? s'étrangla-t-elle, des éclairs dans les yeux, ses beaux yeux verts.

— C'est son job. Mais là n'est pas la question. Ça n'avait rien à voir avec nous, hein ? Ce qui veut dire que ça n'a plus aucune importance. Vu que, maintenant, je suis au courant.

Ellie fronça les sourcils.

— Bien sûr que si ! C'est important. Ça ne change rien.

— Ça change tout, au contraire. Je me fiche de ton passé, ou de qui est ton père. C'était juste à cause du bruit que ça allait faire, hein ? Des photographes ? (Il haussa les épaules.) Eh bien, on n'aura qu'à les éviter.

— Graham ! Réfléchis deux secondes, le sermonna-t-elle d'un ton sévère. (Un petit frémissement au coin de ses lèvres trahissait pourtant les efforts qu'elle faisait pour réprimer un sourire.) Ce n'est pas si simple de les éviter. Ça fait partie de ce que tu es.

— Ce n'est pas ce que je suis, lui répliqua-t-il, avec une petite pointe d'agacement.

L'expression d'Ellie s'adoucit.

— Ce n'est pas ce que je voulais dire.

Et, à sa grande surprise, elle tendit le bras pour lui caresser la joue. Ô la chaleur de sa main sur sa peau ! Cette douceur incroyable ! Mais, avant qu'il ne puisse réagir, elle l'avait déjà retirée, soudain mal à l'aise.

— Je voulais seulement dire que c'était trop risqué. Je suis contente que tu connaisses toute l'histoire. Je n'ai jamais pu en parler à personne. Mais avec toi… Ça fera trop de battage. Je ne peux tout simplement pas faire ça à ma mère. (Elle marqua un temps. Son regard se perdit sur l'horizon.) Et Harry a certainement raison : ce ne serait sans doute pas une très bonne pub pour toi non plus.

— Ça m'est égal. C'est pas ça qui compte.

— Si ça compte, le reprit-elle, en lui adressant un regard un peu triste. Ça ne vaut pas le coup. Il ne te reste plus que quelques jours à passer ici, de toute façon.

— Justement, lui rétorqua-t-il, en se rapprochant discrètement. On a déjà perdu trois longues semaines.

Elle baissa les yeux.

— Je sais.

— C'est énorme. Je n'ai jamais passé plus de trois heures sans savoir ce que tu faisais depuis qu'on a commencé à se parler.

Elle lui sourit. Mais son sourire s'évanouit aussitôt.

— Il ne faut pas.

— À cause des photographes ?

Elle acquiesça.

— Tu sais très bien qu'à la minute où on mettra les pieds en ville…

— Bon, la coupa Graham, en balayant la plage du regard.

Le soleil avait fini par plonger derrière les arbres, pailletant les vagues de reflets dorés.

— Alors, on n'a qu'à rester ici.

Elle eut un petit rire silencieux.

— Pour toujours ?

— Absolument. Ça me paraît un aussi bon endroit qu'un autre pour s'installer.

— Magnifique panorama.

— De la lumière à ne plus savoir qu'en faire.

— Accès direct à la mer.

— Et pas de photographes.

— Pas de photographes. (Elle lui prit la main, nouant ses doigts aux siens.) On a déjà perdu assez de temps, lâcha-t-elle dans un souffle.

Il se pencha pour l'embrasser. Elle avait les lèvres toutes salées. C'était comme la gravité, ce qui se passait entre eux. Une force aussi irrésistible que la puissance des marées. Il n'avait jamais ressenti une attirance pareille avant. Il avait voulu plaisanter, quand il avait dit qu'il pourrait rester sur cette plage éternellement, mais là, tout à coup, ça devenait une évidence. C'était vrai, il le sentait.

Lorsqu'elle s'écarta, il n'était pas encore prêt à se séparer d'elle. Alors, il passa le bras autour de ses épaules et elle se laissa aller contre son torse, se blottissant contre lui. Ils restèrent ainsi un long moment, à regarder la mer sans rien dire, pendant que, derrière eux, le soleil se couchait.

— C'est d'ici que tu regardes le lever du soleil ? lui demanda-t-il. Difficile de trouver mieux comme point de vue, j'imagine.

Elle se tourna pour lui faire une petite moue de gamine prise en faute.

— Je l'ai jamais vu, en fait.

— Quoi ? Comment c'est possible ?

— Je m'endors toujours avant. Je sais, c'est nul.

— Mais c'était sur ta liste.

— Quelle liste ?

— Ta définition du bonheur.

— Oh ! Bon d'accord. Eh bien, c'était plutôt un vœu pieux, je suppose. Toi aussi, tu as menti, de toute façon.

Il haussa les sourcils.

— Comment ça ?

— Tu as dit que tu aimais rencontrer des gens nouveaux...

Pas la peine qu'elle aille plus loin : il avait compris ce qu'elle voulait dire. Et c'était vrai. Enfin, ça l'avait été jusqu'à ce qu'il la rencontre, du moins. Mais, maintenant, tout avait changé.

— Je ne mentais pas, lui répondit-il, en posant sa tête sur la sienne. Je parlais de toi.

— Tant mieux, lui lança-t-elle, un sourire dans la voix. Parce que, moi aussi, j'ai bien aimé te rencontrer.

— Plus que tu n'aimes les levers de soleil, j'espère.

— Que je n'ai jamais vus.

— Justement. Comment tu peux savoir que ce serait le bonheur puisque tu n'as jamais essayé ?

— Il y a différentes sortes de bonheurs. Certains n'ont pas besoin d'être vérifiés.

— Comme les levers de soleil ?

— Parfaitement. Je ne suis pas assez bête pour ne pas savoir que c'est le bonheur assuré : il n'y a rien de triste dans un lever de soleil.

— Contrairement aux couchers de soleil.

— Je ne trouve pas qu'ils soient spécialement tristes non plus.

— Moi si. Ils annoncent la fin de quelque chose, et c'est toujours triste, une fin.

— Ils annoncent le début de la nuit. Ce n'est pas rien.

— Han han, mais tout le monde sait que la nuit est plus flippante que le jour.

Ellie se marra.

— On ferait peut-être mieux de se retourner alors.

— Comment ça ?

— C'est moins flippant quand tu vois le truc arriver.

Ils ne bougeaient toujours pas, pourtant. Le soleil poursuivait sa course dans leur dos, se faufilant derrière les arbres, les maisons et Henley tout entier, pendant que, devant eux, sur la mer, le trafic s'intensifiait avec les bateaux qui rentraient au port. Ils regardèrent un énorme voilier approcher, ses grandes bannières blanches claquant au vent. Graham ferma les yeux.

— Mes parents ne viennent pas, déclara-t-il.

Il la sentit bouger dans ses bras.

— Pour le 4 Juillet ?

— J'avais cru qu'ils viendraient, soupira-t-il. (Et puis il secoua la tête.) C'est pas tout à fait vrai, je suppose. Ils ne vont jamais nulle part. Enfin, je ne leur ai jamais demandé non plus.

— Vous êtes très proches ?

— On l'était… Avant.

— Avant tout ça ?

Il acquiesça d'un geste. Il voyait ce qu'elle entendait par là. Ils suivirent en silence la trajectoire du grand voilier blanc. Et puis Ellie lui reprit la main.

— Ils ne savent pas ce qu'ils perdent, affirma-t-elle.

— Ils ne comprennent pas. Les films et tout ça.

— Tu crois que tu peux vraiment leur en vouloir ?

— J'imagine que non. Je n'y comprends rien non plus, la plupart du temps.

— Au moins, il te reste Wilbur.

Il éclata de rire.

— C'est vrai.

— Et moi.

Il se pencha pour déposer un baiser sur ses cheveux.

— Aussi.

Le navire avait commencé à jouer les ombres chinoises sur le drap d'or de l'océan. Une brise tiède balaya les cheveux de Graham sur son front.

— Je suis désolé pour ton père, murmura-t-il, bien qu'il soit surtout en train de penser au sien.

Elle mit longtemps avant de réagir.

— Ça ne m'a jamais traumatisée. J'ai carrément été gâtée avec ma mère. Mais, cet été, c'est plus difficile que d'habitude.

— À cause de moi ?

Elle ne répondit pas. Elle s'écarta pour lui faire face, une farouche détermination dans les prunelles.

— Il est à Kennebunkport pour le pont du 4 Juillet.

Graham lui adressa un regard inexpressif. Il se demandait ce que ça venait faire là.

— C'est où ça ?

— Tout près d'ici, un peu plus au nord. Il vient avec toute sa petite famille et, demain, je vais aller le voir, lui annonça-t-elle, d'un air décidé.

— C'était donc ça que tu complotais, tout à l'heure ? Est-ce qu'il le sait ? Que tu viens, je veux dire.

Elle secoua la tête.

— Et tu ne l'as pas revu depuis que tu étais petite ?

— C'est ça, confirma-t-elle avec un coup de menton affirmatif, la mâchoire en avant.

— Et… ta mère est au courant ?

Elle se mordit la lèvre.

— Non.

Graham soupira en se frottant la nuque.

— Tu penses vraiment que c'est une bonne idée ?

— Moi qui croyais les stars de cinéma casse-cou et irresponsables, lui balança-t-elle, en s'essayant au sourire goguenard… qui ne tarda pas à vaciller.

— C'est juste que… ça ne me paraît pas…

— Je m'en fiche, le coupa-t-elle. Ma décision est prise.

Graham hésita deux ou trois secondes. Et puis il hocha la tête.

— Bon. Alors je viens aussi.

Elle eut l'air surprise.

— Certainement pas.

— On a la journée de libre, demain, et je n'ai rien de prévu, de toute façon. On en profitera pour se balader.

— Tu es beaucoup trop voyant.

— Je me fondrai dans la masse.

Elle ne put s'empêcher de pouffer.

— Impossible.

— Je te jure. Je mettrai un chapeau de cow-boy. Et une fausse moustache.

— T'as raison, c'est super discret. Pas du tout mélodramatique.

— Déformation professionnelle, lui rétorqua-t-il avec un petit sourire en coin.

— Tu sais quoi ? lui dit-elle, en se levant, la serviette toujours autour du cou. Je vais réfléchir. La nuit porte conseil.

— D'accord. (Il se leva à son tour.) Mais je vais préparer mon déguisement au cas où.

En remontant la plage, il lui prit la main. Ils ne se parlaient pas, écoutant les galets rouler sous leurs pieds et les vagues se jeter sur la grève derrière eux.

« Encore trois jours », songeait Graham.

Il ne voulait pas en perdre une miette.

— Et alors ? Est-ce que tu as fini pour aujourd'hui ? lui demanda-t-elle, la tête baissée, histoire de voir où elle mettait les pieds.

— Je suis libre comme l'air. Et toi, tu es libre, ce soir ?

— Oh mais oui ! (Il pouvait presque entendre le rire dans sa voix.) J'imagine qu'on pourrait faire un tour en ville, dîner au *Casier à Homard*, flirter un peu sur la place peut-être…

— Très drôle, ironisa-t-il, tandis qu'ils commençaient à gravir le petit talus qui séparait la crique des bosquets. Et qu'est-ce que tu dirais d'un pique-nique ? On peut se retrouver ici un peu plus tard.

— Ça m'a l'air super.

Il faisait plus sombre sous les arbres. Un crépuscule bleuâtre s'était immiscé entre les troncs et Graham laissa Ellie passer devant, trébuchant à moitié sur le sentier qui les ramenait vers la rue, tandis qu'ils se frayaient un chemin à tâtons dans la pénombre. Ç'avait quelque chose d'onirique, comme s'ils marchaient dans un rêve, avec juste le bruit étouffé de leurs pas et de leurs respirations, sa main, si menue dans la sienne, qui le guidait entre les troncs fantomatiques. La plage n'était encore qu'à quelques mètres derrière eux et la route seulement à quelques mètres devant, mais, là, au milieu des arbres, ils auraient tout aussi bien pu être à des millions de kilomètres, à l'autre bout du monde, loin de tout. Alors, quand il y eut ce premier flash, il lui fallut un petit moment avant de comprendre ce qui se passait.

S'il s'était trouvé à Los Angeles ou à New York, ou même juste un peu plus haut, dans la rue, au beau milieu de Henley, il aurait percuté tout de suite. Mais, là, dans la pénombre du crépuscule, alors qu'il émergeait à peine de la crique déserte, ses neurones mirent un certain temps à faire la connexion et plus encore à mesurer les implications. Devant lui, Ellie s'était arrêtée net, lui lâchant aussitôt la main. Même quand il y eut un deuxième flash éclaboussant la scène : l'éclat métallique d'une moto, une galopade, un autre flash, il resta planté là, clignant des yeux, incapable de la moindre réaction.

Et puis vint le premier cri :

— Graham !

Il sentit Ellie se raidir à côté de lui.

— Allez, Graham, un p'tit sourire ! Et un baiser ? Qu'est-ce que tu dirais d'un baiser ?

Ils n'étaient que trois, mais paraissaient plus nombreux, leur donnant l'impression d'être cernés.

— C'est quoi, ton p'tit nom, ma jolie ? lança l'un d'eux.

C'était un géant au crâne rasé qu'on voyait rôder en ville depuis que l'équipe du film était arrivée. Il s'avança, franchissant la limite de la chaussée. Ils étaient encore cachés par les arbres, mais ils n'avaient nulle part où aller.

— On peut pas en faire une petite ? Juste une ?

Graham mit un certain temps à se ressaisir. Il se tourna alors vers Ellie pour attraper la serviette qu'elle avait encore autour du cou et la lui jeter à la figure. Comprenant ce qu'il cherchait à faire, elle s'en saisit pour se cacher le visage. Elle n'avait plus devant les yeux qu'un voile de tissu éponge imprimé d'hippocampes. Graham lui passa le bras autour des épaules et, bien que la sentant résister, l'entraîna vers l'avant. Trébuchant sur les racines et les cailloux, ils tentèrent de regagner la rue.

Ils s'y mettaient tous les trois, à présent, les mitraillant sans relâche. Et c'était encore pire de les voir rassemblés là, dans ce coin de rue isolé et désert. Ça avait quelque chose d'inquiétant, de sinistre. Quand les pieds de Graham touchèrent enfin le trottoir et qu'il blottit Ellie encore plus étroitement contre lui pour l'entraîner, en courant, sans un mot, dans la direction opposée, ils reculèrent d'abord de quelques pas.

— Allez, Graham ! insista le géant rasé, en faisant un petit jogging pour le doubler, puis en se retournant pour avancer à reculons.

Les deux autres les flanquaient, trottinant sur le bas-côté.

Graham foudroya du regard le type qui les devançait.

— Juste une, plaidait-il. Une bonne photo, une seule, et on vous laisse tranquilles.

— Dégage ! cracha Graham en serrant les dents.

Le photographe abaissa son appareil et, sur le coup, Graham crut que ça s'arrêterait là. Mais, subitement, l'homme se rua sur Ellie et agrippa l'extrémité de la serviette pour la lui arracher des mains. Ellie poussa un petit cri de surprise juste au moment où le flash se déclenchait. Sans réfléchir, Graham se jeta sur le type et envoya valdinguer son appareil photo qui heurta le trottoir. Il y eut un fracas de métal sur le bitume, suivi d'une bordée de jurons étouffés comme, déjà, le photographe se précipitait pour ramasser son matériel.

Le reste de la meute marqua un temps d'arrêt. Juste une seconde. La serviette était tombée par terre et, voyant là une occasion inespérée, l'un des deux autres bondit devant eux. Mais avant qu'il n'ait seulement pu brandir son appareil, Graham se campa devant lui, pratiquement nez à nez.

— Lâche ça, gronda-t-il d'une voix rauque.

L'autre hésita, jetant un coup d'œil derrière Graham au troisième photographe qui levait lentement son appareil, pointant son objectif sur Ellie en train de se baisser pour ramasser sa serviette.

Il y eut alors comme un arrêt sur image. Une seconde. Puis deux. Ils étaient tous là, braquant leurs appareils photo comme une arme dans un duel digne d'un bon vieux western. Juste au moment où Ellie se redressait, un flash fendit l'obscurité, si aveuglant qu'il les laissa tous battant des paupières telles des chouettes éblouies. Et puis, comme si les deux actions étaient liées, comme si la première avait inéluctablement déclenché la seconde, Graham ferma le poing, recula le bras et frappa.

De : EONeill22@hotmail.com

Envoyé : mercredi 3 juillet 2013 22 : 24

À : GDL824@yahoo.com

Objet : (pas d'objet)

Tu avais raison. On n'aurait jamais dû quitter la plage.

Chapitre 17

Plus rapide que la lumière. Qu'un torrent. Qu'un TGV. Pour Ellie, rien n'aurait pu battre la vitesse à laquelle ce mauvais cliché et le baratin qui l'accompagnait s'étaient propagés, se déversant, le soir même, de page en page jusqu'aux insondables profondeurs du Net.

Assise sur son lit, le lendemain matin, son ordinateur portable sur les genoux, elle regardait, hébétée, les articles défiler sur l'écran. Mais ce n'était pas à la version médiatique de l'histoire qu'elle pensait (qui ne semblait pas avoir grand-chose à voir avec ce qui s'était réellement passé, d'ailleurs). Non, elle revivait la scène, comment le photographe avait titubé sous la violence du choc, vacillant comme un pantin désarticulé.

Son crâne avait heurté le sol avec un bruit à vous glacer le sang, trop fort pour provenir d'un être humain, et elle était restée à le regarder, tétanisée d'horreur, jusqu'à ce que, quelques secondes plus tard, le type cligne des yeux et se redresse tant bien que mal. Graham avait été le premier à réagir : secouant la tête, il s'apprêtait déjà à s'excuser, la main tendue pour l'aider à se relever, lorsqu'un nouveau flash l'avait arrêté net. Il s'était alors tourné vers les autres photographes avec un air menaçant.

— Espèce de connard ! lui avait craché le mec rasé, ignorant la main que Graham lui tendait pour s'efforcer de se redresser tout seul.

Son œil n'était déjà plus qu'une fente et la paupière inférieure, toute gonflée, une poche rose qui n'allait sans doute pas tarder à virer au violet. Il avait appuyé deux doigts dessus en grimaçant, puis s'était palpé le côté de la tête, là où il avait heurté le trottoir. Quand il avait reporté son regard sur Graham, Ellie avait vu, dans ses prunelles, une étincelle de quelque chose auquel elle ne s'attendait tellement pas (une sorte de suffisance… ou de jubilation, même) qu'elle s'était surprise à reculer.

— Tu ferais mieux d'assurer tes arrières, lui avait lancé le type. J'vais pas te rater. Tu vas en avoir pour ton argent.

Mais Graham avait déjà pris Ellie par le bras, la faisant brusquement pivoter pour l'entraîner à l'écart de la meute d'hommes en noir. Elle s'était hâtée de le suivre, pourchassée par le clic-clic-clic impatient des appareils photo. À son grand soulagement, elle n'avait pas entendu de galopade derrière eux et, peu après, même l'éclat des flashes s'était éteint dans leur sillage.

— Ça va ? lui avait demandé Graham, une fois leurs poursuivants à bonne distance.

Elle avait hoché la tête, bien que son poignet lui ait encore fait un peu mal (conséquence de la brutalité avec laquelle on lui avait arraché la serviette des mains). C'est à ce moment-là qu'elle s'en était aperçue : elle l'avait laissée là-bas. Et, bizarrement, après tout ce qui venait de se passer, c'était en pensant à ça, en imaginant la serviette aux hippocampes qu'elle traînait depuis qu'elle était toute petite, oubliée par terre au milieu de cette rue déserte, qu'elle avait senti sa gorge se serrer.

Entretemps, la nuit était pratiquement tombée et ils avaient accéléré le pas, baissant la tête, rentrant les épaules, poussés par un déstabilisant mélange de colère et d'angoisse. Ellie claquait des dents. Elle n'avait pas froid, pourtant. Dans sa tête, les questions, petites et grandes, se bousculaient. Mais elle s'était retenue de les poser. La façon dont ces hommes les avaient encerclés, telles des hyènes affamées, l'incessant crépitement de leurs appareils photo… jamais elle ne s'était sentie aussi vulnérable. Même après, elle avait eu l'impression d'être pourchassée et n'avait cessé de se retourner. C'était plus fort qu'elle.

Comme ils approchaient du petit cottage jaune, Graham avait ralenti et s'était tourné vers elle. Leurs regards s'étaient cherchés et elle avait pu voir cette immense inquiétude qui noyait le sien. Il avait ouvert la bouche, comme s'il s'apprêtait à dire quelque chose, mais l'avait refermée d'un air accablé.

Intérieurement, elle avait déjà commencé à faire l'inventaire de ce que l'avenir leur réservait et elle savait qu'il devait en faire autant de son côté, dressant la liste des attachés de presse et des avocats qu'il faudrait appeler, se préparant à la discussion qu'il allait immanquablement avoir avec son agent, considérant les inévitables retombées.

Aux yeux du public, il n'y avait rien de plus fascinant qu'une célébrité autodestructrice, rien de plus croustillant qu'une descente aux enfers en première page. Que les photographes les aient harcelés, qu'ils se soient montrés outrageusement agressifs n'y changerait rien. Tout le monde ne verrait qu'une seule chose : Graham en avait frappé un. Il lui avait mis son poing en pleine figure.

Ellie avait jeté un coup d'œil vers la maison. Même à travers les arbres, au bout de l'allée, elle avait pu voir que les lumières de la cuisine étaient allumées. Il lui semblait que ça faisait des jours et des jours que sa mère l'avait laissée, flottant sur l'eau, pour remonter la plage, et elle devait se demander où elle était passée. Elle en avait eu mal au ventre rien que de penser aux explications qu'elle allait devoir lui donner.

Lorsqu'elle s'était retournée vers Graham, il avait toujours les yeux rivés sur elle.

— Je suis désolé, avait-il soupiré au bout d'un moment.

En regardant ses lèvres former les mots, elle avait repensé à leur baiser sur la plage. Ils auraient dû être en train de pique-niquer, à cette heure-ci, avait-elle réalisé. Cette idée d'un pique-nique en amoureux sur la plage lui avait paru si incroyablement lointaine, tout à coup, comme si elle avait été envisagée par deux personnes qui leur étaient complètement étrangères.

Elle avait secoué la tête.

— Ce n'est pas ta faute.

— Non, mais je n'ai fait qu'aggraver les choses, lui avait-il rétorqué d'une voix sans timbre. Ça va prendre encore tellement plus d'ampleur, maintenant.

— Ça ira, lui avait-elle affirmé, bien qu'elle ait eu parfaitement conscience que rien n'était moins sûr.

Elle avait pris la décision de garder ses distances avec lui, précisément pour éviter de se retrouver dans cette situation. Mais elle était retombée sous son charme. Complètement, et peut-être inévitablement. Ça paraissait tellement injuste d'avoir été, une fois de plus, arrêtés en plein élan. Elle avait l'impression qu'on les tirait en arrière, en avant, tels de pitoyables Yo-yo.

Leurs cœurs n'étaient tout simplement pas faits pour supporter ça.

— Je ferais sans doute mieux d'y aller, avait-elle murmuré, son regard retournant malgré elle vers la maison éclairée.

Il flottait comme un malaise entre eux et Graham avait dû se forcer pour lui sourire. Mais c'était un sourire de mauvais acteur, peu convaincant, contraint, et il s'était évanoui dès qu'elle lui avait pris la main.

— Hé ! lui avait-il dit, en gardant sa main dans la sienne, comme s'il s'y raccrochait, la mine sombre. Je vais faire tout ce que je peux pour régler ça, OK ?

Elle avait hoché la tête, avec ce qu'elle espérait faire passer pour de la conviction. Et puis elle avait tourné les talons pour remonter l'allée, le plantant là, dans la rue déserte. C'était seulement une fois sur la terrasse qu'elle s'était laissée aller contre la porte. Elle avait dû respirer un bon coup avant d'appuyer sur la clenche. Elle avait alors entendu sa mère s'activer dans la cuisine. Si elle était allée lui parler, elle savait qu'elle aurait craqué : elle aurait fondu en larmes. Elle ne s'était vraiment pas sentie prête à affronter tout ça : les explications, les confessions, la gravité de tout ce que cette terrible nuit impliquait. Pas encore, pas maintenant. Alors, elle avait lancé un vague « bonsoir » d'une voix nouée et s'était empressée de monter l'escalier.

Dans sa chambre, elle avait aussitôt attrapé son PC, s'était assise en tailleur sur son lit et avait entré le nom de Graham. Les résultats les plus récents le montraient en photo avec Olivia devant le snack, un peu plus tôt dans la journée, et citaient quelques articles qui spéculaient sur son éventuelle participation à un prochain film. Rien encore sur un photographe avec un œil au beurre noir, ni sur un appareil photo fracassé, ni sur une mystérieuse rousse dont le père, qu'elle n'avait pratiquement jamais connu, pourrait, ou pas, se lancer un jour dans la course au mandat présidentiel.

Elle avait passé toute la soirée là, répondant à sa mère à travers la porte qu'elle n'avait pas faim, à cliquer sur « actualiser » tant de fois que les mots avaient commencé à danser devant ses yeux et à devenir de plus en plus flous, juste des enchaînements de lettres dépourvus de sens.

Elle n'avait pas la moindre idée de l'heure à laquelle elle s'était endormie. Tout ce qu'elle savait, c'était que, lorsqu'elle avait ouvert les yeux, il faisait encore nuit. Il lui avait fallu un petit moment pour récupérer à tâtons son Smartphone, réussir à le déverrouiller et s'apercevoir qu'il était cinq heures du matin. Les souvenirs de la soirée lui étaient brusquement revenus en mémoire et elle avait récupéré son PC. Elle angoissait tellement qu'elle ne s'entendait plus penser.

Cette fois, tout y était. Rien ne manquait. Son cœur se serra quand elle lut les gros titres : « Graham, le Drame » ; « Larkin déraille » ; « Graham en vient aux mains » ; « Larkin : de *Top Hat* à Top Frappe ». Elle fit défiler les articles les uns après les autres, l'estomac noué, en se demandant si Graham les avait déjà vus. Les premiers avaient été postés dès onze heures du soir, sans doute peu de temps après qu'elle s'était endormie. Plusieurs étaient accompagnés d'une photo de Graham juste avant qu'il ne frappe le photographe, le coude bien en arrière comme celui d'un archer bandant son arc, une colère noire sur le visage. En arrière-plan, Ellie avait repéré la serviette aux hippocampes, abandonnée sur la chaussée, et, derrière, à peine une silhouette : la pâleur d'un bras, quelques mèches rousses.

Ils n'avaient rien trouvé d'exploitable contre elle, comprit-elle avec soulagement. Chaque article mentionnait bel et bien « une mystérieuse inconnue », mais, apparemment, ils s'en tiendraient là. Pour l'heure, du moins. Cela dit, elle n'était pas assez bête pour se croire tirée d'affaire. Elle mesurait parfaitement l'ampleur du phénomène, sa portée, et l'angoisse qui l'étreignait, cette inquiétude qu'elle se faisait pour Graham, se mit à battre en elle comme un cœur. Certains des articles évoquaient un procès, tandis que d'autres le dépeignaient seulement comme un danger public, hier encore insoupçonné, et soudain révélé au grand jour, le genre monstre qui sommeille et se serait finalement réveillé. Même s'il n'était pas poursuivi en justice, elle savait le tort que ça pouvait causer à son image, à sa carrière, à son film, et elle aurait voulu trouver un moyen de le disculper, d'expliquer ce qui s'était réellement passé, de faire valoir que n'importe qui à sa place en aurait fait autant.

Mais c'était impossible, inutile de se leurrer. Et elle savait aussi qu'on ne mettrait pas longtemps à faire le rapprochement avec la seule rousse de Henley et à l'identifier. Il suffirait d'un touriste qui les avait vus ensemble, d'une commère du coin trop contente d'empocher un billet, d'un reporter qui poserait les bonnes questions. Après ça, le reste coulerait de source. Ce n'était plus qu'une question de temps.

Elle pensa bien à vérifier ses mails pour voir si elle avait reçu quelque chose de Graham. Elle n'était cependant pas sûre de pouvoir supporter ce qu'il aurait peut-être écrit ou, pire, de constater qu'il n'avait pas écrit du tout. Alors, tournant les yeux vers la fenêtre, elle retira les mains de son clavier. Un voile de lumière s'était levé à l'horizon, déchiré par les ombres des branches de l'allée.

C'était le 4 Juillet, réalisa-t-elle tout à coup, le jour où elle s'était dit qu'elle irait trouver son père. Mais, maintenant, elle n'était pas persuadée que ce serait une si bonne idée. Et s'ils découvraient son nom avant qu'elle n'arrive à destination, tous ces bloggeurs anonymes et journalistes zélés ? Et si elle se pointait sur le pas de sa porte et apprenait alors qu'il était déjà au courant de toute l'histoire ? Et qu'il lui en voulait à mort parce qu'elle avait déterré une affaire qui avait été classée depuis longtemps, une affaire qui allait parasiter son message politique et aurait un impact dévastateur sur sa prochaine campagne ?

Elle cliqua sur « actualiser » avec un soupir et six nouveaux articles sur Graham Larkin apparurent sur la liste. Elle déglutit et regarda de nouveau par la fenêtre. Le ciel pâlissait sur les bords. Quelques mouettes crièrent au loin et, à l'autre bout du couloir, le chauffe-eau protesta d'un grondement sonore quand sa mère tourna le robinet de la douche.

Ce serait débile de faire ça. Il faudrait trouver un moyen d'emprunter la voiture sans le dire à sa mère. Il faudrait s'assurer que personne ne remarque son absence pendant les festivités. Il faudrait réussir à localiser le lieu exact où séjournait son père et trouver le cran de lui demander de l'argent. Elle n'aurait plus qu'à espérer que toute cette affaire ne l'aurait pas doublée et qu'une fois sur place, ni ses jambes, ni sa voix, ni son courage ne la laisseraient tomber.

Et, si elle entendait vraiment faire ça : s'embarquer sur cette galère, entreprendre ce périple insensé, cette tentative désespérée de faire enfin rentrer les choses dans l'ordre, alors…

Alors, c'était maintenant ou jamais.

De : GDL824@yahoo.com

Envoyé : mercredi 3 juillet 2013 23 : 01

À : EONeill22@hotmail.com

Objet : Re : (pas d'objet)

Il n'est pas trop tard. Tu gères les pétards. Je gère la fausse moustache.

Chapitre 18

Il aurait dû s'y attendre. Pourtant, quand il ouvrit la porte de sa chambre d'hôtel et trouva Harry assis dans le fauteuil sous la fenêtre, il lâcha un « Wouohhh ! » qui se prolongea dans un souffle, portant la main à son cœur comme pour l'empêcher de bondir de sa poitrine.

Harry lui jeta un regard noir, se contentant de lever l'index pour lui indiquer qu'il était au téléphone. Graham alla s'asseoir au bout du lit et, poignets joints, se frotta les yeux.

Difficile de déduire quoi que ce soit de la conversation de Harry et, lorsque celui-ci abaissa enfin son portable, tous deux gardèrent le silence. Graham inclina légèrement la tête pour jeter un coup d'œil à son agent avachi dans son fauteuil, par-delà l'océan de chaussettes sales, de fringues éparpillées, de boîtes de pizza vides et de plateaux de room-service oubliés. Harry avait les cheveux ébouriffés (ce qu'il en restait, du moins) et il portait des lunettes au lieu de ses lentilles habituelles. Un PC portable trônait sur la table basse à côté de lui. Pas besoin de vérifier sur l'écran pour voir ce qu'il avait cherché, même si Graham avait du mal à croire que la nouvelle ait pu se propager si vite.

Pourtant, Harry était bel et bien assis là devant lui, et, de toute évidence, parfaitement au courant de la situation. Et donc d'événements qui s'étaient produits… moins d'une heure auparavant. Or, si Harry était au courant, il y avait de fortes chances pour que le reste de la planète le soit aussi.

— Comment t'as fait pour entrer, déjà ?

Harry se pinça l'arête du nez.

— J'ai dit au réceptionniste que tu étais ivre mort, probablement en plein coma éthylique.

Graham fronça les sourcils.

— Pourquoi t'aurais inventé un truc pareil ?

— Parce que je ne voyais pas pourquoi tu serais allé t'amuser à tabasser des photographes, sinon.

Harry plaisantait, c'était clair. Toutefois, lorsque ce dernier tourna la tête pour croiser le regard de Graham, il y avait, dans ses prunelles, un manifeste agacement. Et pour cause. Ce vieux renard du show-biz chevronné savait ce qui les attendait : un véritable ouragan médiatique.

— Eh bien, non, tu vois, je ne suis pas bourré, lui répliqua Graham sans un sourire. (Il désigna le PC du menton.) C'est déjà en ligne ?

— Pas encore.

— Mais alors comment tu… ?

— Mitchell m'a appelé.

Graham le regarda sans comprendre.

— Le mec de la promo qui est toujours fourré avec les photographes, lui expliqua son agent. Ça ne va pas traîner.

Au même moment, le portable de Harry sonna dans sa main. Il regarda le numéro et posa son Smartphone sur la table. Du couloir leur parvint le bruit de la porte voisine qui claquait :

la famille d'à côté sortait de sa chambre. Ils étaient arrivés quelques jours plus tôt et, quand Graham les avait croisés, peu après, ils en étaient tous restés cloués sur place. Le père avait été le premier à se reprendre, poussant tout son petit monde en avant, tandis que la plus jeune des filles se plaquait la main sur la bouche pour étouffer les mots qui lui échappaient quand même : « Oh la la ! Oh la la ! Oh la la ! » Cette subite apparition l'avait mise dans tous ses états : elle hallucinait. Même une fois qu'ils s'étaient tous entassés dans l'ascenseur et que les portes métalliques s'étaient refermées derrière eux, Graham avait encore entendu les piaillements extatiques des deux filles de l'autre bout du couloir. Il n'avait pas pu s'empêcher de sourire.

Maintenant, il essayait de ne pas imaginer ce qu'elles allaient penser, lorsqu'elles verraient sa photo en première page d'un des journaux locaux qui traînaient toujours dans le hall de l'hôtel. Si ce n'était pas pour aujourd'hui, ce serait sans doute pour demain. La photo serait sombre et de mauvaise qualité, surmontée d'un gros titre stupide, racoleur et mélo à souhait genre « Le gentil magicien était un vil sorcier : le vrai visage de Larkin enfin dévoilé ».

— Ça ne te suffisait pas de bousiller son appareil ? pestait cependant Harry.

Pour toute réponse, Graham grogna et se mit à contempler le plafond.

— … Il fallait aussi que tu lui casses la gueule ?

— Je sais. Mais il me prenait la tête. Ils me cherchaient tous autant qu'ils étaient. Ils ne voulaient pas nous lâcher.

Harry plissa les yeux.

— « Nous » ? répéta-t-il, en arquant un sourcil. Attends, laisse-moi deviner…

Graham le regarda bien en face.

— Pas la peine.

Harry se rembrunit. Il se passa nerveusement la main sur la nuque, aggravant son hirsutisme localisé. Graham pouvait presque le voir ravaler ces mots qui lui brûlaient la langue : « Je te l'avais bien dit. » C'était là, dans ses yeux, de toute façon. Et Graham savait que Harry avait raison. Il aurait dû garder ses distances avec Ellie. Pourtant, il ne regrettait rien. Il se fichait de la mauvaise presse que ça allait lui faire. Il n'arrivait même pas à se soucier de la réaction de Mick, quand il l'apprendrait. Il n'avait qu'une chose en tête : Ellie. Tout ce qu'il voulait, c'était qu'elle n'ait pas d'ennuis.

— Et alors, qu'est-ce qu'on fait, maintenant ? s'enquit-il, en se redressant. Il n'y a pas moyen d'étouffer l'affaire ? Ou de l'arranger à notre sauce, d'une manière ou d'une autre ?

— Je m'y emploie. Si seulement il n'y avait que les photos !

Inutile de lui demander ce qu'il entendait par là.

— Si je ne lui avais pas mis mon poing dans la figure, tu veux dire.

Le portable de Harry recommença à sonner. Cette fois, il se le colla contre l'oreille en aboyant « Oui » et se tut pour écouter.

Graham se leva pour aller dans la salle de bains. Il tourna le robinet pour s'asperger d'eau froide, comme si le choc thermique pouvait suffire à effacer les événements de la soirée.

Il posa les mains sur les bords du lavabo, se penchant en avant. Qu'est-ce qui lui avait pris d'aller sur cette plage, aussi ? Il s'en voulait tellement, maintenant. Mais, quand il avait vu son dessin encadré dans la vitrine, exposé au milieu des poèmes, quelque chose l'avait poussé droit vers la crique. Il ne parvenait pas à regretter ce qui s'était passé là-bas. Pas même une seconde. Il le sentait encore, comme une empreinte sur sa poitrine : l'endroit où Ellie s'était blottie contre lui.

À la lumière des néons, il examina sa main, là où son poing était entré en contact avec la pommette de ce crétin. Dans la pièce voisine, il entendait la voix de Harry, de plus en plus forte à mesure que son agent s'emportait.

— Ça a déjà fait le tour, lui annonça ce dernier, peu après, en s'encadrant dans la porte de la salle de bains. Ils se sont tous rués dessus.

Graham leva les yeux du jet d'eau qui coulait sur sa main endolorie.

— Et elle ? (Il s'efforça de garder un ton neutre.) Est-ce qu'ils ont réussi à obtenir un cliché assez net ? Un nom ?

— « Une mystérieuse inconnue », lui répondit Harry. Pour le moment, en tout cas.

— Parfait. (Il recommençait à respirer.) Est-ce qu'on peut s'assurer que ça restera comme ça ?

— Je vais faire de mon mieux.

— Je sais, lui affirma Graham, en fermant le robinet pour attraper une serviette. Et je sais que je n'aurais pas dû. Tout est ma faute.

— C'est pas moi qui vais te dire le contraire…

Mais, tel que Harry était là, appuyé contre le chambranle de la porte, il y avait une étonnante douceur dans ses prunelles. Il aurait dû être furax. Graham l'avait vu péter les plombs pour moins que ça : un PV de stationnement, une attachée de presse pas très coopérative, un producteur trop gourmand et même, une fois, pour un acteur haut comme trois pommes qui adorait jouer des tours pendables.

Jusqu'à présent, Graham s'en était toujours sorti sans trop faire de scandale. Harry avait donc toutes les raisons d'être fou de rage : c'était bel et bien lui qui allait être obligé de négocier avec les avocats et tâcher de convaincre le photographe de ne pas porter plainte. Lui qui, durant les jours à venir, allait devoir échafauder un plan de bataille avec les attachés de presse et amadouer les journalistes. Lui qui allait devoir persuader Mick que la star de son film était toujours parfaitement concentrée sur son rôle. Lui qui allait devoir s'efforcer de garder les secrets d'Ellie et tenter, pour ce faire, d'endiguer la moindre bribe d'information qui pourrait filtrer. Comme s'il ne savait pas que ça vous filait entre les doigts, ces trucs-là. Autant vouloir retenir les chutes du Niagara !

Et il y avait de ça dans la crispation de ses mâchoires et dans le tic nerveux qui faisait palpiter sa paupière : une colère noire qui couvait, juste sous la surface. Mais il y avait aussi quelque chose d'inhabituel, chez lui : une certaine modération, un self-control dont Graham lui était reconnaissant.

— Dis-moi juste ce que tu veux que je fasse, lui lança-t-il.

Ça faisait un moment qu'il n'avait pas ressenti ça : qu'ils formaient une véritable équipe, que ce n'était pas seulement une histoire de business entre eux.

— Va mettre un peu de glace là-dessus, lui conseilla Harry, en indiquant du menton son poing déjà tout bleu. Et laisse-moi faire mon boulot.

Dans sa main, le téléphone recommença à sonner. Harry lui fit un clin d'œil, avant de le porter à son oreille, et retourna dans la chambre, déjà tout ouïe. Faute de mieux, Graham attrapa donc le sceau à glace posé sur une table près de l'armoire et sortit dans le couloir. Il s'arrêta cependant sur le seuil pour s'adosser contre la porte.

Il savait qu'il y avait des acteurs qui étaient abonnés à ce genre de comportement « borderline », et il ne leur serait jamais venu à l'esprit d'avoir des scrupules pour le souk qu'ils avaient mis ou vis-à-vis de ceux qui allaient devoir faire le ménage derrière eux. Et, encore moins, de s'angoisser pour le type qu'ils avaient amoché. Pourtant, même si les événements n'auraient pas pu se dérouler autrement, il n'avait jamais cassé la figure à quelqu'un avant et le bruit que ça avait fait (un épouvantable craquement, os contre os) résonnait dans sa tête, encore maintenant.

Il descendit le couloir à pas lourds, le seau à glace coincé sous le bras comme un ballon de foot. Planté devant la rangée de distributeurs, il surveilla l'avalanche fracassante et embuée des glaçons, puis plongea directement son poing dedans en grimaçant.

Quand il revint dans la chambre, Harry était plié en deux sur son PC. Son téléphone était posé à côté de lui en mains-libres et Graham entendit la voix familière de Rachel, son attachée de presse, qui débitait une liste de médias.

— Tous ? demanda Harry, d'une voix tendue.

— Dans moins d'une heure. L'appareil photo en miettes n'a rien arrangé non plus.

— Désolé, soupira Graham, en se laissant tomber sur le lit.

Il put presque la voir changer radicalement d'attitude, se mettre littéralement au diapason avec un stupéfiant sens de l'adaptation.

— Hé ! Bonsoir, mon chou, l'apostropha-t-elle. J'ignorais que tu étais là.

— Si. Je suis là, maugréa Graham.

— Que s'est-il passé ? lui demanda-t-elle d'une voix faussement enjouée. Toi qui es, d'habitude, un client sans histoires : le plus *cooool* de tous les clients.

Il ne devait pas avoir l'air le mieux placé pour répondre parce que Harry le prit de vitesse :

— On te rappelle, Rach, OK ? Tiens-nous au courant.

— OK. Essayez juste d'éviter les ennuis, si possible.

Quand elle coupa la communication, Harry se tourna vers lui.

— T'es dans un sale état. Pourquoi tu ne prendrais pas une petite douche ? lui proposa-t-il. La nuit va être longue.

Après avoir suivi ce judicieux conseil, Graham renfila le même bermuda et le même polo à rayures, toujours imprégnés par l'odeur saline de l'océan. Quand il sortit de la salle de bains, Harry était encore au téléphone. Il se rassit donc sur son lit, les paupières lourdes, pour écouter cette nouvelle moitié de conversation. Malgré tout ça (les intonations ascendantes et descendantes de la voix de Harry, la sonnerie intermittente du téléphone sur la table, l'incessant ronronnement de l'ordinateur), il ne mit pas longtemps à sombrer dans un sommeil profond.

Quand il se réveilla, il faisait encore noir dehors et, de l'autre côté de la pièce, Harry avait son ordinateur portable sur les genoux, le visage éclairé par le halo blafard de l'écran. Graham n'avait aucune envie de voir ce qu'il regardait, de découvrir ce qui était remonté à la surface pendant la nuit. Il se fichait de ce qu'on disait de lui, de toute façon. S'il se faisait du souci, c'était seulement pour Ellie.

— Du nouveau ? s'enquit-il, en se redressant et en se frottant les yeux.

Harry sursauta et tourna vers lui des yeux rougis au regard flou.

— Sur toi ? Des tonnes. Tu veux voir ?

Graham secoua la tête.

— Et sur elle ?

— Toujours rien, le rassura Harry avec un sourire las.

Une vague de soulagement le submergea.

— T'es génial.

— C'est pour ça que tu me paies un max.

— Absolument, acquiesça Graham, avant de se faufiler dans la salle de bains.

Il se planta devant le lavabo. Dans la glace, il aperçut ses yeux glauques, le bord des paupières rouge et le début de barbe qui ombrait sa mâchoire et qui lui donnait un air vaguement menaçant, comme s'il était vraiment le genre de mec qui passait son temps à envoyer les paparazzi au tapis. Il fut alors pris d'un asphyxiant besoin d'air.

— Ça t'embête pas si je vais marcher un peu ? demanda-t-il à son agent, en revenant dans la chambre.

Harry hocha la tête sans même lever le nez de son ordinateur.

— Va, va. Je contrôle la situation pour l'instant.

— Super, lui répondit Graham, en attrapant son sweat-shirt. Je ne serai pas long.

Il ferma la porte derrière lui avec un petit *clic !* étouffé, se hâtant de remonter le couloir, de prendre l'ascenseur et de traverser le hall de l'hôtel, sans rien voir de ce qui l'entourait, pour émerger sur le trottoir, dans la fraîcheur du petit matin et dans un monde qui s'éveillait encore, sous un ciel peinturluré d'orange. Il inspira une grande bouffée d'air marin pour calmer les coups de boutoir dans sa poitrine.

L'hôtel se dressait tout au bout de la grand-place, perché sur une hauteur d'où il dominait les échoppes du bourg et le port. Quand Graham releva les yeux, il fut surpris de trouver la ville en pleine ébullition. Il savait que les festivités commençaient tôt, par un petit déjeuner collectif, pour ne s'achever que tard le soir, en apothéose, par un feu d'artifice. N'empêche, il s'était attendu à ne trouver que quelques pêcheurs et peut-être un ou deux joggeurs, à cette heure. Et voilà qu'il y avait des gens partout : certains, en train d'installer des tables près du kiosque et d'autres déchargeant des caisses de leurs voitures. Quelques gamins aux yeux encore ensommeillés virevoltaient sur la pelouse et un chien hurlait, attaché à l'un des lampadaires. Il lui fallut quand même un petit moment avant de s'apercevoir que c'était Bagel.

Il chercha Ellie du regard, soudain pris d'une inexplicable panique. S'il avait lu les nouvelles avant de quitter sa chambre, peut-être qu'il ne se serait pas senti si vulnérable. Mais, là, il avait l'impression que le monde entier devait savoir des trucs qu'il ignorait : tous ces détails de la soirée d'hier que les blogs et les journaux s'étaient fait un plaisir d'étaler sur leurs pages.

De l'autre côté de la place, une femme se débattait avec une nappe qui claquait au vent. Les couleurs du tissu (bleu, blanc et rouge vif) le ramenèrent brusquement sur terre.

On était le 4 Juillet : le jour de la fête nationale.

Un groupe de femmes tenant des plateaux de cookies et de cupcakes passèrent devant lui en coup de vent, trop pressées pour le remarquer, tel qu'il était là, toujours planté sur le trottoir, paralysé d'indécision. Il savait qu'il ferait mieux de retourner dans sa chambre pour faire le point avec Harry et voir exactement quelles parties de l'histoire avaient filtré et dans quel genre de galère il allait se retrouver. Il devrait examiner les photos, appeler ses parents pour que ça ne leur tombe pas dessus sans prévenir (il se liquéfiait rien que d'y penser) et se rencarder avec son attachée de presse pour savoir comment ils allaient la jouer. Il devrait expliquer à Mick ce qui s'était passé, aller présenter des excuses au photographe, prendre ses responsabilités, assumer ses actes.

Mais il n'avait qu'une seule envie : partir en courant.

Quand il aperçut Mme O'Neill, debout sur une chaise, en train d'accrocher une bannière au kiosque, le souvenir du plan qu'Ellie avait prévu de mettre à exécution aujourd'hui lui revint en pleine figure, façon boomerang. Sans se donner le temps de réfléchir, il se mit en marche. Il releva la capuche de son sweat pour cacher son trop célèbre visage, filant devant les gens du bourg qui préparaient les festivités, les mains au fond des poches. Au bout de la rue, il prit la route qui longeait les quais, passa devant les bateaux qui se balançaient mollement sur les eaux calmes du port. Tout le homard qu'il fallait pour une telle célébration avait déjà été pêché et les quais, d'habitude si animés à cette heure, étaient déserts. Nombreux seraient ceux qui, plus tard, prendraient la mer pour profiter au mieux du feu d'artifice. Mais, là, il était encore trop tôt et même le *Go Fish* se laissait bercer, savourant sa grasse matinée, dispensé, comme lui, de tournage pour la journée.

Le temps qu'il arrive chez Ellie, la fraîcheur matinale avait passé la main et l'atmosphère s'était réchauffée. Il avait cru la trouver encore endormie ou déjà en route, à moins qu'elle ne soit occupée à l'intérieur. Aussi, quand il tourna pour s'engager dans son allée, fut-il surpris de la voir s'encadrer dans la porte ouverte du garage. Elle tenait un petit sac à dos et avait la main sur la portière de la voiture, une berline piquée par le sel qui devait avoir quelques bonnes centaines de milliers de kilomètres au compteur.

— Salut ! lança-t-il.

Elle se retourna d'un bloc, les yeux écarquillés et toute rougissante comme une gamine prise en faute. Quand elle s'aperçut que c'était lui, elle se détendit, laissant échapper un petit rire nerveux.

— J'ai cru que c'était ma mère, déclara-t-elle, en ouvrant la portière pour jeter son sac à l'intérieur de la voiture.

Elle portait un jean et un débardeur mauve. Une paire de lunettes de soleil retenait ses cheveux. Des milliers de nouvelles taches de rousseur constellaient ses joues, petit souvenir de son après-midi à la plage la veille.

— Ça m'arrive souvent, plaisanta Graham, en s'avançant pour aller se caler contre le coffre. À force, on finit par être catalogué.

Sa vanne tomba un peu à plat et le sourire d'Ellie s'évanouit.

— Tu as vu ?

Pas besoin de lui demander ce qu'elle entendait par là.

— Non, lui avoua-t-il en secouant la tête. Je n'ai pas pu. Mais Harry m'a dit qu'ils n'avaient rien sur toi.

Elle baissa les yeux.

— Pas pour le moment, en tout cas.

Ils restèrent un moment silencieux, et puis elle s'éclaircit la gorge.

— Il faut que j'y aille.

— Je viens aussi.

Elle réagit au quart de tour, le regard dur.

— Certainement pas.

— On part à quelle heure ? s'entêta-t-il, comme s'il ne l'avait pas entendue.

Ce qui ne lui valut guère qu'un froncement de sourcils. Elle plissa les yeux.

— Je vois, soupira-t-elle. Je comprends que tu veuilles prendre le large aujourd'hui. Mais, le truc d'hier soir, ça change tout. Là, c'est du sérieux. Et tu es beaucoup trop compromettant.

— Je te l'ai déjà dit : je vais me déguiser.

Ellie n'en secoua pas moins la tête.

— Désolée.

Lorsqu'elle se détourna pour rentrer dans la maison, il n'attendit pas qu'elle l'y invite pour la suivre.

— Qu'est-ce que tu veux qu'il arrive ?

Elle pivota brusquement pour lui faire face, le toisant de ses beaux yeux verts.

— Il peut se passer des tonnes de trucs : et si, quand on s'arrête pour prendre de l'essence, quelqu'un te reconnaît ? Une gamine de douze ans, assise dans la voiture d'à côté, pourrait jeter un coup d'œil en passant et se mettre à envoyer des textos à toutes ses petites copines. On pourrait se faire filer par des photographes à moto. (Elle secoua la tête.) *Tu* pourrais te faire filer par des photographes à moto. Ça va déjà être assez compliqué sans avoir, en plus, Graham Larkin comme copilote.

Cette façon qu'elle avait eue de prononcer son nom ! C'était comme si elle parlait de quelqu'un qu'elle ne connaissait pas. Il était vexé. Mais il refusait de céder. Ils se trouvaient dans la cuisine, à présent, et elle ouvrit le frigo pour se mettre à examiner les étagères avec l'air d'avoir complètement oublié ce qu'elle était venue chercher. Il alla se poster à côté d'elle, assez près pour sentir le courant d'air froid sur ses jambes.

— Il faut que je fasse ça toute seule, lui expliqua-t-elle doucement.

D'où il était, il pouvait voir les taches de rousseur qui éclaboussaient son épaule, si blanche. Il pouvait percevoir l'odeur de son shampooing : un truc sucré, de la lavande peut-être. Il eut du mal à avaler sa salive.

Au bout d'un moment, elle répéta, secouant la tête de plus belle :

— Tu es trop compromettant.

Mais, cette fois, elle avait un léger trémolo dans la voix. Graham s'approcha d'un pas.

— Eh bien, on n'a qu'à pas prendre la voiture, lui rétorqua-t-il.

Une idée commençait à germer dans son esprit.

Elle se tourna légèrement, juste assez pour se retrouver de biais, coincée entre le frigo et lui.

— Comment tu veux faire, sinon ? s'étonna-t-elle.

Il sourit.

— On va y aller en bateau.

De : EONeill22@hotmail.com

Envoyé : jeudi 4 juillet 2013 07 : 18

À : GDL824@yahoo.com

Objet : (pas d'objet)

Je suis un peu en retard, mais je te rejoins là-bas. Tu seras le type à la moustache, j'imagine…

Chapitre 19

Ils avaient prévu de se retrouver sur le port dans une heure.

Graham retourna chercher quelques affaires en ville, dont les clefs du *Go Fish* qu'il récupéra dans le camion des accessoires, pendant qu'Ellie se dépatouillait avec son PC pour tenter de tracer leur itinéraire entre Kennebunkport et Henley. En fait, s'ils ne perdaient pas de temps en route, ils pouvaient arriver là-bas en à peine plus de deux heures. Il n'était pas encore sept heures. Donc, même si ça commençait rapidement à se savoir, ils avaient encore des chances de coiffer les infos au poteau.

Dehors, le ciel annonçait déjà une belle journée d'été et la mer s'étendait à perte de vue, calme et plate comme un grand tapis bleu. Tout en se rendant en ville, son sac à dos pesant sur les épaules, Ellie énumérait les mérites de leur plan comme on se donne bonne conscience en considérant les avantages d'un autre petit cône glacé (calcium) ou de quelques minutes de rab au lit (énergie). Elle pouvait trouver mille façons de justifier leur décision de prendre le bateau, mais c'était surtout parce que ça leur permettait d'éviter le plus gros inconvénient de son plan initial : elle aurait été obligée de piquer la voiture de sa mère. Elle en était toujours à tenter de se réconcilier avec cette difficulté majeure, mais incontournable, quand Graham avait débarqué. Il y avait mis tant d'assurance et de conviction qu'elle avait fini par se laisser gagner par son enthousiasme.

En toute honnêteté, peu importait *comment* elle y allait : en voiture, en bateau ou en montgolfière. En définitive, quelle que soit la manière dont elle parviendrait à destination, le problème qui l'attendait sur place serait toujours le même : elle allait devoir affronter son père. Et, à la seule perspective de se retrouver plantée devant lui pendant qu'il essayait de saisir exactement qui elle était (avec une expression de parfaite incompréhension ou, encore plus humiliant, un air ennuyé), elle en avait tellement mal au ventre qu'elle préférait encore ne pas y penser.

La raison qu'elle avait d'y aller était pourtant simple : elle avait l'intention de lui demander de l'argent. Mais elle savait aussi qu'au fond c'était beaucoup plus compliqué que ça.

Quand on arrivait en ville, la route était en pente, délaissant le couvert des arbres pour descendre vers la mer, et alors que, normalement, cloches et trompes de navires quittant ou regagnant le port auraient dû résonner, on n'entendait que les fausses notes de la fanfare qui s'accordait sur la place. De loin, Ellie apercevait déjà des taches bleu, blanc, rouge et l'habituel bazar qui caractérisait ce genre de festivités. Elle comptait d'ailleurs bien sur cette ambiance pour distraire sa mère et l'empêcher de trop s'attarder sur la question qu'elle ne manquerait pas de se poser, quand, avec un peu de chance, les heures auraient tourné : mais comment se faisait-il qu'elle n'ait pas vu sa fille de la journée ?

Tandis qu'elle arpentait les planches du front de mer, passant rapidement devant la boutique d'articles de pêche encore fermée, elle étirait le cou pour voir si Graham était déjà sur le bateau. L'équipe du film s'était vue gratifiée d'un emplacement V.I.P. pour toute la durée du tournage et elle savait que le plus dur serait de sortir du port sans se faire remarquer. Tout le bourg serait sur la place ou en ville, mais certains n'allaient pas tarder à larguer les amarres sur leurs propres embarcations. C'était une journée idéale pour faire de la voile en emportant une bonne bouteille, pour danser sur les flots miroitants sous cet ardent soleil d'été jusqu'à ce que, submergé par la nuit, le ciel ne fasse voir sa face cachée et que le feu d'artifice ne vienne l'éclabousser d'étoiles colorées. Pour le moment, elle se rassurait en se disant que, même si quelqu'un les voyait, jamais personne ne pourrait deviner ce qu'ils complotaient. Non, c'était juste sa mère qui l'inquiétait.

Elle approchait de la barrière qui donnait accès aux quais, quand elle reconnut Quinn un peu plus bas, sur la route. Oh non ! Et il avait fallu qu'elle tombe sur elle maintenant, forcément ! Elle ne se sentait pas vraiment prête pour cette entrevue, c'était peu de le dire. Certes, elles étaient encore assez éloignées l'une de l'autre pour qu'elle puisse feindre de ne pas l'avoir vue. Mais, quand leurs regards se croisèrent, elle perçut une infime hésitation dans la démarche de son amie, comme si, une fraction de seconde, elle était freinée dans son élan. Elle lui adressa un sourire. Quinn s'arrêta à quelques pas – à contrecœur manifestement. Elles se retrouvèrent plantées là, chacune d'un côté du parterre de fleurs jaunes qui séparait la promenade en bois de la route qui la longeait, à se regarder en chiens de faïence.

— Salut ! finit-elle par lui lancer.

Quinn lui accorda un sourire poli. Elle portait un des tee-shirts bleus de *Sprinkles* et il ne fallut pas longtemps à Ellie pour savoir lequel.

— Tu as réussi à enlever la tache, lui dit-elle, en s'essayant au coup d'œil complice.

Quelque chose s'alluma alors dans les prunelles de Quinn (là où, depuis si longtemps, il n'y avait plus qu'une froideur soigneusement entretenue).

— C'est pas nickel nickel, bougonna Quinn, en tirant sur l'ourlet pour l'examiner de plus près. Mais tous les autres sont sales. (Quand elle releva les yeux, elle semblait réfléchir à un truc.) Je dois toujours te rendre le tien.

— Garde-le, lui répondit Ellie. (Et, cette fois, elle eut droit à un vrai sourire.) C'est bien le moins que ta styliste attitrée puisse faire.

— C'était un peu n'importe quoi, ce jour-là, commenta Quinn.

Ellie savait pertinemment qu'elle ne parlait pas seulement du milk-shake. Elle parlait de l'histoire dans sa globalité : tout ce qui s'était passé depuis que les camions de tournage avaient débarqué à Henley.

— Écoute…

Mais Quinn ne la laissa pas finir.

— Tu seras à la fête, ce soir, non ? lui demanda-t-elle d'un ton léger.

D'aussi loin qu'elle s'en souvienne, elles y étaient toujours allées ensemble, année après année, galopant à travers la place, un cupcake dans une main, un cierge magique dans l'autre.

À dix ans, elles avaient chipé une pleine boîte de pétards et, au beau milieu de la nuit, s'étaient sauvées pour aller les faire exploser sur la plage, un par un. Depuis, c'était devenu une tradition. Avec ce qui s'était passé cet été, Ellie avait cru que cette coutume ne serait plus honorée, qu'elles y mettraient fin cette année. Mais, vu la façon dont Quinn la regardait, elle n'en était plus si sûre.

Elle tourna les yeux vers les bateaux.

— Je ne sais pas, lui répondit-elle d'une voix sourde, étonnée d'avoir soudain la gorge si serrée.

Elle aurait tellement voulu pouvoir dire à Quinn où elle allait. Elles avaient toujours tout partagé, Quinn et elle : chaque expédition, chaque nouvelle aventure. Et voilà maintenant qu'il y avait cette terrible distance entre elles. Elle essaya de ne pas penser à tout ce qu'elles avaient raté : tant de petits et de grands moments qui avaient jalonné la vie de l'une, ces dernières semaines, sans que l'autre le sache.

Quinn fronça les sourcils.

— Tu ne sais pas ?

— J'ai une course à faire, lui expliqua-t-elle. (Si ce n'était pas tout à fait vrai, c'était ce qu'elle pouvait invoquer de plus approchant sans se trahir.) Mais, avec un peu de chance, je serai revenue à temps.

Du coin de l'œil, elle aperçut Graham qui avançait vers elle. Panique à bord ! Ouf ! Il bifurquait pour se diriger vers le bateau. Elle reporta son attention sur Quinn.

— Et toi, tu y seras ?

La petite brune opina du bonnet.

— Avec Devon ?

— Forcément, lui rétorqua Quinn d'un ton cassant. (Et puis elle sembla se reprendre, hésita deux secondes, pencha la tête.) Et Graham ?

— Je ne sais pas, lui avoua-t-elle.

Quinn sembla songeuse, ses traits soudain dénués de cette dureté devenue désormais systématique dès qu'elles se croisaient.

— Bon, eh bien, peut-être à ce soir, alors.

— J'espère.

Elle s'était efforcée de ne pas paraître trop impatiente. Pourtant, qu'est-ce qu'elle n'aurait pas donné, à ce moment-là, pour que tout redevienne comme avant ! Elle voulait se retrouver sur la plage et regarder les pétards partir en vrille dans la nuit. Elle voulait Quinn à ses côtés. Pas cette Quinn-là exactement, mais l'ancienne Quinn : elle voulait récupérer son amie.

— Je suis en retard, lui annonça alors cette dernière. Il faut que j'y aille.

Quand on connaissait Quinn comme elle la connaissait, c'était vraiment le plus mauvais prétexte qu'elle pouvait trouver. Autant l'envoyer carrément balader.

— OK, acquiesça-t-elle pourtant. C'était vraiment sympa de te voir.

L'expression de Quinn n'était pas facile à déchiffrer et elle resta un petit moment sans parler. Est-ce qu'elle allait lui répondre, seulement ? Ellie n'en était pas persuadée.

— Pour ton mail, lui lança cependant Quinn, tout à coup. J'ai pas eu le temps de…

— C'est pas grave, s'empressa-t-elle de l'excuser.

Quinn hésita encore quelques secondes, avant de hocher la tête, toute trace d'animosité envolée.

— Il va faire une chaleur de bête, aujourd'hui, reprit-elle. N'oublie pas de mettre de la crème solaire.

Ellie sourit.

— J'y penserai.

Mais, dans sa tête, elle lui disait : « Merci. » Elle lui disait : « Contente que tu sois de retour. »

En se dirigeant vers les quais, elle se sentit gagnée par une sorte d'euphorie, de légèreté qui lui donnaient l'impression de flotter. Le rire des mouettes se détachait, éclatant, sur le doux flux et reflux des vagues et tout semblait étinceler sous le radieux soleil de juillet. Ce début de matinée ressemblait un peu au bol d'un mixeur qui n'attend plus que ses ingrédients : on le sentait riche de possibilités, comme la promesse d'un jour meilleur.

Quand elle poussa la barrière, ce fut pour trouver Graham qui l'attendait près du bateau, beau à ne plus savoir où elle en était, même dans ses fringues d'hier toutes chiffonnées. Elle le dévisagea, cherchant sur ses traits les signes révélateurs d'une petite mise au point qu'il aurait pu avoir avec Harry entre-temps, essayant de discerner si quelque chose avait changé. Mais elle ne vit que son sourire habituel, un sourire qui lui semblait exclusivement réservé.

— Ohé ! lui lança-t-il, en levant la main comme elle approchait. Prêt à appareiller, moussaillon ?

— Ils ont bien voulu te le prêter ? lui demanda-t-elle, en prenant la main qu'il lui tendait pour l'aider à monter à bord.

Elle franchit d'un bond l'espace qui séparait le bateau du quai pour atterrir sur le plancher instable du pont. C'est qu'il était beaucoup plus grand qu'il n'en avait l'air, ce rafiot ! Et plus vieux aussi. Pas « maquillé » pour faire vieux, comme elle l'avait d'abord cru, mais réellement vieux. Elle s'était à moitié attendue à ce qu'il fasse un peu carton-pâte : plus décor de cinéma que vrai homardier en état de marche. Mais, à part les quelques accroches en métal fixées sur les côtés pour installer les caméras et les stabiliser pendant le tournage, rien ne le distinguait d'un bateau de pêche ordinaire.

— Aucun problème, lui assura Graham d'un ton dégagé, en sautant à bord derrière elle.

La mer était calme, mais, déjà, Ellie sentait le pont tanguer sous ses pieds. Elle se cramponna à l'épaule de Graham pour se défaire de son sac à dos qu'elle laissa tomber sur un banc de bois qui courait tout le long du bateau. À l'avant, il y avait une petite cabine avec un pare-brise en verre et une barre à roue à l'ancienne pour le capitaine. À l'arrière, plusieurs casiers à homard s'entrechoquaient et quelques bouées balises rouges roulaient mollement d'un bord à l'autre.

Elle enjamba un des nombreux cordages soigneusement enroulés à intervalles réguliers le long du pont. Là-haut, la fanfare répétait et ses flonflons dévalaient la colline jusqu'à la mer. Ils allaient jouer comme ça toute la journée et, si elle passait devant en fin d'après-midi, ou même cette nuit, ils mettraient toujours la même énergie à interpréter leurs morceaux, de vibrantes chansons patriotiques pleines d'émotion et de cuivres : on ne pouvait rêver mieux comme chant de départ pour larguer les amarres.

— Prêt à lever l'ancre ? demanda-t-elle à Graham, qui était en train d'examiner les nombreux cadrans du poste de commande.

Un flotteur orange fluo se balançait au bout du porte-clefs qu'il tenait à la main (au cas où les clefs passeraient par-dessus bord, sans doute).

— Mais certainement, lui répondit-il, en le lui tendant.

Ellie se contenta de le regarder fixement.

— Je croyais que c'était toi qui pilotais.

— Quoi ?

Elle désigna d'un petit coup de menton le porte-clefs qui se balançait toujours entre eux.

— Ce n'est pas toi qui pilotes ? C'était ton idée.

Graham s'empressa de secouer la tête.

— C'est un homardier, lui fit-il remarquer. (Et comme elle ne réagissait toujours pas, il roula des yeux, comme si ça tombait sous le sens.) Tu es du Maine !

— Tu en as donc déduit que je savais piloter un homardier.

— Eh bien, euh… oui. Je me suis trompé ?

— Est-ce que j'ai l'air d'un pêcheur de homards ? lui demanda-t-elle en fronçant les sourcils. Je croyais que *tu* savais piloter cet engin. Je t'ai vu faire l'autre jour.

Il la dévisagea sans comprendre.

— Quand ça ?

— Sur le tournage.

Il émit un grognement sourd.

— C'est un film : je jouais.

Ellie soupira.

— Mais pourquoi ils te prêteraient un bateau si tu ne sais pas le piloter ?

— Je n'ai jamais dit qu'ils me l'avaient prêté.

Elle ne percuta pas, sur le coup. Mais, quand elle comprit, elle lui colla carrément une droite. Bon, dans l'épaule. Mais quand même !

— Tu te fiches de moi ? s'étrangla-t-elle. Tu as volé les clefs ?

— Je te l'ai déjà dit, se défendit-il, en frottant l'endroit qu'elle venait de frapper – elle ne l'avait pas raté ! Il n'y a aucun problème : ça leur est complètement égal si on ne fait que l'emprunter.

Ellie ouvrit la bouche… et la referma. Elle tourna alors les talons pour remonter d'un pas martial jusqu'à la poupe et leva les yeux vers la place, en se demandant s'il était déjà trop tard pour prendre la voiture de sa mère.

Elle en était toujours à ce stade de ses réflexions, quand Graham vint la rejoindre.

— Ça va aller, lui promit-il. J'en sais assez pour pouvoir me débrouiller.

— Comment ça ? s'enquit-elle sans le regarder.

— Ils m'ont fait prendre des cours avant le début du tournage. Ça suffira bien pour nous emmener là-bas et nous ramener. Je pensais juste que tu serais peut-être plus experte que moi.

Elle se tourna vers lui.

— Parce que je suis du Maine.

— Parce que tu es du Maine.

— Eh bien… ça fait des années que Quinn pratique le ski nautique et c'est toujours moi qui pilote quand on sort la vedette… Mais ce truc n'a pas l'air vraiment pareil.

— On va s'en sortir alors, lui assura-t-il. À nous deux.

— À nous deux ?

Il lui adressa un petit sourire contrit.

— Enfin, surtout toi.

Elle tendit alors sa paume ouverte vers lui et il y laissa tomber les clefs.

— C'était un super numéro d'acteur, l'autre jour, alors, applaudit-elle, parce que tu avais vraiment tout d'un fier commandant de vaisseau, à cette barre.

— Dans ce cas, tu n'as pas à t'en faire, lui affirma-t-il, tout en l'entraînant vers la proue. Si tu avais vu mes autres films, tu saurais que je suis aussi magicien.

— Wouoh oh !

— Quoi ?

— J'ai oublié mon portable.

— Et alors ?

— Alors, comment je suis censé faire pour t'envoyer des mails, maintenant ?

— J'imagine qu'on va juste être obligés de se parler…

Chapitre 20

Une fois sorti du port et de son périlleux labyrinthe de bouées et de jetées, Graham se détendit. L'océan s'offrait à eux dans toute son immensité, étendue de vagues bleu-vert frisées de blanc, comme quelque gigantesque gâteau saupoudré de sucre glace, et leur regard n'avait de limite que l'horizon, ligne ténue où le bleu plus clair du ciel rencontrait le bleu plus foncé de la mer avec une parfaite symétrie. Tout scintillait sous le soleil aveuglant et Graham ferma les yeux pour se protéger du vent et des embruns soulevés par le bateau fendant les flots.

À côté de lui se tenait Ellie, une main sur la barre qu'elle faisait tourner de temps en temps, d'un bord et de l'autre, infimes ajustements qui passaient totalement inaperçus alors même qu'ils fonçaient droit devant, ne laissant derrière eux qu'un sillage d'écume blanche. Au début, ils ne se parlèrent pas. Avec la vitesse, le vent était assourdissant. Mais, même sans qu'une seule parole soit échangée, la complicité de ce moment semblait plus forte que tous les mots, si forte qu'elle éclipsait tout le reste. Ensemble, ils étaient partis. Ensemble, ils avaient réussi à s'évader.

— Tu vois, cria Graham pour couvrir le bruit du vent. (Ellie pencha la tête dans sa direction.) T'es une vraie pro.

Elle haussa les épaules.

— Ça ne change pas vraiment de la vedette, finalement.

La dernière fois qu'il avait pris la mer comme ça, c'était avec Olivia – qui tirait la tête entre les prises, essuyant avec agacement la moindre gouttelette qui avait le malheur de déparer son beau visage. Il ne leur restait plus que deux jours de tournage et il savait qu'elle avait hâte de rentrer à L.A. Pour elle, tout ça n'était qu'un intermède, une interruption malvenue de sa petite vie hollywoodienne, faite de séances photos et de soirées branchées, de manucures et de rendez-vous planifiés.

Maintenant qu'Ellie était revenue, Graham, lui, voyait ce dernier jour arriver avec une terrible appréhension. Fini les levers de soleil sur la place, le départ matinal des bateaux pour la pêche, le bruit des vagues qui semblait vous suivre à travers tout le bourg. Ça allait lui manquer. Et puis, bien sûr, il y avait Ellie. Il ne se sentait pas prêt à lui dire adieu, pas encore. Il ne préférait même pas y penser, d'ailleurs – ce qui lui demandait de plus en plus d'efforts… tellement que c'en devenait flippant, par moments.

— Je peux essayer ? lui demanda-t-il.

Ellie s'écarta, ne laissant que deux doigts sur la barre jusqu'à ce qu'il l'ait bien en main. Il jeta un coup d'œil à travers le pare-brise, regardant la proue du navire jouer aux montagnes russes de l'autre côté de la vitre.

— On dirait que tu as fait ça toute ta vie, commenta-t-elle.

Elle le surprit alors en se laissant aller contre lui. Il lui passa instinctivement le bras autour des épaules. Mais c'était trop bizarre comme impression. Il se sentait si « grand », tout à coup, si… adulte, avec la main sur la barre et sa belle à ses côtés. Il se redressa, releva le menton, et poussa un soupir satisfait.

— Je crois que j'ai trouvé mon nouveau métier, lui annonça-t-il.

Elle rit et, vive comme une anguille, échappa à son étreinte. Elle attrapa son sac à dos et en sortit une bouteille d'eau. Elle but une gorgée, lui en offrit. Il secoua la tête.

— Je me prends pour Achab, poursuivit-il. En route pour une nouvelle quête.

— Plus fructueuse que la précédente, j'espère.

— Sans aucun doute.

— Et sinon, eh bien, on t'aura au moins trouvé une solution de reconversion pour quand tu auras fini de faire l'acteur : sillonner les mers.

— Ce n'est pas une mauvaise idée. Ça vaut largement L.A.

Elle s'assit sur l'un des coffres qui bordaient le bateau, de chaque côté, et servaient à ranger le matériel de pêche.

— Hmm, je ne sais pas… Les villes dans lesquelles le cirque s'arrête ne doivent jamais lui sembler très ennuyeuses non plus : il ne fait que passer…

— Donc, si je te suis bien, c'est moi le cirque ?

Elle réprima un fou rire.

— Tu fais très bien le clown, en tout cas.

— Oh merci ! s'esclaffa-t-il, en regardant défiler les immenses baraques perchées sur les rochers le long de la côte.

Ils croisèrent un voilier. Le couple qui était à bord leur fit un signe et Graham leva la main pour les saluer.

— Ça ne va rien arranger, hein ? lui demanda-t-elle alors.

Il tourna les yeux vers elle.

— … Qu'on ait pris le bateau, j'entends.

— C'est possible, reconnut-il, avec un haussement d'épaules fataliste. Mais bon, ce n'est pas comme si on passait de la drogue ou un truc dans le genre.

Elle lui jeta un coup d'œil en coin.

— Est-ce que ça compte, le chocolat ?

— Non. Je suis quasi sûr que c'est légal.

— Ouf ! soupira-t-elle en sortant de son sac à dos un paquet de bonbons pour le lui balancer.

Il l'attrapa au vol, puis, maintenant la barre avec l'avant-bras, entreprit de l'ouvrir. Avec le soleil, le chocolat était tout ramolli et fondait sur la langue. Il sentit une douce chaleur l'envahir. Il aurait voulu que ce moment ne s'arrête jamais. Mais il savait qu'ils étaient un peu en service commandé : ils avaient une mission à accomplir. Ça se sentait dans chaque geste d'Ellie : cette ferme résolution qui l'animait.

— Alors, tu stresses ? s'enquit-il, en lui rendant le sachet. De voir ton père je veux dire.

Elle hocha la tête, les lèvres tellement pincées qu'elles n'étaient plus qu'un trait.

— Et t'as un plan ?

Cette fois, elle ne répondit pas et Graham se demanda si ses mots n'avaient pas été emportés par le vent. Elle finit par remonter ses lunettes pour se les percher sur la tête, dévoilant le vert étincelant de ses prunelles. C'est comme ça qu'il s'en aperçut. Elle avait les yeux braqués sur lui et le regardait avec une telle intensité que son cœur se mit à tanguer comme la proue du navire chevauchant les flots.

— Tu te rappelles cette histoire de stage de poésie ? lui lança-t-elle soudain. (Elle enchaîna sans lui laisser le temps de faire le rapprochement.) C'est une sacrée chance d'être acceptée. Et je veux vraiment y aller.

Il plissa le front.

— Mais… je croyais que tu y allais.

— J'y vais, affirma-t-elle, un peu trop sur la défensive peut-être. C'est juste que je n'ai pas encore tout à fait assez. Et ils n'accordent pas de bourse.

Il retint son souffle pour attendre la suite, ravalant la question qu'il brûlait de lui poser. Ce n'était vraiment pas le moment, il le savait : l'instant était crucial, chargé de tension, fragile. Un simple mot aurait pu tout briser. Alors, il se mordit la joue pour réussir à tenir sa langue.

— Je vais lui demander le reste, lui annonça-t-elle, débitant sa phrase d'une traite. Je ne peux pas demander une telle somme à ma mère. Et ce n'est pas comme si ça allait le gêner, friqué comme il est.

— Combien… commença-t-il, n'y tenant plus.

— Et puis il me doit bien ça, non ? le coupa-t-elle, feignant de n'avoir rien entendu. (Elle creusait une rainure dans le bois avec son ongle.) Toutes ces années, et pas un signe ? Et ce n'est pas comme si j'allais le dépenser bêtement, cet argent. En trucs débiles ou futiles, genre une bagnole ou un tatouage.

Graham haussa les sourcils.

— Ça, c'est vrai.

— C'est pour étudier. Pour aller à Harvard.

Sourd à la voix de la raison, il s'éclaircit la gorge.

— Et combien il te manque ?

Elle leva les yeux vers lui.

— Mille dollars, déclara-t-elle doucement, ses mots à peine audibles avec le vent.

Et puis elle baissa de nouveau la tête pour se concentrer sur le plat-bord qu'elle s'échinait toujours à taillader avec acharnement.

« Mille dollars », se disait-il, honteux du peu que ça valait pour lui. Il se souvenait de l'argent que ses parents avaient dû débourser pour l'envoyer dans son école privée, de l'énormité de la somme que ça représentait pour eux, à l'époque, des privations que ça leur avait coûtées. Il voyait les choses autrement, à présent. « Mille dollars » ! Ne serait-ce que le mois dernier, il en avait encore versé près du double à un entrepreneur chargé d'installer un enclos pour Wilbur dans la buanderie. Il avait vu ses partenaires les claquer pour un dîner d'avant-première et il était persuadé que tous les sacs qui traînaient dans la loge d'Olivia devaient bien se monter à ça – probablement à plus, même.

Il jeta un coup d'œil à Ellie, assise là, le dos courbé, sur son banc. Pour elle, ces mille dollars constituaient manifestement un obstacle insurmontable, assez pour la pousser à embarquer sur un bateau volé pour partir à la recherche d'un père qu'elle n'avait pas connu. Alors qu'il lui serait si facile, à lui, de signer un simple chèque, de lui tendre une grosse liasse de billets, de lui faire la surprise en réglant directement Harvard sans lui en souffler mot. Mais ils n'étaient pas dans un film, et il la connaissait assez pour deviner qu'à ses yeux, ça ne ferait pas de lui un héros, qu'elle ne lui sauterait pas au cou, éperdue de reconnaissance. Il y avait, chez elle, une espèce de fierté à fleur de peau qui l'empêcherait de jamais accepter ce genre de charité. Non, c'était quelque chose qu'elle devait régler toute seule.

— Et si… reprit-il, les yeux scotchés au pare-brise. Et s'il refusait ?

Derrière lui, Ellie passa la main par-dessus bord, capturant du bout des doigts les embruns qu'ils soulevaient sur leur passage.

— Eh bien, je n'irai pas, lui répondit-elle d'une voix sans timbre. Mais comment il pourrait ?

Ce que Graham ne disait pas - ce que ni l'un ni l'autre ne disaient –, c'était que monsieur le sénateur refuserait sûrement si, à cause de l'épisode de la veille, il devait se retrouver dans les journaux à scandales. D'autant qu'il venait de passer le turbo dans sa pêche aux généreux donateurs pour financer sa campagne.

Il comprenait mieux pourquoi elle avait été si pressée de partir : elle voulait prendre les médias de vitesse.

Ellie se leva, le contournant subrepticement pour attraper la barre. Il s'écarta et lui passa les commandes. Elle mit aussitôt les gaz et le bateau pointa du nez, propulsé par le moteur poussé à puissance maximale.

En regardant par-dessus bord, Graham pouvait voir les ombres des poissons sous la surface. Si les choses s'étaient passées autrement, en ce moment même, il aurait pu être avec son père, toutes lignes dehors, attendant dans un silence religieux qu'une prise veuille bien mordre.

La côte était plus sauvage par ici. Les imposantes propriétés toisant l'océan avaient laissé place aux cabanes de pêcheur et il pensa à tous ces autres duos complices, père et fils, qui devaient être en train de préparer lignes, appâts et hameçons, se réjouissant déjà de passer ce week-end prolongé « entre hommes ». Il se dégageait une telle quiétude, une telle sérénité, avec toutes ces bicoques qui ponctuaient le littoral. Ce serait tellement sympa d'avoir une maison là, songeait-il. Rien de prétentieux, un simple pied-à-terre niché au fond d'une crique, un endroit où aller quand il en aurait marre du décor en toc de L.A., une façon d'emporter un peu de ce petit coin de paradis avec lui, même quand il serait parti.

— Hé ! fit-il, en se retournant, le doigt pointé vers la côte. Est-ce que tu sais quel bled c'est ?

Ellie regarda dans la direction qu'il lui indiquait et secoua la tête.

— Pourquoi ?

— C'est juste que ça a l'air sympa.

— Cherche-le sur le Net.

Il plongea instinctivement la main dans sa poche avant de se remémorer qu'il avait oublié son Smartphone à l'hôtel. Il ne l'avait pas fait exprès. Ils quittaient déjà le port quand il s'en était rendu compte. Mais ce n'était pas plus mal, finalement. Il avait plutôt bien choisi son jour pour couper les ponts. Il n'y avait personne dont il avait envie d'avoir des nouvelles, de toute façon. Ni Harry, ni Rachel, ni Mick, ni qui que ce soit d'autre. Sans son téléphone, il avait cru qu'il serait perdu. En réalité, tout ce qu'il éprouvait, c'était une formidable sensation de liberté.

— Je n'ai pas mon portable, t'as oublié ? lui rappela-t-il. Tu me prêtes le tien ?

Ellie l'avait posé devant elle, sur le tableau de bord. Elle le fit glisser vers lui d'une pichenette. Il chercha l'appli et attendit de se faire géolocaliser, observant le lent ballet des pixels en train de se positionner sur l'écran. Les cheveux ébouriffés par le vent, il plissa les yeux pour mieux voir le clocher qui se dressait derrière les arbres bordant la côte, l'idée de s'installer ici s'ancrant de plus en plus fermement dans son esprit.

Il s'apprêtait à la partager avec Ellie, quand ils croisèrent le sillage d'un autre bateau, leur propre embarcation bondissant comme un galet qui ricoche à la surface de l'eau. Le téléphone lui échappa des mains pour pirouetter dans l'espace au ralenti, avant de plonger dans les flots sans un bruit. Il y avait trop de tourbillons d'écume pour apercevoir la moindre ride sur l'eau et, en une seconde, ils l'avaient dépassé. Le petit rectangle de métal devait déjà avoir touché le fond.

— Euh… lâcha-t-il, sans se retourner.

— Quoi ? demanda-t-elle dans son dos.

— Ton portable…

— Non, ne me dis rien.

— J'ai bien peur qu'il ne nage avec les poissons, lui avoua-t-il, en revenant vers elle avec ce qu'il espérait être un air suffisamment contrit. Je suis vraiment désolé. Il a glissé.

Elle émit un grognement inintelligible.

— Je t’en achèterai un neuf.

— Ce n’est pas ça qui va nous aider, pour le moment. Je m’en servais pour naviguer.

Il jeta un coup d’œil à l’horizon qui s’ouvrait devant eux. Au loin, il y avait quelques voiliers, une vedette qui tractait un skieur, et, sur la gauche, plus près de la côte, des ports criblés de bouées, chacune surmontée d’une mouette. Le village dans lequel il avait tellement eu envie de s’installer, deux minutes plus tôt, était depuis longtemps derrière eux, à jamais disparu.

— On verra bien où on est d’ici, non ?

— Ce n’est pas comme avec un train qui passe devant des gares, lui fit-elle observer avec un haussement d’épaules. Les villes ne sont pas signalées. Ce n’est pas marqué dessus. Je ne vois vraiment pas comment on va savoir laquelle c’est.

— Je parie qu’il va y avoir un paquet de grosses baraques.

— J’imagine, soupira-t-elle.

Mais elle avait la bouche tombante et il y avait de l’inquiétude dans ses yeux.

— On peut toujours demander, proposa-t-il.

— Comment ? En envoyant des signaux de fumée ?

— On leur fera signe de s’arrêter.

Elle étudia la position du soleil, soupirant de plus belle.

— Il n’est que onze heures. On n’est pas arrivés, de toute façon.

— Bon. OK. On ouvrira l’œil alors.

— OK, répéta-t-elle, tandis qu’au-dessus d’eux, une mouette poussait un long cri éraillé.

Graham renversa la tête pour la regarder. De quoi pouvaient-ils bien avoir l’air, vus du ciel ? Des dizaines de bateaux dansant sur les flots, tel le reflet dans l'eau de tous ces oiseaux volant à travers l'azur. Et, au beau milieu, le *Go Fish*, avançant vaillamment, tandis qu'il les emportait, de plus en plus loin, remontant le long de la côte parsemée de villages qui se ressemblaient tous, ne laissant derrière lui qu'une traînée d'écume, comme ces miettes de pain du marin semées pour retrouver son chemin…

— Tu connais des bonnes blagues de marin ?

— J'en ai une sur les mouettes.

— D'accord.

— Pourquoi c'est dommage que les mouettes volent de jour ?

— Pourquoi ?

— Parce que la nuit elles sont chouettes.

Chapitre 21

Telle une poursuite braquée sur eux, le soleil ne les lâchait pas et tout étincelait sous l'intensité de sa lumière aveuglante. Ellie le sentait taper sur ses épaules et dans sa nuque, brûler le bout de son nez et la fine ligne de peau nue exposée là où une raie séparait la masse de ses longs cheveux roux. Ça faisait maintenant plus de deux heures et ils dérivaient toujours.

Graham se gratta le front. Il était déjà à moitié cramé. Il avait oublié de prendre de la crème solaire. Et voilà qu'ils étaient à court d'eau, en plus ! De temps en temps, ils ralentissaient, rétrogradant assez pour pouvoir faire des signes aux bateaux qu'ils croisaient et crier leur question à travers l'espace. Parfois, on leur renvoyait un « encore une demi-heure tout au plus » ou « encore à quatre bleds d'ici, maxi ». Mais, le plus souvent, ils n'obtenaient que regards perplexes ou haussements d'épaules navrés.

Ellie s'efforçait de calmer son stress qui semblait jouer au parachute ascensionnel. Elle aurait voulu être déjà rentrée à Henley, en train de siroter une petite grenadine dans un gobelet en plastique aux couleurs de la bannière étoilée. Mais, si elle entendait aller jusqu'au bout (et il le fallait. Pas seulement pour l'argent, mais pour un tas d'autres raisons aussi. Pour toutes ces choses restées inexprimées durant toutes ces années), c'était maintenant ou jamais.

Elle se retourna en entendant un petit tapotement derrière elle. Une main sur la barre, les sourcils froncés, Graham considérait le tableau de bord d'un air circonspect. Tandis qu'elle l'observait, il leva l'index pour se remettre à tambouriner sur l'un des cadrans. C'est alors qu'elle perçut, sous ses pieds, une sorte de grognement sourd, comme quelque chose qui protestait dans les entrailles du bateau. Au même moment, ils ralentirent brusquement.

— Qu'est-ce qui se passe ? demanda-t-elle, en le rejoignant.

Elle posa la main sur le levier de vitesse et le bascula vers l'avant. Mais, au lieu de la poussée escomptée, elle n'eut droit qu'à un petit crachotement, suivi d'un alarmant bruit de crécelle. Et puis le moteur s'arrêta net et l'aiguille que Graham avait examinée avec tant d'attention (et qui, comme elle venait – trop tard – de le comprendre, était celle de la jauge de gasoil) plongea vers le « 0 » avec une impitoyable rigidité.

Graham se tourna vers elle, sa bouche s'arrondissant sur un petit « o » de surprise, et, pendant un court et pénible instant, Ellie sentit sa gorge se serrer. Elle avait les paupières brûlées par le sel et était en train de prendre un sacré coup de soleil, si carabiné qu'elle en avait des frissons. Et voilà qu'ils se retrouvaient coincés là, dérivant le long de la côte, sur un bateau volé, sans plus une seule goutte de gasoil dans le réservoir, avec, derrière eux, des reporters, des photographes et des conséquences à assumer – sans oublier sa mère, l'agent de Graham et le mauvais souvenir de la soirée d'hier – et, devant eux… eh bien, ce qui les attendait n'était sans doute pas beaucoup plus glorieux. Et ils étaient scotchés quelque part entre les deux. Mais comment allaient-ils bien pouvoir se sortir de cette galère ? La situation lui paraissait si désespérée qu'elle en avait les larmes aux yeux.

À côté d'elle, elle percevait la présence de Graham qui attendait sa réaction. Il se tenait parfaitement immobile, tel un cerf aux abois. Mais, quand elle réussit enfin à se reprendre – assez pour trouver le courage de le regarder –, elle découvrit, ahurie, qu'il avait le fou rire.

— Ça n'a vraiment rien de drôle, bougonna-t-elle.

Il tenta bien de se retenir, mais c'était plus fort que lui. Il avait vraiment tout d'une star de cinéma, à ce moment-là, avec ses prunelles couleur océan qui pétillaient, son sourire étincelant et la tête auréolée par ce soleil éblouissant qui créait un effet de flou artistique voilant déjà tout l'arrière-plan… Elle fut soudain prise d'une folle envie de se hisser sur la pointe des pieds pour l'embrasser. Déjà, sa panique fondait sous la chaleur de son regard. « Après tout, semblait-il lui dire, quelle meilleure excuse on aurait pu trouver pour rester des heures à vadrouiller dans la nature, rien que nous deux, livrés aux caprices des flots ? »

— Un petit peu quand même, hasarda-t-il.

Elle se rapprocha pour lui prendre les mains.

— Peut-être un petit peu, concéda-t-elle.

À la seconde précise où il se penchait vers elle, alors qu'elle lui tendait déjà les lèvres, le cri strident d'une sirène déchira le silence, et ils se retournèrent d'un même mouvement pour voir un bateau des gardes-côtes fonçant droit sur eux.

Graham lui lâcha les mains et elle alla d'un pas chancelant se caler contre le bord, les yeux exorbités d'horreur en regardant la grosse vedette, dont la proue se dressait vers le ciel dans un bouillonnement d'écume, se rapprocher à une vitesse hallucinante.

— Quelles sont les chances pour qu'ils aient compris qu'on était en panne et qu'ils viennent juste pour nous porter secours ? lui demanda Graham.

— Minces, lui répondit-elle, le cœur battant.

Elle qui n'avait jamais ne serait-ce que chipé un malheureux paquet de chewing-gum, fait entrer une seule cigarette en douce au lycée, ni même triché à un seul devoir, voilà maintenant qu'elle allait se faire arrêter pour avoir volé un *bateau de pêche* ! Peu importait que ce ne soit pas elle qui ait vraiment commis le délit : elle était complice. Parce que Graham l'avait volé pour elle. Elle pouvait pratiquement sentir la culpabilité se peindre sur son visage à mesure que l'écart entre les deux bateaux s'amenuisait. C'était plutôt un navire de haute mer qu'ils avaient, d'ailleurs : un truc énorme, blanc et anguleux, avec une rampe de gyrophares rouges pleins feux à l'avant. Lorsqu'ils furent assez près, un homme qui portait des lunettes noires et un coupe-vent orange fluo s'empara d'un mégaphone.

— Vous êtes priés de rester où vous êtes, leur ordonna-t-il d'une voix qui grésillait. Ne déplacez pas votre embarcation.

— Même si on le voulait, ça risque pas, marmonna Graham.

— Ça se présente mal, chuchota-t-elle. Non ?

— Ça se présente pas très bien, admit-il. (Mais quand il vit sa tête, il s'efforça de prendre un ton enjoué.) Ça va s'arranger, lui assura-t-il. C'est juste un petit malentendu. On va régler ça.

Quand la vedette des gardes-côtes se rangea le long du *Go Fish*, le type abaissa son mégaphone.

— On nous a signalé la disparition de ce bateau, brailla-t-il. Vous avez quelque chose à dire là-dessus ?

Graham plaça ses mains en porte-voix pour lui répondre :

— C'est ma faute, monsieur. Je voulais juste l'emprunter.

Le garde-côte ôta ses lunettes et dévisagea Graham en plissant les yeux.

— Vous êtes ce type… dit-il, un peu décontenancé. Celui de ces films, là…

— Exactement, lui confirma Graham, d'un air encourageant. Je suis venu ici en tourner un autre. Et on utilise ce bateau pour le tournage. C'est quelqu'un de la production qui vous a appelés, non ? Je crois bien que j'ai oublié de prévenir.

Ellie s'extasiait devant la simplicité de cette explication et la désinvolture avec laquelle il avait mis toute l'affaire sur le compte d'une banale omission. Elle était sciée par la réaction du garde-côte qui semblait gober tout ça d'un air absorbé. Si ç'avait été elle, fébrile et nerveuse comme elle l'était, elle se serait mélangé les pinceaux. Même si elle avait dit la vérité, elle se serait encore débrouillée pour paraître coupable.

— Laissez-moi une minute, annonça alors le garde-côte en levant l'index. Il faut que je vérifie tout ça.

Sur ce, il disparut dans la cabine de sa vedette. Ellie se tourna vers Graham. Avant qu'elle ne puisse ouvrir la bouche, il lui étreignit l'épaule pour la rassurer :

— Tout va s'arranger. C'est quand même bien pratique, parfois, cette histoire de célébrité.

L'attente ne s'en déroula pas moins dans un silence tendu. Une bande de jet-skieurs les dépassa (avec leurs gilets de sauvetage jaune fluo, on ne voyait qu'eux sur ce fond uniformément bleu) et un avion les survola à basse altitude. Comme elle ne portait pas de montre et que son Smartphone bullait quelque part au fond de l'Atlantique, Ellie ignorait quelle heure il était. Mais le soleil avait déjà entamé sa descente : il devait être largement midi passé.

À son retour, le garde-côte enleva ses lunettes noires et se frotta la nuque.

— J'ai parlé avec le type qui a appelé le central, leur annonça-t-il, en jetant un coup d'œil au bout de papier qu'il tenait à la main. Il n'avait pas compris que c'était vous qui l'aviez pris. Il a dit que ce n'était absolument pas un problème, tant que vous le rameniez en entier.

Graham lui adressa un sourire rayonnant et lui fit un signe de la main.

— Merci, monsieur. Désolé d'avoir involontairement créé cet incident.

Le garde-côte allait se retourner quand Ellie l'interpella :

— Au fait, on est en panne de gasoil…

Il haussa les sourcils, fatigué d'avance par ce nouveau problème qui lui tombait dessus, surtout avec la star de cinéma à bord de son bateau « d'emprunt ». Comme il ne lui proposait aucune solution, se contentant de la regarder sans réagir, Ellie s'éclaircit la voix.

— Qu'est-ce qu'on doit faire ? insista-t-elle.

Trois quarts d'heure plus tard, les gardes-côtes les avaient remorqués jusqu'à une station de carburants dans le petit port de Hamilton. Les deux hommes s'étaient montrés plutôt conciliants à propos de toute l'affaire (quoiqu'elle ait soupçonné que, sous leurs dehors avenants et leur cordialité toute professionnelle, ils se disaient tous les deux qu'il fallait en tenir une sacrée couche pour tomber en panne sèche) et Graham avait même signé un autographe pour une de leurs filles.

Ils les confièrent aux bons soins d'un moustachu, qui se mit en devoir de remplir leur réservoir, et les saluèrent en portant la main à leur belle casquette militaire. Ellie les regarda reprendre le large, soulagée de se retrouver sur la terre ferme, le cœur tout palpitant comme un poisson hors de l'eau.

— C'est encore loin Kennebunkport ? demanda Graham, tandis que le pompiste de service remontait vers la cabine du *Go Fish* pour vérifier la jauge, son visage de vieille pomme toute ridée pratiquement collé au cadran.

— Dix minutes en bus, lui répondit-il sans lever le nez.

— Pourquoi on prendrait le bus ?

— Parce que vot'jauge est foutue, lui annonça le type en se redressant. Je viens d'vous faire le plein et elle est toujours à zéro. Faut que j'la répare. Ça devrait pas m'prendre plus d'une heure.

Graham lui tendit sa carte bancaire et ils convinrent de repasser plus tard récupérer le bateau. Il y avait un bus qui passait toutes les demi-heures et s'arrêtait dans chaque patelin le long de la côte, leur expliqua le pompiste, pointant l'index vers une route bordée d'arbres où ils pouvaient apparemment trouver l'arrêt, juste en face de l'office de tourisme local.

Ils avaient un peu les jambes en caoutchouc, après avoir passé tant d'heures en mer, et ils ne marchaient pas très droit. Ellie fut soulagée de constater que l'office de tourisme n'était pas trop loin. C'était une construction en bois qui ressemblait plus à une de ces cabanes que les gamins font dans les arbres qu'à un office de quoi que ce soit. Et l'arrêt de bus se trouvait juste devant : un vulgaire banc de plastique rouge avec un horaire quasi illisible fixé au dos d'un simple panneau.

Graham s'escrima à le déchiffrer.

— Dans douze minutes, lui annonça-t-il. (Il lorgna vers l'office de tourisme.) Et si on allait jeter un œil.

À l'intérieur, une femme d'un certain âge avec un halo de cheveux quelque peu clairsemés se tenait derrière le comptoir, le nez plongé dans un énorme pavé. Ellie commença à faire le tour du petit local qui était tapissé de brochures sur tout et n'importe quoi. Ça allait des promenades en voilier à la cueillette des myrtilles, en passant par les sorties de pêche à la baleine. Mais Graham se dirigea droit vers le comptoir.

— Bon 4 Juillet ! déclara-t-il joyeusement.

La dame leva les yeux : aucune réaction. Si la qualité de l'accueil faisait partie de ses attributions, elle était carrément hors concours. Elle ne leva même pas le petit doigt pour leur demander s'ils avaient besoin de quelque chose, se contentant de pincer les lèvres et de les considérer par-dessus la monture de ses lunettes.

Graham pointa l'index sur le PC qui se trouvait derrière le comptoir.

— Nous avons eu un rude début de journée, lui confia-t-il d'une voix un peu trop sirupeuse. Et je me demandais s'il serait possible de vous emprunter votre ordinateur pour vérifier quelque chose. Rien qu'une petite minute.

D'où elle était, plantée devant un présentoir de brochures, toutes en rapport avec une activité tournant plus ou moins autour du homard, Ellie rigolait doucement. Elle ne voyait pas pourquoi il avait besoin d'un PC, mais il était clair que la femme, qui le regardait avec des yeux ronds, n'avait aucune idée de qui il était. Toute sensible qu'elle y soit elle-même, s'il ne comptait que sur son charme pour obtenir ce qu'il voulait, Ellie ne croyait absolument pas que Graham parviendrait à ses fins.

Mais il gratifia la brave dame d'un de ses sourires ravageurs et n'eut qu'à souffler un petit « s'il vous plaît » d'un air un peu contrit pour que, en un clin d'œil, comme ça, sans un mot, la petite dame se décale, son bouquin sous le bras, lui abandonnant sa place derrière le comptoir comme si c'était lui qui était désormais en charge de toute l'activité touristique pour cette bonne petite ville de Hamilton.

Un peu plus tard, alors qu'ils revenaient vers l'arrêt de bus, elle se tourna vers lui en levant les yeux au ciel.

— Quoi ? lui demanda-t-il. Aurais-tu douté un seul instant que je puisse réussir à l'embobiner ?

Elle secoua la tête, manifestement amusée.

— Qu'est-ce que tu voulais voir, d'ailleurs ?

— Je voulais juste m'assurer qu'il n'y avait rien de neuf. Avant qu'on débarque chez ton père la bouche en cœur.

Elle eut une petite moue admirative, impressionnée qu'il y ait pensé.

— Et ?

— Toujours le même refrain : Graham Larkin est une brute, Graham Larkin est un taré. Je ne t'apprends rien, conclut-il gaiement.

Mais il avait quelque chose de tendu dans la voix. Elle se rappela qu'il avait refusé de regarder les infos avant de partir. Qu'il se soit forcé à le faire pour elle, pour veiller à ce qu'elle soit bien préparée avant d'affronter son père, la touchait profondément.

— Merci, lui dit-elle, en posant la main sur son bras, alors que, déjà, le bus tournait le coin de la rue avec un sonore grincement de freins.

Il hocha la tête en silence.

Comme ils montaient dans le bus, Graham sortit quelques billets qu'il tendit au chauffeur et ils trouvèrent une place à l'avant, assez loin des quelques rares passagers qui regardaient dehors, plus loin vers le fond.

— Donc, la prochaine fois que cette dame ouvrira son PC, murmura Ellie, en s'appuyant contre la vitre, dans son historique, elle aura un truc du genre : « Graham Larkin agresse un photographe ».

Il se marra.

— Je crois que c'était plutôt : « Graham Larkin colle un pain au crétin qui a voulu faire le malin avec son appareil photo ».

À mesure qu'ils quittaient le petit port pour se rapprocher de Kennebunkport, les maisons devenaient de plus en plus imposantes, d'immenses propriétés avec de magnifiques villas en bord de mer projetant leurs terrasses jusqu'au-dessus des flots, toutes surmontées du drapeau américain claquant au vent dans le ciel limpide.

Avant de partir, ce matin, Ellie avait trouvé l'adresse du lieu de villégiature de son père. Ça n'avait pas été très difficile. La résidence en question avait eu les faveurs d'importantes figures politiques avant lui et les journalistes, qui avaient pris l'habitude de rôder dans les parages, avaient laissé assez de papiers sur le sujet pour permettre de remonter aisément jusqu'à lui. Elle avait fait défiler suffisamment de photos pour être capable, encore maintenant, de se représenter sa façade grise et la véranda qui l'entourait avec une netteté parfaite. Mais ce qu'elle ne parvenait pas à imaginer, c'était de remonter l'allée dallée pour frapper à la grande porte rouge à double battant. Ce qu'elle ne parvenait pas à imaginer, c'était de se retrouver nez à nez avec Paul Whitman.

Elle se retourna vers Graham qui écrasait un bâillement derrière sa main.

— Bon, déclara-t-elle d'un ton énergique. J'ai besoin d'un plan de bataille.

— Ha ha ! On passe à l'attaque, hein ?

— C'est juste que je ne peux pas tout bonnement débarquer chez lui comme une fleur sans savoir comment m'y prendre, lui expliqua-t-elle, pivotant cette fois complètement pour le regarder bien en face. Et si sa femme est là ? Et si *ses fils* sont là ?

— Tes demi-frères, lui fit remarquer Graham.

Elle haussa les épaules.

— J'imagine.

— Eh bien… Est-ce que tu sais ce que tu veux lui dire, déjà ?

— Plus ou moins.

Ce n'était pas tout à fait vrai. Elle n'avait pas la moindre idée de ce qu'elle voulait lui dire, en réalité. Comment l'aurait-elle pu, alors qu'elle n'était même pas sûre de ce qu'elle ressentait ? Elle avait passé des années à examiner ses photos, à suivre ses interviews, à observer de loin cette vie qu'il s'était construite tout en se demandant comment ce serait si elle en faisait partie. Mais, maintenant qu'elle était si près de le rencontrer… Et s'il n'avait aucune envie de la voir ? Trop l'horreur pour qu'elle puisse seulement l'envisager.

Après tout, il n'avait jamais nié qu'il était son père – pas légalement, du moins. Cela dit, il ne l'avait jamais reconnu publiquement non plus. Ce qui signifiait qu'aux yeux du monde elle n'avait toujours pas de père et qu'il n'avait toujours pas de fille. Et il n'y avait aucun moyen de savoir comment il allait réagir quand elle s'encadrerait dans la porte. *Sa* porte. Pourrait-il la reconnaître ? Et elle, est-ce qu'elle le reconnaîtrait ? Pas seulement pour l'avoir vu dans les journaux, mais à un autre niveau : plus intimement. Elle se demandait s'il y aurait entre eux comme une étincelle de familiarité, d'appartenance, quelque chose qui pourrait leur indiquer qu'ils étaient plus que de simples étrangers l'un pour l'autre, et non deux inconnus que séparait une même porte. Qu'ils étaient du même sang.

Elle n'en était pas complètement convaincue. Elle remerciait le ciel de savoir, du moins, de source sûre qu'il ignorait ce qui s'était passé la veille au soir, qu'elle n'avait pas encore traîné son nom dans la boue à la une des journaux. Mais il y avait encore tellement d'incertitudes…

— Entraîne-toi sur moi, lui proposa Graham, en se redressant sur son siège et en bombant le torse. (Il arqua un sourcil et fit une moue de mec hyper sérieux.) Bonjour, jeune fille, gronda-t-il, en imitant si bien son père qu'elle ne put s'empêcher de lui donner un coup de coude.

— Arrête ! Ça fait trop bizarre.

Sans se formaliser, Graham recouvra aussitôt sa décontraction habituelle.

— Bon d'accord. Quoi alors ?

— Je crois que je vais juste frapper à sa porte et voir ce qui se passe.

— En tout cas, tu as l'effet de surprise pour toi, analysa-t-il, en croisant les bras. Il sera pris au dépourvu. Ça te donnera le temps de voir sur place comment tu vas la jouer.

— Je suppose…

Elle se retourna vers la vitre.

Comme ils approchaient de la ville, une forte odeur de fruits de mer monta jusqu'à eux par les fenêtres ouvertes du bus. Devant eux, ils pouvaient voir une foule de gens envahissant les rues et Ellie se prit à regretter de devoir rater les festivités à Henley. Des drapeaux recouvraient les rangées de longues tables sur tréteaux et des volutes de fumée s'échappaient des échoppes.

Graham inspira à pleins poumons.

— Hou ! Ça doit être un barbecue de fruits de mer à la mode du coin, ça, annonça-t-il, tandis que le bus se garait devant un office de tourisme beaucoup plus grand que le précédent – sans doute avec, à l'intérieur, quelqu'un de nettement plus accueillant.

Ça n'enthousiasmait pas franchement Ellie de devoir jouer des coudes dans la foule avec Graham, qui allait certainement attirer une attention dont ils se seraient bien passés. À peine descendue du bus, elle lui tendit ses lunettes de soleil qu'il avait oubliées sur son siège.

— Pas aussi efficace que la moustache, commenta-t-il en les mettant. Mais va falloir faire avec.

Il y avait un plan à l'arrêt de bus. Ellie repéra tout de suite la résidence paternelle : elle se trouvait perchée au bout d'une petite péninsule, juste au nord du centre-ville. Ce n'était pas loin. Ils allaient certes devoir traverser tout le patelin pour y arriver, mais, une fois la bousculade des rues commerçantes passée, ça ne devrait pas prendre trop longtemps. Tout en suivant Graham qui se dirigeait vers la fête, elle se représentait la porte rouge de la fameuse maison à la façon d'un quarterback qui se focalise sur la zone d'en-but, essayant de se concentrer malgré le bruit, la musique et les appétissantes odeurs de friture.

— Je ne refuserais pas une petite guédille au homard* d'abord, chantonna Graham, en arrivant à la fête, véritable marée de tee-shirts bleu, blanc, rouge.

---

* La guédille de/au homard, (*lobster roll* au Canada et dans le nord-est des USA) : chair de homard avec laitue et mayonnaise dans pain à hot dog grillé.

Des dizaines de tables de pique-nique avaient été alignées bout à bout des deux côtés de la rue principale, tout du long, mais les trottoirs étaient envahis et les magasins aussi. Ça grouillait de mômes, tirés dans des chariots, montés sur des tricycles, fonçant sur leur vélo, se baladant avec des bombes à eau ou des gâteaux, livrés à eux-mêmes pour la plupart, leurs parents étant accaparés par la restauration de tout ce beau monde dont il fallait s'occuper ou se contentant de siroter leur petite bière avec une insouciance assumée.

Ellie essaya de se rappeler la dernière fois qu'ils avaient mangé et, quand elle réalisa que c'était lorsqu'ils avaient partagé ce bonbon au chocolat à moitié fondu sur le bateau, son estomac protesta.

Graham s'arrêta devant le premier stand.

— C'est comme un mirage, s'extasia-t-il en riant. Combien de temps on est restés perdus en mer exactement ?

Les nappes à petits carreaux bleus disparaissaient pratiquement sous l'amoncellement de plats : des clams, des huîtres, des crevettes, mais aussi des hot-dogs et des hamburgers, des frites, de la salade de pommes de terre, des épis de maïs grillés et des cupcakes au chocolat. Graham se dirigea droit sur un énorme plateau de guédilles. Le type derrière la table – qui portait un tablier avec un homard, comme elles en vendaient au magasin de sa mère – leva sa paire de pinces avec un air interrogateur.

— Vous en voulez une ? lui demanda-t-il.

Graham tourna vers Ellie un regard suppliant.

— Vas-y, soupira-t-elle. Mais prends-la à emporter.

— Ne t'inquiète pas : je peux marcher *et* manger en même temps, lui rétorqua-t-il. Je suis bourré de talent.

— Je n'en doute pas, lui répondit-elle automatiquement, distraite par la vague de murmures qui enflait au sein d'un groupe de gens sur sa gauche.

Elle se dressa sur la pointe des pieds pour voir ce qui incitait la foule à s'écarter. Quand elle y parvint, son cœur s'emballa. Elle lança à Graham un coup d'œil affolé par-dessus son épaule. Mais il était toujours en train de parler avec le type au homard sur son tablier, occupé à séparer deux assiettes en carton qui s'ingéniaient à rester collées.

Elle se retourna, la bouche sèche. Là, à moins de dix pas, se tenait son père. Il serrait les mains tendues en souriant. Il avait l'air plus décontracté que d'habitude, dans son polo vert et son pantalon de toile, ses cheveux poivre et sel ébouriffés par la brise. Grand et mince, il dominait la foule qu'il fendait aisément, un photographe sur les talons, lequel ne manquait pas de prendre le cliché de rigueur quand son modèle admirait un bébé qu'on lui présentait, ou étreignait une main qu'on lui tendait avec un franc sourire. Mais, à part ça, il était seul : pas d'assistantes ni de journalistes à ses basques, pas de femme ni d'enfants dans son sillage.

Comme le nombre de gens entre eux s'amenuisait, Ellie sentit ses genoux se bloquer. Ce n'était manifestement qu'un bain de foule, une simple apparition en public, et il veillait à écourter les conversations, se limitant à un rapide échange de plaisanteries, mais elle avait le cerveau en ébullition. Comme il se rapprochait, elle essayait vainement de trouver quelque chose à quoi se raccrocher. Et, tout à coup, ce fut le trou, elle ne se souvenait plus de rien : ni pourquoi elle était venue, ni ce qu'elle devait lui dire, ni comment elle était censée se comporter.

Il n'était plus qu'à quelques pas, maintenant, et cette proximité lui semblait proprement hallucinante. Jusqu'alors, il lui avait presque paru n'être qu'un simple produit de son imagination. Peut-être à cause du nombre de fois où elle s'était déjà repassé le film dans sa tête, avec exactement ce genre de scénario. Cependant, dans ces rêves éveillés, elle était toujours allée directement vers lui. Ils se regardaient avec ces mêmes yeux verts qu'ils avaient en partage et il savait alors parfaitement qui elle était.

Et c'était pour ça, comprit-elle alors, c'était pour *ça* qu'elle était venue.

Pas pour l'argent. Pas même juste pour voir sa tête.

Non. C'était pour que *lui* puisse la voir.

Il ne restait plus qu'une seule personne entre eux, à présent : un homme affublé d'une casquette aux couleurs de l'équipe de base-ball de Boston, les Red Sox, qui semblait médusé de voir le beau sénateur s'exclamer : « Quelle journée, hein ? » avec un enthousiasme communicatif, en venant lui asséner une grande claque dans le dos, genre copain de régiment. Le type leva son pilon en guise de salut, la bouche trop pleine de poulet pour pouvoir lui parler.

Le sénateur s'esclaffa, puis son regard passa à la personne suivante : elle. Ellie sentit tout son corps se raidir, comme pour se cuirasser en prévision de… de quoi ? Elle n'en avait aucune idée. Ces yeux assortis aux siens, de ce même vert de cul de bouteille poli par la mer, se posèrent sur elle avec une expression d'intérêt poli. Elle eut le temps de remarquer les petites rides en éventail au coin de chacun d'eux, si fines qu'on ne les voyait pas sur les photos.

— Bon 4 Juillet ! lui lança-t-il, en lui tendant la main.

Ellie regarda fixement cette main tendue, ne répondant à son invite qu'avec un temps de retard. Elle s'était à moitié attendue à ressentir une sorte de… de décharge peut-être ? Mais il ne se passa rien. Elle ne perçut que la chaleur un peu moite de sa paume quand il serra la sienne.

Dans son esprit, les mots éclataient comme des bulles de savon, l'un après l'autre : toutes ces choses qu'elle aurait voulu lui dire. En cet instant, elle oublia sa mère et elle oublia Harvard ; elle oublia sa jolie femme et ses deux garçons qu'il emmenait à la chasse et à la pêche ; elle oublia la politique et ce qu'il faisait dans la vie : les raisons mêmes qui les avaient arrachés l'un à l'autre, au départ.

Elle n'avait qu'une seule idée en tête : « Tu ne me vois donc pas ? »

Mais, sur le visage de son père, n'apparaissait qu'un sourire aimable, cent pour cent pur pro, presque absent. Quand il retira sa main, elle crut que son cœur se décrochait et, quand elle baissa les yeux, s'étonna de se trouver sur la terre ferme. Semblant surgir de nulle part, Graham apparut alors à ses côtés, une assiette en carton à la main. La guédille au homard pencha comme un petit canoë près de se retourner quand il tendit la main pour serrer celle que le sénateur lui offrait.

— Bon 4 Juillet à vous aussi ! répéta-t-il, à l'intention de Graham qui lui adressa un sourire incertain, en lorgnant discrètement vers Ellie.

Mais elle regardait toujours son père. Le coup d'œil que ce dernier jeta à Graham pouvait difficilement passer pour celui de quelqu'un qui vous reconnaît. C'était plutôt celui qu'on pose sur un vieux camarade de classe perdu de vue depuis des années et qu'on a un peu de mal à resituer. Mais bon, c'était déjà ça.

C'était toujours mieux que la façon dont il l'avait regardée, elle, en tout cas.

Elle cligna des yeux, un peu hébétée. Paul Whitman affichait ce même sourire radieux, portant son attention sur les prochains candidats à la poignée de main et aux civilités d'usage, dans l'interminable file qui l'attendait.

— Amusez-vous bien, conclut-il.

Mais il les avait déjà dépassés. Quelques pas derrière lui, son photographe attitré leva son appareil pour les immortaliser (pas seulement Graham et elle, mais aussi le type à la casquette des Red Sox et le chef cuistot avec un homard sur son tablier – et quelques autres encore qui se trouvaient à proximité). Graham se raidit aussitôt et se cacha derrière son bras. Surpris mais pas plus énervé que ça, le photographe haussa les épaules, puis accéléra le pas pour rattraper le sénateur au milieu de cette marée d'électeurs potentiels.

— Désolé, souffla Graham, en se tournant vers Ellie. Je crois que je suis encore un peu nerveux après l'expérience d'hier soir.

Mais elle ne lui répondit pas. Elle resta juste là, suivant son père des yeux, le voyant se faire avaler par la foule de ses admirateurs. Elle regarda alors sa main vide, qui la piquait toujours, comme électrisée par le souvenir de son contact. Quand elle releva la tête, il avait disparu.

— Est-ce que ça aiderait si je te sortais une autre vanne ?

— Sans doute pas.

— Bon, d’accord.

— Mais… merci quand même.

Chapitre 22

Ils décidèrent d'abandonner le navire.

Il était sans doute prêt, maintenant. Mais ni l'un ni l'autre n'avaient foncièrement envie de se coltiner la longue traversée qui le ramènerait jusqu'à Henley. Bon, ça faisait un bail que Graham ne s'était pas tapé un pareil trajet en bus. Il préférait encore ça, pourtant. Non pas qu'il ait vraiment le mal de mer – si tant est que ce soit possible sur la terre ferme –, cependant, bien qu'ils aient débarqué depuis un moment, il avait toujours l'impression de naviguer sur l'océan. Cette sensation de roulis permanent, qui menaçait quelque peu son équilibre, lui donnait une démarche légèrement chancelante et, alors même qu'ils retournaient à l'arrêt de bus, laissant derrière eux le brouhaha du pique-nique géant, la route ne lui paraissait pas très stable…

— Ça va aller, tentait-il de rassurer Ellie, qui marchait à ses côtés en regardant droit devant elle. Les gens de l'équipe technique pourront certainement venir le chercher demain matin. Et puis, ils ont dit qu'ils voulaient le récupérer en entier, non ? Eh bien, je crois qu'ils ont beaucoup plus de chances de le retrouver en un seul morceau si on n'est pas dessus.

Comme elle s'y entêtait depuis ces dix dernières minutes, Ellie opina mécaniquement, les yeux dans le vague – des yeux qu'elle refusait obstinément de tourner vers lui.

Ne sachant trop quoi faire, il s'évertuait à maintenir un flot ininterrompu de paroles, avec une telle fébrilité qu'il en arrivait à déblatérer bêtement. Même lui finissait par s'en rendre compte.

— Et, de toute façon, je ne sais pas trop comment la guédille au homard prendrait ces retrouvailles avec son milieu naturel, renchérit-il, en se tapotant le ventre. Oh ! elle était super bonne, c'est pas ça. Mais on ne sait jamais avec toutes ces vagues…

— Graham, l'interrompit-elle.

Il se tourna vers elle.

— Oui ?

— On ne pourrait pas éviter de parler de la guédille au homard ?

Elle avait dit ça d'un tel ton qu'il éclata de rire.

— Pas de problème.

À la station d'autobus, ils s'assirent sur un banc, pile en face de celui qui marquait l'arrêt de l'autre côté de la route, là où on les avait déposés un peu plus tôt (des siècles, lui semblait-il, mais il savait que ça ne devait pas faire plus d'une heure, probablement moins, même). Ils étaient encore plus fatigués qu'à leur arrivée et leurs coups de soleil ne s'étaient sans doute pas améliorés. Mais, surtout, ils n'étaient plus soutenus par cette farouche détermination qui les avait poussés à l'aller. Maintenant, ils rebroussaient chemin. Or, rien de bon ne pouvait les attendre à Henley…

Graham redoutait d'avoir à affronter Harry, un Harry qui avait fait preuve d'une telle patience avec lui, la nuit dernière, et qui devait certainement avoir été mis au courant pour le bateau, à présent. Il savait bien qu'il aurait dû rester avec lui aujourd'hui. Il aurait dû assumer les conséquences de ses actes et l'aider à gérer la situation. Mais, au lieu de régler le problème lui-même, il avait fait ce qu'il faisait toujours dans ces cas-là : il avait pris ses jambes à son cou.

Dans la vraie vie, c'était plutôt se planquer, sa spécialité. Il avait commencé par éviter tout ce qui l'ennuyait : les soirées, les promos presse… les événements médiatiques, en général, et tout le monde, en particulier. Il préférait rester dans son coin. Avec un cochon pour toute compagnie. Quand son existence avait basculé et que la planète entière s'était ruée sur lui, il avait réagi de la seule façon qu'il avait pu trouver : en créant un airbag pour se préserver, une sorte de bouclier entre lui et le reste de l'univers. Il avait pris ses distances. Jusqu'à s'éloigner de ses propres parents.

C'était bien joli de leur faire porter le chapeau. S'il était honnête, il devait bien reconnaître que c'était un peu sa faute. Il leur reprochait de ne rien comprendre à sa nouvelle vie, mais, au lieu de les inviter à la partager, il s'était barricadé. Il avait confondu solitude et indépendance et était tant et si bien parvenu à se couper du monde qu'il avait fallu un mail d'Ellie pour lui rappeler ce que c'était que d'avoir une vraie conversation.

Elle s'était montrée tellement plus courageuse que lui, marchant ainsi sur une ville inconnue pour se confronter à un père dont elle n'avait gardé aucun souvenir et qui, manifestement, ne se souvenait pas d'elle non plus. La maison de ses parents n'était qu'à quelques dizaines de minutes de chez lui en voiture. Il avait pourtant fallu qu'il traverse tout le pays pour enfin tenter de faire bouger les choses. Sauf que, maintenant, il était trop tard. Et la géographie n'avait rien à voir dans l'histoire : où qu'ils se trouvent, il y aurait toujours trop de distance entre eux.

Cependant, ça avait remué quelque chose en lui, de voir Ellie avec son père, cet après-midi, un truc profond, un manque dont il ignorait jusqu'à l'existence. Une si poignante espérance s'était peinte sur son visage à ce moment-là… Il regrettait de ne pas avoir pu faire quoi que ce soit pour la protéger, pour lui épargner ce qui s'était passé. Regarder son père ou sa mère et les voir vous regarder avec la plus parfaite indifférence ? C'était tout bonnement inimaginable, pour lui. Certes, il savait que ce n'était pas la faute du sénateur Whitman (comment aurait-il pu seulement deviner que cette fille rencontrée au hasard dans la foule était sa fille ?), mais ça ne l'avait pas empêché d'être saisi d'un brusque accès de colère en le voyant passer devant Ellie sans la reconnaître. Qu'importe le temps écoulé, quelle que soit la distance à laquelle on a dérivé, quand bien même on aurait changé au point peut-être d'en devenir méconnaissable, il y a au moins deux personnes dans le monde qui ont pour devoir de nous trouver, de nous reconnaître et de nous ramener dans le droit chemin. *Quoi qu'il arrive*. C'est leur job.

Il se rapprocha discrètement d'Ellie sur le banc. Ce silence entre eux, d'habitude si complice, sonnait étrangement creux et il ne savait pas vraiment comment le combler. Le bus apparut au bout de la rue et s'arrêta devant eux avec un crissement prolongé.

Ils étaient les seuls à l'attendre et montèrent les marches lentement, comme des voyageurs harassés au terme d'un long trajet.

— C'est peut-être mieux comme ça, lâcha-t-il, une fois installé.

Le bus était déjà reparti dans une brusque embardée. La mer se trouvait à gauche, maintenant qu'ils redescendaient vers le sud, et Ellie pressa son front contre la vitre. Graham regretta de ne pas s'être assis de l'autre côté. Elle se serait alors appuyée contre son épaule. Mais il savait qu'elle avait besoin d'air : elle n'aurait pas supporté qu'on la colle. Surtout en ce moment. Il était bien placé pour la comprendre.

— Tu as sans doute raison, lui répondit-elle, mais il était clair que le cœur n'y était pas. C'est juste que… ça fait drôle, tu sais. Depuis que je suis toute petite, ça m'a toujours fait rêver d'être la fille d'un sénateur. Mais, dans le fond, je crois que je n'ai jamais vraiment imaginé ce que c'était d'être sa fille à lui. (Elle marqua un temps, secoua la tête.) Ça ne doit avoir aucun sens ce que je viens de dire.

— Tu veux rire ? Tu sais combien de filles rêvent de moi ? (Il hésita à poursuivre en la voyant lever les yeux au ciel.) Je suis sérieux, insista-t-il pourtant avec un petit sourire en coin. Le truc, c'est que ce n'est pas vraiment de moi qu'elles rêvent. C'est juste un fantasme : l'idée qu'elles se font de moi. Du coup, la réalité est forcément décevante.

— Dans le cas de mon père, oui. Mais, dans ton cas…

— Pas trop ? hasarda-t-il, une étincelle dans les prunelles et une petite note d'espoir dans la voix.

— Pas trop. Mais sans doute que tu as raison : c'est mieux comme ça. En plus, si jamais ma mère avait découvert que je lui avais demandé de l'argent à lui, sans passer par elle avant…

— Tu sais, ça me ferait super plaisir de…

— Non, le coupa-t-elle. (Et puis, se rendant compte de son ton cassant, elle ajouta : « Merci quand même », d'une voix beaucoup plus douce, en lui adressant un petit sourire triste.) Ce n'était pas vraiment une question d'argent, de toute façon.

— C'était pour le voir.

— Je me suis représenté cette scène toute ma vie, lui confia-t-elle. Mais, dans mon esprit, ce n'était pas vraiment comme ça que ça se passait.

— Sérieux ? Tu n'avais jamais imaginé que tu lui serrerais la main à un pique-nique géant le jour de la fête nationale ?

Ça la fit rire. Alors, n'y tenant plus, il lui passa le bras autour des épaules pour la serrer contre lui, sa tête au creux de son épaule, tous deux tournés vers la mer qui défilait derrière la vitre, ruban bleu ondoyant sur le fond plus clair du ciel.

— Tu crois que j'aurais dû lui demander quand même ?

Graham secoua la tête, effleurant ses cheveux du menton.

— Ou au moins lui dire qui j'étais ?

— Non, ce n'était pas le moment. Tu as fait ce que tout le monde aurait fait à ta place.

— C'est-à-dire rien.

— Tu y es allée, déjà. Ce n'est pas rien.

— C'est pas l'effet que ça fait, marmonna-t-elle. (Et puis elle eut une sorte de petit ricanement amer.) Quand je pense que j'y ai cru !

— À quoi ?

— La quête. Mon père.

Graham tourna les yeux vers la vitre. Le soleil clignotait entre les arbres. Il repensa à la façon dont le père d'Ellie l'avait regardée : ces salutations polies, ce sourire absent. Et puis il se représenta son père à lui en train de retourner des hamburgers sur le barbecue d'un voisin, dans un jardin, quelque part en Californie. Est-ce que ça aurait changé quelque chose s'il s'était inscrit en fac, s'il était en train d'angoisser pour ses exams de fin d'année au lieu d'apprendre ses répliques par cœur ? Ou est-ce que c'était juste ce qui se passait quand on vieillissait ? Peut-être que grandir, c'était juste s'éloigner. De son ancienne vie, de son ancien moi, de toutes ces choses qui vous attachaient au passé.

— Je suis désolé, soupira-t-il.

Il la sentit se raidir contre lui.

— Pourquoi ?

— Pour tout. Pour Harvard.

— Ça va, lui assura-t-elle d'un ton trop léger pour être vrai. Je ne tenais pas tant que ça à y aller, de toute façon.

— Je suis persuadé que ta mère t'aiderait, si elle savait.

— Oh ! Je n'en doute pas. Mais je ne peux pas lui demander ça.

Derrière la vitre, les arbres s'effaçaient à présent devant l'immensité bleue qui s'offrait à perte de vue, toujours constellée de petits points blancs mouvants.

— Tu as de la chance d'avoir une mère aussi géniale, commenta-t-il.

— Je suis sûre que la tienne l'est tout autant.

— Qu'est-ce que tu en sais ?

— Avec un fils pareil, comment ce serait possible autrement ?

Il sourit.

— Si on oublie l'histoire du photographe tabassé, bien sûr, rectifia-t-elle. Sans parler de l'incident du bateau volé.

— Tu sais quoi ? Quand j'étais encore au bahut, mes copains me charriaient toujours parce que j'avais une tête de petit saint, lui avoua-t-il en se marrant. J'étais « le gars auquel les flics fileraient les clefs du commissariat ». Et voilà que j'ai failli me faire arrêter deux fois en moins de vingt-quatre heures.

— Sans blague ? Je t'aurais plutôt catalogué dans le genre « le plus populaire » ou « le plus joli sourire du lycée », quelque chose d'aussi ringard.

Il éclata de rire.

— Et toi, tu serais dans quelle catégorie ? « La plus rebelle, celle qu'on verrait bien saborder le système en s'emparant d'un bateau à la première occasion » ?

Elle prit le temps de méditer sa réponse.

— « Celle qui ne risque pas de craquer pour une star de ciné ».

— Ben dis donc ! souffla Graham, en l'enlaçant plus étroitement. C'est dingue ce qu'on peut se tromper sur les gens tout de même !

Ils roulèrent un moment en silence. De temps en temps, ils s'arrêtaient pour laisser descendre un passager. Sous leurs pieds, ils sentaient les vibrations des énormes roues du bus et tanguaient avec lui, un lent balancement qui rappelait à Graham celui du *Go Fish*. Déjà, il avait les paupières lourdes. Il était à deux doigts de s'endormir quand la voix d'Ellie le tira de sa rêverie.

— Et alors, il se passe quoi maintenant ? lui lança-t-elle.

Il n'était pas très sûr de bien comprendre ce qu'elle entendait part là. Elle pouvait avoir des milliers de sens différents, cette question. Elle pouvait vouloir dire : « Qu'est-ce qu'on fait en arrivant à Henley ? » ou « Est-ce que je devrais réessayer avec mon père ? » Elle pouvait tout aussi bien vouloir dire : « Qu'est-ce qui se passera quand tu partiras dans deux jours ? » ou « Comment ça va se terminer tout ça ? » Elle pouvait vouloir dire : « Nous voilà tous les deux blottis dans le coin d'un bus au beau milieu du Maine, après la pire journée qui puisse exister, succédant à la pire soirée qu'on puisse imaginer, et il n'y a aucun autre endroit au monde où on voudrait être en ce moment. Alors, tu crois qu'on peut rester là jusqu'à la fin des temps ? »

Il finit par carrément lui demander (d'une voix légèrement éraillée) :

— Qu'est-ce que tu entends par là ?

Elle se redressa et tourna vers lui un regard hyper sérieux. Ses grands yeux verts paraissaient encore plus grands et, avec le vent, ses longs cheveux roux étaient tout emmêlés. Et, pourtant, qu'est-ce qu'elle était belle ! De cette beauté qui vous fait gonfler le cœur comme un ballon, si léger, tout à coup, qu'on a presque peur de s'envoler, de se laisser emporter…

— Toi et moi, lui répondit-elle.

Graham ressentit ces mots comme autant d'impérieux coups d'index dans le sternum. Parce qu'il n'en-sa-vait-rien. Il ignorait ce qui allait se passer. Pire que ça : il ne voyait pas ce qu'il avait à lui offrir. Dans deux jours, il quitterait

Henley. Dans quinze, il aurait bouclé le tournage. Dans trois semaines, le dernier volet de la trilogie sortirait dans les salles et il se verrait catapulté à travers toute la planète, un sourire figé aux lèvres, pour disserter, devant des milliers de micros, sur le sens profond d'un blockbuster pour ado, voyageant de L.A. à Tokyo, de Tokyo à Sydney, de Sydney à Londres, et inversement. Il collectionnerait les petites nuits et les bains de foule, les interviews à la chaîne, les conférences-petits-déjeuners-cocktails-voyages-de-presse et les interminables talk-shows.

Plus de bateaux de pêche et de balades le long des plages de galets.

Plus d'Ellie.

— Je ne sais pas, lui avoua-t-il.

Parce que c'était vrai. C'était une bien trop grande question pour qu'on puisse lui donner une réponse aussi simple. Tel qu'il était là, assis tout près d'elle, il ne parvenait pas à s'imaginer sans elle. Cependant, l'inclure dans sa vie, sa vie réelle, ne semblait pas très logique non plus. C'était comme s'il y avait deux Graham Larkin et, même si l'un d'eux était plus concret, avait plus d'épaisseur – même si l'un d'eux était plus heureux –, l'autre n'en prenait pas moins beaucoup plus de place. Et il n'était pas près de s'en aller.

— Je ne sais pas, répéta-t-il, sans oser la regarder.

Pourtant, quand il finit par s'y risquer, il vit qu'elle ne semblait ni blessée, ni vexée, ni même étonnée. Elle paraissait plongée dans ses pensées avec comme une expression d'espoir. Il en eut des crampes d'estomac.

— Bon. Eh bien, on a encore deux jours devant nous, lâcha-t-elle finalement. Qu'est-ce qu'on va faire ?

Il sourit.

— On va aller se tremper les doigts de pied dans l'eau.

— J'adore ça.

— Je sais.

— Quoi d'autre ?

— Déguster une bonne glace un jour de canicule, dit-il doucement en fermant les yeux. Se laisser bercer par le murmure des vagues. Se promener le soir. Aller nager. Lire de la poésie. Se balader avec Bagel.

Ellie écarquilla les yeux.

— Mais c'est mon mail ! s'extasia-t-elle, en secouant la tête. Comment tu peux te souvenir de tout ça ?

— Comment je pourrais l'avoir oublié ?

Elle souriait à présent. Des étoiles faisaient pétiller ses prunelles.

— C'est beaucoup trop : on n'aura jamais le temps de tout faire.

— On trouvera bien le moyen d'y arriver.

Et il était persuadé qu'ils réussiraient.

Mais, quand Henley se profila à l'horizon, Graham sentit une profonde tristesse l'envahir. Chaque fois que quelqu'un descendait, son stress montait d'un cran. Chaque départ lui paraissait une répétition : bientôt, ce serait son tour. Les sièges sentaient à moitié le moisi ; par endroits, les vitres étaient blanchies par le sel ; le soleil qui les frappait transformait le bus en fournaise et, si vous lui aviez demandé ce qu'il aurait aimé faire pour le

4 Juillet, cuire à petit feu dans ce chaudron roulant n'aurait certainement pas figuré sur sa liste. Pourtant, il appréhendait le moment où il allait devoir le quitter pour retourner dans le monde réel.

Quand le bus délaissa la route principale qui longeait la côte pour se diriger vers Henley, le moteur ralentit sous leurs pieds. Ellie se redressa et s'étira.

— On a encore un peu de temps avant le feu d'artifice, déclara-t-elle. J'ai dit à Quinn que je la retrouverai à la fête. (Elle se mordit la lèvre comme si elle hésitait, le dévisagea longuement, puis sembla prendre une décision.) Est-ce que tu… ?

— Oui ?

— Est-ce que tu veux venir avec moi ?

— C'est déjà génial que tu me le demandes…

Il savait ce que ça signifiait, ce que ça risquait de lui coûter. Pour elle comme pour lui, il était parfaitement clair que ce n'était pas une simple invitation. C'était un choix qu'elle venait de faire. Et elle l'avait choisi, lui.

Il se pencha pour déposer un baiser sur son front.

— … mais ce n'est sans doute pas une très bonne idée.

Elle lui adressa un petit sourire triste.

— Les photographes ?

— Entre autres. Jusque-là, on a réussi à s'en tirer sans trop de dégâts. Ce serait bête de foutre ta vie en l'air maintenant.

— Je resterai donc « la mystérieuse inconnue ».

— Avec un peu de chance. (Il lui rendit son sourire.) Ça sonne plutôt bien, tu ne trouves pas ?

Le bus prit la route du port et ils purent apercevoir la foule sur la place. Elle débordait jusque dans les rues, devant les magasins. Graham n'en revenait pas de voir autant de monde. Ça grouillait littéralement. Il y en avait partout, un hot-dog, un hamburger ou une guédille à la main, buvant des bières, dansant au son de l'orchestre, allumant des pétards qui sautaient sur la pelouse pour tourbillonner dans les airs avant de retomber en sifflant. Ça ne les changeait pas vraiment du barbecue géant qui se déroulait à une heure de Henley, un peu plus au nord. Sauf qu'ici ce n'était pas le père, mais la mère d'Ellie qui était à la fête. Et sans doute Harry…

— J'aurais bien aimé que tu puisses venir avec moi, soupira Ellie, alors que le bus ralentissait pour s'arrêter juste à l'entrée du port, devant un petit banc vert avec un panneau indiquant les horaires.

— De toute façon, il faut que je m'occupe de cette affaire de bateau. Et je ferais peut-être pas mal de voir aussi ce qui se passe avec ce photographe, tenta-t-il de la consoler. Mais peut-être qu'on peut se voir plus tard ?

Le visage d'Ellie s'illumina.

— Sous le couvert de la nuit, se marra-t-elle, en prenant une voix d'outre-tombe.

En descendant du bus, ils s'attardèrent un instant, encore protégés par le long véhicule de la curiosité des passants. Mais, sous peu, il allait redémarrer, les laissant exposés aux regards indiscrets.

— À plus tard alors, lui lança-t-elle, en l'embrassant sur la joue.

Et puis elle tourna les talons et, tête haute, le menton en avant, commença à se diriger vers la fête, tout en parcourant la foule des yeux, à la recherche de Quinn ou de sa mère probablement.

Il aurait dû se bouger, il le savait, emprunter les ruelles désertes pour éviter la cohue, regagner son hôtel. Il lui fallut pourtant un petit moment avant de réagir. Il était trop occupé à la regarder partir. C'est seulement quand la porte du bus se referma avec un petit couinement qu'il se réveilla. Clignant des paupières, jetant des coups d'œil hagards autour de lui, il finit cependant par se mettre en marche.

Comme il s'en approchait, il aperçut les ballons qui décoraient l'entrée de l'hôtel : d'énormes bouquets rouges, blancs et bleus qui semblaient jaillir de la façade du bâtiment comme des fusées de feu d'artifice. Un peu plus haut dans la rue, la fête battait son plein et il abaissa sa capuche pour se glisser dans le hall sans être vu.

Il passa sans s'arrêter devant les chaises et les aquarelles qui ornaient les murs de la réception pour filer droit sur l'ascenseur. Derrière lui, il entendit bien le concierge l'appeler, mais il fit la sourde oreille, s'enfonçant un peu plus profondément dans sa capuche et appuyant frénétiquement sur le bouton d'appel. Il n'avait absolument aucune envie d'écouter ce qu'on avait à lui dire, en ce moment, ni d'apprendre qu'il avait un message de Harry, de son avocat ou de qui que ce soit d'autre. Mais la voix dans son dos devenait insistante.

— Monsieur Larkin ? Monsieur Larkin ?

De guerre lasse, Graham se retourna pour darder, sur le propriétaire de cette maudite voix, un regard agacé. C'était juste un ado de son âge, fluet et tout fébrile, qui se penchait au-dessus de la réception, un petit bout de papier à la main. Graham remonta ses lunettes en soupirant et haussa les sourcils d'un air interrogateur.

— Excusez-moi, monsieur, bredouilla le jeune type derrière le comptoir, mais j'ai plusieurs messages pour vous. (Il baissa la tête pour jeter un coup d'œil à son papier et s'éclaircit la gorge.) Quarante-trois, en fait.

Graham laissa échapper un grognement.

— Tous de Harry ?

— Vingt-sept seulement, monsieur Larkin.

— Appelez-moi Graham, lui répondit-il en se dirigeant vers lui. Et les autres ?

— Une certaine Rachel, qui n'a pas voulu donner son nom de famille…

— Mon attachée de presse.

— Un avocat du nom de…

— Brian Archer.

— Oui, monsieur.

— Graham.

Le réceptionniste lui tendit le bout de papier, lequel comportait une liste avec des bâtonnets à côté de chaque nom. Graham la passa rapidement en revue, puis releva les yeux en fronçant les sourcils.

— Aucun appel de mes parents ? demanda-t-il.

Le jeune type secoua la tête.

— Désolé, monsieur.

— Ça ne fait rien, marmonna Graham, tout en abattant pourtant son poing sur le desk. Ils ont dû essayer mon portable. Je crois qu'ils ne savent même pas où je suis, d'ailleurs.

— Qu'est-ce que je ne donnerais pas pour pouvoir partir sans que mes parents sachent où je suis ! murmura le jeune type avec un petit sourire rêveur. Ça doit être trop cool. (Il s'étrangla, les joues en feu, et se reprit aussitôt.) Euh… monsieur.

— Han han, grommela Graham, en glissant la liste des messages dans sa poche pour retourner vers l'ascenseur. Super cool.

De : GDL824@yahoo.com

Envoyé : jeudi 4 juillet 2013 19 : 38

À : EONeill22@hotmail.com

Objet : (pas d'objet)

Je viens de participer aux retrouvailles officielles avec mon téléphone. Encore super désolé que le tien dorme au fond de l'océan. Je te promets que tu en auras un neuf demain à la première heure. Ou tu peux juste prendre le mien. Je serais ravi de te charger de filtrer les appels de Harry pour moi, ce qui est devenu un job à plein temps, apparemment…

Chapitre 23

La Quinn qui l'attendait sur la place ne ressemblait pas à celle qu'elle avait croisée le matin même près du port. Et encore moins à celle avec laquelle elle marchait sur des œufs depuis des semaines. De loin, déjà, rien qu'à sa posture, Ellie percevait chez elle un mélange de stress et d'inquiétude. Quinn se tenait un peu en retrait, jetant des coups d'œil anxieux à son portable, tellement tendue qu'elle en vibrait pratiquement d'impatience.

Le soleil commençait à décliner, glissant doucement vers la cime des arbres, de l'autre côté du village, et le brouhaha des conversations avait succédé au beuglement des cuivres : l'orchestre faisait une pause. Ellie cherchait sa mère, en réalité. Les événements de la journée tournaient encore dans sa tête comme des toupies et elle n'avait qu'une envie : se retrouver près d'elle, une assiette en carton débordante à la main, s'affaler sur une couverture et passer le reste de la soirée juste à manger et à rire, en bavardant de tout et n'importe quoi – de n'importe quoi, sauf de son père ; de n'importe quoi, sauf de Graham – jusqu'à ce que le ciel devienne noir et que les étincelles du feu d'artifice viennent éclipser les étoiles.

Mais voilà que, devant elle, se trouvait Quinn, cette drôle de version plutôt flippante de Quinn, qui faisait les cent pas en marge de la fête. Dès que ses yeux se posèrent sur elle, Quinn se figea.

Et, là, d'un coup, Ellie comprit.

— Tu veux venir faire un tour ? lui proposa son amie.

Elle hocha la tête, se laissant entraîner à l'écart de toute cette foule qui se déployait en cercles concentriques autour du kiosque, loin des stands, de l'agitation et du bruit. Elle se sentait étrangement engourdie, le cerveau comme au ralenti, bredouillant et tâtonnant, tandis qu'elle tentait d'assimiler ce qu'elle savait déjà. Elle n'avait pas besoin d'entendre Quinn le lui dire, c'était écrit sur son visage, noir sur blanc : cette bouche réduite à un trait, cette anxiété dans ses prunelles.

Elle constata avec surprise qu'après avoir contourné les boutiques qui bordaient la place, elles arrivaient chez *Sprinkles*. Elles avaient fait un sacré détour ! Quinn plongea la main dans la poche de son short pour en sortir la clef du magasin. Elles y pénétrèrent en silence. Le glacier était officiellement fermé pour la journée. Ce qui ne les avait pas empêchées de gracieusement fournir pour les festivités d'énormes bacs de crème glacée qui trônaient maintenant sur les tables de pique-nique, là dehors, avec tout le reste. Mais, à l'intérieur de la boutique, régnaient une douce fraîcheur et un calme souverain. Le soleil tardif ne jetait plus sur la vitrine que des rayons obliques, parsemant le carrelage de petits rectangles dorés. Ellie suivit Quinn au fond du magasin, dans la réserve, là où une petite table et quelques chaises pliantes étaient installées, au milieu des cartons empilés, comme autant de blocs gelés d'un igloo inachevé et regorgeant de toutes sortes de bonbons et de garnitures – dont les fameux vermicelles multicolores qui avaient donné leur nom à une célèbre marque de glace et à la boutique, par la même occasion.

Elles s'assirent, Ellie s'accoudant lourdement sur la table, accablée par l'immense fatigue qui lui tombait d'un coup sur les épaules.

— Alors, ça y est ? Tout le monde le sait ? demanda-t-elle. Mon nom, je veux dire ?

— Ben oui, lui confirma platement Quinn.

Encore une chance que ce soit par sa meilleure amie qu'elle l'ait appris ! Quinn avait toujours été d'une absolue franchise. C'était l'une des choses qu'Ellie appréciait le plus chez elle. Même maintenant, après toutes ces semaines de silence buté, alors qu'elle devait avoir des milliers de questions à lui poser, des milliers de trucs qu'elle brûlait de lui balancer, Quinn semblait savoir d'instinct ce qui la dérangerait le plus dans l'histoire et elle avait adopté une façon très pragmatique, presque professionnelle de gérer la situation.

— On parle aussi de ton père, ajouta-t-elle, les yeux débordant de compassion.

De compréhension même. Pourtant, comment Quinn aurait-elle pu y comprendre quoi que ce soit ? Quand elles étaient petites, Ellie lui avait dit que ses parents étaient divorcés (ce qui sonnait quand même mieux que la vérité, si tant est qu'elle ait eu droit de la révéler). « Il est rayé des cadres », lui avait-elle expliqué, répétant comme un perroquet ce qu'elle avait entendu sa mère répondre au café du coin, lorsqu'une des femmes du patelin l'avait interrogée. Et, du coup, il avait vraiment été rayé des cadres – pour Quinn et pour elle, du moins.

Elle n'avait jamais su si c'était la mère de Quinn qui avait engagé sa fouineuse invétérée de fille à ne pas se montrer trop curieuse ou si, toute gamine qu'elle était encore, Quinn avait décelé un avertissement dans les yeux d'Ellie, chaque fois que la question revenait sur le tapis. Quoi qu'il en soit, elles avaient passé ces douze dernières années à éviter le sujet. Et, maintenant, alors qu'elle avait toutes les raisons de l'incendier ou de douter ne serait-ce qu'un peu de leur amitié devant ce gouffre – cet énorme secret – qui béait là, entre elles, Quinn semblait prendre la chose avec calme. Il émanait même d'elle une sorte de maturité. Elles s'étaient écharpées pour moins que ça, pourtant, et Ellie ne lui en aurait pas voulu de faire la tête. Mais c'est ce qu'il y a de bien avec les meilleures amies : quand il se produit quelque chose de réellement important, les petites mesquineries, les reproches, les jérémiades pour des broutilles…, tout est oublié.

— Tu dois t'en faire une montagne, forcément, mais c'est pas si grave que tu crois, la raisonnait cependant Quinn. Non, j'te jure.

Elle lui en fut secrètement reconnaissante. Elle n'en avait pas moins senti son estomac se retourner en l'entendant parler de son père. Elle inspira à pleins poumons et tenta d'empêcher ses mains de trembler. À la seconde où elle avait lu cet article dans le journal, ce matin, elle avait su que ça allait arriver. Et même avant, quand elle avait vu Graham fermer le poing. Peut-être même dès qu'il avait mis le pied sur son perron, le premier soir. Elle ne s'en sentait pas mieux préparée à affronter ça pour autant.

Elle repensa à son père, avec son polo de ce beau vert lumineux assorti à la couleur de ses yeux et son sourire encore plus radieux, à ce qu'elle avait ressenti quand il lui avait serré la main, et elle fut soudain soulagée d'avoir manqué de cran à ce moment-là. C'était mieux comme ça. Après tout, comment pourrait-il être fâché contre elle puisqu'il ne la connaissait pas ? Si tout s'était passé comme elle l'avait prévu, ce matin (si elle avait frappé à sa porte, s'il l'avait laissée entrer pour la guider jusqu'à une table à laquelle ils se seraient assis pour discuter, toutes ces années de séparation fondant comme neige au soleil au fil de la conversation ; si elle était sortie de chez lui, non seulement avec un chèque, mais aussi avec un numéro de téléphone, des souvenirs et l'assurance que ce n'était qu'un début, la promesse de jours meilleurs), ce beau rêve aurait été réduit à néant maintenant, de toute façon, aussi volatile et fragile qu'une petite bulle de savon. Il n'en aurait pas fallu davantage pour que le soufflet retombe et que tout s'écroule une fois de plus, juste que la « mystérieuse inconnue » soit, brusquement, reconnue.

Plus tard peut-être (aujourd'hui ou demain, ou encore après-demain), il allait examiner une des photos qui ne manqueraient pas d'accompagner tous ces articles et il y aurait comme un déclic qui se ferait dans son esprit : une vague impression de déjà-vu. Il se pencherait sur ce visage, le visage de la fille qu'il n'avait même jamais cherché à connaître, en se demandant s'il lui paraissait familier parce qu'elle était de son sang ou à cause de quelque chose d'autre. Il tenterait de trier tous les sourires qu'on lui avait faits, toutes les mains qu'il avait serrées, faisant défiler les images pour resituer cette fille aux cheveux roux qui l'avait regardé si fixement, avec cette urgence muette dans les prunelles, ce jour-là, au barbecue, priant intérieurement pour qu'il fasse le rapprochement, pour qu'il comprenne, pour qu'il ouvre enfin les yeux. Mais, même à ce moment-là, il n'y arriverait probablement pas.

— J'ai essayé de te joindre toute la journée, maugréa Quinn, en se penchant pour ouvrir un des cartons éparpillés autour d'elles. (Elle fronça le nez en voyant ce qu'il y avait dedans et passa au suivant dont elle sortit un paquet de caramels mous.) Dès que j'ai vu les nouvelles, j'ai voulu t'avertir. T'étais passée où ?

— Mon portable est… cassé, marmonna Ellie, en prenant le bonbon que Quinn lui tendait pour se mettre à le triturer machinalement. Et ma mère ? Est-ce qu'elle… ?

Elle voulait dire « Est-ce qu'elle panique ? » ou « Est-ce qu'elle est folle de rage ? » ou « Est-ce qu'elle stresse ? » Mais elle savait très bien que sa mère serait tout ça à la fois et elle ne parvenait pas à terminer sa phrase. Elle avait mal au ventre chaque fois qu'elle essayait d'imaginer la situation : sa mère ouvrant le journal, ou ses mails, ou se faisant arrêter par quelqu'un dans la rue qui l'interrogerait sur sa fille, ou sur l'homme avec qui elle avait eu une « liaison », ou sur Graham et cette histoire de photographes : le plus gros scandale que cette paisible bourgade ait sans doute jamais connu. Il y avait tellement de trucs pour lesquels sa mère pourrait lui en vouloir.

— Je crois surtout qu'elle s'angoisse pour toi, grommela Quinn. Moi aussi, d'ailleurs.

Ellie avait fermé les yeux, mais, à ces mots, elle les rouvrit.

— Merci, lui répondit-elle en se mordant la lèvre.

Elle sentit ses épaules se relâcher – enfin, un petit peu. Avec tout ce qu'elle devait déjà se coltiner : la révélation de leur secret de famille dans la presse et ce que ça pouvait représenter pour sa mère ; la poignée de main anonyme avec un père qu'elle ne connaîtrait jamais ; sa déception de ne pas pouvoir participer au stage à Harvard ; les inévitables adieux avec Graham qui se profilaient à l'horizon (elle en avait le cœur serré, rien que d'y penser, et peinait même à respirer, si elle s'appesantissait un peu trop sur le sujet), c'était quand même un soulagement. Ça faisait déjà un fardeau de moins à porter. Quoi qu'il ait pu se passer entre Quinn et elle cet été (les vexations, la jalousie, les malentendus), tout semblait avoir été oublié. C'était un peu comme un caramel mou, cette amitié entre elles : on avait beau l'écraser, tirer dessus, la tordre dans tous les sens, ce n'était pas si facile que ça de la briser.

— Je suis désolée de ne t'avoir jamais dit pour mon père, s'excusa-t-elle dans un murmure. J'aurais bien voulu. Ce n'est pas l'envie qui m'en manquait, je te jure. Mais ma mère avait toujours peur qu'une cata comme celle-là arrive.

Quinn inclina la tête, les sourcils froncés.

— Quelle cata ?

— Qu'on découvre le pot aux roses et que tout le monde sache la vérité. Sur nous. Et sur lui. Et sur d'où on vient.

— Oh ! ça va, Ellie ! soupira Quinn, avec un petit sourire en coin. Tout le monde s'en fiche de tout ça. Tu vis ici depuis… combien de temps, déjà ? Enfin, tu crois vraiment que les gens qui vous connaissent vont aller se prendre la tête avec un scandale qui remonte à trois milliards d'années ?

— Oui, eh bien, en tout cas, ils sont au courant, maintenant. Tu as dit que la nouvelle avait déjà fait le tour. Avec tous ces articles…

Cette fois, Quinn éclata franchement de rire.

— Mais c'est même pas un fait divers, ici ! Non mais t'imagines pas ! Tout ce qui les intéresse, c'est Graham Larkin.

Ellie la dévisagea, incrédule.

— Hein ?

— Qu'est-ce que tu crois que les gens préfèrent, sérieux ? Lire des trucs sur la fille de Paul Whitman ou sur la petite amie de Graham Larkin ?

— Mais je ne suis pas sa…

— Oh ! Je t'assure que si, lui répliqua Quinn, avant de gober un caramel.

Ellie se laissa retomber sur le dossier de sa chaise en secouant la tête. Telle une ombre gigantesque, la figure tutélaire de son père avait toujours dominé sa vie, quelque part, en arrière-plan, son absence si béante qu'elle en devenait une présence. Alors, maintenant, que Graham, qu'elle venait juste de rencontrer, puisse en quelque sorte l'éclipser… C'était tout bonnement sidérant. Depuis le début, elle avait toujours cru que ce serait la célébrité de Graham qui la ferait plonger. Et voilà que c'était lui qui réussissait à sauver la situation ! Et en ne faisait rien de particulier. Juste en étant ce qu'il était. Parce qu'il fallait bien le reconnaître : aux yeux de la planète, il comptait beaucoup plus que son père. Et elle ne mit pas longtemps à se ranger à l'avis général, à prendre conscience (non sans un petit choc quand même) que, pour elle aussi, il était bien plus important.

Quinn lui balança un autre bonbon par-dessus la table.

— Ma mère va me tuer, soupira-t-elle, en l'attrapant au vol.

— C'est bien possible, acquiesça joyeusement Quinn (la vraie Quinn était de retour). Mais, quand elle aura bien vidé son sac, si on se chopait quelques bons gros pétards et qu'on traçait à la plage ? Tu pourrais même venir avec ton chéri, maintenant que vous avez été pris en flag, tous les deux.

— Seulement si tu viens avec le tien, lui rétorqua Ellie.

Le sourire de Quinn s'élargit.

Elles remirent le reste des bonbons dans leur boîte en carton, repoussèrent leurs chaises et retournèrent dans la boutique côte à côte.

Le ciel se teintait d'or sur les bords et la lumière rasante du soir se reflétait dans les cuivres de la fanfare. Ellie aperçut Meg, la patronne du snack, qui confectionnait des granités juste à côté, et, plus loin, Joe, du *Casier à Homard*, qui se tenait devant un grill géant, une spatule à la main et une énorme toque de chef perchée de guingois sur la tête.

Toute la ville semblait de sortie, ce soir, et la piste de danse improvisée accueillait déjà ses premiers couples. Les autres n'attendaient que le couvert de la nuit pour les rejoindre. Et derrière tout ça, la mer assombrie scintillait. Ellie songea au *Go Fish*, toujours à quai dans le petit port de Hamilton, et à ces quelques trop rares moments de quiétude passés à sa proue avec Graham, avant que tout ne commence à dérailler.

Lorsqu'elle reporta son attention sur la fête, derrière une ribambelle de gamins qui faisaient la queue pour acheter des glaces, elle reconnut sa mère. Quelque chose se noua dans sa poitrine quand elle la vit agiter la main pour lui faire signe. Elle se tourna vers Quinn – qui s'était faite étonnamment discrète, pour une fois.

— Je ferais mieux d'aller lui parler, soupira-t-elle. Mais on se retrouve après.

— Pour changer.

Ellie s'empressa de traverser la rue – au cas où lui aurait pris l'idée de changer d'avis… Tout en se dirigeant vers la foule, elle se rendit compte qu'elle s'armait déjà de courage, se préparant à affronter les regards insistants qu'elle ne manquerait pas d'attirer. Vu la vitesse à laquelle cette histoire avec Graham et le photographe qu'il avait amoché s'était répandue, si son nom était maintenant connu – sans même parler de celui de son père –, toute la ville devait déjà être au courant.

Et il était clair qu'elle l'était, au courant : Ellie sentait tous ces yeux qui la suivaient tandis qu'elle traversait la pelouse. Mais il y avait quelque chose de bizarre dans la façon dont on la regardait, quand elle passait : c'était comme si on ne la regardait pas tant elle que le périmètre *autour* d'elle. Tous ces coups d'œil semblaient la contourner, pleins d'espoir et de curiosité. Ils cherchaient quelqu'un d'autre, comprit-elle alors. Ils cherchaient Graham.

Elle en aurait presque ri. Quinn avait raison : personne n'en avait rien à faire de qui était son père, ou de la raison pour laquelle elles avaient débarqué ici, elle et sa mère. Tout ce qui comptait, c'était que la star de cinéma qui avait séjourné parmi eux ait choisi l'un d'entre eux. Et, maintenant, ils voulaient voir ça de leurs propres yeux.

Sa mère se tenait devant une des tables et se servait un verre de citronnade, lui tournant le dos. Quand elle se retourna, la main qui tenait le pichet trembla un peu. Ellie s'était attendue à la voir en colère (et pour cause), mais elle ne lut sur son visage qu'un immense soulagement.

— Où étais-tu passée ? lui demanda sa mère, en reposant le pichet. Je t'ai cherchée partout. (Il y avait une autre question dans ses prunelles, mais elle ne la posa pas. Elle préféra se retourner pour attraper une des assiettes empilées sur la table.) Prends-toi de quoi manger, lui dit-elle, en lui tendant un disque de carton aux couleurs du drapeau national. Je crois qu'on a des choses à se dire…

Quand elle emplit son assiette d'énormes cuillerées de salade de pommes de terre et de pâtes – qu'elle compléta d'un hot-dog et d'un cupcake pour faire bonne mesure –, son estomac gargouilla. Elle se coinça un gobelet de citronnade sous le coude et traversa la place pour rejoindre l'endroit où sa mère avait étalé ce même plaid qu'elles étalaient, au même endroit, chaque année.

— Où est Bagel ? s'enquit-elle en s'asseyant en tailleur après avoir posé son dîner devant elle.

— Quand il a chapardé son deuxième hamburger, je l'ai ramené à la maison.

Ellie attrapa son cupcake en riant. Il y avait un petit drapeau américain dessiné sur le dessus, au centre du glaçage blanc.

— Tu as passé toute la journée ici ?

Sa mère ne répondit pas et, tenant son gobelet de citronnade à deux mains, s'installa en face d'elle.

— As-tu seulement écouté ta messagerie récemment ? lui demanda-t-elle, la mine grave.

Ellie secoua la tête.

— J'ai perdu mon portable.

Elle savait ce qui allait suivre, et elle savait ce qu'elle aurait dû dire. Pourtant, il lui semblait qu'un simple « je suis désolée » n'y suffirait jamais. Elle avait trahi le secret autour duquel avait pratiquement tourné toute leur existence. Maintenant, le pot aux roses avait été découvert et tout s'était déroulé exactement comme sa mère l'avait prédit. Et elle ne pouvait plus rien y changer : le mal était fait. Certes, ça aiderait peut-être que toute l'attention soit focalisée sur Graham. Ou peut-être pas. Là n'était pas la question, de toute façon. Elle déglutit avec peine et, son gâteau toujours stupidement à la main, attendit la suite.

— Ce qui s'est passé hier soir… commença sa mère, choisissant manifestement ses mots avec soin… avec Graham et ce photographe… Tu sais que c'est dans les journaux, non ?

Elle ne pouvait pas la regarder. Elle avait les yeux rivés à son cupcake, fixant cette petite bavure au coin du drapeau miniature. Elle ne savait pas trop quoi répondre, mais il y avait tous ces mots en elle qui se bousculaient… Ça lui montait comme un torrent qui menaçait de déborder. Elle avait tellement de mal à les retenir qu'elle en suffoquait.

— Je suis désolée, maman, murmura-t-elle pourtant. (Et puis une boule lui noua la gorge et elle débita le reste d'une voix sourde, à demi étranglée.) C'est ma faute. Tu m'avais prévenue que ça arriverait. Mais j'ai juste… C'était plus fort que moi. Et c'est pas comme si je l'avais vu tout le temps : j'ai arrêté. Mais c'était terrible de pas le voir. J'étais trop malheureuse. Et puis ça s'est fait tout seul. Mais, tu sais, cette histoire avec le photographe, c'était pas vraiment sa faute. Il essayait de les éloigner. Il voulait juste me protéger. Ils ont été odieux. Exactement comme tu l'avais dit.

Elle pleurait à moitié à présent. L'émotion, certes, mais la fatigue y était aussi pour beaucoup. Assise en face d'elle, sa mère voyait tous ces mots déferler, le visage fermé, et elle aurait été bien incapable de savoir si c'était parce qu'elle était en colère ou parce qu'elle angoissait. Rien de tout ça, peut-être ?

Elle respira un bon coup avant de continuer :

— Ça a été horrible. Mais il n'avait pas le choix. Et, ce matin, on n'avait pas encore découvert que c'était moi qui étais avec lui, et j'ai cru que j'allais passer au travers, mais, maintenant, c'est clair que non, et je suis désolée. Je me rends bien compte que c'est la cata et je sais que j'ai sans doute tout gâché, mais je ne l'ai pas fait exprès, et je suis vraiment vraiment désolée.

Pendant un bon moment, il ne se passa rien. Sa mère était juste assise là, à la regarder, avec toutes ces assiettes, auxquelles elles n'avaient pas touché, posées entre elles. Et puis, elle la vit secouer la tête. Quelques mèches s'échappèrent de sa queue-de-cheval quand Mme O'Neill se pencha vers elle.

— Tu n'as rien gâché du tout, lui assura-t-elle à voix basse.

Ellie ouvrit la bouche pour protester, mais sa mère ne lui en laissa pas le temps.

— Est-ce que j'aurais préféré que personne ne le sache ? Bien sûr que oui ! C'est une période de ma vie dont je ne suis pas très fière. Et, quand j'ai quitté Washington – quand j'ai quitté ton père –, j'ai eu l'impression de choisir la fuite en avant. Ce qui n'a rien de glorieux. Ni de très positif.

Mme O'Neill s'interrompit, l'air songeur. Le ciel s'était assombri et les lampadaires orange qui bordaient la place commençaient à clignoter derrière elle.

— Mais regarde ce qui est arrivé, poursuivit-elle, en embrassant les alentours d'un large mouvement de bras. On s'est retrouvées ici. Et, bien plus important encore, je t'ai eue. Comment je pourrais regretter une chose pareille ?

Ellie se mordit la lèvre. Elle avait passé la journée à chercher son père, comme Achab à la poursuite de la baleine blanche. Mais, elle s'en rendait bien compte, à présent : elle s'était trompée de quête depuis le début. En définitive, elle ressemblait nettement plus à Dorothy qu'au héros de *Moby Dick*. En définitive, elle n'avait jamais cherché qu'une seule chose… qu'elle avait sous les yeux : une famille.

Elle baissa la tête. Devait-elle avouer où elle était allée aujourd'hui ? Ce serait tellement plus facile de faire comme si ce n'était jamais arrivé, de refouler le souvenir de son père comme s'il n'avait jamais existé. C'était déjà pénible d'y repenser. Alors, en parler : être obligée de regarder les choses en face, de les analyser, d'en discuter… c'était bien la dernière chose qu'elle souhaitait !

Mais il y avait déjà eu tant de mensonges : sur Graham, sur Harvard, sur le bateau… Et puis, celui-là était vraiment trop gros, beaucoup trop pour le passer sous silence. Elle se mit à regarder obstinément cette assiette pleine oubliée sur la couverture.

— Je l'ai vu, annonça-t-elle à mi-voix.

Elle allait enchaîner, prête à expliquer de qui elle voulait parler, mais il était clair, vu l'expression de sa mère, que ce n'était pas nécessaire. Assise en tailleur en face d'elle, Mme O'Neill avait posé une assiette en carton contenant un épi de maïs grillé sur ses genoux. À ces mots, tout son corps s'était raidi, projetant l'épi sur la couverture. Avant qu'elle n'ait pu se pencher pour le récupérer, Ellie l'avait ramassé, l'époussetant pour enlever les pluches du plaid, avant de le remettre dans l'assiette de sa mère avec un petit haussement d'épaules navré.

— Tu l'as vu ? répéta mécaniquement cette dernière, le regard vide.

— C'est ce que j'ai fait aujourd'hui : je suis allée le voir.

— À Kennebunkport ?

Ellie se redressa brusquement, ahurie. Elle n'avait jamais imaginé que sa mère ait pu se tenir au courant des activités de son père, suivre son parcours comme elle-même l'avait fait. Elle avait toujours supposé qu'on ne prononçait pas son nom à la maison parce que sa mère ne voulait plus en entendre parler. Mais là, tout à coup, elle réalisait qu'elle s'était peut-être trompée. Peut-être qu'au contraire sa mère *voulait* parler de lui. Peut-être que ce silence imposé n'était juste qu'une façon d'endiguer le flot des souvenirs trop présents, comme un pansement.

Peut-être que, si elle l'avait quitté, il y avait tant d'années maintenant, ce n'était pas parce qu'elle le détestait, mais bel et bien parce qu'elle l'aimait.

Ellie finit par hocher la tête.

— Graham était avec moi, confessa-t-elle. (Elle préférait quand même faire l'impasse sur l'histoire du bateau, pour le moment.) Je ne sais pas ce qui m'a pris. Je voulais juste le voir.

Le visage de sa mère demeurait toujours aussi inexpressif.

— Et tu l'as vu ?

— Il était en ville. Il prenait un bain de foule pour sa campagne. (Elle fut surprise quand sa voix se brisa.) Il n'a pas su qui j'étais. Il ne m'a pas reconnue.

— Oh ! El ! s'exclama sa mère, en se précipitant auprès d'elle. Je ne savais pas. Je n'imaginais même pas que tu pouvais avoir envie de le connaître.

— Moi non plus, souffla-t-elle. (Elle se sentait affreusement malheureuse, tout à coup.) Pas vraiment. Comment il aurait pu savoir que c'était moi ? Comment j'ai pu le croire ? C'était idiot de ma part.

À l'autre bout de la pelouse, la chanson s'acheva dans un ultime crescendo et le silence retomba. Il y avait de l'impatience dans l'air, comme une attente. Déjà, les gens regagnaient leurs couvertures. Ça faisait suffisamment longtemps qu'année après année, la population locale venait célébrer ici le 4 Juillet pour que tout le monde soit au courant maintenant : quand le ciel prenait cette couleur blue-jean foncé, que la fanfare jouait son dernier morceau et que, dans la douceur du soir, les applaudissements s'éteignaient, le feu d'artifice allait commencer.

— Est-ce que tu sais comment je lui ai parlé la première fois, il y a toutes ces années ? lui demanda alors sa mère.

— Tu étais serveuse dans le bar où il venait boire son café tous les matins.

— C'est ça. Mais je prenais sa commande et ça s'arrêtait là. Et puis, il y a eu cette fameuse semaine où il a plu tous les jours. Chaque matin, il débarquait avec son imper ruisselant et ses cheveux trempés pour se glisser dans ce box qui ne semblait jamais assez grand pour ses longues jambes. Et puis, un matin, ça s'est arrêté.

— La pluie ?

— J'étais en train de prendre sa commande. J'ai levé le nez pour jeter un coup d'œil dehors et j'ai dit un truc comme quoi c'était un vrai miracle ou quelque chose comme ça. Et tu sais ce qu'il a répondu ?

Ellie secoua la tête.

— Il a répondu : « Il n'y aura pas de miracles ici. » Je me rappelle, on a tous les deux regardé autour de nous. Je trouvais qu'il avait bien raison. C'était juste un vulgaire bar-brasserie, tu sais, et pas très reluisant, par-dessus le marché. On était entourés d'œufs durs trop cuits, d'auréoles plein les tables, de molesquine déchirée et de parts de tarte qui attendaient le client depuis bien trop longtemps. Mais, quand je lui ai demandé ce qu'il voulait dire par là, il m'a parlé de ce petit village français au XVIIe siècle où il était censé se produire tous ces miracles. Quand le village avait commencé à être envahi par cette foule de gens qui débarquaient là en masse, tout pleins d'espoir, les autorités avaient fait mettre une pancarte : « Il n'y aura pas de miracles ici. »

Au-dessus de leurs têtes, la première fusée dépassa le toit de l'hôtel en sifflant pour foncer au cœur de la nuit, minuscule point lumineux dans le noir. En prenant de l'altitude, elle se fit silencieuse et Ellie finit par la perdre de vue. L'instant d'après, elle explosait en crépitant, projetant ses longues pattes scintillantes vers le sol, telle une gigantesque araignée dorée.

— …mais c'est ça, le plus beau de l'histoire, poursuivait sa mère, d'une voix si douce au milieu de tout ce bruit. Il y a eu un miracle justement. Seulement, on ne le savait pas encore, à ce moment-là. (Elle sourit.) Le miracle, c'était toi.

— Oh ! mam…

Mais sa mère ne la laissa pas finir.

— Il ne t'a peut-être pas reconnue aujourd'hui, enchaîna-t-elle, en secouant la tête. Mais il t'aime. J'ai bien vu comment il te regardait quand tu étais petite. Il a toujours voulu une fille. (Elle se pencha pour lui étreindre la main.) Et qu'il ne se soit pas mêlé de nos vies ? Crois-moi, ça n'a pas été facile pour lui. Il faut que tu le saches. C'était mon choix : c'est moi qui ai coupé les ponts. Il était prêt à te reconnaître publiquement, quitte à briser sa carrière. Mais je ne l'ai pas laissé faire.

— Pourquoi ?

— Ce n'était pas l'existence que je voulais pour nous. Lui, avec sa femme et ses gosses dans le Delaware, m'envoyant des chèques pendant qu'on était coincées à Washington avec toute la presse sur le dos ? Non. Je voulais que tu aies une vraie vie. Ce genre de vie-là, conclut-elle, en désignant d'un ample geste de la main les silhouettes de leurs amis et voisins, tous en train de se congratuler à la fin d'une chanson qu'ils venaient d'entonner ensemble.

Ellie sentit son cœur se gonfler à la vue de cette petite ville qu'elle aimait tant et qu'elle n'aurait échangée pour rien au monde. Surtout pas pour la vie d'une fille de sénateur.

Tout ce temps, elle s'était demandé s'il n'aurait pas été mieux pour elle d'avoir fait partie de sa famille à lui. Mais elle comprenait, à présent, que c'était le contraire. Ce n'était pas elle qui avait perdu au change. Elle n'avait peut-être pas grandi avec les moyens qui permettaient de s'offrir des vacances d'été, des voyages en Europe ou une nouvelle voiture tous les ans. Mais il n'avait jamais assisté à un lever de soleil sur leur plage privée, lui. Il n'avait jamais passé une matinée d'hiver dans la boutique à réchauffer ses chaussettes sur le radiateur. Il n'avait jamais mangé au *Casier à Homard*, ni goûté le sorbet à l'orange de chez *Sprinkles*. Il ne l'avait jamais vue gagner un match de foot ou remporter un concours d'orthographe. Et il n'avait jamais fait la connaissance de Bagel. Il n'avait jamais dîné *Chez O'Neill.*

— Il ne nous a pas abandonnées, renchérit sa mère. Il nous a fait un cadeau.

— Il nous a laissées partir, souffla Ellie.

— Et on s'en est très bien tiré toutes seules, se félicita Mme O'Neill. Mais, crois-moi : il t'aime toujours autant. Je n'ai pas besoin d'être en contact avec lui pour savoir ça.

Il devenait de plus en plus difficile d'y voir clair et les gens qui cherchaient encore des places où s'asseoir n'étaient plus que des ombres chinoises dans le halo des lampadaires. Quelques gamins avec des colliers fluorescents passèrent devant elles en courant, hilares. Ellie plissa les yeux pour tenter d'identifier la silhouette solitaire qui s'installait non loin d'elles. Son cœur cogna un grand coup quand elle le reconnut.

C'était Graham.

Il s'assit sur l'herbe, replia ses jambes et renversa la tête pour regarder le ciel. Elle s'aperçut alors qu'il était au téléphone. Elle espérait que ce n'était pas avec son agent, son avocat ou son attachée de presse. À voir sa posture, sans doute pas. Il était tout seul, comme d'habitude. Il avait cette façon bien à lui de pouvoir être au milieu d'une foule tout en parvenant à s'isoler. La preuve.

Chaque fois qu'une fusée explosait, avant qu'elle ne disparaisse tout à fait, Ellie fermait les yeux pour garder son empreinte en courbes étincelantes au revers de ses paupières. Elle repensait à la journée qui venait de s'écouler, à la main de son père dans la sienne, à la réconfortante présence de sa mère et surtout, surtout, au garçon assis là, à moins de dix pas, les yeux rivés au même ciel qu'elle.

Elle songea à ces mots que son père avait prononcés, il y avait tant d'années : « Il n'y aura pas de miracles ici. »

« Il avait tort. » Ces mots lui vinrent à l'esprit avec une violence qui la surprit. « Même dans cette brasserie pourrie, il devait y avoir une lueur d'espoir. Il fallait juste savoir où regarder. Même une vitre sale ou une part de tarte rassie peut être une sorte de miracle. »

— Et alors, maintenant, qu'est-ce qui va se passer ? demanda-t-elle à sa mère. Si c'est dans tous les journaux, il ne peut plus ignorer où on est. Tu crois qu'il va essayer de nous retrouver ?

— C'est ce que tu veux ?

— J'en sais rien. Un jour, peut-être. Ou peut-être pas. Je ne sais pas.

— Ce n'est pas grave. On a le temps de voir venir.

— Je suis vraiment désolée, répéta-t-elle une fois de plus – quoique ne sachant plus trop de quoi elle s'excusait.

Elle n'avait que l'embarras du choix.

— Hé ! tenta de la rassurer sa mère, en lui soulevant le menton pour la forcer à la regarder. Ça va s'arranger.

— Comment ? soupira-t-elle d'une toute petite voix.

— On a de la chance : apparemment, tout le monde s'intéresse beaucoup plus à l'autre versant de l'histoire. Il faut croire que Graham Larkin est nettement plus captivant que Paul Whitman. (Sa mère secoua la tête, un sourire ironique aux lèvres.) Ça, je dois reconnaître que je ne l'avais pas prévu.

Les yeux d'Ellie se reportèrent irrésistiblement vers le dos de Graham. Il avait rangé son portable et levait le visage vers le ciel.

— C'est pas plus mal, commenta-t-elle. Ça détourne l'attention.

— Pas tant qu'il reste ici, non, lui fit remarquer sa mère, en se redressant. Mais, dans deux jours, il sera parti : ce sera bientôt fini.

Une autre fusée explosa au-dessus d'elles : un large anneau vert et violet, cette fois. Mais Ellie ne le vit pas. Elle était trop occupée à regarder Graham. Quand il se retourna, son regard se planta droit dans le sien. Ils restèrent comme ça un long moment, tandis qu'une pluie d'étincelles éclaboussait la nuit. Une autre explosion embrasa le firmament. Ellie la ressentit jusque dans les doigts de pied, sa chaleur, sa flamme, comme celle d'une bougie, comme une fièvre, comme une brûlure.

« Ce sera bientôt fini », se disait-elle, sans quitter Graham des yeux.

« Ce sera bientôt fini. »

— Hello ! articula-t-il en silence à travers la pelouse.

— Hello ! répondit-elle aussitôt.

Chapitre 24

Au matin, c'était comme s'il ne s'était rien passé : la fanfare, le feu d'artifice, la kermesse, le pique-nique géant… tout avait disparu. Graham se dirigeait vers le plateau de tournage sous un ciel orange et la place était exactement comme d'habitude : déserte, tranquille et mouillée de rosée. Un simple carré de pelouse posé au milieu du bourg. Pas de gobelets en carton que le vent s'amuserait à faire valdinguer, pas de pétards ou de cierges magiques calcinés sur les trottoirs, à peine quelques rectangles d'herbe aplatie, là où les couvertures avaient été étalées pour former cet énorme patchwork éphémère.

Graham but une gorgée du café qu'il avait pris dans le hall de l'hôtel, en faisant attention à ne pas en renverser, alors que la rue entamait sa plongée vers la mer. Un peu plus loin devant, il aperçut Mick qui traversait la chaussée. Mal rasé, la mine fatiguée, ce dernier tenait à la main un gobelet qui faisait au moins deux fois le sien.

— Tiens, tiens ! Ne serait-ce pas là notre champion poids plume ? lança Mick, s'arrêtant pour l'attendre.

Graham tendait déjà le dos, se préparant à ce qui allait suivre. Mais, bizarrement, Mick ne semblait pas en colère. Il avait même plutôt envie de rire, apparemment.

— C'est toujours ceux qui ne font pas de bruit, hein ? ironisa le cinéaste en secouant la tête. Mais, d'après ce que j'ai lu, tu as eu, et le méchant, et la fille du même coup. Jolie droite !

— Je suis carrément désolé, Mick. Je ne voulais pas bousiller le…

Mick balaya négligemment ses excuses de la main, tout en descendant la côte avec lui.

— Pas de souci. J'ai déjà parlé à Harry ce matin. Ce type est un vrai magicien : si problème il y avait, il s'est volatilisé.

Graham le dévisagea.

— Comment ça ?

— Je viens de te le dire. C'est magique. Il a complètement retourné la situation. Et je crois qu'il n'a même pas eu besoin des avocats.

Pour la première fois en deux jours, Graham sentit ses mâchoires se desserrer. Il poussa un profond soupir de soulagement.

— Mais tout ce battage ? Ça ne peut pas être très bon pour…

— Première règle dans ce business : la pub, c'est toujours bon à quelque chose. Sans compter que ça ne fait jamais de mal quand le jeune premier écorne un peu son image pour jouer les rebelles.

Graham regarda sa main. Elle l'élançait toujours.

— J'imagine… Mais je suis vraiment désolé. Vraiment.

Mick soupira.

— Deux minutes, Larkin.

— Quoi ?

— Deux minutes avec toi, il n'en faut pas plus pour casser ta nouvelle image. Vous parlez d'un rebelle !

— Désolé.

Mick leva les yeux au ciel.

— Écoute, tant que nous réussirons à obtenir de toi cette énergie-là sur le plateau, nous nous en sortirons, lui assura le jeune cinéaste, en lui donnant une petite tape dans le dos, avant de filer vers la cantine.

Le premier assistant faisait déjà signe à Graham pour le diriger vers le camion du maquillage. On sentait comme une sorte de pression, sur le tournage, aujourd'hui. Tout le monde s'activait pour que ces ultimes scènes soient bouclées dans les temps, et l'agitation qui régnait sur le plateau évoquait celle du dernier jour de colo. Lundi, ils se retrouveraient tous à L.A. – il restait encore quinze jours de tournage là-bas –, mais ça sentait quand même la fin. Et, comme toute fin, c'était un étrange mélange d'excitation et de nostalgie.

Graham était déjà assis dans un fauteuil de toile, une femme armée d'une houppette penchée au-dessus de lui – laquelle considérait son coup de soleil sur le nez avec une moue dégoûtée –, quand il aperçut son agent qui traversait le plateau. Harry était au téléphone et faisait de grands gestes. Le dos voûté, le pas traînant, il semblait porter toute la fatigue du monde sur ses épaules. Lorsqu'il l'aperçut cependant, son visage s'illumina. Il lui sourit, ne s'interrompant que le temps de lever le pouce pour le rassurer. Comme Graham quittait son fauteuil, Harry lui fit signe de se rasseoir avant de désigner son portable. Il s'attarda encore un instant, un même rayonnant sourire aux lèvres, leva une nouvelle fois le pouce, et poursuivit son chemin.

Entretemps, Olivia s'était installée à côté de Graham – qui éternua quand on lui repoudra le visage. La maquilleuse recula en fronçant les sourcils, puis se remit à l'ouvrage en secouant la tête d'un air réprobateur.

— J'ai entendu dire qu'il t'avait tiré d'affaire, lança Olivia, en agitant la main vers Harry, qui venait de disparaître derrière un des camions de la production. Même moi, je dois reconnaître que c'est un tour de force. Impressionnant. Il a réussi à te faire passer pour un genre de héros défendant l'amour de sa vie des gros vilains paparazzi. (Elle haussa les sourcils.) Pas mal.

— Je le paie assez cher pour ça, lui rétorqua Graham, avec un petit sourire goguenard.

— Tu crois qu'il a encore une petite place dans son écurie ?

— Personne n'a assez de place pour toi, railla-t-il.

— En tout cas, on peut dire que tu as fait les gros titres, lui répliqua-t-elle, en roulant des yeux comme des billes – mais il perçut une pointe d'admiration dans sa voix. Ta petite amie aussi. J'ai l'impression que cet endroit est un monde parallèle où c'est toi qui monopolises l'attention : la quatrième dimension !

— Ne t'inquiète pas, la rassura Graham en riant. Dans quelques jours, tu seras de retour dans ton habitat naturel : tes boîtes habituelles.

— Et toi, tu seras de retour auprès de ton petit copain… avec quatre pattes et un groin.

— Oui, bon, mais si tu as besoin de quelques tuyaux pour te faire mousser dans les médias en attendant…, je serais ravi de te donner un petit coup de main.

— Ta technique laisse un peu à désirer.

Mais il voyait bien que ça l'amusait. Et, quand la maquilleuse recula pour admirer son œuvre, il inspira avec bonheur. Autour d'eux, l'équipe du film s'agitait pour préparer la scène prévue au programme et cette activité bourdonnante semblait annoncer une journée prometteuse. C'était toujours dans ces moments-là, loin des fans, avant que les caméras ne se braquent sur lui, qu'il sentait cette étrange énergie lui courir dans les veines. Il savait alors, sans l'ombre d'un doute, que ce serait une bonne journée.

En quittant le maquillage pour rejoindre Mick qui l'attendait, Graham leva les yeux. Le ciel était pâle et moucheté d'oiseaux : une sorte de négatif de celui d'hier pendant le feu d'artifice. Il se prit alors à repenser à la soirée de la veille. Il s'était trouvé pile au même endroit, à regarder une flopée de mômes qui slalomaient à travers la foule, agitant leurs bâtons crépitant d'étincelles comme des baguettes magiques.

Ce 4 Juillet à Henley ressemblait très exactement à ce qu'il s'était imaginé : exactement comme celui de son enfance, là où il avait grandi. Il avait pourtant eu envie de s'éloigner, juste envie de se mettre à marcher et de voir où ça le mènerait. Après cette longue journée vagabonde, de balade en bateau en trajets de bus, il lui paraissait logique d'achever son séjour à Henley en laissant le hasard guider ses pas, vers le nord ou vers le sud, vers la terre ou vers la mer, jusqu'à ce qu'il se perde pour de bon.

Quand les musiciens avaient posé leurs instruments, il y avait eu un moment de flottement. Un silence plein d'expectative s'était abattu sur la foule. Planté sur le trottoir, Graham avait levé les yeux – bien qu'il n'y ait rien eu à voir encore que le faible scintillement des étoiles. La vibration dans sa main lui avait fait baisser la tête. Il avait attrapé son portable au moment de passer la porte de sa chambre, mais il n'avait pu se résoudre à rappeler tous ceux qui lui avaient laissé un message. Il n'était simplement pas d'humeur à parler à des avocats, des agents ou des attachés de presse. Pas maintenant. C'étaient des trucs de L.A., ça. Or, pour l'instant du moins, il était toujours à Henley.

Il s'apprêtait à couper son téléphone, lorsqu'il s'était aperçu que c'était sa mère.

— Bonsoir, avait-il dit, en collant l'appareil à son oreille.

Il avait déjà répondu quand l'idée lui était venue : et si elle l'appelait parce qu'elle l'avait vu aux infos… Il n'y avait même pas songé deux secondes. Dans son esprit, il ne pouvait y avoir plus opposées que sa mère et sa carrière d'acteur. C'étaient deux aspects si compartimentés de sa vie que vouloir les associer dans la même pensée, c'était un peu comme tenter de regarder en même temps deux trucs très éloignés : on finit par loucher.

— Bonsoir, lui avait-elle répondu.

Il y avait eu des chuchotements, et puis elle avait ajouté :

— Ne quitte pas.

Il avait alors commencé à se diriger vers cet océan de couvertures qui transformaient la place en un gigantesque damier coloré. Il n'avait rien à craindre : il faisait trop sombre pour que les gens puissent le reconnaître, quoique certains l'aient suivi du regard en plissant les yeux d'un air soupçonneux. Au téléphone, il avait entendu des rires et une sorte de tapotement.

Tous les bruits s'étaient soudain trouvés amplifiés : elle avait mis le haut-parleur.

— Ton père est là aussi, lui avait-elle annoncé.

En s'asseyant sur l'herbe humide, tout au bout de la pelouse, il avait plaqué la main sur son oreille gauche pour mieux entendre.

— Tout va bien ? avait-il demandé.

Il n'était pas très sûr de vouloir connaître la réponse. Mais, à sa grande surprise, sa mère avait ri de plus belle.

— Il y a un feu d'artifice ? avait-elle à moitié hurlé pour couvrir le bruit de fond : le barbecue des voisins, sans doute.

Il se représentait la scène : son père dans son éternel polo bleu et sa mère arborant un tee-shirt à rayures rouges et blanches, tous deux blottis autour du téléphone.

— Où ça ? avait demandé Graham, dérouté. De votre côté ?

— Non, avait répondu son père. Du tien. Nous avons regardé ce matin à quelle heure le soleil se couchait dans le Maine. Le feu d'artifice a-t-il déjà commencé ?

— Pas encore. (Au moment même où il prononçait ces mots, la première fusée jaillissait au-dessus de sa tête comme une comète.) Ah ! Si, en fait. Ça vient de commencer.

— Il ne débutera pas avant quelques heures, ici, l'avait informé sa mère. Mais nous voulions le regarder avec toi.

Ne sachant trop quoi dire, Graham avait souri. Imaginer qu'ils avaient cherché l'heure du coucher de soleil dans le Maine, qu'ils avaient attendu qu'il fasse nuit, puis qu'ils s'étaient discrètement éclipsés pour l'appeler… Il s'y attendait si peu qu'il n'avait pas su quoi répondre.

— Tu te souviens l'année où nous y avons assisté dans le parc ? lui avait rappelé son père. Tu t'étais brûlé le doigt avec une bougie antimoustiques.

Graham s'était marré.

— Tu te rappelles la fois où on l'a vu sur la plage ?

— Celle où ton père a laissé tomber la pastèque sur les rochers ? avait gloussé sa mère.

— Hé ! s'était insurgé son père. (Mais il se bidonnait.) Cette mouette avait fondu sur moi par surprise.

Dans le ciel, deux autres fusées avaient décollé avec un grésillement sonore, chacune d'une couleur différente.

— Je voudrais bien que vous soyez là, leur avait alors confié Graham à voix basse.

Mais rien que ça, rien que leur respiration étouffée à l'autre bout du fil lui avait fait du bien. Il avait regardé les explosions multicolores se succéder, toutes avec une sorte d'écho qui leur était associé dans sa mémoire : le souvenir de celles qu'ils avaient vues par le passé, toutes ces fois où ils avaient regardé le feu d'artifice ensemble, en famille.

Il s'était éclairci la voix.

— Ces derniers jours, ça a été...

— Nous sommes au courant, l'avait coupé sa mère. Nous avons essayé de t'appeler plus tôt, quand nous avons vu les journaux.

— Je suis désolé, avait-il murmuré. J'ai seulement...

— Ces types sont de véritables vautours, l'avait alors interrompu son père, de ce même ton qu'il prenait pour parler politique ou base-ball. Ils ne l'ont pas volé.

— Merci. Mais je ne suis pas très fier de moi.

— Tu travailles trop, était intervenue sa mère. Tous ces tournages. Et puis, à peine seras-tu rentré que tu auras encore toutes ces scènes d'intérieur, sans parler de la tournée de promotion qui s'annonce…

Il avait ri.

— Comment vous savez tout ça ?

— Nous nous sommes abonnés à *Variety*, lui avait répondu sa mère, une petite pointe de satisfaction dans la voix. Et au *Hollywood Reporter.*

— Non ?

Il avait du mal à imaginer sa mère épluchant les potins du show business.

— Mais naturellement, lui avait-elle rétorqué comme si ça coulait de source. Nous aimons savoir ce que tu fais.

— Et il est toujours instructif de suivre l'évolution du monde de la pellicule colorisée, avait plaisanté son père.

Graham s'était esclaffé.

— On appelle ça des films, tu sais ?

— Des films colorisés, alors, avait concédé son père. Ton nom a beaucoup circulé récemment. On parle de toi pour toutes sortes de rôles intéressants…

— Il ne faut pas croire ce qu'on raconte. Je n'ai toujours pas décidé ce que j'allais faire après.

— Eh bien, moi, je crois que tu serais bon dans n'importe quoi, lui avait assuré sa mère. Tu te souviens de lui dans *Blanches colombes et vilains messieurs* ? Il était excellent, avait-elle alors ajouté à l'intention de son mari, qui s'était empressé d'acquiescer d'un grognement approbateur. Nous sommes tellement fiers de toi.

Il avait eu du mal à avaler sa salive.

— Merci, maman.

— Quand rentres-tu exactement ?

— Après-demain, avait-il répondu, sans quitter le ciel des yeux. Ça a passé vite.

— Et, sinon, c'était bien ?

Il avait hoché la tête, même s'il savait qu'ils ne pouvaient pas le voir. Mais il avait été surpris de sentir sa gorge se serrer à la perspective de quitter Henley et il s'était empressé de refouler cette bouffée d'émotion d'un battement de paupières.

— Han han. Vraiment bien.

— J'ai fait une tarte au citron vert meringuée aujourd'hui, lui avait alors annoncé sa mère. Je t'en garde une part. Alors, il faudra que tu viennes nous voir à ton retour.

— OK, je passerai.

— Tu sembles avoir besoin d'un petit break, lui avait dit son père. Nous devrions aller faire quelque chose ensemble ce week-end. Tu travailles dimanche ? Nous pourrions peut-être aller au bowling ou assister à un match de base-ball…

En explosant, une fusée avait dessiné une étoile géante qui s'était attardée, comme gravée dans le ciel.

— Ou pêcher, avait-il suggéré.

Son père avait laissé échapper un petit ricanement indulgent.

— Il me semble que cela fait un moment que nous n'avons pas retenté notre chance, avait-il commenté. Nous n'en avions pas eu beaucoup, la dernière fois.

— Mais si, avait protesté Graham, soudain alerté par une sorte de picotement dans la nuque. (Il s'était à moitié retourné et, quand les formes noires, sur la couverture voisine, avaient commencé à se préciser, il avait été étonné de reconnaître Ellie. Il avait repositionné son portable, les mains soudain moites.) On en a pris une tonne, tu te rappelles ?

Assise à côté d'elle, Mme O'Neill lui parlait en faisant de grands gestes. Pendant ce temps, son père continuait à évoquer leur fameuse partie de pêche, tandis que le feu d'artifice explosait au-dessus de sa tête, rivalisant avec les flonflons de l'orchestre.

Mais Graham était resté hypnotisé, les yeux rivés sur elle. Et c'était comme si un grand silence était tombé entre eux, comme si plus rien ni personne n'existait autour d'eux.

— Nous étions sur le point de renoncer, poursuivait son père. Nous n'avions pas eu une seule touche. Il avait fallu attendre le tout dernier jour.

Graham avait souri et, sans quitter Ellie des yeux, il avait dit :

— C'est le seul qui compte.

De : GDL824@yahoo.com

Envoyé : vendredi 5 juillet 2013 08 : 18

À : EONeill22@hotmail.com

Objet : rembobiner

Et si on reprenait tout depuis le début ?

Veux-tu venir dîner avec moi au *Casier à Homard* ce soir ?

Chapitre 25

Quand elle arriva, il était déjà là. Il l'attendait sous le panneau de bois. Avec le soir, la température avait chuté. Il faisait incroyablement frais pour un début juillet et il portait une chemise à col boutonné avec un pantalon de toile beige. À en croire ses cheveux encore mouillés, il sortait de la douche. Il ne l'avait pas encore vue. Alors, elle s'attarda, avançant à pas lents, s'efforçant de graver chaque détail, faisant durer le moment, comme si ça pouvait suffire à arrêter le temps.

Déjà, les machinistes démontaient le décor. Derrière eux, les bateaux de pêche rentraient au port pour la nuit et le cliquetis des casiers à homards se mêlait au raclement métallique du matériel qu'on chargeait. Il restait encore un jour de tournage, mais Graham aurait terminé en fin de matinée et Ellie savait qu'il devait s'envoler pour L.A. juste après. À cette heure-ci demain, la rue serait dégagée, les barrières auraient disparu, les camions seraient partis et ce serait comme si tout ça n'avait jamais existé.

Un peu plus tôt dans la journée, elle était descendue sur le quai pour les regarder tourner. C'était beaucoup moins intéressant qu'elle n'aurait pu l'escompter. Une interminable succession de « Action ! » et de « Coupez ! », répétés inlassablement, tandis qu'ils interprétaient toujours la même scène, chaque prise exactement semblable à la précédente – ou presque. Graham disait quelque chose à Olivia, en levant les mains dans un geste de conciliation, et Olivia baissait la tête, avant de se retourner et de s'en aller en le laissant planté sur le bord du quai, encore, et encore, et encore.

Ellie était trop loin pour entendre ses répliques, mais, même à cette distance, il y avait quelque chose de saisissant dans cette manière qu'avait Graham de se concentrer : il était à fond dedans, tout en intensité. Ça lui rappelait ce jour sur la plage, quand elle avait émergé du bouquet d'arbres et l'avait vu là : Graham Larkin, la star de cinéma, s'était effacé pour laisser place au garçon au sourire craquant qui ne semblait réservé qu'à elle.

C'était pareil maintenant, sous l'œil des caméras : il s'était débarrassé d'une part de lui-même pour devenir quelqu'un d'autre, quelqu'un de complètement différent, ne serait-ce que l'espace d'un instant. Elle comprit alors ce que ça signifiait vraiment d'être un acteur. C'était bien plus qu'une histoire de tapis rouge et de paparazzi. C'était une forme d'art. Et Graham était indéniablement doué pour cet art-là.

Elle était restée longtemps, incapable de s'arracher au spectacle. L'ayant reconnu d'après les photos parues dans les journaux, un assistant de production lui avait fait un signe de la main pour l'inviter à passer de l'autre côté des barrières métalliques. Mais elle s'était contentée de secouer la tête en le remerciant d'un sourire. Ça ne la dérangeait pas de le regarder de loin. Il fallait qu'elle s'entraîne, au contraire. Demain, il serait parti, et il ne lui resterait plus qu'à faire comme tout le monde : le regarder dans les films, dans les magazines, sur le Net ou dans les journaux.

Telle qu'elle se tenait là, perdue au milieu de ses fans, elle avait senti quelque chose qui montait en elle… Elle avait alors réalisé qu'elle était en train de lui dire adieu. Elle allait certes avoir d'autres occasions de le faire : au dîner, ce soir, et peut-être même demain, avant qu'il ne parte. De vrais adieux où ils se diraient les trucs habituels : « On reste en contact », « Tu vas me manquer » et « Merci pour tout ».

Mais, là, c'était sa version personnelle, et elle était restée bien au-delà de l'heure à laquelle elle était censée aller travailler chez *Sprinkles*, sachant que Quinn la remplacerait. La nuit dernière, après le feu d'artifice, elles étaient allées à la plage ensemble, vidant un sac entier de pétards en chemin, sur le sable, avant de les allumer, un par un, pour les regarder pirouetter au-dessus de l'eau noire.

Comme tous les ans.

En mieux.

Alors qu'elle approchait du restaurant, Graham se retourna. Les battements de son cœur s'accélérèrent et elle se rendit compte que, finalement, elle n'était absolument pas prête à lui dire adieu. Loin de là. Ça lui rappela ce qu'elle lui avait écrit lors de leur premier échange de mails : « En fait, je ne suis pas persuadée d'avoir fini de te dire bonjour. » C'était exactement ce qu'elle ressentait maintenant. Plus fort qu'elle ne l'aurait jamais imaginé.

— Très jolie, commenta-t-il.

Elle jeta un coup d'œil à sa robe dos-nu verte.

— C'est celle que je portais…

— Je sais, l'interrompit-il en l'embrassant sur la joue. (Il venait de se raser et il avait la peau toute douce.) Elle est encore plus belle aujourd'hui.

— Merci, lui répondit-elle, avec un geste vague de la main pour désigner sa chemise. Pas mal non plus.

Il y eut comme un flottement tandis qu'ils se regardaient en silence. Ils avaient passé des heures ensemble, mais c'était la première fois qu'ils avaient un vrai rendez-vous – ou ce qui se faisait de plus ressemblant dans le style –, et ils ployaient soudain sous le poids des convenances : le genre de trucs que l'on dit aux gens quand on les rencontre à un dîner, par opposition à ce qu'on leur dit quand on les arrache à une nuée de photographes, quand on vole des homardiers ensemble ou juste quand on se balade avec eux sur la plage.

La porte du *Casier à Homard* s'ouvrit devant eux et Joe apparut sur le seuil.

— On n'attend plus que toi, dit-il à Graham, avant de jeter un coup d'œil dans la rue aux gens qui se promenaient tranquillement pour goûter la douceur du crépuscule. Pas de gêneurs dont je pourrais te débarrasser ?

— Je crois que non, lui répondit Graham avec un haussement d'épaules fataliste.

— Tu dois leur avoir flanqué la trouille, le félicita Joe.

Il avait du mal à cacher sa satisfaction – il jubilait, c'était clair – et ce fut d'un ample geste du bras qu'il leur fit les honneurs de sa maison.

Graham passa en premier et Ellie lui emboîta le pas. Mais, en arrivant à la hauteur de l'hameçon géant qui tenait lieu de portemanteau, ils se statufièrent : tous les yeux s'étaient brusquement tournés vers eux. Fourchettes en l'air et homards oubliés, le restaurant au grand complet dévisageait le jeune couple qui s'apprêtait à faire son entrée. Ellie se retint de plonger derrière le comptoir d'accueil ou de tourner les talons pour détaler comme un lapin. Après avoir passé tant de temps à se faire une montagne de cet exact scénario, ça faisait bizarre de se retrouver devant tous ces visages – pour certains, familiers – et de se laisser voir en compagnie de Graham. Ce n'était pourtant plus un secret pour personne, ce truc entre eux, désormais, et il n'y avait plus aucune raison de se cacher.

Joe leur faisait signe d'avancer vers leur table, là-bas, dans l'angle du fond – une partie du restaurant qu'il avait pratiquement privatisée pour qu'ils puissent discuter en paix. Mais impossible de décoller du plancher ! Il fallut que Graham lui prenne la main pour qu'elle réussisse enfin à traverser la salle – et encore ! en regardant obstinément ses pieds. Arrivé à leur table, Graham lui tira sa chaise, puis s'assit en face d'elle. Joe sortit une pochette d'allumettes pour allumer les bougies. Il lui fit un petit clin d'œil avant de les laisser en tête à tête.

— Donc, fit Graham, en se penchant vers elle.

Ellie ne put s'empêcher de sourire.

— Donc ?

— Ça va ? Tu tiens toujours le coup ?

La veille, peu après la fin du feu d'artifice, Ellie était allée s'asseoir sur l'herbe à côté de lui. Autour d'eux, les familles pliaient bagages, récupérant couvertures et enfants à moitié endormis. Ils étaient restés comme ça, sans parler, pendant un long moment.

— Tu es au courant, non ? avait-elle fini par lui demander.

Il avait hoché la tête.

— Alors ça a fait le tour, maintenant, je suppose. Tout le monde sait, pour nous.

Un sourire avait peu à peu illuminé son visage et il avait pointé le doigt dans le noir.

— Ce type, là ? avait-il dit, en désignant au hasard un mec qui tirait une glacière sur la pelouse. (Il avait parcouru la foule des yeux.) Et elle, là-bas ? avait-il poursuivi, en pointant du menton une femme enceinte, avant de tourner son regard vers un vieillard avec une canne. Et lui ?

Elle avait éclaté de rire.

— Oui, oui, avait-elle répondu en jouant l'exaspération. Lui aussi, sans doute.

Graham s'était penché vers elle de sorte que leurs visages ne soient plus qu'à quelques centimètres l'un de l'autre.

— Mais alors, ça veut dire qu'on peut faire ça, maintenant ?

Et il lui avait donné un baiser, un baiser qui avait semblé ne jamais devoir s'arrêter.

Quand ils avaient fini par se séparer, elle avait eu un petit sourire aux lèvres.

— J'imagine.

— Ce n'est pas si dramatique, alors.

— Non, je suppose que non, vu comme ça.

— Tant que ce n'est pas un problème pour toi, avait-il ajouté.

Elle avait secoué la tête.

— Non, non. Et pour toi ?

— Absolument pas. Bizarre, hein ?

Son sourire s'était élargi.

— Pas vraiment.

Là, penché au-dessus de la table, son visage se découpant sur la carte marine affichée au mur derrière lui, il la dévisageait avec anxiété.

— Je vais très bien, lui assura-t-elle. Vraiment. Je n'ai toujours lu aucun des articles, en même temps. Je me dis juste que toutes les filles du pays veulent sans doute me tuer. Mais ça aurait pu être bien pire.

— Comment ça ?

— Ta scandaleuse inconduite a réussi à éclipser toute cette histoire avec mon père, minauda-t-elle, en prenant la carte. (Elle lui adressa un sourire par-dessus le bord supérieur du menu plastifié.) Qui l'eût cru ?

— Alors, ça veut dire que ta mère ne le prend pas trop mal ?

— Elle s'y fera. On s'y fera toutes les deux.

— Tant mieux, ça me rassure.

— Elle l'a moins mal pris que je ne le croyais. Tu m'aurais demandé ça hier, je me serais déjà vue bouclée dans ma chambre toute la soirée.

— Je serais venu te délivrer, lui affirma-t-il, chassant cette improbable image d'une pichenette. Je n'ai peut-être pas de beau destrier blanc, mais je possède un cochon d'une taille tout à fait respectable.

— Super romantique !

Il releva sa carte.

— Alors, qu'est-ce qu'il y a de bon ici ? Je n'ai pas dîné, la dernière fois, en fin de compte. Il y avait cette fille que je devais retrouver…

— C'est un genre de deuxième prise, si je comprends bien ?

— Non, lui répondit-il, soudain sérieux. C'est vraiment une première.

Ellie se plongea précipitamment dans la lecture du menu, mais elle en avait l'estomac tout retourné. Ça faisait à peine quelques semaines qu'ils se connaissaient. Pourtant, elle avait l'impression qu'ils s'étaient déjà quittés tant de fois qu'elle n'était pas très sûre d'avoir le courage de recommencer.

Elle posa la carte.

— C'est terrible ce que je vais dire, je sais, mais… en fait, je n'ai pas très faim.

À sa grande surprise, Graham hocha la tête.

— J'espérais un peu que tu dirais ça.

— Ah bon ?

— Je crois qu'on devrait directement passer au dessert, déclara-t-il avec un sourire jusqu'aux oreilles (le genre de sourire qui part des yeux pour illuminer le visage tout entier). Je crois que je vais prendre un *whoopie pie*.

Ellie fit la moue.

— Très drôle.

— Mais je suis carrément sérieux.

— Je viens dans ce resto depuis que je suis gamine, lui dit-elle, en reprenant la carte. Alors je peux t'assurer qu'ils n'ont pas ça ici.

Graham s'était calé contre le dossier de sa chaise avec un petit air satisfait.

— Tu crois que tu connais ce restaurant mieux que moi ?

— Je ne le crois pas : je le sais. À moins que…

Elle se mit à le dévisager d'un œil soupçonneux.

Ça faisait longtemps qu'elle n'avait pas consulté le menu avant de commander, en réalité. Cependant, quand elle s'y essaya, les petits caractères dansèrent devant ses yeux et elle dut approcher une bougie pour pouvoir les déchiffrer, provoquant un débordement de cire fondue à l'intérieur du petit photophore.

— À moins que ?

— À moins que tu n'aies comploté quelque chose. Ce qui expliquerait pourquoi tu as l'air si content de toi. (Elle s'adossa à son tour en croisant les bras.) Maintenant que j'y pense, tu serais bien capable d'avoir manigancé quelque chose avec Joe…

— Moi ? s'exclama-t-il avec la plus parfaite innocence. Parce que tu crois vraiment qu'entre tourner un film et faire le tour du Maine avec toi, j'ai trouvé le temps de chercher où me procurer des *whoopie pies* et de les faire livrer précisément ce soir, juste au cas où tu m'adresserais encore la parole après tout ce qui s'est passé, et que tu accepterais de dîner avec moi ici ?

Elle le regarda droit dans les yeux.

— Oui.

— Tu veux parier ?

— Absolument. Mais je parie sur toi.

Il haussa les sourcils.

— Mais encore ?

— Je crois vraiment que tu as fait tout ça. Je crois que je dois me préparer à goûter un *whoopie pie* pour la première fois de ma vie.

— Même s'il n'est pas sur la carte ?

Elle hocha la tête, quoique avec un peu moins de conviction.

— Même s'il n'est pas sur la carte.

— D'accord, dit-il, en s'accoudant sur la table pour la dévisager un long moment. Alors je te parie mille dollars.

Ellie se figea. Pendant un bon bout de temps, elle n'osa plus bouger. Elle se contentait de le regarder fixement, les yeux écarquillés.

— Marché conclu ? lui lança-t-il.

— Non, répondit-elle d'une voix enrouée. (Elle reposa la carte devant elle sur la table en secouant la tête.) Graham…

Il souriait toujours.

— C'est juste un pari.

— Je ne peux pas faire ça.

— Bien sûr que si tu peux, lui rétorqua-t-il calmement, le visage tremblotant dans la lumière des bougies.

Elle savait pertinemment ce qu'il était en train de faire. Évidemment qu'elle le savait. Et, tout à coup, elle comprit. Elle comprit que ça s'était passé très exactement comme ça. Toute l'histoire. De A à Z. Qu'il avait trouvé où acheter des *whoopie pies*, qu'il les avait fait livrer au *Casier à Homard*, qu'il avait dû s'arranger avec Joe à l'avance, peaufinant le moindre détail, orchestrant magistralement le stratagème pour qu'elle parie que c'était impossible. Pour qu'elle parie contre lui. Et il avait fait tout ça pour elle.

Le sang lui battait les tempes quand elle le regarda. Elle ne s'aperçut du retour de Joe que lorsque ce dernier se racla ostensiblement la gorge.

— Et, pour ces messieurs dames, ce sera ? leur demanda-t-il, dûment armé d'un carnet de commande et d'un crayon.

Mais aucun d'eux ne répondit. Graham la dévisageait toujours.

— Marché conclu ? insista-t-il.

Elle se rendit alors compte que le mot « non » lui restait coincé dans le gosier. Elle ne put donc que cligner des paupières, ce qu'il interpréta comme un assentiment. Il se tourna vers Joe, rayonnant.

— Je crois que nous allons passer directement au dessert.

— Mais bien sûr, acquiesça Joe. (Ellie vit sa moustache remuer.) Vous avez quelque chose de précis en tête ?

Graham avait du mal à contenir sa jubilation.

— Nous allons prendre deux *whoopie pies*, déclara-t-il, un peu trop fort peut-être.

Ellie ne put que constater, en ouvrant des yeux ronds, l'enthousiasme avec lequel Joe hochait la tête, avant de refermer son calepin avec un claquement sec et d'escamoter les cartes d'un geste diligent.

Dès qu'il fut parti, Graham se retourna vers elle.

— Non mais, tu as vu ça ? soupira-t-il avec une expression tragique. Je crois que je viens de perdre mon pari.

Ellie secouait la tête.

— Tu parles d'un acteur !

— Hé ! s'offusqua-t-il. (Mais il souriait de toutes ses dents.) J'essaie seulement de me montrer bon perdant.

— Graham, souffla-t-elle, en regardant obstinément son assiette. Je ne peux pas.

— Tu ne peux pas manger de *whoopie pie* ?

— Tu sais très bien ce que je veux dire.

— Ben non, en fait. Tu as besoin d'argent. J'ai cet argent. C'est aussi simple que ça.

— Je ne peux pas te laisser faire ça.

— Tu sais quoi ? Tu n'as qu'à rajouter un poème par-dessus et l'affaire est dans le sac.

Elle le regarda sans comprendre.

— À la fin de ton stage, je veux un de tes poèmes.

— Mais je n'écris pas de poèmes. J'aime juste lire ceux des autres.

— OK. Alors, j'en prendrai un écrit par un de ces types morts et enterrés. Dans un de tes cadres, là. Qu'est-ce que tu dis de ça ?

— Graham, répéta-t-elle. (Sa voix se brisait.) Ce n'est pas ton problème.

— C'est *ton* problème, lui répliqua-t-il avec un petit sourire en coin, comme si c'était une raison suffisante, comme si ça expliquait tout.

Elle fut alors submergée de gratitude. Elle sentait ses plus tenaces résistances céder peu à peu. Elle avait beau s'évertuer à les en détourner, ses pensées ne cessaient de la ramener vers ces photos qu'elle avait vues de Harvard : les bâtiments de brique rouge, les allées ombragées, les salles de cours où elle pourrait tout apprendre de ses poètes favoris. C'était facile pour elle, en un sens, de s'imaginer là-bas… Elle se sentait fléchir. L'envie était si forte… et c'était si tentant…

— Et puis, on a parié, on a parié, arguait Graham. C'est le jeu. Donc, c'est réglo.

Joe revint à leur table. Mais, cette fois, il apportait deux assiettes. Sur chacune d'elles étaient posés trois *whoopie pies* empilés façon pièce montée. Ellie se redressa sur sa chaise pour voir ça de plus près. On aurait dit des Oreos géants : une épaisse couche de glaçage blanc prise en sandwich entre deux énormes cookies au chocolat. Tandis que Joe posait une assiette devant chacun d'eux, elle essayait d'imaginer le mal que Graham s'était donné pour réussir à organiser tout ça. Il lui avait fait une promesse et il avait tenu parole. Exactement comme il s'y était engagé.

— Alors ? demanda Joe. Qui l'a gagné, ce pari ?

— Elle, lui répondit Graham.

Joe lui étreignit l'épaule au passage en retournant en cuisine. Après son départ, Ellie releva les yeux.

— Graham…

Il la regarda alors avec une telle intensité qu'elle en eut le souffle coupé.

— C'est déjà fait, lui annonça-t-il. J'ai pris toutes les dispositions ce matin.

— Ce matin ?

— Ce matin. Tu vas à Harvard.

Elle eut un petit sourire en coin.

— Pour une quinzaine de jours, en tout cas.

— C'est un bon début.

— Merci.

Ce simple mot ne lui paraissait pas suffisant pour contenir tout ce qu'elle voulait exprimer. Mais, en même temps, il lui sembla qu'il comprenait et qu'en fait c'était assez.

— Bon, maintenant, mange, lui enjoignit-il, en se saisissant d'un de ses propres *whoopie pies*. Tu ne peux pas, en toute honnêteté, te réclamer du Maine tant que tu n'as pas au moins goûté à la spécialité qui fait la fierté de cet État.

Lorsqu'ils quittèrent le restaurant pour emprunter les rues sombres de Henley, il n'était pas encore neuf heures. Les trottoirs étaient pourtant quasi déserts. Personne ne devait être encore tout à fait remis des festivités. Il n'en était pas moins incroyablement grisant de se montrer en public côte à côte. Aussi, quand Graham lui tendit la main, la prit-elle sans hésiter pour commencer à marcher avec lui, comme n'importe quel couple en balade.

— Je parie que tu seras content de retourner au « Centre-du-Monde (Californie) », murmura-t-elle, tandis qu'ils slalomaient à travers la place sur la pelouse encore aplatie, ici et là, par les couvertures de la veille.

— Peut-être un petit peu, concéda-t-il. Mais « Le Milieu-de-Nulle-Part (Maine) » me manquera.

— Peut-être que tu y reviendras un jour…

Elle lorgna vers lui. Elle s'attendait à moitié à ce qu'il prenne ça pour une blague et réponde par une pirouette. Mais, la mine grave, il semblait réfléchir sérieusement à la question.

— Peut-être…

Ils dépassèrent l'endroit où ils étaient restés assis, la nuit dernière, à se regarder en silence comme s'ils étaient seuls au monde et non au milieu d'une explosion de lumière et de bruit.

— … ou peut-être qu'on se verra ailleurs…

— Une petite chance pour que ta tournée de promotion passe par Boston, par hasard ?

— Ça aiderait sans doute si j'avais jeté un œil à mon programme, reconnut-il. Mais c'est possible.

— Je suis sûre qu'on arrivera bien à trouver tout un tas de problèmes dans lesquels se fourrer là-bas aussi.

Un petit sourire goguenard étira les lèvres de Graham.

— J'ai toujours rêvé de voler un des fameux bateaux-cygnes du jardin public…

— Et puis on s'écrira, se rassura Ellie, sans oser le regarder.

— Et on s'écrira.

— Si tu pouvais juste éviter de te planter dans mon adresse…

— Pas du tout mon genre, ça, lui répliqua-t-il, en se marrant.

Au gré de leur promenade, ils passaient devant tous ces lieux familiers qui se succédaient, comme pour rembobiner le film des semaines passées : l'endroit, près du kiosque, où ils s'étaient parlé quand Graham lui avait couru après en caleçon de bain ; la devanture du snack où elle avait renversé les pastilles à la menthe ; l'endroit où elle l'avait croisé, ce tout premier jour, le regard lointain et une immense tristesse dans les prunelles, une détresse si grande qu'elle en était restée scotchée sur le trottoir à le dévisager.

Mais elle avait disparu, maintenant, cette tristesse dans ses yeux.

Elle avait été remplacée par quelque chose de plus léger, de plus serein.

Ils n'avaient pas parlé de leur destination, mais c'était implicite entre eux. Ils savaient, sans avoir besoin de se le dire, où ils allaient. Et, quand ils parvinrent aux bouquets d'arbres qui bordaient la plage – pas n'importe quelle plage : *leur* plage –, ils prirent automatiquement la direction du rivage. Au moment de s'y engager, pourtant, Graham hésita. Juste un instant, parce qu'Ellie le tira gentiment par la main, le guidant de la route au couvert des arbres, puis des arbres aux galets et des galets au sable jusqu'à ce que, finalement, le sable disparaisse sous l'eau.

À la vue de l'océan, Ellie sentit son cœur se gonfler. La lune y traçait son sillon comme un navire son sillage. Le vent en apportait l'odeur, puissante et âpre, et les étoiles étincelantes s'y reflétaient. Ils se débarrassèrent de leurs chaussures et marchèrent jusqu'à l'eau, aussi noire que la nuit, s'arrêtant juste à la limite des vagues.

— J'adore ça, se réjouit Ellie, en frétillant des orteils.

Graham sourit.

— Je sais. C'était sur ta liste.

Ce n'était pas facile, dans l'obscurité, de trouver le rocher sur lequel ils s'étaient installés la dernière fois, celui qui surplombait la mer, bien plat, bien lisse, et juste assez large pour deux, comme s'il avait été fait exprès pour eux. Ils s'assirent tout au bord, les jambes ballantes, les plantes de pied chatouillées par l'écume des vagues, à regarder la lune, l'immensité marine, le ciel d'encre éclaboussé d'étoiles.

— Bon, et maintenant ? demanda-t-elle.

Graham se tourna vers elle. Ellie retint son souffle, se préparant déjà à ce qu'il allait dire, ce qu'ils savaient pertinemment tous les deux : qu'il allait partir demain. Qu'ils allaient devoir se dire adieu.

— Maintenant, lui répondit-il, en lui prenant la main. Maintenant, on attend.

— On attend quoi ?

— Demain.

Elle lui jeta un regard en coin qui le fit marrer.

— « C'est moins flippant quand tu vois le truc arriver. »

— C'est vrai, reconnut-elle avec un sourire.

Le silence retomba. Mais, au bout d'un moment, elle se retourna vers lui.

— Est-ce qu'on va vraiment attendre ici jusqu'à demain ?

Graham ne quitta pas la mer des yeux. Il avait l'air parfaitement serein, assis là, avec la brise qui malmenait ses cheveux sur son front.

— Tu dis que tu ne vois jamais le lever du soleil parce que tu t'endors toujours avant, lui rappela-t-il. Eh bien, comme ça, il n'y a pas de danger que tu le rates.

Elle éclata de rire.

— T'es sérieux ?

Il opina du bonnet.

— Mais tu bosses demain matin.

— Toi aussi, lui fit-il remarquer.

— Oui, mais, moi, je n'ai pas besoin d'être jolie.

— Tu seras jolie quand même, lui répliqua-t-il, en l'attirant contre lui.

Le fond de l'air était frais et elle était bien contente d'être dans ses bras, écoutant sa respiration régulière.

— Il ne va pas se lever avant un bon bout de temps, le soleil, dit-elle.

— À peu près huit heures.

— C'est vrai que, vu comme ça, ça ne paraît presque pas assez long.

— Tu crois que tu vas pouvoir tenir ?

Elle hocha la tête contre son cœur.

— Et toi ?

— Aussi, lui promit-il.

Mais, déjà, ses paupières se faisaient lourdes et, à ses oreilles, les vagues avaient tout d'une berceuse. Elle cligna des yeux, en pensant aux heures qu'ils avaient encore devant eux, sur ce rocher qui ressemblait à une île, une île juste assez grande pour deux, mais assez petite pour se croire seuls au monde.

Quand elle bâilla, Graham lui donna un petit coup de coude. Ses paupières se soulevèrent aussitôt.

— Je ne dors pas, murmura-t-elle, même si elle n'était pas très bien éveillée, pas tout à fait.

Ils attendirent ensemble que le ciel bascule, comme une page que l'on tourne, la lune blême laissant place à un soleil radieux annonciateur d'un nouveau jour. Ellie se prit alors à penser à un petit village en France, celui où se produisaient tous ces miracles. Elle espérait seulement qu'en ce lieu, riche de tant de merveilles, il était encore possible d'apprécier quelque chose d'aussi remarquable et d'aussi ordinaire que ce qu'elle avait sous les yeux.

— « Salutations », dit-il.

Elle sourit.

— Bonjour.

— Oui, c'est vraiment un bon jour.

Remerciements

Mille mercis à Jennifer Joel, Elizabeth Bewley, Stephanie Thwaites, Hannah Sheppard, Binky Urban, Megan Tingley, Pam Gruber, Liz Casal, Sam Eades, Josie Freedman, Catherine Saunders, Clay Ezell, Jennifer Hershey, Ryan Doherty, ainsi qu'à toute l'équipe de LBYR, de ICM, de Headline, de Curtis Brown et de Random House.

Et, bien sûr, à toute ma famille : ma mère, mon père, Kelly et Errol.

Et vous, croyez-vous au destin,

surtout quand il défie toute logique ?

Ne manquez pas l'autre roman de Jennifer E. Smith:

La probabilité statistique de l'Amour au premier regard

Plus d'infos sur ce titre
dès maintenant sur le site

« Pour l'éditeur, le principe est d'utiliser des papiers composés de fibres naturelles, renouvelables, recyclables et fabriquées à partir de bois issus de forêts qui adoptent un système d'aménagement durable. En outre, l'éditeur attend de ses fournisseurs de papier qu'ils s'inscrivent dans une démarche de certification environnementale reconnue. »

Composition Nord Compo

Imprimé en Espagne par RODESA
Dépôt légal 1re publication avril 2013

20.3299.3 – ISBN 978-2-01-203299-6
Édition 01 – avril 2013

Loi n° 49-956 du 16 juillet 1949
sur les publications destinées à la jeunesse.